TOP THRILLER

Wulf Dorn

L'OSSESSIONE

Romanzo

Traduzione di Alessandra Petrelli

CORBACCIO

Titolo originale: *Trigger II – Intrusion*
Traduzione dall'originale tedesco
di *Alessandra Petrelli*

Per essere informato sulle novità
del Gruppo editoriale Mauri Spagnol visita:
www.illibraio.it
Il sito di chi ama i libri

Casa Editrice Corbaccio è un marchio di Garzanti S.r.l.
Gruppo editoriale Mauri Spagnol

© 2021 Garzanti S.r.l., Milano

This edition published by arrangement with
Il Caduceo di Marinella Magrì Agenzia Letteraria

www.corbaccio.it

ISBN 978-88-6700-658-8

Questo è per voi, fedeli lettrici e lettori.
Torniamo là dove tutto è cominciato.

E per Flo.
Nonostante tutto sarai sempre con noi.

« La vista del male accende il male nell'anima. È inevitabile. »

C.G. Jung, *Civiltà in transizione*

« La stupidità della morte non sta nel fatto che cambia il futuro, ma che ci lascia da soli con i nostri ricordi. »

Peter Høeg, *Il senso di Smilla per la neve*

Una scena dall'inferno (I)

Allora è così che ti senti quando perdi la ragione.
Fu questo il primo pensiero che seguì allo shock. Eh, sì, doveva essere così, non c'era altra spiegazione. Quello che aveva davanti doveva essere pura immaginazione. Una brutta allucinazione.
Ma si può sapere, per Dio, perché immagino proprio qualcosa di tanto spaventoso?
Perché il confine tra la ragione e la follia è una linea sottile, bisbigliò una voce dentro di lui. *Ed evidentemente tu l'hai superato.*
Sì, questa era la spiegazione più ragionevole.
Era uscito di senno.
Così. Come se qualcuno avesse spostato una leva dentro la sua testa.
Per i primi diciassette anni della sua vita era stato un ragazzo intelligente e sveglio e oggi, giusto il giorno di Natale, aveva svalvolato ed era pronto per la neuro.
Possibile che fosse proprio così? Era possibile diventare pazzi all'improvviso, senza alcun preavviso?
Oppure si trattava solo di un brutto sogno?
Anche questo sarebbe possibile, ragionò. Albert Einstein non aveva forse detto che la realtà è solo una tenace illusione? Quanto meno era la frase scritta su uno dei tanti adesivi attaccati alla borsa del portatile, di cui ora stringeva convulsamente la tracolla.
In tal caso tutto ciò che credeva di cogliere in quel momen-

9

to era un'unica mostruosa illusione. Di quelle che sembrano maledettamente vere.

In effetti avvertiva il freddo della sera d'inverno, come se si trovasse *davvero* davanti a casa sua in quel preciso istante. Vedeva le nuvolette che gli uscivano dalla bocca a ogni respiro: rapide, perché ansimava per lo sgomento, e sentiva l'odore del fumo che il vento gelido soffiava verso di lui dal comignolo. Quell'aroma inconfondibile di legna di faggio che lui collegava all'inverno e al Natale.

Inoltre gli sembrava di vedere gli addobbi che si accendevano a intermittenza nel giardino innevato. Le luci a LED bluastre trasformavano la neve in un mare di minuscoli diamanti.

Una settimana prima di Natale aveva sistemato insieme a suo padre la renna, l'angelo con le ali spiegate e il Babbo Natale che si teneva la pancia con il suo tipico «ho-ho-ho». Prima avevano montato le sagome di metallo e poi avevano attaccato i personaggi alla corrente, usando la presa multipla camuffata da finta pietra accanto alla porta d'ingresso.

Erano passati otto giorni da allora, se lo ricordava ancora nitidamente. Il cavo del Babbo Natale non funzionava, perciò era andato a comprarne uno nuovo al negozio di bricolage. Ricordava la commessa con i capelli neri a spazzola che gli piaceva un sacco, sebbene avesse già superato la trentina.

Sì, l'immagine che aveva davanti corrispondeva alla realtà nei minimi dettagli fino a quel punto.

Provava la sensazione di essere delirante. La risata ossessiva di Babbo Natale non aveva niente di allegro, risultava malvagia e sardonica. Lo stesso valeva per la voce di Bing Crosby che cantava il suo *White Christmas* dalla porta d'ingresso spalancata. Era la canzone di Natale preferita della mamma, e ovviamente in quelle giornate veniva trasmessa molto spesso alla radio che stava in cucina.

Il suo sguardo tornò alla ghirlanda di rami di abete appesa

sopra la cassetta delle lettere accanto alla porta, decorata con un nastro dorato e quattro palline di vetro rosse.

Anche questa ghirlanda apparteneva al consueto rituale natalizio, sempre rispettato da sua madre. Secondo lei la casa dentro e fuori non era mai abbastanza addobbata. Perché Natale era la festa più bella, diceva spesso. Una festa per la famiglia. Ecco perché c'era anche una pallina per ciascuno di loro.

Adesso però tre di quelle erano rotte. I frammenti di vetro erano sparsi sullo zerbino e sui gradini d'ingresso. Come se fossero esplose o qualcuno le avesse rotte.

E a poca distanza da lì c'era...

C'era...

No!

Il suo cervello si rifiutava categoricamente di riconoscere nell'immagine ciò che era tanto evidente. Trattenne una risata isterica.

È impossibile. Assolutamente impossibile! Mi sto immaginando di vedere mia madre lì. Che idiozia! Non se ne starebbe mai sdraiata lì nella neve. È un'allucinazione! In realtà lei adesso è in casa, a trafficare in cucina per preparare la cena come sempre. Perché nei giorni di festa è sempre indaffarata a cuocere e infornare qualcosa da mangiare.

Doveva essere così. La sua amica del cuore la prendeva sempre in giro sostenendo che durante il periodo natalizio avrebbe potuto sfamare un reggimento. E nessuno in famiglia avrebbe potuto contraddirla.

Perciò la donna che aveva davanti non poteva essere sua madre.

Per nessun motivo.

Perché lei era in cucina.

Ma la figura riversa a pancia in giù in una posa stranamente contorta, come una goffa nuotatrice che cercasse di allontanarsi a stile libero nella neve fino alle caviglie, somigliava in maniera impressionante a sua madre. Non riusciva a vederla in faccia, ma riconosceva il maglione beige a trecce.

È uguale al maglione che ho regalato ieri alla mamma. Me lo aveva chiesto lei. Lo avevo avvolto in carta da regalo rossa con stelle comete d'oro. Era stata così contenta che se l'era messo subito. E ce l'aveva anche oggi pomeriggio, quando sono uscito di casa.

Ma perché diavolo una sconosciuta avrebbe dovuto portare il maglione di sua madre? E anche i suoi jeans. E le pantofole imbottite che la mamma usava sempre, nonostante il riscaldamento a pavimento e la stufa in salotto, anche se tutti gli altri in casa sudavano come dentro una sauna. Aveva sempre i piedi freddi, a causa della pressione bassa. Ma allora perché avrebbe dovuto dare le sue calde pantofole a un'altra?

Perché quella non può essere la mamma!

Lo aveva pensato con tanto impeto da sentirlo rimbombare come un grido nella testa. Subito dopo si aggiunse un altro pensiero, non così rumoroso, ma non meno allarmante.

Riflettici. Questa donna è morta. Ha tre fori nella schiena. Sono fori di proiettile, maledizione! C'è un sacco di sangue e le manca quasi metà della testa. Le è stata fatta saltare via! I capelli, il cranio, il cervello sono sparsi fino ai cespugli delle rose!

Sì, lo vedeva. O almeno *credeva* di vederlo.

In un modo o nell'altro, non poteva né voleva accettare la presenza del cadavere in giardino, e neppure le impronte insanguinate sui muri dell'ingresso che vedeva dalla porta aperta. Questa donna

(mia madre)

doveva essersi trascinata fuori con le ultime forze, prima che qualcuno la finisse con una quarta pallottola.

Non voleva neppure accettare che dentro casa, in fondo all'ingresso, spuntassero dal salotto due gambe in una pozza di sangue.

12

Perché avrebbero dovuto essere le gambe di suo padre, come si capiva dalle scarpe che indossava. E allora avrebbe significato che suo padre era morto, e anche questo era impossibile.

Ma vedeva le gambe, vedeva il sangue ancora fresco su cui la luce dell'ingresso si rifletteva scintillando come i raggi del sole su uno stagno rosso scuro.

Le scarpe... Erano le stesse che suo padre portava sempre quando andava nel bosco. La stessa suola pesante. Gli stessi lacci. Bianchi e rossi, perché erano gli unici resistenti allo strappo venduti dal negozio di scarpe in centro.

No, no, no!

Non ci avrebbe mai creduto! Meglio ipotizzare di essere diventato improvvisamente pazzo.

Che gli mettessero pure la camicia di forza e lo imbottissero di psicofarmaci, per lui faceva lo stesso. Prima o poi sarebbe rinsavito e, una volta tornato a casa, tutto sarebbe stato come prima. I suoi familiari sarebbero stati tutti vivi. Naturale che lo fossero.

Perché, maledizione, NON *potevano essere* MORTI*!*

Ma poi, nonostante la resistenza opposta dalla sua mente, iniziò a comprendere che le luci intermittenti intorno a lui non provenivano soltanto dalle figure natalizie in giardino. Le luci a LED non sarebbero riuscite a rischiarare in quel modo una sera tanto buia. Ci sarebbero volute ben più che tre sagome natalizie e un lampione.

Il chiarore lampeggiante così vistoso proveniva dalle luci azzurre di una macchina della polizia. L'aveva vista già da lontano, mentre si avvicinava a casa. La sua ragione era stata disposta ad accettare ciò che vedeva almeno fino a quel punto.

E mentre la prima ondata paralizzante di shock lo abbandonava un'altra percezione affiorava nella sua coscienza: qualcuno lo teneva fermo.

Sì, ora se ne rendeva conto di nuovo. Erano quei due poliziotti. Prima erano corsi verso di lui, non appena aveva raggiunto casa sua.

Adesso lo tenevano per le braccia e cercavano di trascinarlo via. Di allontanarlo da quella scena agghiacciante.

«Vieni, ragazzo» disse uno di loro. Non sapeva chi fosse stato, le sue facoltà intellettive non erano sufficienti a capirlo. Ma colse chiaramente il raccapriccio nella voce dell'uomo.

«Su, vieni con noi! Smettila di guardare.»

Non era possibile. Lui si sentiva paralizzato e non poteva fare altro che fissare quella scena spaventosa.

Un'altra voce maschile giunse alle sue orecchie. Proveniva da qualche parte dentro casa.

«Presto, dei paramedici! Da questa parte!»

Gli arrivava tutto stranamente attutito, come se avesse la testa avvolta nell'ovatta. Ma a poco a poco la ragione riprese il sopravvento.

Comprese – alla fine non c'era altro da fare – che i suoi familiari erano *veramente* morti. Strappati alla vita da colpi d'arma da fuoco. Mentre lui era a casa del suo amico a sparare ad avversari virtuali, per ottenere il punteggio più alto possibile. E c'era riuscito. Alla fine aveva lasciato il gioco da vincitore.

Per un'ultima volta si augurò che ciò che aveva davanti fosse solo un'allucinazione. Un dannato livello di un dannato videogioco. Che tra poco sarebbero comparse per lui le parole Game over oppure Nuova partita.

Ma non era così. Anche se in quel momento era arrivato vicinissimo alla sottile linea della follia, si rese conto di essere sempre rimasto da questa parte. Che tutto ciò che vedeva era la realtà. E di colpo le forze l'abbandonarono.

Barcollò all'indietro e, se i poliziotti non lo avessero sorretto, sarebbe caduto lungo disteso come un albero abbattuto.

Mentre ciondolava inerte tra i due uomini, la sua resistenza interiore si spezzò del tutto e lui cominciò a urlare.

14

PRIMA PARTE

Anniversario

«Così continuiamo a remare, barche contro
corrente, risospinti senza posa nel passato.»

F. Scott Fitzgerald, *Il grande Gatsby*

1.

Dicono che sia possibile riconoscere un pazzo perché continua a ripetere la stessa cosa aspettandosi di ottenere un risultato diverso. Chiunque fosse l'autore di questo pensiero si adattava perfettamente a Mark Behrendt.

Era di nuovo il 22 ottobre e quest'anno Mark riuscì a resistere fino al pomeriggio, prima di andare in camera da letto e tirare fuori la scatola da scarpe dall'angolo in fondo all'armadio. Anche se al momento non c'era nessuno a cui dovesse tenere nascosto l'oggetto, preferiva non correre rischi, perché il suo contenuto avrebbe potuto causargli seri guai.

Il suo appartamento era al sesto piano di un cadente palazzo di cemento costruito alla fine degli anni Settanta. I due minuscoli locali, che il contratto d'affitto definiva presuntuosamente *appartamento,* insieme erano grandi quanto il suo soggiorno di prima. Ma da quando aveva perso l'abilitazione medica non poteva essere troppo schizzinoso. Sebbene l'ascensore non funzionasse da mesi, il riscaldamento facesse solo sporadicamente il suo dovere e quando pioveva, come quel giorno, si formassero chiazze grigie d'umidità sui muri che davano verso la strada, se non altro l'affitto era abbordabile.

Andò al tavolo accanto all'angolo cottura, che gli serviva sia come tavolo da pranzo sia come scrivania, e spinse da una parte il portatile e un mucchio di testi scientifici per poterci appoggiare la scatola. Poi si mise seduto, fece un profondo respiro e tolse il coperchio.

In origine la scatola aveva contenuto un paio di scarpe da

corsa marca Brooks numero 38 e mezzo, ma erano passati anni da allora, come se fosse stato in un'altra vita. Una vita conclusa bruscamente da un istante all'altro.

Le scarpe erano state di Tanja. Le aveva portate quella sera a Francoforte, quel giorno esatto di sette anni prima.

Mark si rese conto di non sapere ancora che fine avessero fatto. Probabilmente erano state spedite alla madre di Tanja, insieme a tutti gli altri effetti personali che aveva con sé quella sera; tutto, a parte i vestiti laceri e insanguinati. Sicuramente la polizia aveva mostrato almeno quel minimo di tatto.

Le scarpe però erano rimaste intatte, questo lui lo sapeva. Erano lì, quasi gettate distrattamente sull'asfalto bagnato, mentre lui sorreggeva la sua compagna moribonda chiamando aiuto. Era quindi assai probabile che le scarpe fossero state aggiunte agli oggetti personali di Tanja. Non poteva più chiederlo alla madre di lei, era morta di tumore due anni prima.

Sapere che fine avessero fatto le scarpe non era forse irrilevante?

No, si disse. Niente in quel caso era irrilevante. Tutto aveva un significato. Tutto poteva farlo progredire nella ricerca dell'assassino di Tanja. Del resto una battaglia si perde solo quando si smette di combattere.

Per questo Mark aveva annotato ogni minimo dettaglio di cui aveva memoria nel taccuino nero che adesso era nella scatola, appoggiato sopra a tutto il resto. Aveva scritto scrupolosamente ciò che aveva visto e sentito quella sera. Sì, aveva documentato persino gli odori che lo avevano colpito: dopo tutto, il modo migliore per ricordarsi di qualcosa è usare tutti i sensi. Ma non era servito a niente. Quello che aveva riportato sulle duecento pagine bianche del taccuino era poco più di un guazzabuglio di impressioni, ipotesi e speculazioni.

In mezzo aveva incollato il necrologio di Tanja e i tre articoli pubblicati sui giornali a proposito dell'incidente. Ne conosceva a memoria i titoli:

DONNA BRUTALMENTE INVESTITA
PIRATA DELLA STRADA SENZA NOME
PERCHÉ È MORTA TANJA M.?

Quest'ultimo era apparso sul tabloid locale, e le lettere maiuscole in grassetto formulavano proprio la domanda che Mark continuava a porsi da anni. Era scolpita nella sua mente, insieme al grido stridulo dell'assassino di Tanja: «Ehi, dottore!» subito prima di schiacciare il pedale del gas e travolgerla.

La ricerca di risposte aveva ormai acquisito i tratti dell'ossessione per Mark. Da sette maledetti anni.

C'era stato un breve periodo in cui aveva creduto di aver superato il trauma, un anno dopo la morte di Tanja, quando aveva aiutato un'amica di Londra a cercare il marito scomparso... poi era accaduto qualcosa che lo aveva definitivamente sconvolto.

Un giorno di primavera di sei anni prima, poco dopo il ritorno di Mark da Londra, proprio quando aveva deciso di lasciare Francoforte per ricominciare daccapo, l'assassino di Tanja si era fatto vivo. Aveva fatto recapitare a Mark un breve messaggio, che tuttavia era bastato per sprofondarlo di nuovo in un abisso senza fondo. Tre frasi rabbiose scarabocchiate a lettere maiuscole:

«TI TRASFERISCI? NON CREDERE CHE TE LA CAVERAI
TANTO FACILMENTE! TRA DI NOI NON È ANCORA FINITA!»

Il biglietto, ora incollato all'ultima pagina del taccuino, gli era stato recapitato da un ragazzino, il quale a sua volta sembrava essere stato istruito da una donna, il che rendeva la cosa ancora più misteriosa.

Mark tuttavia presumeva che la donna fosse solo una messaggera. Probabilmente l'assassino aveva voluto confonderlo ancora di più con questa manovra diversiva. Sembrava trarre piacere dal lasciare Mark nell'incertezza senza fornirgli nessun appiglio circa la propria identità o motivazione.

Probabilmente era proprio questo a spingerlo: voleva distruggere Mark per qualche motivo, e ne godeva.

Nel frattempo Mark sapeva che l'autore del messaggio era un uomo di età compresa tra i diciotto e i venticinque anni. Sapeva anche che era destrimano e che aveva scritto in uno stato di forte eccitazione.

«Per quanto riguarda l'uso della punteggiatura e la scelta dello stampatello per rendere più difficile l'interpretazione della sua grafia, potrei aggiungere che l'autore ha un'istruzione medio-alta» aveva spiegato il grafologo la cui perizia era costata a Mark gran parte degli ultimi risparmi. «Ma è solo un'ipotesi e la mia opinione personale. È possibile che non abbia un diploma e sia semplicemente colto.»

Il foglio a quadretti su cui era scritto il messaggio non aveva fornito altri indizi. Proveniva da un blocco ad anelli formato A6 con tratteggio di strappo acquistabile dovunque.

Lo stesso valeva per la penna a sfera blu riconducibile a un anonimo modello standard. Non una penna Lamy, Parker o Scriveiner, bensì un prodotto economico.

Mark non si sarebbe sorpreso se la biro fosse stata un regalo dell'autofficina dove il tizio aveva portato a riparare la macchina dopo l'omicidio. Sarebbe stato in linea con il suo cinismo.

Con ogni probabilità aveva dichiarato che un cane randagio era spuntato all'improvviso colpendo il cofano e, con un po' di scaltrezza, forse era addirittura riuscito a farsi ripagare i danni dall'assicurazione. Dopo tutto ciò che Mark aveva passato negli ultimi anni, l'aggettivo impossibile per lui non esisteva più.

Nonostante gli sforzi, il messaggio dello sconosciuto non gli aveva fatto fare progressi. Ma Mark non era disposto a rinunciare. Da qualche parte tra gli appunti e i ricordi doveva esserci un'indicazione per l'assassino e il movente.

Doveva esserci per forza, maledizione!

In qualità di psichiatra ed esperto di traumi psichici, era perfettamente consapevole che il suo comportamento ossessivo era ormai diventato patologico. Soffriva di una sindrome da disturbo post traumatico, che si manifestava con incubi, manie e depressione.

Se avesse avuto un paziente con questa storia, nella sua diagnosi avrebbe usato termini come *cronico* e (ancor più significativo) *resistente ai trattamenti*. Non per niente si diceva che i medici fossero i pazienti peggiori, primi fra tutti gli specialisti della sua branca.

Non si era mai rivolto a un collega. Dal suo punto di vista non sarebbe servito a niente, perché avrebbe indovinato ogni approccio terapeutico e avrebbe fatto resistenza, in maniera consapevole o meno. Aveva invece cercato di aiutarsi con le proprie forze, nonostante la consapevolezza che funzionava solo in pochissimi casi.

Inoltre, sotto la voce comorbidità della sua diagnosi avrebbe dovuto aggiungere un altro punto fondamentale: *eccessivo uso di alcol.*

In realtà era un anno che non ne toccava più una goccia e avrebbe potuto mettere tra parentesi questa annotazione, ma tutti sapevano che non esiste un alcolizzato guarito, bensì solo un alcolizzato che non beve più.

In poche parole, Mark non avrebbe potuto fare una prognosi troppo ottimista per un tale paziente. Ecco perché nella scatola c'era anche quel fagotto di stoffa.

Mark lo tirò fuori e lo aprì. In origine si trattava della parte anteriore di una delle sue magliette preferite, con stampata la

21

domanda chiave dello sceneggiato di David Lynch *I segreti di Twin Peaks*: «Chi ha ucciso Laura Palmer?»

Nel nuovo uso a cui era destinata la maglietta, aveva considerato di proposito questa cinica allusione al proprio stato.

La pistola che spuntò sotto la stoffa era una Glock 19 con la matricola abrasa. Mark l'aveva comprata da un tizio che nel suo quartiere era conosciuto solo come Jacko poco dopo aver ricevuto il biglietto dall'assassino.

Jacko era la persona da cui ci si poteva procurare di tutto. Sogghignando aveva consegnato a Mark la pistola e una scatola di munizioni da 9 mm e il suo ghigno era stato inequivocabile. *So perfettamente che cosa vuoi farci.*

Mark però non era ancora del tutto sicuro del motivo per cui si era procurato l'arma. Da una parte ovviamente per difendersi, nel caso un giorno l'assassino di Tanja avesse voluto dare corso alla sua minaccia. Dall'altra Jacko non aveva poi sbagliato di molto con la sua congettura. Se un giorno Mark fosse riuscito a scovare quel tizio, voleva lasciarsi aperta la possibilità di ammazzarlo di persona. Intanto si riteneva in grado di farlo, pur non avendo mai espresso a voce alta un simile pensiero.

E ovviamente c'era anche la terza possibilità.

Mark prese la pistola e ne avvertì il peso letale. Nel caricatore c'erano quindici proiettili, ma ne sarebbe bastato uno.

Fece scorrere il carrello, si appoggiò la canna sotto il mento e chiuse gli occhi. Sentì il freddo del metallo e l'odore d'olio, mentre ancora una volta pensava a quanto sarebbe stato facile.

Ci vorrebbe meno di un secondo e finalmente troverei la pace. Devo solo spostare il dito e premere il grilletto.

Il cellulare si mise a suonare: al terzo squillo Mark posò la pistola sul tavolo. Lesse il nome sul display e poi guardò allarmato l'ora. Mancavano pochi minuti alle otto.

Quattro ore? Non è possibile! Sono rimasto seduto quattro ore davanti a questa maledetta scatola?

Si passò la mano sul viso sospirando e rispose alla chiamata.

«Ciao, Doreen, mi spiace, io...»

«Te ne eri dimenticato, vero?» In parte era un rimprovero, ma più che altro la voce tradiva preoccupazione.

«Ecco, veramente stavo...»

«Niente scuse, Mark! Sai bene che chi mente agli altri mente a se stesso. E questo è estremamente pericoloso, soprattutto per le persone come noi. Hai bevuto?»

«Cielo, no! Io...»

«Allora ascoltami bene. Ti do ancora mezz'ora, per muovere il culo e venire qui. Non un secondo di più.»

Mark gettò un'occhiata alla pistola e deglutì.

Sono stato sul punto di farlo, gli venne da pensare, e fu assalito da un tremore.

«D'accordo» disse. «Arrivo subito, promesso!»

«Lo spero» rispose lei brusca, poi riattaccò.

Lui si sbrigò a rimettere tutto quanto nella scatola e la nascose al suo posto nell'armadio. La Glock lo avrebbe aspettato lì, come sempre, paziente, ma qualcosa gli diceva che l'avrebbe tirata fuori presto. Molto presto.

E forse allora l'avrebbe anche usata.

23

2.

Mezz'ora più tardi Mark scendeva dal tram e si affrettava sotto la pioggia verso il condominio dove abitava Doreen Nader. Era già buio e nel cielo d'ottobre rannuvolato i lampi facevano a gara con le luci intermittenti degli aeroplani in procinto di atterrare al vicino aeroporto.

Sebbene l'appartamento di Doreen non fosse molto lontano dal suo, il quartiere era decisamente diverso.

Il marciapiede era ben illuminato. Non c'era bisogno di schivare cocci di vetro, escrementi di cane o rifiuti gettati via alla rinfusa. Le facciate non erano deturpate da scritte o ricoperte di manifesti e ci si sentiva molto più sicuri anche andando in giro da soli.

In questo ambiente tipi come Jacko avrebbero subito dato nell'occhio.

Mark aveva fatto un salto al ristorante di Sergio lungo il tragitto e ora teneva in mano un sacchetto di carta e sottobraccio una bottiglia, mentre suonava il citofono.

Il portone si aprì e quando Mark prese l'ascensore si rese conto di quanto fosse strana la situazione. Se Doreen non gli avesse telefonato, forse a quell'ora non sarebbe stato più vivo.

Altro che forse: quasi sicuramente. Stavolta avrebbe premuto il grilletto e l'unico motivo per cui non lo aveva fatto era stata Doreen. Perché non voleva deluderla. Almeno non oggi. Ci teneva molto alla loro serata insieme, e glielo aveva ricordato con la sua telefonata. Perciò le avrebbe lasciato credere che il suo ritardo fosse dovuto alla sua solita distrazione. Lei ne sarebbe stata delusa, anche se probabilmente non lo avrebbe dato a vedere.

«I veri amici sono come una vincita alla lotteria» gli aveva insegnato il padre già da bambino. «Se hai pescato il biglietto vincente, devi imparare ad apprezzarne il valore, altrimenti perderai di nuovo tutto quanto. Mettitelo bene in testa, ragazzo mio.»

Si ripropose di starci più attento in futuro, soprattutto adesso che aveva deciso di vivere ancora per un po'. Con il suo alcolismo e il comportamento egocentrico degli ultimi anni aveva già allontanato tante persone che volevano il suo bene e lui non voleva perdere anche Doreen, per nessun motivo. Doreen non era solo il biglietto vincente alla lotteria, era il jackpot del secolo.

Quando uscì dall'ascensore, lo aspettava già sulla porta aperta di casa sua. Quella sera si era preparata con particolare cura. Portava la solita coda di cavallo, ma aveva raccolto i capelli biondi con una molletta in un'acconciatura molto elegante e che nel contempo la ringiovaniva. E per l'occasione aveva scelto un vestito scollato rosso scuro intonato allo smalto e al rossetto.

Se non l'avesse conosciuta così bene, avrebbe dato dieci anni di meno alla sua migliore amica, ovvero una quarantina.

«Buonasera a lei, signore» disse indicando il sacchetto. «Nel caso tu voglia appiopparmi l'abbonamento a una rivista o un'assicurazione, hai scelto l'indirizzo sbagliato. Ma, se lì dentro hai qualcosa di Sergio, allora sbrigati a entrare.»

Come aveva previsto, lei mascherò la delusione, perciò anche lui fece la sua parte, evitando di addurre altre scuse o una giustificazione. Invece sogghignò e con la mano spinse verso la porta l'aroma che usciva dal sacchetto.

«I migliori antipasti della città, bella signora» rispose, imitando l'accento italiano di Sergio. «Che profumino! Frutti di mare alle erbe, una goccia di limone e un'ombra di aglio. Ti sembrerà di sentire il rumore delle onde a ogni morso.»

«E soprattutto stanotte non mi dovrò preoccupare dei vampiri. Sei riuscito anche a passare da Sergio in così poco tempo?»

Lui sorrise ammiccante. «Lo ammetto, certi giorni mi scordo le cose, ma conosco la parola magica.»

Lei alzò un sopracciglio divertita. «Davvero? E quale sarebbe?»

«Prenotazione.»

Scoppiarono entrambi a ridere e la tensione tra di loro scomparve definitivamente. Doreen lo tirò dentro per la manica della giacca.

«Deciditi a entrare. Sto morendo di fame.»

Lui ubbidì, poi le mostrò orgoglioso una bottiglia di acqua San Pellegrino decorata con un nastro dorato.

«Un omaggio del nostro amico, direttamente dalla sorgente di Bergamo» disse, imitando di nuovo il ristoratore italiano. «Per la nostra serata speciale.»

«Ma che gentile» osservò lei richiudendosi la porta alle spalle. «Come sta il nostro italiano preferito? Mi è mancato agli ultimi incontri. Non avrà mica ricominciato?»

«Non credo» rispose Mark, posando il sacchetto in cucina. «Più che altro mi sembrava molto indaffarato. Il locale era pieno fino all'ultimo posto e Sergio sembrava sobrio come il papa in persona. A proposito, ti manda i suoi saluti.»

«Chi, il papa?»

Mark annuì con espressione serissima. «Ma certo, chi altri?»

Doreen tirò fuori dall'armadietto della cucina due calici e Mark li riempì di acqua minerale.

«A te, mio caro» disse brindando con lui. «Al tuo primo anno senza alcol! Sono fiera di te perché hai resistito. E soprattutto perché hai scelto proprio questa data particolare. In questo modo hai trasformato una cosa negativa in qualcosa di positivo. Congratulazioni!»

«E a te» rispose lui con una punta di imbarazzo. «Senza di te non ce l'avrei mai fatta.»

Lei scosse la testa. «Suvvia, non ti sminuire. Io ti ho solo assistito. Il risultato lo hai ottenuto da solo, come tutti noi. E prima o poi sarai in grado di affiancare anche tu qualcun altro del gruppo lungo questa strada.»

«Staremo a vedere, per prima cosa devo resistere ancora un po'» disse Mark, alzando il bicchiere verso di lei. «A noi due, allora. Senza di te sarei entrato di sicuro nel Guinness dei primati. Come il cadavere con il tasso alcolico più alto di sempre.»

Detto questo brindarono.

«Per fortuna non è successo» commentò Doreen dopo aver bevuto una lunga sorsata. «Spero anche che le cose rimangano così. Dopo tutto c'è ancora bisogno di te. Per esempio per andare a prendere i piatti, perché ho proprio una gran fame.»

Mark fece come gli era stato chiesto e poi gustarono insieme la ricca scelta di antipasti preparati da Sergio.

Mentre cenavano chiacchierarono del più e del meno e risero molto, e pian piano a Mark parve che l'immagine di se stesso con la canna della pistola sotto il mento e seriamente intenzionato a premere il grilletto si facesse sempre più lontana e più simile a un brutto sogno.

Durante quella cena spensierata, con il buon cibo e le candele accese, si rese conto di essere vivo. Non gli capitava da molto tempo e anche questo, come molto altro, lo doveva a Doreen.

Ammirava la sua forza. Anche lei si era gettata alle spalle una fase buia della vita, ma al contrario di lui non si era mai arresa del tutto. Era come se attingesse a una fonte segreta che le dava sempre nuova forza.

27

Quando uscì dalla cucina con due tazzine di caffè al termine della cena, Mark la guardò serio.

«Forse rovinerò la serata, ma posso farti una domanda?»

«Certo» rispose lei andandosi a sedere. «Che cosa vuoi sapere?»

«Ecco, ci conosciamo da parecchio tempo e so che hai avuto una tragica esperienza. Negli incontri di gruppo non sei mai scesa nei dettagli, ma forse ora ti va di raccontare a *me* quello che ti è capitato? Non pensare che te lo chieda per curiosità, ti prego. Vorrei solo capire come hai fatto a uscirne.»

Doreen evitò di guardarlo e spinse la tazzina verso di lui. Poi sorseggiò il proprio caffè, aggrottò la fronte e annuì.

«Sì, penso di dovertelo dire. Dopo tutto io conosco la tua storia. *Do ut des*, come si dice. E forse potrà davvero servirti.»

«Non sei costretta a farlo, se non vuoi.»

Lei rispose con un gesto della mano. «Non ti preoccupare. In fondo sei un ottimo amico. Ma devi promettermi che non lo racconterai a nessuno, va bene?»

«Certo, sarò muto come una tomba.»

Doreen alzò di nuovo la tazza, ma invece di bere rimase a fissarla assorta, poi la riportò sul piattino.

«Vedi, non ho mai avuto fortuna nelle relazioni sentimentali» iniziò. «Per qualche motivo sono sempre stata attratta da quei tipi alfa, con la mania di possesso. L'ultimo è stato il peggiore di tutti. La gelosia fatta persona. Non appena qualcun altro mi lanciava anche solo un'occhiata, finivamo per litigare.»

«Perché non lo hai lasciato?»

«Già, perché sapeva anche essere molto affascinante, e perché io ero tanto sciocca da cascarci tutte le volte. E poi sono rimasta incinta.»

Fissò il tavolo davanti a sé e cominciò a cincischiare nervosamente il tovagliolo mentre riprendeva a parlare. «Una sera sono andata al cinema con un'amica. Non sapevamo che il film durava più del normale, ma non me ne sono preoccupata. Dopo siamo andate a mangiare un boccone ed è stata una bella serata. Quando sono arrivata a casa, però, lui era fuori di sé. Mi ha accusato di avergli mentito e di essermi vista con un altro. Si è messo a urlare e non voleva ascoltarmi. Alla fine mi ha spinto in un angolo del salotto e... mi ha picchiato. Con violenza. Era molto forte, sai? E poi...»

S'interruppe, ma quando Mark era sul punto di dirle che non c'era bisogno che continuasse, perché credeva di conoscere il resto della storia, riprese a raccontare.

«Mi ha violentata, Mark, ma non è stata questa la cosa peggiore. La conseguenza più atroce è stata che ho perso il bambino. Ero al sesto mese. In seguito non ne ho potuti avere altri. La vita, per così dire, mi ha punito due volte.»

Era sul punto di piangere e si passò la mano sul viso. «Sono piombata nella depressione e ho iniziato ad annegare il dolore nell'alcol. Era l'unico modo per andare avanti. Almeno era ciò che credevo allora. Proprio come te e tutti gli altri nel nostro gruppo. Già, a un certo punto avevo bisogno di essere ubriaca continuamente. Ero a pezzi. Alla fine bevevo una bottiglia di vodka al giorno, a volte anche di più.»

Abbassò gli occhi e per un attimo il silenzio fu così intenso che si sentiva l'acqua gassata frizzare nei bicchieri.

«Mi spiace» disse Mark. «Sarebbe stato meglio non chiederti niente.»

Doreen alzò lo sguardo e sorrise. «No, è tutto a posto. Per certi versi fa bene parlarne e non tenersi tutto dentro.»

«Che fine ha fatto quel tipo?»

«L'ho denunciato e lo hanno messo dentro. Al processo ho saputo che aveva già subito una condanna per aver picchiato un'altra donna. E sai quanto gli hanno dato? Un anno e un mese! Senza condizionale, non è fantastico?» Sbuffò sprezzante. «Un anno e un mese per due vite distrutte.»

Di fronte all'espressione attonita di Mark scoppiò in una risata beffarda.

«Sono stata così stupida, Mark! Avrei dovuto capire molto prima che razza di stronzo fosse e che non avrei mai dovuto diventare dipendente da lui. Ma era comunque il padre del mio bambino, e certe cose preferiamo non vederle, perché altrimenti bisognerebbe cambiare la nostra vita dalle fondamenta.»

«Questo è verissimo» concordò lui. «A volte aspettiamo troppo a lungo prima di fare la cosa giusta.»

«Puoi dirlo forte. Mentre lui era in prigione, io ho fatto perdere le mie tracce. Ho tagliato tutti i ponti, mi sono trasferita tre volte perché avevo il terrore che quel pezzo di merda sarebbe venuto a cercarmi, una volta uscito di galera. Ero diventata paranoica. Con certi squilibrati possessivi non sai mai fin dove possono spingersi e che razza di contatti hanno. E così la mia dipendenza dall'alcol è peggiorata e me ne vergogno ancora oggi.»

Mark le prese la mano e gliela strinse. «Non ne hai alcun motivo. Avevi paura, è del tutto comprensibile. Quando siamo terrorizzati, può succedere di commettere qualche sciocchezza.»

Lei gli sorrise di nuovo, ma stavolta il suo sorriso non arrivò agli occhi. Mark notò invece lampeggiare nel suo sguardo qualcosa di gelido che non aveva mai visto prima in lei.

«Alla fine la vita ha punito anche lui» disse con una nota malcelata di trionfo nella voce. «Ho saputo che tre settimane prima di essere rilasciato ha avuto un ictus. Non so come sia potuto succedere, ma da allora è inchiodato su una sedia a rotelle e non toccherà mai più una donna in vita sua. Direi che esiste una specie di nemesi o giustizia compensativa nella vita. Ma, se devo essere del tutto sincera, avrei preferito essere *io* a metterlo su quella sedia a rotelle. Trovi che sia un pensiero aberrante?»

Mark scosse la testa. «Niente affatto. Chiunque di noi nutre fantasie di vendetta. Non è aberrante, al contrario aiuta l'igiene mentale. In un modo o nell'altro bisogna sfogare la rabbia repressa. E, finché questo accade dentro la testa, va benissimo.»

«Probabilmente hai ragione tu» disse lei sottraendo la mano. «Tuttavia...»

Lasciò la frase in sospeso, prese la tazza e finì il caffè con il gesto esperto di una bevitrice che tracanna una grappa. Poi fissò Mark negli occhi.

«All'epoca anch'io sono stata salvata da qualcuno» disse. «Come io ho fatto con te. Era una mia carissima amica, mi ha trovato nel mio appartamento poco prima che me ne andassi a causa di un'intossicazione alcolica. A quanto pare tu e io abbiamo molte cose in comune.»

«Così sembra» replicò Mark, ripensando a quella notte di poco più di un anno prima, quando aveva cercato di mandarsi all'altro mondo con l'alcol dopo aver perso l'abilitazione. Senza l'intervento deciso di Doreen e di un abile medico che si trovava a passare da quelle parti, ci sarebbe riuscito.

«Sei ancora in contatto con questa amica?»

«No» rispose Doreen abbassando gli occhi. «È morta. Ma mi ha lasciato un consiglio prezioso, che mi fa sempre pensare a lei. È il consiglio più importante che mi sia mai stato dato: quando non puoi più proseguire su una strada, imboccane una nuova.»

Ora toccò a Mark distogliere lo sguardo. «So che cosa mi vuoi dire, ma non è così semplice.»

«Non l'ho mai pensato, Mark. Voglio solo dirti che dovresti almeno provarci. Non ti concedi mai neppure una possibilità. Perché non abbandoni definitivamente il tuo passato? Non puoi più riportare in vita la tua ragazza. Lei è morta, ma *tu* sei ancora vivo!»

Con un sospiro Mark si passò le mani sul viso. «Non ce la

faccio, Doreen. Se abbandonassi Tanja adesso, senza averle reso giustizia, per me sarebbe come vederla morire una seconda volta. Ma stavolta sarei *io* a ucciderla. Perché avrei rinunciato a lei. Lo capisci?»

«Sì, certo. Ma mi rendo anche conto di quello che sei diventato. Tenendoti così attaccato a lei hai rinunciato a te stesso. E continui a punirti per qualcosa che non potevi evitare, ti mantieni a galla come ghostwriter e vivi in un tugurio. E pensare che hai un potenziale così grande. Perché non firmi di nuovo gli articoli scientifici con il tuo nome e non ti riprendi la tua reputazione? Sono convinta che saresti in grado di farlo.»

Mark scosse la testa. «Ma dai, è un'illusione e lo sai anche tu. Sono stato condannato per lesioni personali, te l'ho raccontato. Per questo ho perso l'abilitazione alla professione medica. Nessuna rivista scientifica seria prenderebbe in considerazione i miei scritti nemmeno con le pinze, figurarsi poi pubblicarli.»

«Allora fai un'altra cosa» insistette lei. «È quello che ho fatto anch'io. Non so se te l'ho già raccontato una volta: prima della disgrazia ero puericultrice. I bambini erano tutto per me, ma poi non ce l'ho più fatta. A un certo punto è diventato così difficile che cambiavo addirittura marciapiede quando vedevo venirmi incontro una donna con il suo bambino, oppure se dovevo passare davanti a un negozio di giocattoli. Non lo sopportavo più. Allora ho cominciato a lavorare nel nostro gruppo di autoaiuto e in una casa delle donne. Con i bambini non ci so più fare, ma almeno posso aiutare le madri. Anche questo è un compito importante. Potresti trovare qualcosa di analogo anche tu.»

«Ci penserò» promise lui. Poi alzò a sua volta la tazza per cambiare argomento. «Ne vuoi un altro? Stavolta lo preparo io un espresso con i fiocchi. Ho un tocco da maestro, credimi.

Chissà, un giorno potrei anche diventare un vero barista all'i-taliana.»

Lei sorrise. «Sto cercando di immaginarti con un lungo grembiule marrone. Potrebbe essere sexy, soprattutto con un chicco di caffè stampato sulla pettorina.»

«Un chicco *rovente e fumante*» aggiunse Mark sorridendo a sua volta.

«Per quanto sia sexy, mio caro, sono costretta a declinare. Se bevo un altro caffè a quest'ora, poi non chiuderò occhio per...»

Fu interrotta da una scampanellata.

«Aspetti qualcun altro?» chiese Mark meravigliato.

Doreen guardò l'orologio appeso al muro. «No, ma posso immaginare chi è.»

«Ah, sì? Ovvero?»

«Il mio vicino.»

«Alle undici e dieci?»

«Non sarebbe la prima volta» rispose lei, alzandosi con un sospiro. «Quel brav'uomo ha ottantadue anni, da qualche settimana ha il televisore nuovo e a quanto pare è sul piede di guerra con il telecomando. In realtà penso che soffra di soli-tudine e ogni tanto abbia bisogno di scambiare due chiac-chiere.»

Anche Mark si alzò e accennò un inchino. «Doreen Na-der, ti ha mai detto nessuno che sei troppo brava per questo mondo?»

«Sì, tu in questo momento. Torno subito. Se nel frattempo vuoi fare il barista per te stesso, accomodati pure.»

Era quasi uscita dal salotto quando si girò un'ultima volta.

«A proposito di prima... Non farti problemi, mi ha fatto piacere che tu me lo chiedessi. Per me è importante che tu sia informato, è stato bello parlarne con te.»

Lui annuì. «Ha fatto bene a entrambi. Grazie.»

«Sono io che devo ringraziarti, mio caro. E adesso vai a farti quell'espresso. Io torno subito.»

Detto questo uscì nel piccolo ingresso e Mark andò verso la cucina.

Al contrario del suo minuscolo angolo cottura, che era corredato solo di una piastra elettrica difettosa, un microonde e la macchina per il caffè, la cucina di Doreen sembrava esagerata.

Nella sua vita precedente gli era piaciuto moltissimo cucinare. Non si sarebbe mai neppure sognato che un giorno si sarebbe limitato a ricette al microonde e fast food. Ma era proprio ciò che aveva fatto negli ultimi anni.

Sì, era davvero giunto il momento di imboccare una nuova strada e di risvegliare i suoi talenti trascurati, pensò.

Caricò il filtro della caffettiera, poi si bloccò. L'istinto gli diceva che c'era qualcosa di strano. Dapprima non riuscì a capire da dove venisse questa sensazione, poi però gli fu più chiaro.

C'era troppo silenzio.

Se Doreen fosse stata sul pianerottolo a parlare con il vicino di casa, avrebbe dovuto sentirla. Di sicuro non avrebbero bisbigliato tra di loro, soprattutto se il suo vicino di casa era una persona anziana che probabilmente non ci sentiva più molto bene.

Mark tornò in soggiorno con la fronte aggrottata e si fermò sgomento.

Doreen era in piedi con gli occhi sgranati sulla porta dell'ingresso. Con una mano si sorreggeva al muro e si teneva premuta l'altra sul lato del collo. Barcollava come se non riuscisse a reggersi in piedi.

«Mark» disse con un filo di voce. «Mark, lui... lui...»

Poi stramazzò a terra.

Con un balzo Mark riuscì ad afferrarla poco prima che andasse a sbattere sul pavimento.

34

«Doreen, per amor del cielo, che cosa è successo?»

Lei però era riversa inerte tra le sue braccia e per un attimo fu assalito da un agghiacciante pensiero.

È morta! Mio Dio, è morta!

L'adagiò a terra e le tastò il collo.

Il battito c'era ancora. Per fortuna! Ma era debole e irregolare.

Quando ritirò la mano, vide una goccia di sangue. La pulì e osservando meglio notò una minuscola puntura sulla pelle.

Mentre cercava di comprendere che cosa fosse accaduto, colse un movimento alle proprie spalle e si girò di scatto. Nello stesso istante un pugno lo colpì con violenza alla tempia.

Mark andò a sbattere con la testa per terra accanto a Doreen e un mare di stelle gli esplose davanti agli occhi. Scorse un'ombra indistinta che si chinava su di lui, poi avvertì una puntura sul collo.

Cercò disperatamente di colpire l'ombra, ma pian piano perse conoscenza e il mondo intorno a lui scomparve nella tenebra.

3.

Il trillo insistente della sveglia strappò Mark dal sonno. Quando aprì gli occhi fu accecato dalla luce del sole che entrava in camera dalle lamelle socchiuse della veneziana.

Ma non era prevista pioggia per oggi? pensò confuso. Le previsioni devono aver sbagliato.

«No, ancora no» mormorò Tanja con la testa affondata nel cuscino. «Due minuti ancora.»

Cercò a tentoni la sveglia e diede una manata sul tasto di snooze. Poi si raggomitolò con la schiena contro Mark che la cinse con un braccio. Con l'altra mano le scostò i capelli e le baciò la nuca. Lei rispose con un mormorio soddisfatto.

«Mmm, sì, è bellissimo.»

«Sai che cosa sarebbe ancora più bello?» le bisbigliò.

«Che cosa?»

«Se non dovessi tornare nel tuo appartamento per cambiarti... Avremmo un po' di tempo per una bella colazione. O per qualcos'altro.»

La baciò all'attaccatura dei capelli, dove era particolarmente sensibile, e fece scivolare la mano lungo il suo corpo.

«Sì, sarebbe bello.»

«Allora facciamolo» propose.

Infilò la mano sotto la coperta e sentì che indossava solo le mutandine. L'addome piatto era caldo e ricoperto da un velo di sudore del sonno.

Quando le toccò teneramente i seni, lei si premette ancora di più contro di lui. Le sue natiche gli aderirono al basso ventre, provocandogli un piacevole fremito.

«Ogni mattina potrebbe essere così» mormorò lui. «Avrei più tempo per baciarti, qui, e qui, e qui.»

Quando le appoggiò le labbra sulle spalle, lei affondò la testa ancora di più nel cuscino. «Ora no, Mark. Devo proprio andare. Oggi sono di mattina, non posso ritardare.»

«Vedi, è proprio quello che intendevo» disse lui, senza lasciarla. «Se vivessimo insieme, avremmo ancora tempo per fare qualcosa prima che tu debba andare via.»

«Ma non è possibile.»

«Chi ce lo impedisce? Potremmo cercare un appartamento insieme. Ho parlato con un agente immobiliare giorni fa. Avrebbe qualche proposta interessante, e nemmeno così cara. In ogni caso costerebbe meno dell'affitto di due appartamenti. Che ne diresti di dare almeno un'occhiata?»

«Per favore, Mark, non dirlo nemmeno.»

Il cuscino smorzava la sua voce, ma a Mark parve di sentirla singhiozzare.

«Che cosa succede?» chiese sgomento. «Che cos'hai?»

Lei si alzò di scatto, si girò e Mark si sentì mancare.

Si trovò a fissare un viso che non era più tale. Tanja non aveva più gli occhi. Naturale che non li abbia più, pensò in un lampo. La violenza con cui la sua testa aveva battuto contro il cofano della macchina le aveva frantumato gli zigomi e schiacciato i globi oculari all'interno del cranio, dove erano stati spremuti come acini d'uva.

Per questo anche il setto nasale era piegato in maniera innaturale e l'osso sporgeva bianco da un ammasso rosso che un tempo era stato coperto di tenera pelle. Pelle che lei aveva curato con costose creme da giorno e da notte e truccato con fondotinta e fard, prima che l'asfalto gliela grattasse via come ruvida carta vetrata.

La bocca sfracellata era quasi senza denti e la lingua guizzava come un serpente quando lanciò un grido gutturale.

«Non è possibile perché sono MORTA!»

4.

Mark si dimenava qua e là, dando colpi alla cieca per difendersi da quella cosa orrenda, quel mostro informe che un tempo era stata la donna che aveva amato.

Cercò di gridare, ma qualcosa di voluminoso gli riempiva la bocca. Qualcosa che aveva il sapore di una bestia in putrefazione e che lo fece piombare nel panico. Intanto menava pugni a vuoto e, quando la mente finalmente gli si schiarì, comprese anche il perché.

Sognavo, pensò in parte sollevato, in parte scioccato, e lasciò ricadere le braccia. Era soltanto un sogno. Per fortuna era soltanto un sogno!

Aveva la bocca secca, e quel qualcosa di grosso che gliela riempiva era la sua stessa lingua. Gli si era appiccicata al palato come una lumaca gonfiata.

Sentì il sapore della saliva seccata e fu assalito da un conato di vomito. Ma la cosa peggiore era il mal di testa. Cielo, a ogni pulsazione era come se il cervello gli dovesse esplodere.

Si sollevò gemendo con grande fatica, e subito il suo organismo si ribellò. La stanza intorno a lui si fece sfocata e iniziò a girare come se fosse seduto al centro di una giostra.

Quando finalmente riuscì a mettersi seduto, si massaggiò le tempie e a poco a poco il giramento di testa e il dolore diminuirono. Era come quello stupido consiglio di pestare un piede in terra quando girava tutto da ubriachi. Dicevano che funzionasse, allo stesso modo dello stupido gesto di premersi le tempie. Chissà poi perché.

Maledizione, era una sensazione che conosceva fin troppo bene. Eppure non aveva toccato nemmeno un goccio d'alcol.

Oppure sì?

Non riusciva a ricordare. Il cervello non era ancora ripartito del tutto. Si stava mettendo in moto faticosamente e le rotelle giravano ancora a vuoto.

Ecco perché continuo a sentire la sveglia, che non può essere tale.

Infatti poteva aver suonato solo nel suo sogno, dato che quella sveglia, come pure la sua vecchia camera da letto nell'appartamento di Francoforte, era solo un ricordo. E anche se Tanja, che oramai a sua volta esisteva solo nei suoi sogni, aveva schiacciato solo il tasto di snooze lui comunque non avrebbe dovuto più sentire il trillo inventato. Perché adesso era *sveglio.* Era così che funzionavano i sogni, giusto?

Eppure il trillo c'era sempre. Era un suono ritmato che amplificava il dolore alle tempie e lo incalzava.

Si guardò intorno, cercando faticosamente l'origine di quel suono, e allora vide il suo cellulare. Era a un paio di metri da lui, nel suo stato attuale non era in grado di valutarlo con precisione, e ruotava vibrando sul pavimento di laminato.

Strano, si meravigliò. Nel mio appartamento non c'è laminato. Solo PVC scadente.

Finalmente le rotelle nella sua testa si misero a girare e la prima cosa che produsse la sua mente fu un nome.

Doreen!

Si alzò di scatto, spaventato, e rischiò di stramazzare di nuovo quando un'altra ondata di nausea e dolore lo attanagliò. Fece appena in tempo a reggersi al tavolo da pranzo, dove appoggiò con forza entrambe le mani.

Poi il trillo fastidioso si smorzò, il cellulare smise di girare sul pavimento e lo schermo si spense.

Mark si guardò intorno ansimando e finalmente si rese conto di essere nell'appartamento di Doreen. La chiamò per nome con voce arrochita, simile a una cerniera arrugginita, ma lei non rispose.

Era solo.

Alla fine la nebbia che gli ammantava il cervello scomparve del tutto e lui ricordò ogni cosa. Qualcuno lo aveva tramortito e lo aveva narcotizzato con un'iniezione al collo. E prima quel qualcuno aveva fatto lo stesso con Doreen. Il fatto che lei non fosse più lì poteva significare soltanto che era stata rapita.

Ricordava che era successo poco dopo le undici di sera. Ora fuori c'era luce.

Quanto tempo era passato?

Mark guardò l'orologio sul muro, ma impiegò un po' di tempo prima di riuscire a metterlo a fuoco. Poi sussultò di nuovo.

Erano le nove passate.

Maledizione, sono rimasto incosciente per più di dieci ore!

Sentì arrivare un'altra ondata di nausea, che lo costrinse a reggersi di nuovo al piano del tavolo.

Acqua, ho bisogno di acqua!

Per la prima volta da un'eternità avvertì un bisogno irrefrenabile di bere semplice acqua fresca.

Reggendosi sulle gambe malferme che sembravano non appartenergli, barcollò in cucina. Allungò la mano per prendere un bicchiere che era nello scolapiatti, mancò la presa e lo fece cadere rumorosamente per terra.

Allora si chinò in avanti e, assalito da una nuova vertigine che lo costrinse a reggersi al bordo del lavello, bevve direttamente dal rubinetto.

A ogni sorso sentiva tornargli un po' di vita e, quando si fu dissetato, mise la testa sotto il getto d'acqua fredda.

Finalmente la vertigine, la nausea e anche il mal di testa si affievolirono e cominciò a sentirsi un po' meglio. Soprattutto, però, aveva di nuovo la mente limpida.

Si asciugò con uno degli strofinacci di Doreen, poi tornò in soggiorno e raccolse il cellulare dal pavimento. Stava per comporre il numero di emergenza della polizia quando l'apparecchio ricominciò a suonare.

Sussultò bruscamente, rischiando di farsi cadere di mano il cellulare. Lo riprese all'ultimo istante e guardò il display.

Invece di un nome c'era scritta una sola parola: SCONOSCIUTO.

Un numero non visibile.

«Pronto?»

«Ehi, dottore» disse una voce maschile e Mark provò all'istante un brivido gelido lungo la schiena.

Quelle parole! Non era possibile! Le stesse identiche parole!

L'interlocutore le aveva pronunciate a voce bassa, ma nella mente di Mark riaffiorarono come un'esclamazione beffarda, seguita da un tonfo metallico e lo stridio di pneumatici.

«Che succede, dottore? Hai perso la voce?»

Era così, ma la paura per Doreen strappò Mark dallo shock.

«Dove l'hai portata, pezzo di merda? Che cosa le hai fatto?»

«Non molto» fu la risposta, pacata e in apparenza vagamente divertita. «È qui con me. Sta bene, è solo un po' stordita. Un piccolo cocktail di propofol e lorazepam. Lo stesso che ho somministrato a te. Fa l'effetto di un paio di drink di troppo, ma ci siete abituati entrambi, vero?»

«Chi sei?»

Un risolino beffardo. «Sul serio? Mi chiedi chi sono? E pensare che tu stesso mi hai detto che pensi a me tutti i giorni. Sono... come l'hai definita... Ah, sì, la tua *ossessione*. Non te ne ricordi più?»

No, Mark non lo ricordava. Ma in quel momento non aveva nessuna importanza. Adesso contava solo Doreen.

«Che cosa vuoi da noi?»

41

«Non da voi, dottore, solo da te. Perciò comportati bene e rispetta le regole, così stavolta non ci saranno altri danni collaterali.»

Questo fu troppo per Mark. L'immagine del corpo martoriato di Tanja affiorò di nuovo nella sua mente, mentre la reggeva tra le braccia moribonda, simile a un burattino con i fili recisi. Una rabbia incontenibile s'impossessò di lui. Più violenta che mai.

«Danni collaterali?» urlò al telefono. «Maledetto stronzo, definisci un *danno collaterale* l'omicidio della mia compagna? Sei fuori di testa, pazzo! Perché non mi affronti direttamente? Avanti, forse sei troppo vigliacco? Sistemiamo la cosa da uomo a uomo, qui e subito! Allora ti farò vedere io che cos'è un *danno collaterale*!»

Per un attimo l'apparecchio rimase muto. Poi l'interlocutore domandò in tono gelido e non più divertito: «Hai finito con la tua scenata da macho?»

«Non ho ancora cominciato, sacco di merda codardo!» gridò Mark. «Se non mi lasci subito parlare con Doreen, riaggancio! Hai capito?»

Ci fu un'altra pausa di silenzio, seguita da un profondo sospiro.

«Come vuoi tu, dottore, immaginavo che sarebbe andata così. Allora faremo in un altro modo. Ascoltami bene.»

Ma non ci fu nient'altro, solo silenzio, e quando Mark tornò a guardare il display vide che la chiamata era stata chiusa.

«Cazzo! Non è possibile! Ha riagganciato! Quel pezzo di merda ha riagganciato!»

Scosso da brividi di rabbia e agitazione, si mise seduto sulla stessa seggiola dove era stata Doreen la sera prima, con l'impressione di essere passato direttamente da un incubo a un altro.

Che cosa poteva fare adesso?

Doveva chiamare la polizia?

42

Non era una buona idea. Non finché quel tizio aveva Doreen e lui non sapeva dove fossero.

Ma non poteva richiamare il rapitore perché non conosceva il numero di telefono.

«Che situazione del cazzo! Che maledetta situazione del cazzo!»

Un allegro *pling!* lo fece trasalire e una notifica sullo schermo lo informò che aveva ricevuto un videomessaggio da SCONOSCIUTO. Voleva vederlo?

No, non voleva vederlo affatto, ma aprì lo stesso il video e si preparò a una qualche scena raccapricciante. Sì, era proprio così.

Il rapitore aveva rivolto l'obiettivo proprio sul viso di Doreen e, anche se l'antiquato iPhone di Mark aveva uno schermo minuscolo con una risoluzione bassissima, quello che vide fu più che sufficiente. Doreen teneva gli occhi chiusi e il mascara sbavato dava l'impressione che avesse pianto lacrime fuligginose. La bocca era tappata da una striscia di robusto nastro adesivo nero e dal naso le spuntava una bolla di catarro.

Il movimento della bolla che si allargava e si stringeva insieme al fremito delle palpebre gli fecero capire che era ancora viva. Ma lo shock era troppo intenso e non permise a Mark di provare sollievo.

Quando l'inquadratura si allargò, riconobbe una grossa mano maschile. Teneva per il mento la testa inerte di Doreen e la girava da una parte all'altra.

Grandissimo pezzo di merda, me la stai presentando, pensò Mark. Mi vuoi dimostrare di averla letteralmente in pugno.

La rabbia che accompagnò questo pensiero lo aiutò a superare il primo istante di sgomento e a concentrarsi su ulteriori particolari. A parte il busto di Doreen con il vestito bordeaux della sera prima che Mark riconobbe, l'inquadratura non mostrava molto altro.

Gli parve di riconoscere una parete di legno sullo sfondo. Erano assi scure, come quelle di un vecchio capanno o di una cantina. Era possibile che il video fosse stato girato in una cantina. L'unica fonte di illuminazione sembrava il flash del telefono. Non c'erano altri raggi incidenti che potessero far pensare a una finestra.

Non significa niente, pensò Mark. Il video potrebbe risalire alla notte scorsa, quando fuori era già buio.

Il video si bloccò di scatto sostituito dall'avviso di una nuova chiamata dello sconosciuto.

«Allora, ti è piaciuto il mio filmino casalingo?» domandò la voce e Mark vi colse l'eco di un sorriso. «Non vincerà l'Oscar, però è convincente, vero?»

«Per favore» disse Mark a voce bassa, quasi implorante, e questo gli fece provare un profondo disgusto verso se stesso. «Lasciala andare. Se vuoi qualcosa da me, dimmelo e io lo farò. Qualunque cosa. Ma, per favore, lascia libera Doreen.»

«Visto? Così va già meglio» rispose lo sconosciuto in tono quasi premuroso. «Non ti preoccupare, se farai esattamente come ti dico, non le succederà niente. Continuerà a dormire. E, una volta che tra di noi sarà finita, si risveglierà. Probabilmente avrà una solenne emicrania da sbronza, ma le passerà. Non ti pare un'offerta accettabile?»

«A patto che la rispetti» disse Mark.

«Su, non essere tanto diffidente, dottore! Manterrò la promessa finché tu rispetterai le regole del gioco. D'accordo?»

«Che cosa vuoi da me?»

«Allora» disse soddisfatto l'altro, «in realtà è molto semplice. Per cominciare dovrai solo rintracciare qualcuno per me.»

«Chi?»

Lo sconosciuto scoppiò a ridere, come se Mark gli avesse fatto una domanda spiritosa. «Non essere così impaziente. Sarai tu stesso a scoprire a chi mi riferisco. Del resto la consa-

44

pevolezza è il primo passo verso il miglioramento, non trovi anche tu?»

Mark scosse la testa disperato. «Non ho idea di che cosa stai parlando! Chi diavolo dovrei trovare?»

«Ci arriverai da solo» rispose lo sconosciuto. «Non dimenticare, però, che se dovessi combinare qualche casino io posso addormentare per sempre la tua amica. Niente polizia e nemmeno una parola con altri. Ti terrò d'occhio, hai capito?»

«Sì.»

«Bene. Allora non mi resta che augurarti buona fortuna. Ah, sì, quasi dimenticavo: ovviamente non posso lasciarti un tempo infinito, penso che concorderai con me.»

«Che cosa vorresti dire?»

«Significa che hai tempo fino a dopodomani. Per la precisione fino alle 18.31. Ti restano esattamente due giorni, nove ore e... aspetta che controllo... ventitré minuti. Vedi di non sgarrare. Tutto quello che ti serve per cominciare lo troverai nella tasca dei calzoni.»

Detto questo, riattaccò.

Mark rimase seduto per qualche minuto inebetito al tavolo di Doreen. I pensieri si rincorrevano senza sosta nella sua testa, non riusciva a capacitarsi di quello che era appena successo.

Il battito alle tempie era tornato, ma la cosa non lo sorprese. Da come gli martellava il cuore doveva avere la pressione alle stelle.

Fece qualche profondo respiro per calmarsi, poi si tastò i pantaloni. Nella tasca destra sentì un oggetto squadrato di piccole dimensioni. Lo tirò fuori e lo contemplò tenendolo sul palmo della mano.

Era la chiave di un'automobile.

5.

Allora era questo che voleva lo sconosciuto: umiliarlo. Lo co-
stringeva a una caccia al tesoro di cui aveva stabilito i limiti di
tempo e le regole, oltre che un'assurda scadenza. Le 18.31.
Perché non le 18.30? Che senso aveva quell'orario per lui? E
perché due giorni? Perché non tre oppure uno soltanto?

A quanto sembra dà importanza al numero di giorni e non
a un particolare giorno della settimana, perché altrimenti me
lo avrebbe indicato, pensò Mark. In quel caso avrebbe detto
mercoledì, invece ha parlato solo di due giorni.

Non gli restava altro da fare che accettare quel gioco assurdo se non voleva mettere a repentaglio la vita di Doreen.
Quanto meno *per adesso* non aveva altra scelta, finché non
avesse scoperto lo scopo di tutta la storia.

Con il cuore in gola e le ginocchia ancora molli, scese
nell'atrio. La chiave era di una Volkswagen, che doveva essere parcheggiata tra le macchine lungo i lati della strada. Sicuramente avrebbe trovato un altro indizio al suo interno.

Quando uscì sul marciapiede, l'aria fredda di ottobre lo
fece rabbrividire. La pioggia battente della sera prima si era
trasformata in una pioggerellina che scendeva come un velo
torbido dal cielo grigio e si adagiava sul paesaggio.

Era una scena stranamente cupa e surreale. Gli sembrava
di trovarsi sotto un'invisibile campana di vetro che una forza
sovrannaturale gli aveva rovesciato sopra.

Doveva essere l'effetto dei narcotici che gli aveva iniettato
quello stronzo. Anche se il loro effetto fisico era finito e probabilmente il suo organismo aveva già smaltito quella robac-

cia, era sempre sotto shock e gli costava uno sforzo immenso scrollarsi da quello stato.

I passanti con gli ombrelli camminavano spediti sul marciapiede, chi telefonando, chi fissando in modo truce davanti a sé, ma lui non ci badò. Guardò invece sbigottito l'autopattuglia ferma a meno di dieci metri da lui accanto alle auto parcheggiate sul lato opposto della strada.

La polizia era lì per lui? Qualcuno aveva denunciato il rapimento? Forse l'anziano vicino di Doreen, che soffriva di insonnia senile e quindi aveva sentito tutto?

Oppure per qualche motivo gli agenti si erano accorti dell'auto del rapitore prima di lui? Perché all'interno c'era qualcosa che aveva suscitato la curiosità di un passante? Qualcosa di brutto come...

Un cadavere?

Ma poi vide un uomo calvo, con giacca e cravatta, che si era piazzato davanti a un poliziotto e sfogava la sua collera a gran voce e gesticolando come un pazzo, al punto che Mark riusciva a sentire le sue parole nonostante il rumore del traffico.

«Quella vecchia babbiona avrebbe dovuto solo guardare nello specchietto laterale! Non era così difficile! E invece è partita di botto con quel suo catorcio. Ecco, guardi anche lei! La portiera è distrutta!»

L'uomo indicò il suo SUV bianco parcheggiato di traverso accanto al marciapiede. Dalla parte del passeggero la portiera aveva una brutta ammaccatura con segni di vernice rossa.

Subito dietro spuntava un'utilitaria rossa con il cofano ammaccato. La guidatrice, una donnina con candidi capelli corti, era in piedi lì accanto con gli occhi sgranati e le mani davanti alla bocca. Sembrava una bambina invecchiata all'improvviso per lo spavento e lasciava che l'altro inveisse senza reagire.

«L'ho ritirato giusto due settimane fa dal concessionario!»

47

continuava intanto a lamentarsi l'uomo la cui testa calva aveva assunto una preoccupante tinta paonazza. «E non mi dica
che non si vede! Tranne forse per chi ha bisogno con urgenza
di un esame della vista! Merda, per colpa di questa idiota ar-
riverò tardi al mio appuntamento! E chi mi risarcisce se mi
salta il contratto per questo, eh? Chi?»

Se non ti dai una calmata salterai prima tu, pensò Mark.

Non riusciva a distogliere lo sguardo dai due poliziotti che
si stavano occupando dell'incidente. Il più anziano si sforzava
di calmare l'uomo, mentre il collega più giovane aveva fermato il traffico e fotografava i danni da tutte le angolazioni.

Quando si accorse che Mark fissava la scena, gli si avvicinò
e lo apostrofò.

«Ehi, signore! Ha per caso visto la dinamica dell'incidente?»

Mark deglutì, stringendo la mano convulsamente intorno
alla chiave misteriosa.

«No» rispose, «ma...»

*... tengo in mano la chiave di una macchina che mi è stata
data da un uomo che esattamente sette anni fa ha ucciso la mia
compagna. Un uomo che i suoi colleghi cercano invano da allora. Ieri notte questo tizio mi ha tramortito e ha rapito una mia
amica. Il suo appartamento è nel palazzo proprio qui dietro.
Ora ha minacciato di ucciderla. Mi ha mandato un suo video.
Ce l'ho sul cellulare, che tengo nella tasca sinistra dei pantaloni, e ho bisogno con urgenza del vostro aiuto.*

Era stato a un soffio dal rivelare tutto questo, ma poi gli era
tornata in mente la minaccia del rapitore: *ti terrò d'occhio.*

Effettivamente sull'altro lato della strada c'era un giovane
che guardava dalla sua parte. Doveva avere una trentina d'anni, e sembrava stranamente interessato.

Non può essere lui, pensò Mark. Quanto meno sarebbe
molto improbabile. Però potrebbe esserlo!

Così come tanti altri giovanotti che gli passavano accanto.

Preferì non dire niente di ciò che avrebbe voluto rivelare, anche se dovette fare un enorme sforzo su se stesso.

«No ma, cosa?» lo incalzò il poliziotto, che lo fissava scettico.

«Niente, volevo dire che succedono molto spesso incidenti di questo genere» balbettò Mark all'ultimo istante. «I parcheggi qui sono sempre pieni.»

«Sì, è evidente» ribatté il poliziotto. Intanto continuava a fissarlo con insistenza. «Si sente bene?»

«Sì, perché me lo chiede?»

«Be', sembra molto pallido.»

Il giovane sull'altro marciapiede lo stava sempre osservando.

Mark si strinse nelle spalle sperando di avere un'aria disinvolta. «Devo essermi preso qualcosa.»

Per un attimo che parve durare in eterno l'agente non rispose e tenne lo sguardo fisso su di lui.

Probabilmente pensa che sia un tossico, pensò Mark, facendo del suo meglio per sostenere quello sguardo indagatore. La cosa non mi sorprenderebbe. Devo sembrare uno zombie.

«Meglio che torni a casa» disse infine il poliziotto. «Altrimenti contagerà tutti quanti.»

«Lo farò» promise Mark. «Devo solo prendere una cosa dalla macchina.»

«Allora buona guarigione.»

Il poliziotto gli rivolse un brusco cenno di saluto e tornò dal collega che nel frattempo stava prendendo le generalità della donna che aveva causato l'incidente e che adesso era in lacrime, mentre l'uomo del suv non la smetteva di inveire contro i vecchi al volante.

Mark vide che il giovane che lo aveva osservato si stava allontanando. Accanto a lui adesso c'era una ragazza che lo teneva per mano. Nell'altra aveva una busta con il logo sgargiante della boutique dirimpetto che sfidava il grigiore della giornata.

Mark si allontanò nella direzione opposta, sentendosi terribilmente paranoico. Ma nella sua attuale condizione era più che legittimo.

Sfilò accanto alle auto parcheggiate lungo tutta la via. Intanto schiacciava ripetutamente il telecomando della chiave che aveva nella tasca della giacca.

Arrivato a circa duecento metri dall'appartamento di Doreen, mentre già pensava di cambiare marciapiede per tentare la fortuna da quella parte, sentì un *clic* e vide accendersi le luci delle frecce di un'auto a poca distanza da lui.

Si avvicinò titubante alla macchina e si fermò perplesso. Si era immaginato tante cose, ma ciò che vide lo colse di sorpresa.

6.

«Che rottura! Che grandissima rottura!» imprecò Gregor Ahrens mentre stringeva con forza il volante del trattore che sbandava. Le nocche gli diventarono bianche. Controsterzò, scalò di una marcia e sfiorò il pedale dell'acceleratore.

Il potente motore ruggì e i grossi pneumatici tassellati scavarono più a fondo la strada forestale mentre l'abitacolo era agitato da uno scossone. Ahrens accelerò di nuovo, delicatamente, con la prudenza di un boscaiolo esperto, e finalmente il rimorchio carico di pesanti tronchi tornò in carreggiata.

Ahrens sbuffò sollevato, ma subito dopo imprecò di nuovo. Questa volta con la parola che sua moglie pronunciava solo per l'iniziale M davanti ai bambini. Utilizzarla in casa Ahrens era tabù e di solito lui non aveva l'abitudine di imprecare. Al massimo lo faceva quando era solo, come ora.

Ma quel giorno era teso e rabbioso, e aveva bisogno di sfogare in qualche modo la collera. Dopo tutto non si poteva essere sempre simpatici e disponibili, anche se bisognava riconoscere che in genere ci provava sul serio.

La sua collera era causata da due motivi, entrambi legati alla pioggia insistente.

In primo luogo era partito troppo tardi. Caricare il rimorchio aveva richiesto più tempo del solito, in quanto la gru di sollevamento sul pendio scosceso continuava a scivolare. Il suolo era reso più molle e fangoso dalla pioggia incessante e i puntelli della gru ci affondavano e dovevano essere spostati in continuazione. Al termine delle manovre di carico, Ahrens e i suoi colleghi sembravano usciti da un incontro di lotta nel fango.

Be', se non altro da questo punto di vista poteva ritenersi fortunato, pensò. Era a bordo del trattore, protetto dalla pioggia e con la prospettiva di una doccia calda e di vestiti puliti non appena avesse consegnato il legname alla segheria.

I colleghi al contrario sarebbero stati impegnati ancora per un po' con il disboscamento del pendio sotto la pioggia gelida. Avevano l'incarico di trasformare la monocultura di vecchi abeti in un bosco misto con le nuove piantumazioni, per rendere il pendio più stabile in futuro e scongiurare il pericolo di frane dovute al maltempo.

Questa almeno era la teoria, perché prima di arrivare alla fine dei lavori mancava ancora molto tempo. E negli ultimi giorni il lavoro era diventato una specie di «lotta nel fango con motoseghe» come l'aveva definita in maniera azzeccata il suo collega Bergmann.

Il secondo motivo di collera per Ahrens era che al ritardo della partenza si accumulava anche quello del tragitto, perché avanzava molto lentamente sulla strada fangosa. In molti punti la ghiaia era stata spazzata via dall'acqua e si erano formate grandi pozzanghere.

Le ruote del rimorchio continuavano a finire nelle buche, spesso grandi quanto piscine gonfiabili, e Ahrens faticava a tenere il trattore in carreggiata. La strada forestale costeggiava un ripido pendio e, se il rimorchio fosse uscito dalla sede, per lui ci sarebbe stato un viaggio gratis in terapia intensiva se non direttamente al cimitero.

Non avrebbe mai fatto in tempo a uscire dall'abitacolo se fosse finito fuori strada e, nonostante la presenza di abeti lungo il pendio, non sarebbero riusciti a trattenere il peso dell'enorme trattore.

Per questo procedeva a tempo di lumaca, imprecando, e sarebbe arrivato alla segheria molto più tardi del previsto. Lo scarico dei tronchi avrebbe richiesto altro tempo e tutto questo proprio il giorno in cui avrebbe voluto finire prima per arrivare in orario allo spettacolo scolastico dei suoi figli.

Era davvero una grandissima rottura!

Con la faccia contratta per la concentrazione, manovrò il trattore oltre una curva. Il rimorchio slittò di nuovo e Ahrens dovette dare un altro colpetto di acceleratore per correggere la traiettoria.

La manovra riuscì, ma il sollievo fu di breve durata, perché pochi metri più avanti vide una motocicletta di traverso sulla strada.

Con un'esclamazione di spavento – di nuovo la parola che iniziava per M – riuscì a fermare il pesante mezzo all'ultimo momento.

Spense il motore e guardò ansimando dal parabrezza sferzato di pioggia.

«Ci mancava solo questa!» gemette, dando un pugno rabbioso al volante. «Oggi ce l'hanno proprio tutti con me!»

Scese dalla cabina e si avvicinò alla motocicletta. Era un modello da fuoristrada, un enduro, simile a quella che aveva avuto lui da giovane. Ideale per smanettare e divertirsi sulle strade forestali, anche se in questo caso sembrava che la corsa fosse finita contro un ramo che era affondato nel fango sotto la motocicletta.

Il fatto che non ci fosse traccia del motociclista poteva essere un buon o cattivo segno. Nel caso migliore si era allontanato a piedi lungo la strada da cui era arrivato, per andare a cercare aiuto. Se era sotto shock, cosa piuttosto probabile, non gli era venuto in mente di spostare la motocicletta sul ciglio della strada.

Ma era anche possibile che l'impeto della brusca frenata avesse catapultato il motociclista lontano dal mezzo. Dalla posizione in cui era messa la motocicletta, sembrava proprio verso valle.

Ahrens sbirciò oltre il ciglio della strada, ma non vide nessuno tra gli alberi sottostanti. Gli abeti crescevano fitti e di sicuro avrebbero fermato una persona.

Allora significa che se n'è andato sotto shock. Resta da chiedersi fin dove sia riuscito ad arrivare. Se è rimasto ferito per la caduta, potrebbe essere rischioso. Soprattutto in caso di una ferita alla testa.

Ahrens si inginocchiò per esaminare meglio l'enduro. Il motore era ancora caldo e ticchettava. Non doveva trovarsi lì da molto tempo.

La moto era tutta infangata, ma non aveva segni di danni evidenti. In realtà almeno la ruota davanti avrebbe dovuto essere piegata, nel caso avesse sbattuto contro quel grosso ramo, invece sembrava intatta.

Ahrens tolse il fango con il guanto e si accorse che anche sulla vernice non c'erano graffi. Sembrava tutto a posto. Nessuna ammaccatura, niente di niente.

Un po' sconcertato, si passò la manica del giubbotto sul viso per togliere la pioggia. Anche a lui era capitato più volte di scendere involontariamente dal suo mezzo quando aveva preso una curva troppo stretta o aveva sottovalutato un ostacolo. Per questo il suo enduro – a differenza di questo verniciato di blu era bianco e rosso – nel giro di breve tempo si era riempito delle consuete cicatrici di un collaudato veterano di motocross.

Questa moto invece era intatta. Come se qualcuno l'avesse soltanto appoggiata lì, per qualche incomprensibile motivo.

Forse gli è solo passata la voglia, congetturò Ahrens. Ma in quel caso avrebbe lasciato la moto in mezzo alla strada?

Di certo non aveva tempo di starci troppo a pensare. Grazie a questa fermata inattesa sarebbe arrivato *ancora più tardi* del previsto ed era pronto a mettere la mano sul fuoco che a casa avrebbero avuto da ridire.

Prese l'enduro per il manubrio e stava per tirarlo su e spingerlo da una parte quando udì un fruscio alle proprie spalle.

Girò la testa stupito e vide il motociclista spuntare da dietro un grosso tronco. A giudicare dalla statura e dai movimenti doveva trattarsi di un giovane robusto. Ahrens non era in grado di vedere altro a causa della tuta in pelle e del casco con la visiera scura.

Il motociclista si fermò accanto a lui appoggiandosi a un lungo ramo che teneva in mano, come un escursionista al suo bastone.

«Ehi» disse Ahrens. «Tutto a posto?»

Il motociclista si strinse nelle spalle e piegò la testa di lato come se volesse osservarlo più attentamente.

«Hai bisogno di aiuto?» domandò Ahrens, sempre inginocchiato accanto all'enduro. Lasciò il manubrio e si alzò di nuovo. «Posso darti un passaggio fino in paese. Ma prima dobbiamo spostare...»

Ammutolì quando il motociclista alzò il bastone e lo brandì in aria. Per un istante Gregor Ahrens fu troppo sconcertato per muoversi o tentare di schivare il colpo.

«Ma sei matto?» riuscì a dire, prima che il bastone lo colpisse in testa facendolo cadere nel fango.

Intontito, avvertì il sapore di sangue e vide danzargli davanti agli occhi tanti puntini luminosi come uno sciame di lucciole impazzite.

«Ma cosa...» fece, ma la seconda bastonata gli tolse la parola.

Gregor Ahrens si rigirò su un fianco nel fango, proteggendosi la testa con le braccia. Il bastone continuava a colpirlo, e lui urlava di dolore.

Nessuno lo poteva sentire, a parte una cornacchia che si alzò in volo protestando dagli alti abeti e si allontanò nel cielo plumbeo.

55

7.

Una macchina si fermò proprio alle spalle di Mark sul ciglio della strada, poi si udì il ronzio di un finestrino che veniva abbassato.

«Sta andando via?» domandò una donna e, quando Mark si girò a guardarla, agitò la mano in un gesto stressato.

«Allora? Lascia libero il posto oppure no?»

Questa volta alzò la voce per sovrastare il pianto di un neonato sul sedile posteriore. Alle sue spalle una Mercedes fu costretta a una brusca frenata e chi era alla guida iniziò a suonare il clacson impaziente.

Mark scosse la testa. «No, la macchina non è mia.»

La donna alzò gli occhi al cielo, esclamò spazientita: «Magnifico!» e se ne andò.

Mark la seguì con lo sguardo per un istante, intanto continuava a domandarsi se non si trattasse solo di un brutto sogno; ma anche in tal caso al momento non c'era alcuna possibilità di svegliarsi.

Tornò quindi a osservare la macchina che si era aperta azionando il misterioso telecomando.

Era una Golf argento e sembrava nuova di zecca. Sul parabrezza in alto a sinistra era incollato il logo dell'autonoleggio Quick'n'Go.

Mark girò intorno all'auto aggrottando la fronte. Guardò dai finestrini, ma non notò nulla di strano all'interno. Non c'era niente né sul cruscotto né sui sedili o sul pianale posteriore. Se quell'auto doveva fornirgli un indizio, di sicuro non era riconoscibile a prima vista.

Gli era stato detto che doveva cercare qualcuno.

Per farlo avrebbe dovuto compiere un viaggio.

A quanto pareva quel pezzo di merda gli aveva persino messo a disposizione il mezzo di trasporto necessario. Che generosità.

Ma continuava a non sapere chi cercare né dove andare.

Dopo una breve esitazione azionò l'apertura del portabagagli. Il portellone si alzò con un lieve sibilo metallico e Mark sbirciò all'interno.

Niente, a parte la cassetta di pronto soccorso e un giubbotto giallo fosforescente.

Che cosa ti aspettavi? lo derise una voce interiore. *Una cartina con una grossa X segnata sopra? O magari un cadavere come in un romanzo di Simenon?*

Mark non aveva idea di cosa si fosse aspettato, ma non riuscire a trovare niente lo lasciava piuttosto sconcertato. Richiuse il portellone, più energicamente del necessario, e si avvicinò alla portiera del guidatore. Dopo un'altra breve esitazione, l'aprì e salì.

Nell'abitacolo c'era il tipico odore delle vetture nuove e, come aveva appurato già dall'esterno, era tutto immacolato come se l'auto fosse appena uscita del concessionario.

Probabilmente non c'è nemmeno un'impronta di quel pezzo di merda, pensò. Ma deve pur avermi lasciato qualcosa!

Aprì il cassettino del cruscotto e in effetti trovò una busta appoggiata sopra il portadocumenti con il libretto dell'auto e il manuale di istruzioni. Anche sulla busta c'era il logo di Quick'n'Go.

Mark l'aprì nervoso e trepidante, ma ci trovò solo il contratto di noleggio. Doveva essere quello l'indizio?

Lesse il documento in cui era scritto che lui, dottor Mark Behrendt, come da ricevuta allegata, era andato a ritirare l'auto in una filiale il pomeriggio precedente. La Golf, con il pieno di carburante, era stata noleggiata per quattro giorni e pagata anticipatamente in contanti. *Pagato* era scritto sul timbro firmato.

Nei campi relativi ai dati personali c'erano il nome di Mark, il suo attuale indirizzo e il suo attuale numero di telefono. Sotto era inserito un numero di patente.

Mark tirò fuori il portafoglio dalla tasca dei pantaloni e confrontò il numero con quello della sua patente. Corrispondeva.

A prima vista il documento di noleggio sembrava corretto, ma ovviamente non era possibile, dal momento che non era stato lui a noleggiare, ritirare o pagare la macchina.

Solo a un'osservazione più attenta si notava un piccolo ma significativo errore: secondo il contratto l'auto era stata noleggiata dal *dottor* Mark Behrendt. Mark però non utilizzava il titolo di dottore da più di un anno sui documenti. Lo riteneva inutile, visto che gli era stata tolta l'abilitazione.

Chiunque avesse noleggiato la macchina a suo nome doveva aver presentato la sua *vecchia* patente di guida.

Mark l'aveva smarrita all'incirca un anno prima durante uno dei suoi giri per i bar, insieme a tutti gli altri documenti e ai contanti che teneva nel portafoglio. Di sicuro non doveva essere stata una somma ragguardevole, poiché quella sera era rimasto quasi al verde.

Ricordava vagamente di essersi accorto della cosa un sabato mattina, quando si era trovato alla cassa di un negozio di alcolici per pagare i rifornimenti.

All'epoca oramai era precipitato ben oltre il fondo e si era accontentato di due bottiglie di gin in offerta. Quando, meravigliato, aveva rovistato nelle tasche vuote del giubbotto e dei pantaloni, il grasso cassiere lo aveva ammonito: «Non fare tutta questa manfrina! Te lo dico subito, non si vende a credito. O paghi, oppure la roba rimane qui, capito?»

La banca di Mark era già chiusa e, nonostante una lunga e disperata ricerca, in casa non aveva trovato contanti. In attesa dell'apertura dello sportello il lunedì mattina, spinto dalla necessità e dalla disperazione, aveva fatto ricorso alle ultime scorte di collutorio e acqua di colonia. Ancora oggi si vergognava di quanto fosse caduto in basso nella sua triste carriera di alcolizzato.

Ora però aveva davanti a sé la prova che all'epoca non aveva *smarrito* il portafoglio, bensì gli era stato *rubato*, e il ladro non poteva essere altri che l'assassino di Tanja.

Che cosa gli aveva detto poco prima al telefono?

E pensare che tu stesso mi hai raccontato che pensi a me tutti i giorni. Non te lo ricordi più?

Mark fu colto da un brivido ghiacciato. Si erano incontrati davvero e avevano persino chiacchierato. E lui era stato così ubriaco da non rendersene conto.

Maledetto pezzo di merda! Spero che ti sia divertito a sentirmi raccontare da sbronzo che ti do la caccia. Oh, sì, deve essere stato uno spasso per te. Probabilmente ti sei sbellicato dalle risate. Merda, preferisco non sapere che cos'altro ti ho raccontato!

Si passò le mani sul viso, come per mandare via la rabbia e la vergogna che lo avevano assalito. Ma non era più possibile far tornare indietro il tempo. Il passato era passato e ciò che era stato detto era stato detto. Rabbia, collera o vergogna non potevano cambiare le cose.

Bisogna imparare a vivere con gli errori del passato per migliorare nel futuro. Era uno dei primi fondamenti che aveva imparato nel gruppo di autoaiuto.

E lui in futuro sarebbe migliorato, giurò a se stesso.

Adesso però contava solo il presente. Finalmente Mark aveva la prova che la sua teoria era stata corretta fin dal principio. Quel tipo non lo aveva mai perso di vista. Solo così aveva potuto scoprire che Mark non possedeva più un'auto. Aveva venduto la vecchia Volvo già da diversi anni, un po' perché gli servivano i soldi, ma anche perché vivendo in una grande città non aveva bisogno di una macchina per spostarsi.

Inoltre, era evidente, doveva essere al corrente che, nonostante l'alcolismo, Mark aveva ancora la patente; almeno in questo era stato assennato: non si era mai messo al volante da ubriaco.

Lo sconosciuto sapeva tutto questo perché era rimasto vicino a Mark per tutti quegli anni. E si erano persino conosciuti!

Forse prima o poi mi ricorderò anche di te, pensò Mark prendendo il cellulare.

Compose il numero indicato sul contratto di noleggio e subito gli rispose una spumeggiante voce femminile.

«Quick'n'Go, con noi non resterete mai a piedi. Sono Larissa, che cosa posso fare per lei?»

«Salve, mi chiamo Mark Behrendt. Ieri è stata noleggiata presso di voi una Volkswagen Golf a mio nome.»

«Un secondo che controllo» cinguettò Larissa, e Mark sentì il tipico ticchettio delle unghie su una tastiera.

Per un attimo immaginò delle unghie finte, probabilmente rosa o rosse, e pensò che questa Larissa di sicuro le decorava con i brillantini, anche se in genere non si coglie mai nel segno a determinare l'aspetto di una persona esclusivamente dalla voce. Di sicuro gli stava capitando lo stesso anche con il rapitore di Doreen e assassino di Tanja. Ma forse le cose finalmente stavano per cambiare.

«Ecco qua» annunciò lei allegra. «Una Volkswagen Golf del nostro programma Cheap'n'Fast. Quattro giorni a un prezzo incredibilmente competitivo. Fortunato lei! C'è qualcosa che non va nella vettura, dottor Behrendt?»

In realtà la vettura sembra perfettamente a posto, stava per rispondere. Il problema è che è stata ritirata da un assassino e rapitore che si è spacciato per me.

Invece disse: «No, la macchina è a posto. Vorrei solo sapere che aspetto aveva l'uomo che è venuto a prenderla».

Larissa rimase un attimo interdetta, poi domandò cauta:

«Scusi sa, ma non capisco, dottor Behrendt. Non è venuto a prenderla lei di persona?»

«No, l'ha fatto un altro.»

«Certo che questo è molto strano! Il mio collega ha scritto che è stato lei a ritirare la macchina di persona e a pagarla in contanti.»

«Questo lo so» ribatté paziente Mᴧrk. «Potrei parlare con questo suo collega, per favore?»

«Mi dispiace, ma purtroppo non è possibile. Oggi è il suo giorno libero. C'è qualche problema?»

«No» sospirò Mark. «Tutto a posto. Era solo una curiosità.»

«Ma se non è stato lei... Ha *davvero* noleggiato la macchina? Oppure è stato...»

«No, no» si affrettò a rassicurarla Mark. «Come le ho detto, è tutto a posto.»

«Mi spiace molto non poterla aiutare, dottor Behrendt. Può provare a richiamare domani. Said sarà qui a partire dalle nove. Posso anche lasciargli un messaggio, così la richiamerà...»

«Grazie, non è necessario» disse Mark. «Mi è già stata di aiuto.»

Concluse la telefonata prima che lei potesse ribattere, poi si appoggiò allo schienale del sedile di guida.

Rassegnato, posò lo sguardo sul cruscotto. Ne sapeva quanto prima. Soprattutto non aveva la più pallida idea di dove lo volesse mandare lo sconosciuto. Non aveva trovato indizi né nel cassettino né da altre parti all'interno della macchina.

In realtà... Esisteva ancora una possibilità e chi era abituato a usare la macchina o era cresciuto nell'epoca dei nativi digitali sicuramente ci sarebbe arrivato molto prima di lui.

Mark infilò la chiave nel blocchetto di accensione e la girò. Le spie si accesero immediatamente e anche il navigatore si risvegliò.

«Calcolo del percorso» annunciò una voce femminile elettronica e sullo schermo cominciò ad allungarsi una linea. Il numero sopra passò dallo zero per cento, al dieci per cento, al quindici per cento. Evidentemente si trattava di un tragitto piuttosto lungo.

Finalmente arrivò al cento per cento e a questo punto si accesero due icone con le scritte «Avvia» e «Interrompi», e la voce femminile di prima chiese: «Vuoi avviare subito la navigazione?»

Mark ignorò la domanda e pigiò sulla descrizione del percorso, poi rimase a fissare attonito la destinazione inserita.

Il nome della via non gli diceva niente, al contrario del luogo in cui si trovava.

La meta era a Fahlenberg.

«Ma cosa diavolo...» mormorò perplesso, poi guardò l'orologio sul cruscotto.

Era passata più di un'ora dalla telefonata con il rapitore di Doreen. Secondo le indicazioni del navigatore, il viaggio sarebbe durato oltre quattro ore. Significava che sarebbe arrivato solo nel tardo pomeriggio.

E poi? E poi cosa?

«Vuoi avviare subito la navigazione?» ripeté monotona la voce elettronica.

Ancora no, pensò Mark. Prima devo andare a prendere una cosa.

8.

C'erano solo i dolori, dolori lancinanti. Consumavano il corpo di Gregor Ahrens come un incendio che gli divorava tutti i nervi.

La fronte escoriata scottava di sudore, il battito cardiaco era affrettato, il respiro convulso. Si sentiva come se stesse correndo in salita, mentre invece era riverso immobile sulla schiena.

Avvertiva il sapore ferroso del sangue che gli colava in gola. Aveva il naso rotto e gonfio e doveva respirare dalla bocca, e ogni respiro era una pugnalata al petto. Percepiva un inquietante gorgoglio al polmone, come se si stesse riempiendo di un liquido denso.

Ed era proprio così. Ciò che ribolliva e gorgogliava nel suo petto era il suo stesso sangue. Lo sconosciuto con la tuta e il casco neri gli aveva spezzato le costole con il suo bastone e almeno una aveva perforato il polmone.

Anche le ossa delle braccia e delle gambe erano frantumate. Gli arti ormai inutili erano attaccati al corpo come quelli di una bambola di pezza.

La gamba sinistra gli si contraeva in spasmi violenti, come se ricevesse una scossa elettrica dopo l'altra. Gli provocava un dolore micidiale e Ahrens avrebbe dato qualunque cosa per poter fermare il tormento di quella contrazione. Ma non ci riusciva. Da qualche parte lungo la colonna vertebrale le vie nervose avevano subito un corto circuito.

All'improvviso un'ombra si proiettò sopra di lui. Venne afferrato da dietro per le spalle e sollevato. Un dolore indicibile lo attraversò e lui lanciò un grido mentre una supernova gli esplodeva davanti agli occhi. Era come se quel tizio gli volesse staccare le braccia dal corpo.

Si rese conto di essere trascinato per terra e che pietre e radici gli graffiavano la schiena. Poi sprofondò in un pietoso svenimento per qualche istante e tornò in sé quando il moto-ciclista lo lasciò cadere di botto, facendogli sbattere la nuca per terra.

Udì vagamente i passi degli stivali che si allontanavano mentre boccheggiava a corto d'aria. Aveva l'occhio sinistro completamente chiuso, ma con il destro riusciva ancora a ve-dere. Il velo di sangue che lo ricopriva ammantava di un filtro rosso il cielo alto sopra di lui. Vide le cime degli abeti oltre i quali volava in cerchio un uccello, e la pioggia, che gli cadeva addosso come una cascata di perle di vetro.

Facendo uno sforzo sovrumano, girò la testa e scorse infine il suo aguzzino. Si era spostato accanto al rimorchio e stava armeggiando con qualcosa.

«Ehi» rantolò Ahrens. «Perché... mi... fai... questo?»

L'uomo si bloccò. Si voltò verso Ahrens e rimase un attimo a riflettere, come all'inizio del loro incontro. Ahrens sentiva la pioggia che tamburellava sul casco e si domandò che cosa stesse succedendo dietro la visiera nera.

Mentre tornava verso di lui, lo sconosciuto si abbassò la zip della tuta di pelle.

Il cuore di Ahrens cominciò a battere all'impazzata, come sotto i colpi di un folle batterista.

Ora mi uccide, gli passò per la mente. Ora tira fuori una pistola e mi spara. Ma perché? Volevo solo tornare a casa e...

L'uomo invece non tirò fuori nessun'arma. Almeno ciò che estrasse dal giubbotto non sembrava lo fosse. Era piuttosto un pezzo di carta o un cartoncino.

Solo quando l'uomo si accovacciò accanto a lui e gli mise

quel rettangolo davanti al viso, Gregor Ahrens vide che era una foto.

L'occhio ancora buono faticava a metterla a fuoco oltre la patina di sangue – in passato le foto sviluppate nella camera oscura dovevano aver avuto questo aspetto, gli venne da pensare chissà perché – ma alla fine vide che raffigurava una famiglia. Un uomo alto, probabilmente biondo, di mezza età, una donna mora, un po' più bassa di quello che doveva essere il marito, una bambina e un ragazzo più grande.

A quanto riusciva a vedere i quattro erano in posa in giardino. La donna reggeva orgogliosa una torta di compleanno con otto candeline accese, il marito e i figli la attorniavano a semicerchio. Erano chini in avanti, le bocche sporgenti come se fossero sul punto di soffiare sulle candeline.

Una foto allegra, sebbene costruita, che nonostante la visione offuscata di Ahrens non perdeva la sua spensieratezza.

Io conosco queste persone, rifletté. Non so più come, ma le conosco. Deve essere passato del tempo.

Ma che cosa c'entrava con la sua tortura?

Non riusciva a raccapezzarsi. La sua mente era così annebbiata dal dolore che faticava a pensare.

«Chi... sei?» ansimò, e gli parve di sentire per tutta risposta un sospiro dietro la visiera del casco.

L'uomo si infilò con grande cura la foto nella tasca della tuta, come se volesse impedire che si stropicciasse. Come qualcosa di prezioso, da proteggere a qualunque costo.

Poi richiuse la zip e si chinò su Ahrens. Gli andò così vicino che a un osservatore esterno sarebbe sembrato che volesse baciare attraverso la visiera l'uomo sdraiato davanti a lui.

Ahrens vide il proprio riflesso nero, la testa deformata dalle gocce di pioggia e lanciò un gemito. Poi il motociclista alzò di scatto la visiera mostrando un viso dall'espressione truce.

«Mi riconosci?» domandò sottovoce. «Ti ricordi di me?»

Ahrens si sforzò di osservarlo e gli tornò in mente una frase che ripeteva sempre sua madre: «La vera natura di una persona si riconosce dai suoi occhi».

Negli occhi che lo fissavano c'erano gelo e una rabbia incontenibile. Ma anche qualcos'altro. Qualcosa che risultava familiare a Gregor Ahrens. Qualcosa che risaliva a tanti anni prima.

Era un ricordo che sembrava essersi rintanato nell'angolo più remoto della sua memoria. Come la proverbiale parola che rimane sulla punta della lingua ma non riesce a uscire dalle labbra.

Sì, aveva già visto quegli occhi in passato. Con la differenza che allora non lo avevano fissato con odio, bensì con curiosità e amicizia. Era stato quando l'uomo che aveva davanti era ancora un ragazzino. Un ragazzino simpatico e sveglio, che sorrideva nella foto insieme alla sorellina e ai genitori.

Il ricordo a poco a poco riaffiorò. Il nome del ragazzo era sempre sepolto sotto la coltre di dolore, ma pian piano Ahrens cominciava a intuire chi fosse. E dopo un altro momento gli sembrò di capire anche il motivo della sua presenza lì... E perché l'uomo lo avesse ridotto così!

«Tu?» gemette.

Scrutò un viso giovane, ma nel contempo invecchiato dall'ira. E poi i lineamenti dell'uomo si scomposero in un sorriso malvagio.

«Sì, io. È da tanto che non ci vediamo, Gregor. A quanto pare mi hai dimenticato, invece io non ti ho mai scordato. Non dopo quello che ci hai fatto all'epoca.»

«Ma... io... non... ho...» protestò Ahrens con il fiato corto, ma l'altro gli posò sulla bocca il dito rivestito da un guanto.

«Sssh, niente bugie! Le bugie sono per i patetici smidollati senza spina dorsale. E tu non sei uno smidollato, vero?»

Gregor Ahrens non era in grado di rispondere. Aveva un grumo di sangue che gli saliva in gola e minacciava di soffocarlo. Gli veniva da vomitare e tossì con grande dolore.

L'altro era sempre inginocchiato accanto a lui e lo osservava con la massima indifferenza. Era come se aspettasse di vedere se sarebbe soffocato o se si sarebbe ripreso.

Quando finalmente l'accesso di tosse si calmò, l'uomo annuì soddisfatto.

«Ho dovuto aspettare a lungo, Gregor» disse sottovoce. «Molto a lungo. Volevo che foste al completo. Un giorno di paga collettivo, per così dire. Già, e adesso finalmente è arrivato il momento. Oggi tocca a te pagare.»

«Ma... ma... è... passato... tanto tempo» ansimò Ahrens. Il petto gli gorgogliava dolorosamente e fu assalito da un altro accesso di tosse.

«Proprio per questo» disse il motociclista. «Ti ho lasciato molto più tempo di quello che meritavi. Spero per te che tu ne abbia fatto buon uso.»

Abbassò la visiera e si alzò. Si allontanò dal campo visivo di Ahrens senza aggiungere altro.

Ahrens tossì di nuovo, boccheggiando. Quindi sputò un grosso grumo di sangue semicoagulato.

«Non... potevo... farci... niente» gridò, provocandosi un altro accesso di tosse. «Io... non potevo... saperlo!»

«Oh, no, eccome se lo sapevi!» fu la risposta sprezzante.

Ahrens girò il collo per quanto gli era possibile e allora vide che l'altro armeggiava all'estremità del rimorchio. Nonostante il dolore e la paura che gli annebbiavano la mente, comprese quali fossero le intenzioni dell'uomo e scoppiò a piangere.

«Per favore» gemette. «Mi... conosci! Ho... una... famiglia!»

L'uomo guardò verso di lui e si toccò il petto, nel punto dove aveva riposto la preziosa fotografia.

«Ce l'avevo anch'io» disse asciutto, poi tornò a trafficare con il rimorchio.

Ahrens lanciò un grido disperato. Facendo appello alle sue

ultime forze, rotolò di lato fino a mettersi prono. Cercò disperatamente di allontanarsi nel fango, strisciando come aveva imparato a fare da militare, per sottrarsi al pericolo che lo minacciava, ma le braccia spezzate erano inutili. Annaspavano inerti senza trovare appigli nel terreno melmoso. Per quanto si sforzasse, non si mosse di un centimetro. Era inerme come un neonato che cerchi per la prima volta di gattonare.

Ansimando e piagnucolando guardò di nuovo verso il motociclista, che sciolse l'ultima cinghia del rimorchio e poi afferrò il telecomando del meccanismo di ribaltamento.

«No!» strillò Ahrens. «Non... farlo! Ti prego! TI PREGO!»

Voglio solo tornare a casa, pensò, voglio vedere i miei figli. Andare alla loro recita. Adesso non saprò mai quale spettacolo avevano preparato, perché volevano farci una sorpresa e io non potrò mai dirgli che...

Il suo pensiero si interruppe bruscamente, quando i tronchi rotolarono giù dal rimorchio e lo stritolarono.

9.

Il fragore somigliava a quello di un terremoto e fu seguito dallo schianto degli abeti quando i tronchi si aprirono la strada verso il fondovalle. Si tolse il casco e osservò la valanga di legno, che pian piano rallentò fino a fermarsi del tutto quando perse l'impeto sufficiente a superare la resistenza degli alberi.

Poi tornò il silenzio, rotto soltanto dalla pioggerellina e dal richiamo lontano di un astore. L'aria era pervasa dall'aroma speziato della resina di abete che si mescolava all'odore di foglie bagnate e funghi del bosco autunnale.

Alzò la testa, fece un lungo respiro e inalò a fondo quegli odori che gli ricordavano tanto l'infanzia. Ripensò alle tante volte in cui aveva trascorso le prime ore del mattino sull'altana con suo padre. Con suo padre, che adesso...

Smettila! ordinò a se stesso. Aveva solo pensato quella parola, ma con tale forza che gli sembrava di sentirla riecheggiare nella testa.

Guardò i poveri resti di Gregor Ahrens a pochi metri da lui, spiaccicati nel fango.

«Te lo sei meritato» bisbigliò all'ammasso insanguinato che fino a poco prima era stato un essere umano. «Sì, maledizione, te lo sei meritato!»

Poi fu assalito da un conato e si girò a vomitare.

10.

Quando Mark era partito, il navigatore indicava un tragitto di quattro ore e sedici minuti. Ma ciò che quel miracolo della moderna tecnologia non era stato in grado di prevedere era la sconsideratezza di un uomo che quel pomeriggio aveva percorso l'autostrada a velocità eccessiva.

Forse doveva recarsi a un importante appuntamento di lavoro, oppure era in viaggio per un'emergenza in famiglia e si era affidato ai sistemi di sicurezza della sua BMW: ABS, ESP e tutte le altre raffinatezze del progresso tecnologico. Ma non aveva fatto i conti con i capricci della natura. Qualunque fosse la meta del suo viaggio, non ci sarebbe mai arrivato a causa della pioggia scrosciante e dell'aquaplaning da essa causato. Il suo viaggio si era concluso sulla corsia centrale dopo che la macchina si era ribaltata due volte ed era andata a sbattere contro il rimorchio di un autotreno che trasportava mobili.

Quando il navigatore gli aveva segnalato l'ingorgo, Mark c'era già finito in mezzo. Non aveva più avuto la possibilità di cercare un percorso alternativo.

Dopodiché erano passate tre ore e mezzo prima che il luogo dell'incidente fosse sgomberato. Insieme agli altri automobilisti Mark aveva seguito con un certo sgomento il passaggio di due carroattrezzi che avevano portato via la carcassa dell'auto. Poco dopo erano stati superati da un'ambulanza, che procedeva a velocità moderata, senza sirena né lampeggianti.

Una volta ripartiti, tutti avevano guidato più piano e in maniera più rispettosa e, quando Mark aveva raggiunto finalmente la superstrada che portava a Fahlenberg, erano trascorse più di sette ore dalla partenza.

Nel frattempo era scesa la sera e Mark faticava a riconoscere oltre il parabrezza sferzato dalla pioggia l'ambiente che un tempo gli era stato familiare.

Da quanto tempo aveva lasciato Fahlenberg e la Waldklinik? Dieci anni, forse qualcosa di più. Abbastanza da non ricordare quasi niente di quel periodo. Successivamente erano accadute troppe cose nella sua vita.

Quando finalmente superò il cartello che indicava l'inizio del comune di Fahlenberg, fu assalito di nuovo da quel senso di irrealtà che lo aveva accompagnato per tutta la giornata.

Per la miseria, che cosa era venuto a fare? Perché l'assassino di Tanja lo aveva indirizzato proprio qui?

Ci aveva riflettuto durante il viaggio e l'unica risposta che gli era venuta in mente sembrava la più banale: doveva essere legato a qualcosa del suo passato in quella città. Ci era arrivato quando aveva accettato il posto da psichiatra alla Waldklinik, dopo un lungo periodo passato lavorando per Medici senza frontiere. Adesso gli sembrava che fosse accaduto in una vita precedente, molto prima della sua reincarnazione come testimone traumatizzato di un omicidio e alcolizzato.

Si chiese se lo sconosciuto fosse stato uno dei suoi ex pazienti. Voleva vendicarsi per un incidente o un avvenimento accaduto all'epoca?

Ma di che cosa poteva essersi trattato? Che cosa, maledizione?

Non gli veniva in mente assolutamente niente. Doveva essere un episodio della sua vita sepolto dietro un velo. Lontano dagli occhi, lontano dal cuore, come era solita dire sua madre.

Mentre attraversava la città seguendo le indicazioni della voce femminile digitale, aveva la sensazione di trovarsi davanti un vecchio conoscente al quale non pensava più da moltissimo tempo.

Anche il volto di Fahlenberg era cambiato negli ultimi dieci anni. Alcuni vecchi edifici erano scomparsi, c'erano nuove costruzioni, le strade avevano cambiato corso, i negozi proprietari e nomi.

Certi angoli gli erano familiari. Il negozio di gastronomia dove andava a fare la spesa quando invitava a cena i colleghi c'era ancora. Anche la piccola enoteca di cui era stato cliente fisso.

Al contrario, il tabaccaio dove comprava regolarmente le sue Camel era scomparso. Al suo posto all'angolo della via c'era una rosticceria. Quando Mark ci passò davanti, vide l'insegna che prometteva hamburger, tacos e kebab. Gli venne da pensare che in quel caso un vizio dannoso per la salute era stato sostituito da un altro.

La voce del navigatore risuonò di nuovo.

«Svolta a destra. La tua destinazione si trova a trecento metri. Inizia a cercare parcheggio.»

La tensione di Mark aumentò mentre seguiva il percorso indicato. Superò diversi palazzi, un negozio di biciclette, una fermata dell'autobus, e una volta raggiunta la fine della via, quando già stava pensando di essersi sbagliato, la voce annunciò: «Sei arrivato a destinazione. Ricerca parcheggio in corso».

Non era necessario perché, a parte una vecchia Mercedes parcheggiata accanto all'ingresso, tutti i posti di fronte al grande edificio in fondo alla strada erano liberi. Mark si infilò in uno – «Riservato ai clienti» – e guardò l'edificio davanti a sé.

Un'insegna sopra l'ingresso lo identificava come Hotel Pensione Jordan.

È qui che alloggerò fino a mercoledì alle 18.31, pensò. Due giorni durante i quali devo trovare qualcuno. Ma chi e, soprattutto, a che scopo?

11.

Pesante fu il primo aggettivo che venne in mente a Mark entrando nell'hotel, e immediatamente dopo ne comprese anche il motivo.

L'arredamento della hall doveva risalire agli anni Cinquanta o Sessanta del secolo precedente. Le pareti erano rivestite da pannelli di legno scuri, che inghiottivano inesorabilmente la luce delle applique. Da una parte c'erano tre poltrone e un divano rivestiti di pesante velluto verde e il vecchio tappeto orientale, collocato davanti alla reception, sul pavimento di legno anch'esso scuro, faceva il resto per completare l'impressione di soffocamento.

Di sicuro non è un posto che attrae schiere di turisti nel ventunesimo secolo, pensò Mark mentre si avvicinava all'uomo magrolino che stava alla reception. Doveva avere una sessantina d'anni, anche se la giacca e i calzoni di velluto marrone, i capelli pettinati all'indietro, il pizzetto e gli occhiali da lettura sulla punta del naso lo invecchiavano molto.

Quando l'uomo si accorse di lui, posò la rivista che stava leggendo e a cui Mark gettò un'occhiata distratta. Si intitolava *Il collezionista*. Sotto era indicato l'argomento di quel numero: *Il rétro è tornato di moda.*

Non se si tratta dello stile di questo hotel, pensò, quindi si presentò.

«Dottor Behrendt!» lo accolse l'uomo con un ampio sorriso che riempì di rughe il viso affilato. «Sono Erich Lüders. Le do il benvenuto. Ha fatto buon viaggio? Sinceramente cominciavo a preoccuparmi. L'aspettavamo molto prima.»

«Ah, davvero?»

«Ecco, nella sua telefonata diceva che sarebbe arrivato nel pomeriggio.»

Mark avvertì un brivido gelido lungo la schiena.

Quello stronzo aveva davvero organizzato tutto in maniera tanto meticolosa? Sembrava proprio di sì.

Doveva aver calcolato quando Mark si sarebbe svegliato dalla narcosi, quanto tempo sarebbe stato al telefono, e quanto avrebbe impiegato per scoprire la macchina a noleggio e per raggiungere la sua destinazione.

Possibile che fosse riuscito a quantificare tutti i tempi?

Evidentemente sì. Lo sconosciuto non gli aveva lasciato alternative, a parte fare esattamente ciò che si aspettava da lui. L'unico particolare che non aveva potuto prevedere era stato l'incidente sull'autostrada.

In questo aspetto del tuo piano non sei stato molto preciso, ma sicuramente addebiterai sul mio conto il tempo perso, pensò tetro.

«Ho trovato coda» rispose. «Potrei avere una camera?»

«Ma certo» rispose Lüders. «Dobbiamo solo sbrigare le solite formalità. Ci vorrà un attimo.»

Si girò verso il computer che troneggiava come un corpo estraneo sul bancone della reception. «Allora, vediamo. I suoi dati li ho già. Basterà che firmi gentilmente il modulo di registrazione. Ecco, con la penna e questo... questo *coso* qui.»

Indicò la tavoletta per la firma digitale appoggiata accanto a un campanello dall'aria antiquata.

Mark fece quanto richiesto e, una volta che la sua firma comparve sul monitor del computer, Lüders procedette con estrema concentrazione agli ultimi *clic* di mouse.

«Non immagina nemmeno quanto rimpianga i bei vecchi tempi dei registri degli ospiti» mormorò nel frattempo. «Fino a poco tempo fa ce l'avevamo ancora. Oggigiorno invece bisogna fare tutto in maniera *digitale*. E lo sa dove ci porterà questo, dottor Behrendt?»

Di fronte al silenzio di Mark, Lüders lo fissò da sopra la montatura degli occhiali. «Glielo dico io, dove ci porterà. Prima o poi qualcuno toglierà la grande spina e tutto scomparirà nel nulla digitale. Tra migliaia di anni troveranno ancora le tavolette di pietra degli antichi romani, e si potrà sapere come vivevano. E di noi che cosa resterà?» Si soffiò sul palmo della mano, come per spazzare via un'immaginaria nuvola di polvere. «Sparirà tutto, tutto! Di noi resterà solo un'enorme montagna di rifiuti elettronici. Il nostro modo di pensare o di vivere sarà perduto per sempre. Non lo crede anche lei?»

«È possibile» concordò Mark, che non aveva nessuna voglia di intavolare discorsi filosofici ora. «Potrei avere la chiave, per favore?»

Lüders rimase un attimo perplesso, poi si diede una manata sulla fronte. «Santo cielo, ha ragione! Mi deve scusare, dottore, negli ultimi tempi non abbiamo molti clienti. E allora mi lascio trascinare e mi metto a chiacchierare. Avevo dimenticato che sarà sicuramente molto stanco dopo il lungo viaggio.»

Con un gesto disinvolto tolse una chiave dalla bacheca portachiavi, quasi a sottolineare che in questo posto l'epoca delle chiavi magnetiche non era ancora arrivata. «Ecco a lei, dottor Behrendt. Camera 204. Come ha richiesto.»

«Come ho...? Sì, giusto!»

Mark prese l'antiquata chiave appesa a una pesante targa di ottone e osservò il numero che vi era inciso sopra.

Ha scelto appositamente questa camera per me. Deve avere per forza un significato.

Lüders si sporse leggermente verso di lui e indicò la chiave.

«Ci sarebbero anche altre camere libere» mormorò a bassa voce, come se insieme a loro ci fosse qualcun altro che potesse ascoltarli. «Più belle di questa e allo stesso prezzo. Dopo tutto siamo in bassa stagione.»

«No, la ringrazio» rispose Mark. «Mi tengo questa.»

Lüders alzò le mani e sorrise. «Come vuole lei. Da noi l'ospite è re. Anche lei dunque ha un debole per i numeri?»

Mark ricambiò il sorriso. «Mi ha scoperto. Mi dica, è stato lasciato qualcosa per me?»

Lüders aggrottò la fronte. «Non che io sappia. Può darsi che lo sappia mia moglie. Un momento che controllo.»

Si affrettò nella stanzetta dietro la reception e poco dopo tornò rammaricato. «No, niente. Aspetta qualcosa? Un pacchetto forse, o un messaggio?»

«Sì, è possibile» disse Mark, che intanto pensava: Almeno lo spero. Perché finora non ho la più pallida idea di che cosa voglia da me quel tipo.

«Posso farle un'altra domanda riguardo alla mia stanza?»

«Ma certo» rispose Lüders. «Mi chieda pure tutto quello che vuole sapere. Come vede in questo momento non ho molto da fare.»

«Sì, lo vedo. Vorrei sapere se la camera ha una storia particolare. Forse è stata teatro di un evento straordinario o qualcosa del genere?»

Lüders lo guardò stupito. «In che senso?»

«Be', ecco, il suo hotel ha sicuramente una lunga storia» disse Mark cauto. «Sono certo che sia accaduto qualche avvenimento particolare. Magari anche nella camera 204?»

L'albergatore si accarezzò pensieroso la barba, un gesto che ricordò a Mark un attore di qualche vecchio film. Sembra un professore in una pellicola di fantascienza di Jack Arnold, gli venne da pensare mentre Lüders rifletteva. Adesso mi racconterà che la camera in realtà è una sua geniale invenzione. Forse il portale per un viaggio nel tempo, che usa per dotare il suo albergo di oggetti d'arredo del millennio scorso.

«No, non mi viene in mente niente di inconsueto» disse

infine Lüders. «Mia moglie e io abbiamo preso in gestione questo hotel solo da sei anni. Deve sapere che il proprietario precedente è emigrato in Corsica. Ma se qui fosse capitato qualcosa di particolare ce l'avrebbe raccontato di sicuro, se non altro per gonfiare il prezzo di vendita. Era già troppo alto comunque, ma mia moglie è originaria di qui, vede, e voleva assolutamente che trascorressimo gli ultimi anni della nostra vita nella sua città natale.»

«Allora mi sa dire se ci sono stati ospiti particolari?» chiese Mark insistente. «Qualcuno di speciale?»

«Mmm» fece Lüders accarezzandosi di nuovo la barba. «Non mi sembra. Anche se... aspetti... Ecco, a pensarci bene, una volta abbiamo avuto un ospite famoso.»

«Chi era?»

«Uno scrittore» rispose Lüders schioccando ripetutamente le dita. «Quel... quel... tizio. Non riesco a ricordarne il nome. I nomi sono il mio grande problema, sa? In ogni caso era venuto qui per un tour promozionale. Aveva scritto un libro su dei bambini strambi. Una roba piuttosto inquietante. Almeno è quello che ha detto mia moglie, io leggo solo pubblicazioni specializzate. Lei invece ha letteralmente divorato quel libro. E poi non è riuscita a dormire tranquilla per un bel pezzo, poverina. In particolare dopo che quella... tizia... quella... Ma sì, quella ragazza svedese è scesa in piazza insieme a tutti i giovani, per manifestare per l'ambiente. In tutto il mondo. 'Ci siamo, Erich' ha detto mia moglie. 'Ora succederà come nel romanzo!' Per fortuna poi le cose non sono andate proprio così. Del resto era solo ·un libro e, se vuole sapere la mia opinione, certi autori mica hanno tutte le rotelle a posto. Se non altro adesso mia moglie preferisce quei romanzi d'amore inglesi di... di... Ma sì, mi ha capito, quelli pieni di descrizioni di paesaggi bellissimi.»

Mark trattenne a stento un sospiro. Tanti saluti agli indizi utili. Di sicuro lo sconosciuto non nutriva alcun interesse

77

per questo scrittore, che avesse o non avesse tutte le rotelle a posto.

Indicò la bacheca portachiavi alle spalle dell'albergatore. «Ci sono altri clienti oltre a me?»

«Mmm, no» rispose Lüders un po' imbarazzato. «Per questa notte e la prossima sarà il nostro unico ospite. Ma abbiamo qualche prenotazione per il fine settimana. Come ho detto, ormai la stagione è conclusa e purtroppo nemmeno il clima è ideale per fare escursioni.»

Allora il numero della camera è il mio unico indizio, pensò Mark. Ma che cosa me ne faccio?

Subito dopo gli venne un'altra idea. Lo sconosciuto non poteva certo avere utilizzato la sua vecchia carta di credito, quella sparita insieme al contenuto del suo portafoglio tanti mesi prima, perché era stata bloccata. Se aveva pagato anche l'hotel, come aveva fatto per la macchina a noleggio, doveva aver usato un'altra carta. Oppure aveva fatto un bonifico. In ogni caso doveva aver rivelato il proprio nome.

«Ho già saldato il conto per la camera?» domandò con marcata disinvoltura.

Lüders ammiccò con un sorriso malizioso. «Anche lei è uno di quelli che preferisce dimenticare certe cose, vero? No, da noi si paga alla partenza. E, prima che me ne scordi, la colazione è fino alle nove e mezzo, mentre di sera la reception resta aperta fino alle ventidue. Altre domande?»

Nessuna alla quale lei possa rispondere, pensò Mark.

Salutò Lüders e si avviò verso la sua camera.

12.

La 204 era una normalissima camera d'hotel, con il consueto arredamento: un letto matrimoniale, un armadio, un comò con minibar, una scrivania e una sedia. L'unica differenza rispetto alle camere d'albergo dove Mark aveva spesso pernottato in passato, nella sua altra vita, era il fatto che il letto sembrava risalire ai tempi del miracolo economico tedesco.

Appoggiò la borsa sul copriletto a fiori poi perlustrò scrupolosamente ogni angolo della stanza alla ricerca di un indizio dello sconosciuto.

Perché proprio questa camera?

Cominciò dal letto, il materasso e la rete, poi frugò in tutti gli altri mobili. Mentre proseguiva nella sua ricerca, si rese conto con stupore che i Lüders non avevano nessun interesse a rinnovare l'arredamento né a sostituire la moquette ormai consumata, ma prendevano molto sul serio la pulizia.

Al contrario di molti altri hotel, anche più *moderni*, qui non avevano spolverato solo di sfuggita e riempito il gabinetto di un detergente dall'odore pungente per trasmettere un'idea superficiale di pulizia. Mark non trovò la minima traccia di polvere né ragnatele, neppure sotto il letto o dietro il pacchiano dipinto a olio – un campo di papaveri – appeso sopra il comò.

Anche il minuscolo bagno, che si sarebbe meritato un articolo sulla rivista per collezionisti di Lüders – magari sotto il titolo *Fare la doccia come all'epoca del cancelliere Erhard* –, brillava tanto era pulito.

Anche se lo sconosciuto gli avesse lasciato un messaggio

79

nascosto, di sicuro non sarebbe sfuggito allo zelante personale delle pulizie.

Dopo una vana ricerca, Mark decise di rinunciare. Aveva persino sfogliato il Vangelo custodito nel cassetto del comodino, ogni maledetta pagina, per vedere se tra le righe ci fosse un qualche messaggio per lui.

Niente.

Era scesa la sera e Mark aveva sprecato del tempo prezioso senza il minimo progresso.

Tirò fuori il cellulare dalla tasca dei pantaloni e controllò il display. Nessun messaggio, nessuna chiamata, solo un avviso della app del meteo che preannunciava forte pioggia per le ore successive.

Se vuoi qualcosa da me, brutto stronzo, perché non ti fai vivo? Dimmi una buona volta di che cosa si tratta! Che cos'è questa idiozia della «consapevolezza come primo passo per migliorare»?

Che senso aveva sottoporgli un compito in apparenza senza soluzione, con indizi che una persona normale evidentemente non era in grado di interpretare?

Oppure è solo un divertimento della tua mente malata? Vuoi tenermi sulle spine, farmi sperare e poi comunque uccidere Doreen in modo che poi anch'io mi tolga la vita per la disperazione? È questo quello che vuoi, lurido pezzo di merda?

Svuotò rabbiosamente la borsa e sistemò le sue cose nell'armadio. Alla fine prese dalla tasca laterale la Glock con le munizioni.

Soppesò la pistola nel palmo della mano e pensò nuovamente a Jacko, l'uomo che poteva procurare qualunque cosa. Forse non aveva sbagliato poi tanto nella sua ipotesi sullo scopo della pistola. In quel momento Mark si riteneva perfettamente in grado di sparare in testa allo sconosciuto. Così, senza starci a pensare troppo, per mettere fine a quel gioco assurdo.

Ognuno di noi ha i suoi personalissimi limiti interiori. Lo

aveva imparato quando aveva lavorato in Kosovo. Anche se il confine era diverso per ogni persona, quando si veniva costretti a superarlo, si diventava capaci di qualunque cosa. Nel vero senso della parola. Come la ragazzina dodicenne che durante uno stupro di gruppo si era innescata una bomba a mano che nascondeva sotto il vestito, oppure l'uomo che aveva torturato a morte l'assassino della sua fidanzata con un trapano a batteria.

Da tempo Mark non pensava più alle esperienze che aveva raccolto in quel periodo, ma all'improvviso quei ricordi gli sembrarono spaventosamente freschi, come se risalissero appena al giorno prima.

Probabilmente dipendeva dal fatto che, in preda alla rabbia disperata che lo tormentava, anche lui si sentiva incline a commettere atrocità. Una prospettiva che lo riempiva di sgomento e autodisprezzo.

Si affrettò a infilare la pistola sotto la pila di vestiti nell'armadio. Nella stanza non c'era un nascondiglio migliore e poteva solo sperare che la pulizia dell'armadio non rientrasse nel servizio di riordino quotidiano.

Poi si lasciò cadere sul letto a fissare frustrato il comò con il minibar. Immaginò mentalmente che cosa ci fosse dietro lo sportello. Probabilmente noccioline, patatine o tavolette di cioccolata, bibite gassate, acqua minerale e un paio di bottiglie di birra.

Forse anche qualche bottiglietta di vodka, whisky o gin, gli bisbigliò una voce interiore che conosceva fin troppo bene. *Sarebbe proprio quello che ti ci vuole. Giusto un sorso, per calmare i nervi. Per sviscerare i fatti fino in fondo.*

No, grazie. Se avesse dato ascolto a questa parte di lui, non avrebbe sviscerato i fatti, bensì sarebbe precipitato direttamente all'inferno senza fare deviazioni.

Cercò con tutte le forze di ignorare quella voce suadente

nella sua testa, concentrandosi invece sulle poche informazioni che finora gli aveva lasciato lo sconosciuto.

Ok, che cosa so per il momento?

Chiunque dovesse rintracciare si trovava lì a Fahlenberg.

Di conseguenza doveva essere una persona legata all'epoca in cui lavorava alla Waldklinik. A qualcosa accaduto dieci anni prima o più.

Un ex paziente?

Possibile, anzi molto probabile. Forse si trattava proprio dello sconosciuto? Quanto meno quel tizio aveva gravi problemi psichici, questo era fuor di dubbio. E avrebbe anche spiegato come mai lo sconosciuto lo apostrofasse sempre con il titolo di *dottore*.

Ma perché quell'hotel?

Perché quella camera?

Oppure c'entrava il numero?

204.

Poteva significare *duecentoquattro* come pure *due zero quattro*.

Avrebbe dovuto dirgli qualcosa?

Forse era una data? Il 2 o il 20 aprile?

In un caso o nell'altro come avrebbe fatto a ricordarsi di una data precisa a distanza di dieci anni, di una data che evidentemente aveva importanza solo per quel folle?

Oppure la teoria della data era del tutto sbagliata?

Continua a pensare, si esortò da solo. Che cos'hai ancora?

Non gli veniva in mente proprio niente, e il suo sguardo saettò di nuovo verso il minibar.

Stavolta la voce nella sua testa era ancora più insistente, più irresistibile di prima.

Santo cielo, non essere così rigido! Giusto un sorso, minuscolo. Che cosa ci sarà mai di tanto sbagliato? Un tempo, quando questo hotel era ancora di moda, la gente beveva in continuazione. Un aperitivo e poi un buon vino a pasto, quindi una grappa per digerire, dopo cena un paio di birrette con gli amici, senza dimenticare il bicchierino della staffa prima di andare a dormire... Non c'è niente di male. Quindi non fare tante storie e torna ai bei vecchi tempi.

«Ci sono!» Mark balzò su dal letto come se lo avesse morso una tarantola. «Ci sono!»

In mezzo a tutte le sciocchezze che il suo subconscio, ancora tormentato dalla dipendenza, cercava di propinargli era venuto a galla anche qualcosa di utile. All'improvviso ricordò un piccolo particolare della sua chiacchierata con Lüders, che forse avrebbe potuto fornirgli l'informazione decisiva.

Uscì di corsa dalla camera e per un istante ebbe addirittura un barlume di speranza.

13.

Sebbene non avesse appetito – il suo stomaco era chiuso per il nervoso – Mark si mise seduto a un tavolo del ristorante dell'hotel. Mancava poco alle nove, aveva davanti a sé ancora un'ora da ingannare. Perché non utilizzarla in maniera sensata per introdurre nel corpo ciò di cui aveva *veramente* bisogno?

Lüders ci aveva visto giusto e quella sera Mark era rimasto l'unico cliente dell'hotel, come aveva appurato con soddisfazione passando davanti alla reception. A parte la chiave della camera 204, tutte le altre erano appese al loro posto. Era proprio quello che sperava per attuare il suo piano.

Però prima si era messo comodo a un tavolo accanto alla finestra, battuta dalla forte pioggia annunciata dal meteo. La sala da pranzo vuota era così silenziosa che si sentiva lo scroscio delle gocce sul davanzale.

Siccome il personale di servizio era già andato via, fu la signora Lüders a servirlo. Doveva avere qualche anno meno del marito ed era decisamente una delle donne più grasse che Mark avesse mai incontrato. La cucina era il suo regno, gli spiegò, e a giudicare dalla sua stazza era un'affermazione che lasciava ben sperare.

Si offrì di riscaldargli gli avanzi del pranzo e Mark accettò. Poco dopo gli servì una porzione gigantesca di polpettone con una quantità di purè che una persona normale non sarebbe mai riuscita a finire.

La signora Lüders gli augurò buon appetito, poi si ritirò dietro il bancone di servizio. Quando camminava le calze contenitive le strusciavano sulle cosce massicce sotto la gonna a campana. Mark si domandava come facesse il marito a rimanere così magro ed emaciato.

Mentre mangiava, la vide mettersi a leggere un tascabile che aveva tirato fuori da dietro il bancone.

«Com'è il libro?» domandò di sfuggita dopo un paio di bocconi. «Interessante?»

La donna alzò la testa, posò di lato il volume e arricciò il naso, assumendo l'aria di un gigantesco carlino.

«Se è interessante?» Scosse la testa con aria disgustata. «Caro mio, non immagina nemmeno che cosa si inventano certi autori. Questo per esempio sostiene che sia possibile guarire da qualsiasi malattia solo grazie alla forza di volontà. Sarebbe da buttare nella carta straccia, ma al momento ho solo questo libro qui in hotel, e cos'altro si può fare a parte leggere per riempire la giornata? Quindi meglio certe sciocchezze, piuttosto che niente. Domani però mi porto dietro qualcos'altro, può starne certo!»

«Significa che non vive qui in hotel?»

«No, abitiamo a casa dei miei genitori. È a poca distanza da qui, proprio in centro. Ma rimaniamo fino alle dieci. Casomai abbia bisogno ancora di qualcosa...»

«La ringrazio» disse Mark, poi si alzò. «Sono più che sazio e ho tutto quello che mi occorre. Il suo polpettone era squisito, anche se non sono riuscito a finirlo tutto nemmeno sforzandomi.»

«Sono contenta che le sia piaciuto» rispose la signora Lüders salutandolo con un sorriso sincero.

Mark la ricambiò. Adesso la sua speranza era diventata una certezza.

In meno di un'ora avrebbe avuto l'hotel tutto per sé. Ed era sicuro, da come ragionava lo sconosciuto, che avesse contato proprio su questo.

14.

Sul corridoio davanti alla camera 204 c'era una finestra che affacciava direttamente sul parcheggio anteriore dell'hotel. Mark si mise in attesa lì, finché alle dieci e un quarto l'illuminazione esterna si accese e i Lüders comparvero sullo spiazzo.

Osservò l'albergatore raggiungere la vecchia Mercedes correndo curvo sotto la pioggia e salire al posto di guida. A sua moglie invece la pioggia sembrava non dare affatto fastidio. S'incamminò con tutta calma verso un cassonetto, ci buttò un sacco di plastica azzurro, lasciò qualcosa anche in quello della carta lì accanto – probabilmente il libro di cui si era lamentata prima – e poi si diresse con la stessa calma verso la macchina del marito che l'aspettava con il motore già acceso e, quando si sistemò sul sedile del passeggero, la Mercedes si abbassò in maniera preoccupante.

Che coppia antitetica, pensò Mark mentre guardava la macchina fare manovra nel parcheggio e poi scomparire nella notte piovosa con il classico rumore di un motore diesel.

Finalmente aveva l'albergo a sua disposizione e poteva mettere in pratica il piano.

La sua idea era abbastanza semplice: se non c'era nessun indizio da scoprire nella camera 204, probabilmente era nascosto nel suo passato.

La persona che doveva cercare poteva essere un ospite che aveva pernottato lì. Non una celebrità, questo lo aveva già stabilito, ma qualcuno che rivestiva un ruolo importante per il rapitore. E siccome aveva coinvolto proprio Mark per rintracciarlo anche lui doveva conoscere questa persona. Di conseguenza doveva essere stata ospite di quell'hotel come minimo dieci anni prima.

Quando Mark si era registrato, Lüders aveva accennato ai vecchi registri di cui sentiva tanto la mancanza in quest'epoca digitale e, essendo un appassionato collezionista, di sicuro doveva averli conservati da qualche parte. Compresi quelli che oramai avevano superato il termine massimo di custodia prevista dalla legge.

Questo almeno era ciò che Mark *sperava* mentre si dirigeva verso l'ascensore. Quando le porte si aprirono, gettò un'occhiata impulsiva alla targhetta di ottone nella cabina.

«Anno di costruzione 1969». La data dell'ultima manutenzione era illeggibile.

Gli venne in mente subito una sua ex paziente. La donna era entrata in terapia con lui dopo essere stata soccorsa, disidratata e quasi delirante, dall'ascensore rimasto bloccato in un palazzo di uffici il martedì mattina successivo a un lungo ponte di Pentecoste. Il trauma le aveva provocato incubi in cui veniva sepolta viva, oppure lasciata su un'isola deserta dove, ormai allo stremo delle forze, rimuginava se fosse il caso di bere la propria urina e divorare una delle proprie gambe.

Lasciò che le porte dell'ascensore si chiudessero senza entrare, quindi prese le scale per raggiungere il pianterreno.

Mentre scendeva gli scalini di legno scricchiolanti si domandava perché d'un tratto gli fosse tornata in mente una cosa del genere. Da tempo ormai non pensava più all'epoca in cui era stato psichiatra.

Be', la risposta è abbastanza evidente, si disse. È il ritorno in un ambiente familiare. Non necessariamente l'hotel in sé, ma questa città. Risveglia ricordi da tempo dimenticati. Fantasmi del passato, per così dire, che cominciano a scuotere le loro catene nei recessi del mio subconscio.

Non era affatto sorprendente che gli venisse in mente un simile paragone. D'un tratto gli ambienti deserti non avevano

87

più soltanto un effetto opprimente su di lui, erano diventati proprio spaventosi.

La moquette consumata attutiva i suoi passi e le pareti di legno scuro sembravano inghiottire completamente la luce già fioca di per sé.

E poi c'era questo persistente odore di muffa che Mark non sapeva definire. Era come se nel vecchio edificio aleggiassero gli effluvi di tantissime persone, mescolati all'odore di fumo di tabacco freddo, profumo svaporato e detersivi dei decenni precedenti.

Anche con un arredamento più moderno sarebbe stato impossibile sentirsi a proprio agio in un posto del genere. Quell'hotel poteva essere esaltante tutt'al più per appassionati di vecchi film dell'orrore, nei quali Vincent Price o Christopher Lee perseguitavano povere donne urlanti con svolazzanti camicie da notte alla luce di tremuli candelabri.

Le applique nei corridoi e sulle scale si accendevano grazie ai sensori di movimento, rischiarando il cammino di Mark, ma quando arrivò nell'atrio il buio era completo. Solo il fioco riverbero verde dell'insegna dell'uscita di sicurezza lo guidò fino al bancone della reception.

A quanto pare nessuno qui è attrezzato ad accogliere eventuali ritardatari notturni, pensò Mark accendendo la funzione torcia del cellulare.

Era giusto arrivato al bancone quando dietro di lui risuonò un violento colpo seguito da un tintinnio metallico.

Mark si voltò di scatto e guardò verso l'ingresso. Per un attimo credette di vedere qualcuno in piedi là fuori. Qualcuno che scuoteva la porta di vetro a due battenti.

Invece non c'era nessuno. Solo la pioggia che scrosciava con tale impeto sul piazzale da schizzare l'acqua contro la porta. Un lampo lo accecò e subito dopo un tuono assordante fece vibrare nuovamente la vecchia porta.

«Cazzo!» ansimò Mark. «Ho i nervi a fior di pelle.»

Non era strano, dopo una giornata come quella. Ed era tutt'altro che finita.

Proseguì con un sospiro e vinse la tentazione di tornarsene immediatamente in camera sua quando infine entrò nell'ufficio di Lüders. Nella stanzetta priva di finestre l'aria era soffocante e regnava il caos più completo.

Tutte le pareti erano occupate da scaffalature fino al soffitto che si curvavano sotto il peso di raccoglitori, cartelle portadocumenti e libri. Ciò che era rimasto fuori dai ripiani straripanti era stato cacciato in scatoloni di cartone ammucchiati davanti agli scaffali e a sinistra di una massiccia scrivania.

Sull'altro lato del tavolo c'erano, legati con lo spago, sei plichi di vecchi numeri della rivista di collezionismo che l'albergatore stava sfogliando all'arrivo di Mark e, dietro, un altro mucchio di quelli che sembravano vecchi elenchi telefonici. Grossi tomi gialli di varie annate, pieni di nomi di persone di cui almeno la metà era già al cimitero di Fahlenberg.

Mark lanciò un gemito accorato e si grattò la testa. Da dove diavolo iniziare a cercare in quel caos? Ammesso che ci fosse un sistema in quell'accatastamento, era noto soltanto a Lüders.

Nei tuoi «bei vecchi tempi» forse uno come te poteva essere considerato un collezionista, mio caro, ma oggigiorno sei soltanto un accumulatore seriale, pensò frustrato. Se questa stanza è ridotta così, non voglio nemmeno pensare come sia la vostra casa del centro.

Si fece largo tra gli scatoloni fino alla scrivania, occupata a sua volta da montagne di riviste e documenti. Tirò il cordino della lampada da tavolo e una lampadina a basso consumo si accese fioca. Con sorpresa di Mark, nel giro di pochi secondi la luce fu sufficiente a fargli leggere le etichette dei raccoglitori sugli scaffali.

Sarebbe partito da lì, decise.

Mentre esaminava un contenitore dopo l'altro, trasaliva tutte le volte che un tuono faceva vibrare la porta d'ingresso.

Già, aveva davvero i nervi scoperti come un filo elettrico senza guaina. Tremava e sudava e continuava a sbadigliare per la stanchezza e l'agitazione.

Tuttavia proseguì con tenacia, frugando tra montagne di carte che sembravano documentare tutta la storia dell'hotel.

Se qualcuno avesse voluto sapere cosa proponeva il menu del pranzo di un determinato giorno del maggio 1978, qui avrebbe trovato sicuramente la risposta.

Oppure si chiedeva chi avesse rifatto i letti in un dato giorno del settembre 1984? Nessun problema.

Ogni attività, ogni corrispondenza, era tutto conservato lì.

E poi finalmente, quando era già sul punto di arrendersi, scovò in uno degli scaffali in basso, dietro un mucchio di scatoloni, una lunga serie di volumi. I dorsi rivestiti in pelle erano contrassegnati da annate e risalivano fino al 1969.

Mark proruppe in un grido. «Eccoli! Cazzo, sì, sono loro!»

Era rimasto poco più di tre anni a Fahlenberg prima del suo trasferimento nel 2009, così tirò fuori il registro degli ospiti più recente del periodo che lo interessava e si mise seduto alla scrivania. Alla luce della lampada lesse pieno di trepidazione l'elenco di nomi scorrendolo con il dito. All'epoca i clienti compilavano personalmente il registro e non tutte le grafie erano immediatamente leggibili. Qualche nome riuscì a decifrarlo solo con una certa fatica.

Naegele, Genzler, Matt, Hocke, Magri, Kuepper, Neumahr, Perucci, Eschbach...

Nessuno gli diceva qualcosa. Neppure gli indirizzi presenti fecero scattare in lui ricordi familiari, e i numeri delle camere non erano indicati.

Tuttavia questa era l'unica traccia che aveva. Perciò continuò a esaminare il registro con uno scrupolo quasi ossessivo.

Pagina dopo pagina, nome dopo nome, data dopo data, indirizzo dopo indirizzo.

Era già arrivato a ottobre quando, girando una pagina, un foglietto ne scivolò fuori e si adagiò sul pavimento. Mark si chinò a raccoglierlo aggrottando la fronte e lo avvicinò alla lampada.

Era un numero di cellulare.

La carta era più nuova del registro degli ospiti, su questo non c'erano dubbi. Non era ingiallita quanto le pagine che aveva sfogliato e anche i tratti di biro sembravano recenti. Altra conferma che fosse un foglio relativamente nuovo era la pubblicità nell'angolo superiore sinistro. Accanto al logo dell'azienda raffigurante una ruota dentata c'era scritto: «60 anni di Officina Meccanica Fahlenberg – Precisione dal 1958».

Quindi il foglietto aveva al massimo un anno.

Non poteva trattarsi di una coincidenza.

Era escluso!

È suo. È il suo numero! Su questa pagina troverò qualcosa e dopo devo chiamarlo.

Con il cuore in gola Mark esaminò i nomi sulla pagina aperta, mentre un altro tuono sconquassava la porta d'ingresso, facendo tremolare per un istante la lampada sulla scrivania.

Lesse un nome che catturò tutta la sua attenzione.

Aspettò che la luce si stabilizzasse, poi lo rilesse per sicurezza una seconda volta.

«Non è possibile!»

Ma era escluso che fosse un errore. Se ancora gli serviva la conferma che il rapitore di Doreen e l'assassino di Tanja fosse un pazzo, ce l'aveva davanti agli occhi.

L'annotazione risaliva al 26 ottobre 2009. Era stata scritta con inchiostro blu e una mano estremamente insicura. Tuttavia il nome della donna che aveva pernottato nella camera 204 era perfettamente leggibile: ELLEN ROTH.

15.

Era pazzesco, semplicemente pazzesco e più Mark ci pensava più gli sembrava tutto assurdo.

Nel frattempo era passata la mezzanotte e la sua stanchezza aveva raggiunto proporzioni affatto nuove e sconosciute. Era scosso dai brividi, il suo corpo reclamava quiete e sonno, ma la sua testa non lo permetteva. Il cervello gli funzionava a pieni giri ed era escluso che riuscisse a dormire.

Camminava su e giù come una tigre in gabbia nella camera 204. Intanto passava con lo sguardo alternativamente dall'armadio con il minibar – *e dai, solo un sorso, un goccetto per calmare i nervi!* – alla scrivania dove aveva appoggiato il foglietto con il numero di telefono accanto al cellulare.

Poi fissò il letto. Lo stesso letto dove un tempo aveva dormito *lei*, quasi esattamente dieci anni prima.

Ellen Roth.

Da quanto tempo non pensava più a lei?

Da molto, moltissimo tempo, si rispose. Da quando sono diventato ciò che sono. E che non ha più molto in comune con il Mark Behrendt che conosceva Ellen Roth.

Era proprio vero. Negli ultimi anni per lui tutto aveva ruotato intorno alla morte di Tanja. Era stato troppo occupato a coltivare il suo rabbioso dolore e a cercare ossessivamente l'omicida per pensare ad altro. E, anche se nel frattempo si era disintossicato, il suo alcolismo aveva contribuito ad annegare letteralmente la sua vita precedente nelle torbide acque dell'oblio.

Ma adesso tornava a galla tutto. Fahlenberg, la Waldklinik,

Ellen Roth, il suo compagno Chris (il cui nome per intero era Christoph Lorch, come gli tornò in mente), Lara Baumann, l'Uomo Nero... Tutta quella storia pazzesca.

Continuava a fissare il letto vuoto, e ripensò a una frase pronunciata da un suo docente all'università.

«Ben presto metterà in pratica le sue conoscenze teoriche» aveva dichiarato il professore, di cui nella sua smemoratezza non ricordava il nome. «Ma qualunque cosa abbia imparato di neurologia, psicologia, psichiatria e psicopatologia le consiglio di pensare sempre al buon vecchio Shakespeare. Già il suo Amleto sapeva che ci sono più cose tra cielo e terra di quante ne sa insegnare la nostra erudizione. E proprio la nostra professione ci porta ripetutamente a un tale livello di stupore. Può darsi che a volte un sigaro sia soltanto un sigaro, ma spesso è qualcosa di completamente diverso, semplice e toccante proprio perché non riusciremo mai a comprendere fino in fondo le mirabolanti capriole della mente umana.»

In effetti questa citazione freudiana si adattava in maniera sorprendentemente perfetta a Ellen Roth, la cui immagine affiorò ora nitida alla mente di Mark: la sua giovane collega dalla pettinatura sbarazzina e gli occhi vivaci che sprigionavano sempre curiosità e fame di vivere.

Ellen Roth, l'ambiziosa, sempre piena di progetti e idee, sia nella vita professionale sia in quella privata. Era stata a un soffio dall'entrare nella storia della Waldklinik come il più giovane primario dell'istituto.

Però poi le cose erano andate diversamente. Sebbene avesse superato la maturità e ottenuta la laurea in Medicina con quel nome, sebbene anche il nome sulla carta d'identità fosse corretto, Ellen Roth era solo un'identità di protezione. Se l'era inventata molti anni prima una ragazza di nome Lara Baumann, perché non sopportava ciò che le era stato fatto.

Lara aveva cercato di cancellare con una rimozione l'omicidio dello zio, che aveva ucciso a otto anni quando aveva tentato di stuprarla. La sua mente infantile si era rifugiata in un'identità immaginaria e la timida Lara si era trasformata in un'altra. Una ragazza forte, indistruttibile, che nessuno poteva abbattere, e alla quale aveva dato il suo secondo nome, Ellen. A questo aveva aggiunto il cognome da ragazza di sua madre che, dopo la tragedia dello zio, si era separata dal marito.

Ellen Roth era nata così, e Lara si era dissolta completamente in questo nuovo io, in questo costrutto immaginario. Se sua madre si fosse resa conto che, avallando il cambio del nome e il muro di silenzio sull'accaduto, contribuiva all'instaurarsi nella figlia di un grave disturbo della personalità conosciuto in psicologia come fuga dissociativa, il destino di Lara sarebbe stato diverso.

In questo modo invece si era arrivati al peggio, come capita spesso quando si gira la testa dall'altra parte troppo a lungo e si preferisce ignorare la verità. A molti anni di distanza la rimozione a fin di bene aveva avuto un tragico finale. Una concatenazione di sfortunati eventi aveva fatto riaffiorare i ricordi rimossi di Lara, sotto forma di spaventose allucinazioni dalle conseguenze fatali. In un raptus di follia psicotica aveva ucciso il suo compagno Chris, che aveva scambiato per l'Uomo Nero.

Dopo l'episodio Lara era crollata definitivamente ed Ellen Roth aveva smesso di esistere. Alla fine, di lei era rimasto solo un guscio vuoto. Mark pensò al loro ultimo incontro. Alla squallida camera d'ospedale dove la giovane donna alienata era seduta a un tavolo davanti alla finestra, lo sguardo fisso di una persona catatonica completamente ripiegata su se stessa.

Per questo la richiesta dello sconosciuto era folle. Era impossibile trovare Ellen Roth. Perché non esisteva più, e non era mai esistita davvero.

Se questo tizio mi ha fatto venire fin qui, di certo deve saperlo. In fondo sembra essere a conoscenza di tutto il resto. I regi-

stri degli ospiti, la camera d'albergo, e Dio solo sa che altro. Lui sa tutto! Quindi deve conoscere anche la storia di Ellen Roth.

E allora perché pretendeva da lui qualcosa che era semplicemente impossibile?

Come avrebbe potuto rintracciare qualcuno che era esistito solo nell'immaginazione di un'altra persona?

E perché lo sconosciuto cercava proprio lei?

Quale rapporto esisteva tra i due?

Mark si fermò davanti alla scrivania a fissare il cellulare e il foglietto appoggiato lì accanto.

Intanto il temporale aveva raggiunto il culmine. Il vento ululava intorno al vecchio hotel sospingendo la pioggia contro la finestra. La luce dei lampi rischiarava la stanza in penombra e Mark aveva l'impressione di sentire il rombo dei tuoni sotto i piedi.

I nitidi rintocchi del campanile gli arrivarono in mezzo al frastuono del nubifragio. Quattro colpi per indicare l'ora piena, e poi uno.

L'una.

L'ora perfetta, pensò Mark. Oramai i fantasmi non compaiono più, è il momento di parlare di spettri veri.

Prese il cellulare e, mentre componeva il numero, si augurò di avere almeno la soddisfazione di svegliare quello stronzo. In fondo la malvagità era la vendetta dell'impotente, come era solito dire il suo vecchio.

Ma non gli fu concesso nemmeno questo, perché l'altro rispose al primo squillo.

16.

«Complimenti, dottore! È stato davvero veloce.»

Contrariamente a quanto si era malignamente augurato Mark, la voce dello stronzo non era né stanca né assonnata. Al contrario, sembrava rilassato, come se Mark lo avesse contattato durante una vacanza in un centro benessere, magari mentre si godeva un bagno rilassante o un massaggio.

«Lasciami indovinare come ci sei arrivato» proseguì lo sconosciuto con un tono da chiacchiera tra amici. «Quell'accumulatore compulsivo ha iniziato a lamentarsi come al suo solito parlando dei bei tempi andati. Che quando c'erano i registri degli ospiti era tutto molto meno complicato... Giusto?»

«Qualcosa del genere» rispose Mark ed ebbe l'impressione di cogliere l'altro che sorrideva.

«Lo immaginavo. Fa così con tutti i nuovi clienti. E proprio per questo è la persona migliore che si possa immaginare per lanciare indizi. Inconsapevole ed efficiente. Un applauso per la ridondanza.»

A Mark venne in mente la valutazione del grafologo, che aveva attribuito un'istruzione superiore all'autore del messaggio. Da come questo parlava sembrava corretto. Anche se avesse acquisito il suo vocabolario leggendo, stava dando dimostrazione di essere un autentico saccente. Uno di quelli che mascherano la propria insicurezza dietro un linguaggio esageratamente ricercato.

«Quindi anche tu hai soggiornato in questo hotel?» chiese Mark.

«È possibile. Ma per trovarmi nel computer dovresti sapere come mi chiamo.»

Tanti saluti alla teoria che possa trattarsi di un ex paziente, pensò Mark.

Fu assalito da una leggera vertigine e si appoggiò alla spalliera della sedia. Si sarebbe potuto sedere, ma non voleva. Certi dialoghi andavano condotti in piedi. Chi era seduto era in posizione di inferiorità – era una delle prime nozioni che si imparavano nei corsi di comunicazione – e dal suo punto di vista questo valeva anche per una telefonata.

«Perché non me lo dici?» domandò. «Perché non mi dici il tuo vero nome? A quanto pare sai un mucchio di cose su di me, mentre io non so praticamente niente di te. Non sarebbe il caso di dirmi almeno con chi ho a che fare, per poter trattare alla pari?»

L'altro sbuffò divertito.

«Bel tentativo, dottore. Prima due chiacchiere amichevoli, per stabilire un rapporto, e poi una cauta incursione verso il fulcro. È così che procedete voi strizzacervelli, vero? Ma non con me, dottore. Può darsi che una cosa del genere abbia funzionato con i tuoi pazienti, ma di sicuro non cadrò nei tuoi patetici trucchetti.»

«Non voleva essere un trucco» disse Mark tranquillo. «Voglio solo sapere con chi sto parlando, tutto qui. Che cosa ci sarebbe di tanto sbagliato?»

«Il fatto è che devi essere tu a scoprire chi sono. Ti ho già detto che la *consapevolezza* è importante. Ma, finché non scoprirai il mio vero nome, potrai chiamarmi Ares.»

«Ares? Come il dio della guerra?»

Una risata beffarda. «Va bene, il nostro dottore ha un'istruzione classica. Allora saprai anche che non è soltanto il dio della guerra.»

«È vero» concordò Mark. «È considerato anche la personificazione della ferocia. Per questo gli antichi greci non avevano un'eccessiva considerazione per lui.»

«Suvvia, dottore, a chi piacerebbe stare simpatico a tutti? A te, forse?»

«Be', a te sicuramente no.»

«Non mi frega niente di quello che pensano gli altri di me. Io reclamo soltanto giustizia.»

Mark inarcò le sopracciglia. «Allora è questo che ti interessa? Vuoi vendicarti? Per questo hai scelto il nome di Ares? Perché significa anche *vendicatore*?»

Ci fu un breve silenzio che Mark interpretò come una conferma. Poi l'uomo che si faceva chiamare Ares disse: «Adesso tocca a me fare le domande, dottore. Dimmi, come ti senti?»

«A che riguardo?»

Ares sospirò, come se parlasse con un ritardato. «Ma sì, a non essere tu a muovere i fili stavolta. A non poter decidere del tuo destino, bensì a dover dipendere in tutto e per tutto dalle decisioni di un'altra persona. Per uno che si sente Dio non appena indossa il camice bianco, deve essere un'esperienza completamente nuova, giusto?»

Vuole provocarmi e farmi sentire insicuro, pensò Mark. Devo percepire il suo potere. Ma con me questo giochetto non funziona!

«Non sono più un dottore.»

«Lo so» disse Ares compiaciuto. «In fondo ho dato io stesso un contributo non irrilevante. La situazione attuale deve risultarti comunque nuova, vero?»

«Se ti riferisci al fatto che la mia migliore amica sia stata rapita dall'assassino della mia compagna, sì, è una situazione del tutto nuova per me.»

Ares fece un breve risolino. «Un punto per te, dottore. Mi piace questa tua vena ironica, sul serio. Sembra confermare le mie congetture su di te.»

«Ovvero?»

«Che non ti sei completamente bevuto il cervello. Sei sempre vigile e in grado di ragionare. Molto bene, dottore. Davvero molto bene. Così possiamo andare avanti.»

Mark strinse così forte il telefono da farsi schioccare le nocche.

«No che non lo faremo! Ho assecondato quello che volevi. Adesso spetta a te rispettare la promessa. Libera Doreen!»

Un'altra risata, stavolta però non era divertita, bensì gelida e sinistra. «Non avere tanta fretta, dottore! Finora hai solo scoperto *chi* devi trovare, ma è tutt'altro che la fine.»

«Ma davvero? Allora ascoltami bene, Ares, o come diavolo ti chiami. Ellen Roth non esiste più. E, se sei davvero così incredibilmente astuto come credi, dovresti saperlo.»

«Sì, lo so.»

Il tono era diventato quasi circospetto, ma Mark non si lasciò confondere. «Bene. Allora sai anche che ciò che pretendi da me è impossibile. Perciò smettila con queste stronzate e lascia libera...»

«No!» lo interruppe Ares. «Credi che sia impossibile? Allora stammi bene a sentire, dottore. Ho qui con me una persona che vorrebbe dirti qualcosa.»

Mark udì un *clic* quando Ares posò il telefono. Poi ci fu un rumore, come di un tessuto che veniva strappato, ma, avendo tolto tantissimi cerotti in vita sua come dottore, Mark lo riconobbe subito. Era il nastro adesivo sulla bocca di Doreen.

Nello stesso momento sentì la voce flautata di Ares. «Svegliati, tesoro. C'è il tuo amico al telefono. Sai che cosa gli devi dire.»

Mark si sentì affiorare la pelle d'oca quando percepì un flebile piagnucolio. Il telefono fu alzato di nuovo e la voce di Doreen arrivò fino a lui, debole e confusa a causa dell'anestetico, come se fosse ubriaca.

«Mark? Sei tu, Mark?»

«Sì, sono io. Come stai? Tutto a posto?»

99

«Mark... Devi... Tu... Devi...»

«Dillo!» sussurrò Ares in sottofondo.

Doreen cominciò a respirare affannosamente e a Mark parve letteralmente di vedere quel sacco di merda che la minacciava in qualche modo.

«Resisti» si affrettò a dire. «Mi senti? Resisti, non ti farà niente, perché in realtà vuole me. Verrò a prenderti. Te lo prometto!»

«Mark» ansimò lei. «Uccidila! Devi ucciderla! Altrimenti...»

Un altro schiocco sulla linea quando Ares si riprese il telefono e Mark trasalì come se avesse ricevuto un violento schiaffo.

«Il resto puoi immaginarlo da solo» disse Ares. «Ti restano ancora precisamente quarantadue ore e cinque minuti. Ah, sì, il tuo jolly telefonico si esaurisce qui. Questo numero valeva solo per questa chiamata.»

Ci fu un *clic* e la linea si fece muta.

17.

Mark fu assalito dalla nausea e fece appena in tempo a correre in bagno. Rischiò di scivolare sul tappetino liso, cadde in ginocchio, sollevò all'ultimo istante la tavoletta del gabinetto e vomitò.

Un fiotto di purè e polpettone semidigerito si rovesciò nella tazza mentre lui era scosso da violenti conati: aveva l'impressione che ognuno di questi fosse accompagnato dalle parole di Doreen. Gli rimbombavano in testa, sonore, come se riecheggiassero dalle pareti.

Uccidila!

Uccidila!

UCCIDILA!

Ogni volta i crampi erano più violenti. Sembrava quasi che il suo corpo cercasse di dare un'espressione fisica alla follia di quelle parole.

Devi...

... ucciderla!

Altrimenti...

A mano a mano che tirava su solo bile acida i conati si calmarono. Anche l'eco delle parole si affievolì e infine nella sua testa tornò il silenzio. Era rimasto solo un lieve sibilo nelle orecchie.

Mark si raggomitolò ansimando accanto al gabinetto passandosi una mano sul mento per asciugarsi la saliva. Gli battevano le tempie e il piccolo bagno sembrava pulsare davanti ai suoi occhi a ritmo con le fitte di dolore.

Allora è questo il suo piano. Vuole vendicarsi di Ellen Roth

101

– chissà per quale motivo – e *devo essere* io *a farlo per lui. Luri-*
do pezzo di merda!

Ma, se anche fosse riuscito a rintracciare Lara Baumann,
non avrebbe potuto ucciderla!

O forse sì? Per salvare Doreen?

Avrebbe davvero permesso a quel folle di costringerlo a
scegliere tra due vite umane?

Devi ucciderla!

Devi farlo...

Altrimenti...

Rimase a fissare l'antiquata tazza del gabinetto da cui si
sprigionava un odore acre e nel frattempo fu assalito da un
pensiero folle: Qui non solo si fa la doccia ma si vomita anche
come all'epoca del cancelliere Erhard.

Senza sapere come fosse possibile, cominciò a ridere. Era
la risata isterica di un uomo in preda a una crisi di nervi. La
risata di un uomo che correva seriamente il rischio di perdere
il senno. Fragorosa e stridula e così forte che sicuramente potevano sentirla anche nei corridoi bui. Continuò a ridere e ridere, finché la risata non si trasformò in un pianto disperato.

Una scena dall'inferno (II)

L'infermiera di notte era carina, anzi molto carina. Sulla targhetta che portava attaccata al camice azzurro c'era scritto «Amanda». Gli ricordava vagamente la commessa del negozio di bricolage dov'era andato a comprare il cavo per sostituire quello difettoso del Babbo Natale.

Anche Amanda era poco più grande di lui, intorno ai vent'anni, e anche lei aveva grandi occhi castani e i capelli quasi neri. A differenza della commessa, che li portava tagliati corti, i suoi dovevano scendere oltre alle spalle, ma li teneva raccolti in una treccia.

«Ecco fatto» disse Amanda mentre faceva uscire l'aria dal bracciale che gli aveva infilato poco prima. «Hai la pressione ancora un po' alta e le pulsazioni un po' accelerate. Il dottore passerà domattina. Pensi di riuscire a dormire?»

«Sì, credo di sì» mentì lui.

Non aveva nessuna intenzione di dormire. Assolutamente no!

Non voleva rivedere quelle immagini orribili che lo perseguitavano nel sonno notte dopo notte. I medici e i terapeuti avevano un bel dire che facevano parte della necessaria igiene mentale o che erano un'importante forma di rielaborazione. Non dovevano affrontarle loro.

Sua madre in mezzo alla neve. Tutto quel sangue. La testa a cui mancava un pezzo, perché... perché...

No, ne aveva abbastanza!

Molto meglio lottare per rimanere svegli anche quella notte. Le due precedenti c'era riuscito bene. Almeno quasi bene, perché di tanto in tanto si era appisolato. Non tutte le volte era riuscito a riprendersi in tempo.

Al diavolo l'igiene mentale e la rielaborazione! Voglio solo stare in pace!

Ma tutto questo non poteva raccontarlo ad Amanda. Lei non avrebbe capito. Glielo leggeva negli occhi mentre lo guardava oltre il carrello dove teneva lo sfigmomanometro e gli altri apparecchi.

«Posso darti qualcosa per dormire, se vuoi. Qualcosa di leggero, per calmarti.»

Lui scosse la testa e si sforzò di sorridere, per apparire disteso.

«No, grazie. Va bene così.»

Per risultare più convincente, finse di sbadigliare nascondendosi la bocca con la mano.

«Be', allora buonanotte» gli sorrise Amanda.

Era un sorriso ammaliante, sincero e pieno di calore. Peccato che non si fossero conosciuti in altre circostanze e in un altro posto, anche se in quel caso probabilmente sarebbe stato troppo timido per rivolgerle la parola. Allo stesso modo in cui adesso non aveva il coraggio di chiederle di lasciare la luce accesa o almeno la porta accostata.

Dopo tutto non era solo maledettamente timido, ma aveva già diciassette anni. In meno di un mese ne avrebbe compiuti diciotto. Che cosa avrebbe pensato di lui Amanda se avesse ammesso di aver paura del buio come un bambino piccolo dopo quell'agghiacciante Natale?

No, doveva cavarsela da solo. Altrimenti sarebbe sprofondato sotto terra per la vergogna.

Quando fu arrivata alla porta, l'infermiera si girò ancora una volta verso di lui.

«Se ti serve qualcosa basta che premi il bottone accanto al letto, d'accordo?»

«Va bene» rispose lui a bassa voce, pensando: Te! Ho bisogno di te qui! Oppure anche di qualcun altro. L'importante è che non mi lasciate più da solo al buio. Per favore, non andartene! Per favore, per favore, non andare via! Almeno lascia accesa la luce!

Ma tutto questo lo tenne per sé, come sempre; dopo avergli augurato di nuovo la buonanotte, Amanda spense la luce e chiuse la porta dietro di sé.

Sentì ancora il rumore delle sue Crocs in corridoio, poi intorno a lui calò il silenzio.

Con ogni probabilità Amanda era nella stanza delle infermiere a compilare le cartelle dei pazienti. Forse avrebbe anche letto un libro oppure guardato un film sull'iPad che in genere era sul tavolo sotto la bacheca. Ma, qualunque cosa stesse facendo lì, avrebbe avuto la luce accesa. Non doveva temere niente.

E lui?

Disteso al buio, aveva paura di addormentarsi.

La sottile lama di luce che filtrava da sotto la porta era tutto ciò che gli restava. Quel fioco chiarore, che trasformava le cose intorno a lui in sagome spettrali.

Per rimanere sveglio fece vagare lo sguardo per la stanza.

Lo posò sul tavolo con le due sedie.

Sull'unica finestra con la tapparella abbassata che nascondeva la vista sulla gelida notte di febbraio.

Sul secondo letto che fino a pochi giorni prima era stato occupato da un ragazzo che si chiamava Ronny.

Ronny piangeva spesso nel sonno e chiamava la mamma, e questo era stato un bene. Se non altro così lo aveva tenuto sveglio. Ma dalle sue dimissioni, tre giorni prima, il letto era rimasto vuoto e la camera troppo silenziosa.

Dietro il letto si trovava l'armadio a muro con pomelli bitorzoluti che somigliavano a occhi dormienti.

Sebbene fosse una solenne stupidaggine, di cui avevano paura solo i bambini piccoli (e magari qualche pazzo chiuso con lui lì, in manicomio), ora gli appariva una possibilità spaventosamente reale. Perché, pur sapendo che si trattava solo di maniglie e non di occhi chiusi, nella penombra della camera tutto gli sembrava possibile. Soprattutto dopo aver passato diverse notti insonni.

Eppure i pomelli bitorzoluti rimasero semplicemente tali. E non c'era nient'altro. Solo il silenzio.

Oppure no?

Non aveva sentito un rumore?

Sì, eccolo di nuovo!

Veniva dall'altra parte. Da sotto il letto. Il letto di Ronny, che adesso era vuoto.

Possibile?

Evidentemente sì, perché lo sentì di nuovo. Una specie di fruscio accompagnato da un lieve sciaguattio irregolare.

Si mise a sedere sul letto, spaventato, si rannicchiò contro la testata e si strinse le gambe al petto, tremante.

Che cos'era?

Avrebbe dovuto chiamare Amanda? In realtà sì, ma che cosa avrebbe pensato di lui vedendolo rannicchiato lì sul letto come un poppante spaventato?

Probabilmente gli avrebbe sorriso di nuovo, ma stavolta in modo diverso. Nel modo che gli capitava spesso di vedere lì, e che voleva dire chiaramente: *povero pazzo*.

Il fruscio si fece più nitido. Ora sembrava un rumore di stoffa su una superficie liscia.

Si rizzò a sedere, allibito. Stentava a credere ai propri occhi. C'era qualcosa che stava strisciando fuori da sotto il secondo letto.

Che cosa succedeva? Non poteva essere un sogno, perché era sveglio, e non era nemmeno un'allucinazione. Ne era sicuro. Altrimenti non sarebbe riuscito a pensare così lucidamente.

Vedeva solo i contorni di quello che stava emergendo da

sotto il letto, ma sembrava una bambina. Una bambina carponi, e il fruscio era prodotto dai calzoni del suo pigiama.

La bambina sembrava cercare qualcosa sul pavimento, perché continuava a battere la manina sul linoleum. Più o meno come faceva un tempo sua madre quando cercava una delle sue lenti a contatto sul pavimento del bagno.

Avrebbe voluto gridare, dire qualcosa, ma non ci riusciva. Era paralizzato dalla paura.

Ciò che stava vedendo non poteva essere reale. In tutto il maledetto reparto non c'era nessuna bambina piccola, lo sapeva bene perché, da quando Ronny era stato dimesso, il più giovane era lui.

Era sicuro: non c'era al momento della cena, e nessuno veniva ricoverato in clinica così a tarda ora.

Anche lui aveva trascorso in ospedale la prima notte dopo l'omicidio, e solo il mattino seguente era stato portato alla Waldklinik. Era quello il regolamento, gli aveva spiegato un infermiere.

Ma, anche se avessero fatto un'eccezione per quella bambina, Amanda gliene avrebbe parlato. Sicuramente. Perché la bambina era nella sua camera.

Amanda!

Non gli importava più di niente. Voleva chiamarla, o premere quel maledettissimo pulsante. Che ridesse pure di lui e lo considerasse un pazzo. Sempre meglio che rimanere da solo con quella strana bambina.

Tuttavia era sempre paralizzato e non riusciva nemmeno a gridare. Era seduto lì, impietrito, e fissava la bambina che ora si stava avvicinando a lui come un ragno. Era sempre più vicina.

E poi all'improvviso la riconobbe. Nonostante la luce fioca, vide i personaggi Disney sul suo pigiama. Topolino e Minnie, Paperino e Paperina, Pippo, Qui Quo Qua... sì, c'erano persino Gambadilegno e i Bassotti.

La sua sorellina aveva un pigiama identico, e la bambina che adesso si stava arrampicando sul suo letto aveva i suoi stessi boccoli biondi. Erano raccolti con una molletta rossa identica a quella che sua sorella aveva ricevuto in regalo per Natale.

E, come a dimostrargli di essere proprio sua sorella, alzò la testa e lo guardò.

Lui fissò sgomento i suoi occhi grandi e imploranti. Quegli occhi che potevano essere allegri, oppure tristi, ogni tanto anche imbronciati (tutte le volte che non veniva trattata da mamma e papà come la coccolona viziata). Erano tutto ciò che rimaneva del suo viso.

Sua sorella non avrebbe mai più riso né pianto. Anche se non fosse stata morta, non avrebbe avuto la bocca per farlo. Perché al posto delle labbra, che le piaceva tanto truccare con il lucidalabbra rosa delle Winx, c'erano solo dei denti bianchi ghignanti.

Non aveva più la mandibola. Le era stata spazzata via con una fucilata.

Adesso aveva capito che cosa stava cercando.

I suoi denti! pensò tra sé. Cerca i suoi denti!

Ma non li avrebbe trovati. Non a casa, e neppure lì.

I suoi denti adesso erano in un sacchetto di plastica insieme a quel che restava della sua mandibola. Quelli della scientifica li avevano raccolti dal pavimento della cucina. Persino i pezzi che erano schizzati sotto la credenza, dove sua madre non arrivava mai nemmeno con l'aspirapolvere.

E, proprio come la mandibola e i denti di sua sorella non potevano essere lì, non c'era nemmeno lei. Perché era stata seppellita da tempo oramai.

Eppure era lì. Nonostante la penombra, gli sembrava reale come tutto il resto dentro la camera.

E poi gli parlò. Pronunciò parole che non erano più articolate con la lingua e le labbra, bensì provenivano direttamente dalla gola.

«'i he scisci!» sibilò e, per quanto sembrasse incomprensibile, lui capì ogni singola parola.

Mi hai ucciso!

Alla fine si riscosse dalla paralisi e cominciò a urlare. Un urlo tormentato, atterrito, come quello di un bambino spaventato.

Quando poco dopo Amanda entrò di corsa in camera, non rideva. Al contrario, sembrava a sua volta sgomenta quando lo vide seduto sul letto pallido e in lacrime.

Gli rivolse parole di conforto e lui si sentì meglio. Non si vergognava di fronte a lei, anzi continuò a piangere senza ritegno, sfogò tutto quello che aveva dentro.

Non si sentiva in imbarazzo nemmeno per essersi fatto la pipì addosso. E dopo essersi cambiato, una volta che Amanda gli ebbe rifatto il letto, prese riconoscente il calmante che lei gli porse.

Sarebbe rimasta con lui finché la compressa non avesse fatto effetto, gli promise. Poi si mise a sedere accanto al suo letto, come un tempo faceva sua madre quando gli capitava di avere degli incubi.

Accettò tutto quanto con riconoscenza, pur di far cessare quel tormento.

E così fu.

Almeno per quella notte.

SECONDA PARTE

Il dio della vendetta

«Locked in the room in the corner you see
A voice is waiting for me, to set it free,
I got the key.»

Russ Ballard, *Voices*

18.

Era da molto tempo che Mark non metteva piede in un complesso ospedaliero. L'ultima volta era stato a Francoforte, la tiepida sera d'estate di due anni prima che avrebbe messo fine alla sua carriera.

Al termine del turno serale era andato nel parcheggio riservato al personale, dove un tizio di nome Lars Weslowski gli aveva teso un agguato.

In seguito Weslowski aveva dichiarato in tribunale che non aveva aspettato in maniera specifica Mark, bensì un medico qualunque. Aveva scelto Mark solo perché aveva parcheggiato l'auto sotto un lampione rotto. Al buio era stato più facile tendergli un agguato. Sempre al processo, Mark aveva saputo che Weslowski bazzicava il giro degli stupefacenti ed era lì per procurarsi delle scorte.

Al posteggio Mark si era accorto di lui troppo tardi, anche se non era dipeso solo dal lampione rotto.

Da una parte era ancora distratto a causa del colloquio con la sua ultima paziente, una donna che aveva perso due gemelli di sei anni a breve distanza l'uno dall'altro per una rara malattia ematica e poi aveva cercato di togliersi la vita. Ma soprattutto, come capitava da parecchio tempo, durante il turno aveva attinto ripetutamente alla bottiglia d'acqua minerale che teneva sulla scrivania. Il suo contenuto era trasparente, ma non si trattava certo di acqua. Per questo si era diretto alla sua Volvo con l'intenzione di prendere la giacca per poi andare ad aspettare l'autobus.

Ma all'improvviso era stato assalito da quel Lars Weslowski.

Lo aveva minacciato con un coltello a serramanico ordinandogli di tirare fuori il blocco per le ricette. Mark non avrebbe potuto farlo neanche se avesse voluto. Come sempre teneva il ricettario in bianco al sicuro nella scrivania della sua segretaria.

Mark però non si era nemmeno dato la pena di spiegarlo al suo aggressore. Ignorando completamente il coltello che il tossico stringeva con mano tremante, era passato al contrattacco senza fiatare.

Aveva agito da medico, risparmiando gola e tempie dell'avversario, ma Weslowski era finito comunque in ospedale per otto settimane prima di poter essere interrogato e processato. E soltanto perché il caso aveva voluto che una pattuglia della polizia arrivasse in tempo e gli staccasse di dosso il medico ormai fuori controllo.

Se i due poliziotti non fossero passati di lì dopo aver consegnato un nuovo ospite nel reparto giudiziario della clinica psichiatrica, le cose per Lars Weslowski sarebbero finite ben peggio.

In realtà l'attacco di rabbia di Mark all'epoca aveva a che fare solo in minima parte con Weslowski. Più che altro i suoi pugni erano destinati allo sconosciuto che aveva tolto la vita a Tanja e rovinato per sempre la sua.

Quella sera nel sangue di Mark era stato misurato un tasso alcolemico di 2,4 per mille. Il fatto che fosse stato in grado di compiere comunque il suo lavoro e di decidere consapevolmente di prendere l'autobus al posto della macchina, lo aveva spaventato tanto quanto la consapevolezza di essere capace di uccidere una persona.

L'assassino di Tanja lo aveva trasformato in un mostro. E non era il peggio. La cosa peggiore era che lui glielo avesse permesso.

Sì, c'erano persone che potevano farti precipitare all'inferno, ma la strada per arrivarci la percorrevi comunque da solo. E, quando lo facevi, non eri poi più così lontano dalla pazzia.

Questi erano i suoi pensieri mentre superava un cartello molto familiare: «Benvenuti alla Waldklinik – Clinica specializzata in psichiatria, psicoterapia e psicosomatica».

19.

Com'era accaduto alla città, anche il complesso ospedaliero era cambiato negli ultimi dieci anni. La maggior parte dei grandi aceri era stata abbattuta e sostituita da aiuole fiorite e cespugli che anche in una mattinata temporalesca come quella rendevano un po' più luminoso e piacevole il parco un tempo simile a una foresta. Tra le aiuole erano state collocate diverse nuove sculture da cui gocciolava la pioggia e nei pressi dell'ingresso principale era stata eretta una piccola cappella.

Anche la vecchia villa del primario, costruita quando nasceva il primo istituto psichiatrico, era stata sostituita da un nuovo edificio che, stando a quanto era indicato, ospitava il reparto di psichiatria infantile e giovanile.

Il reparto per il quale stavano ancora raccogliendo i fondi quando lavoravo qui, pensò Mark. E sicuramente la raccolta è proseguita anche dopo.

Subito accanto, dove un tempo c'era la mensa del personale, era in costruzione quella che, secondo il cartello di cantiere, sarebbe diventata la sede degli ambulatori medici, mentre il vecchio obitorio grigio aveva lasciato il posto a un edificio bianco a grandi vetrate adibito a mensa. I progettisti o non ci avevano pensato, oppure avevano avuto un senso dell'umorismo decisamente macabro.

Ma, nonostante le novità che cambiavano l'aspetto del luogo, c'erano anche cose che avevano sfidato il passare del tempo. Come aveva scoperto Mark con le sue ricerche a colazione – anche se la connessione WLAN in hotel era di una lentezza esasperante – la vecchia struttura bassa nella parte orientale

116

del complesso continuava a ospitare il reparto 9, dove lavorava ancora oggi come infermiere Konrad Fuhrmann, che non aveva perso l'abitudine di farsi chiamare Konni dai colleghi. Quando aveva provato a telefonargli, non lo aveva trovato in casa: molto probabilmente Konni era di turno. Per lo meno così sperava Mark mentre suonava il campanello della porta che dava accesso al reparto chiuso. Aveva bisogno di informazioni che non poteva ottenere per via ufficiale e un inventario vivente quale Konni era la fonte più appropriata.

Il suo desiderio fu esaudito quando Konni Fuhrmann venne ad aprirgli di persona.

«Sì, desidera?» disse il corpulento infermiere, scrutando Mark con aria diffidente prima che un lampo di riconoscimento gli illuminasse il viso. «Dottor Behrendt?»

«Salve, Konni. È da parecchio che non ci vediamo.»

«Cavoli, questa sì che è una sorpresa!» ribatté Konni allegramente. «Quasi quasi non la riconoscevo. Porta i capelli più lunghi... ed è dimagrito.»

Che educato eufemismo per descrivere il mio aspetto di merda, pensò Mark, costringendosi a sorridere.

«Il tempo passa per tutti» commentò, anche se doveva ammettere che valeva più per se stesso che per Konni.

Certo, gli ultimi dieci anni avevano regalato all'infermiere qualche ruga e qualche ciocca grigia nei capelli biondi a spazzola, ma per il resto era rimasto uguale a prima e dava l'idea di frequentare ancora regolarmente la palestra.

«Che cosa la porta da queste parti, doc?» chiese con un sorriso raggiante che gli illuminò tutto il viso.

Mark fece un sorrisetto. Per qualche motivo aveva l'impressione di essere tornato in patria dopo tanto tempo.

«La nostalgia, Konni. La pura nostalgia. Ha un momento da dedicarmi?»

«Ma certo, doc. Per lei sempre. Accomodiamoci subito.»

Dopo che Mark fu entrato, Konni richiuse la porta. Una

lucina rossa si accese su una tastiera numerica in cui andava inserito il codice per aprire la serratura.

«Allora, riconosce la sua vecchia sede di lavoro?» chiese Konni.

«Come no» disse Mark, «sembra rimasto quasi tutto come un tempo.»

«Non *quasi* tutto, doc. È rimasto *esattamente* come un tempo.» Konni alzò gli occhi al cielo. «La direzione ci promette sempre i lavori di ristrutturazione ormai necessari da tempo, ma adesso preferiscono spendere soldi per i nuovi reparti dove prima o poi ci trasferiremo anche noi, e questa vecchia baracca sarà rasa al suolo. A me sta bene. A proposito, ha già visto dove hanno collocato la nuova mensa?»

«Oh, sì! Come si mangia lì?»

Konni rise. «Esattamente da schifo come un tempo, ma con una nota particolare. Posso offrirle un caffè? Il suo successore si è portato via la fantastica caffettiera automatica che ci aveva lasciato in eredità, ma il caffè dell'infermiera Nadia non è così male.»

Mark rispose affermativamente e l'infermiere scomparve nella saletta di ristoro per tornare subito dopo con due bicchierini fumanti.

«Usciamo un po'» propose Konni. «Il branco ha già fatto colazione e adesso sono quasi tutti in terapia. Ha scelto proprio l'ora giusta per la sua visita.»

Quando passarono davanti alla camera numero 7, Mark fu assalito da uno strano brivido. Per un attimo avvertì un'aria gelida sulla nuca. Era assurdo, ovviamente, il vecchio edificio forse aveva bisogno di una ristrutturazione, ma di certo non aveva spifferi. Tuttavia quel brivido gli era sembrato reale.

Poi gli fu chiaro che cosa aveva ricordato il suo subconscio. Un tempo quella era stata la camera della misteriosa paziente di cui gli aveva parlato Ellen. La donna senza nome, che lui non aveva mai visto in faccia, perché...

118

Perché l'ha portata via l'Uomo Nero, pensò e rabbrividì di nuovo.

La porta della camera era aperta. Anche adesso, come allora, c'era dentro solo un letto. Era ordinato e rifatto, come se aspettasse paziente nella livida luce del mattino il prossimo ospite. Forse qualcuno che sentiva voci senza un corpo, aveva paura di cose che nessun altro poteva vedere, oppure si sentiva perseguitato da qualcuno o da qualcosa, come un tempo quella inquietante paziente.

«Venga, doc!» Konni gli tenne aperta la porta del cortile interno e gli rivolse un cenno. «Una cosa in effetti è cambiata rispetto a prima. Adesso qua fuori c'è una tettoia.»

Entrarono nel piccolo atrio del reparto. Il cortile interno con i vasi di piante al centro era riservato ai pazienti che non potevano uscire dalla struttura. Ma in realtà era sempre stato usato come angolo per i fumatori. Per questo motivo erano state sistemate su entrambi i lati delle tettoie di vetro che permettevano di indulgere nel vizio del fumo anche con il brutto tempo.

Sotto quella alla loro sinistra avevano trovato riparo dalla pioggia due pazienti. Se ne stavano lì a fumare in silenzio e gettarono un'occhiata verso di loro. Stavano tutt'e due a testa bassa, forse per timore o per contrarietà o entrambe le cose. Per questo Mark e Konni si sistemarono sotto la seconda veranda, piuttosto lontani, e Konni porse a Mark un pacchetto di Gauloises.

«Vuole?»

Mark scosse la testa. In passato fumava le sue Camel una dietro l'altra, ma dalla morte di Tanja non aveva più toccato nemmeno una sigaretta. Si sentiva male al solo pensiero del fumo. Perché tutte le volte si affacciava alla sua mente l'ineluttabile domanda: Tanja sarebbe stata ancora viva se lui non si fosse attardato a spegnere la sigaretta, rimanendo così un paio di passi indietro rispetto a lei? Forse in quel caso Ares avrebbe investito *lui*, al suo posto.

«No, grazie» disse. «Ho smesso già da parecchio.»

«Complimenti! Io non ci sono ancora riuscito» disse Konni ammirato, infilandosi in bocca una sigaretta. «E pensare che, all'epoca, dopo la storia del vecchio Liebwerk avrei voluto seriamente smettere. Ho resistito addirittura per tre settimane. Ma poi... Già, le vecchie abitudini. E finora non ne ho mai risentito durante gli allenamenti. Be', forse un pochino.»

Mark alzò le sopracciglia. «Liebwerk? Non era l'archivista?»

«Proprio lui» disse Konni scrollando la cenere in un contenitore pieno di sabbia. «Fumava a nastro. Come una stufa rotta. E poi l'ha pagata.»

«Carcinoma polmonare?»

«Peggio, doc. È bruciato vivo.»

«*Bruciato?*»

«Sì, ha sentito bene. Credo che sia successo poco dopo che lei se n'era andato. Accidenti, quell'inverno ne abbiamo viste delle belle da queste parti, glielo dico io.»

Mark fischiò tra i denti. «Mi spiace sentirlo. Mi era simpatico quel vecchietto. Un po' strambo, ma sempre disponibile.»

«Davvero» confermò Konni. «Per sua fortuna non si è reso conto di tutto il casino che ha combinato.»

«In che senso? È successo qualcosa qui?»

«Sì, giù in archivio. Ha preso fuoco tutto, non è rimasto niente, né di lui né dei documenti. E allora abbiamo avuto un sacco di problemi con le autorità. Soprattutto con le assicurazioni. L'edificio in teoria avrebbe dovuto essere a prova di incendio, ma chi lo aveva progettato non aveva pensato a un archivista tabagista. È bruciato tutto, l'intero archivio. Per fortuna eravamo già passati al nuovo SIO...»

«SIO?» lo interruppe Mark.

120

«Mmm, è l'abbreviazione di Sistema Informativo Ospedaliero» spiegò Konni. «Cioè, veramente fino al momento dell'incendio erano stati inseriti solo i pazienti attuali. Gli altri dovevano essere ancora digitalizzati e poi sono letteralmente finiti in fumo da un giorno all'altro.»

«Merda» mormorò Mark. «Un bel casino davvero.»

«Può dirlo forte, doc. Ma non è ancora tutto. In realtà sotto c'è una storia maledettamente bizzarra.»

Per quanto fosse interessante ascoltare Konni, Mark cominciò ad avvertire un latente nervosismo. Dopo tutto non era andato a trovare l'infermiere per farsi raccontare degli aneddoti.

Mentre Konni si accendeva un altro «chiodo della bara» – come li chiamava –, Mark colse la sua occasione.

«Konni, vorrei farle una domanda.»

«Ma certo, dica» lo esortò questi mentre armeggiava con l'accendino che si rifiutava di funzionare.

«Mi chiedevo che fine abbia fatto Lara Baumann. Lei ne sa qualcosa?»

Konni abbassò l'accendino e si tolse di bocca la sigaretta.

«Lara Baumann» ripeté con un sospiro. «Già, un'altra storia pazzesca. Sa che dopo tutti questi anni per me rimane sempre la dottoressa Roth? Incredibile, vero?»

«Per niente. So benissimo che cosa intende dire. Anche per me è lo stesso» rispose Mark.

L'infermiere rivolse lo sguardo al muro, come se osservasse un'immagine particolarmente tragica sull'intonaco ingiallito dalla nicotina.

«Non l'ho più vista dopo tutta la faccenda» bisbigliò. «Per qualche anno è rimasta nel reparto femminile chiuso del padiglione 63. Ma poi, uno o due anni fa, ho cominciato a incrociarla in giro durante qualche passeggiata terapeutica. Sempre in compagnia dei sanitari e delle altre pazienti, come stabiliva la sentenza del tribunale. Se ne andava via sempre

121

per ultima e non ha mai aperto bocca. Le altre donne chiacchieravano e scrutavano tutti gli uomini che passavano loro davanti. Lo sa anche lei, le donne rinchiuse in isolamento sono come gli uomini, a volte addirittura peggio. Lei però non era così. Rimaneva sempre muta. Non mi ha nemmeno riconosciuto. Credo che non riconoscesse più nessuno di prima. Sembrava timidissima e teneva sempre lo sguardo chino a terra. Come una bambina piccola.»

Rivolse un'occhiata triste a Mark, poi cercò di nuovo di accendere la sigaretta, invano.

«E adesso dov'è?» s'informò Mark.

Konni si arrese e infilò sigaretta e accendino nella tasca del camice.

«È stata dimessa. A quanto ne so da due o tre mesi. Adesso è affidata alle cure di Marion Leutke. Si ricorda di lei?»

«L'infermiera Marion?» domandò stupito Mark. Certo che si ricordava della donna obesa di un tempo che con la sua bigotteria e le sue premure spesso lo spingeva ai limiti della pazienza.

«Proprio lei.» Konni sogghignò. «Prima era passata al reparto pediatrico, e poi da circa tre anni lavora in proprio come assistente. Detto tra noi, non ne sentiamo certo la mancanza. A volte i suoi modi erano davvero insopportabili. Tutti quei gesti teatrali e quei discorsi su Gesù! Accidenti, che rottura! Sa che voleva introdurre la preghiera prima dei pasti per i nostri pazienti?»

«Già, è vero, tipico di Marion» disse Mark, al quale intanto era passata la voglia di sorridere e di chiacchierare. Con il pensiero era già a Lara Baumann.

Adesso capiva perché Ares si fosse rivolto a lui proprio adesso. Doveva aver saputo delle dimissioni di Lara Baumann. Il periodo di reclusione alla clinica psichiatrica era finito ed evidentemente lei era tornata capace di condurre una vita indipendente.

Mark bevve un sorso di caffè e si schiarì la voce.

«Senta, Konni, potrei chiederle un piacere?»

«Ma certo. Di cosa si tratta?»

«Ecco, so che va contro il regolamento, ma mi interesserebbe davvero molto sapere che fine ha fatto Lara. Preferirei non chiederlo direttamente a Marion, perché... Be' insomma, quando ci siamo lasciati non eravamo proprio amici. Mi capisce?»

«Eccome» ribatté Konni guardandolo serio. «Doveva sentirla come ce l'aveva con lei quando è andato via perché aveva lasciato da sola la dottoressa Roth... Voglio dire *la signora Baumann*. Lo sapeva?»

«Posso immaginarlo. Ma che cosa avrei dovuto fare all'epoca? Lara doveva trovare una strada nella sua nuova vita e, in quanto collega della sua precedente personalità, le sarei stato solo di intralcio.»

Konni annuì. «Non deve spiegarlo a me, doc. Al suo posto avrei fatto la stessa cosa.»

«Allora potrebbe aiutarmi? Vorrei vederla solo per scoprire come è diventata. Se sta bene.»

Anche se in parte corrispondeva alla verità, Mark si sentiva meschino. No, di più: in quel momento si disprezzava profondamente. Dopo tutto non chiedeva informazioni su di lei di sua spontanea volontà, e in altre circostanze avrebbe continuato a lasciare in pace Lara Baumann. Ma la minaccia dello sconosciuto gli riecheggiava sempre in testa.

Devi ucciderla!

... Ucciderla!

Altrimenti...

«In una situazione normale adesso direi che non è possibile» replicò Konni. «Per la tutela della privacy e via dicendo. Ma lei le ha salvato la vita all'epoca, perciò a mio parere ha il diritto di sapere che cosa è diventata. E ha ragione, da Marion otterrebbe nel migliore dei casi solo un acido rifiuto.»

123

«Lo penso anch'io» disse Mark. «Mi manderebbe all'inferno, dove a suo parere sarebbe il mio posto.»

Konni scosse la testa divertito. «Ah-ah, doc, piuttosto la affogherebbe in una tinozza d'acqua santa. Aspetti qui, torno subito.»

Con queste parole scomparve nell'edificio per consultare il Sistema Informativo Ospedaliero e recuperare l'indirizzo di Lara.

Mark lo seguiva con lo sguardo, ma colse con la coda dell'occhio un movimento alle proprie spalle e si voltò. Davanti a lui c'era una delle due donne che fumavano sotto l'altra tettoia.

«Ehi, tu» disse con voce roca. «Io ti conosco.»

20.

Mark scrutò un viso provato che aveva qualcosa di spaventosamente familiare. Tra i partecipanti regolari del suo gruppo di autoaiuto ce n'erano stati diversi, uomini e donne, segnati allo stesso modo da lunghi anni di alcolismo. La pelle dai pori dilatati era attraversata da un reticolo violetto di capillari scoppiati, il naso aveva una forma bitorzoluta e le guance erano così gonfie da inghiottire quasi del tutto gli occhi. A questo si aggiungevano i lunghi capelli ispidi della donna, che sottolineavano ancora di più il suo aspetto trascurato.

Anch'io sarei potuto finire così, se avessi continuato a bere per qualche anno ancora, pensò.

«Sì, ti conosco» ripeté la donna con voce ruvida. «Ti conosco molto bene.»

«Credo che si sbagli» rispose lui educato. «Non saprei proprio dove potremmo esserci incontrati.»

Lei sogghignò e le labbra screpolate si sollevarono sui denti cariati.

«Per riconoscere uno come te non bisogna averlo già incontrato. Sei proprio come il mio Eddi. Ti piace alzare le mani, vero? È così, no? Te lo leggo negli occhi. Anche il mio Eddi era sempre così rabbioso. Però l'ho amato, quel farabutto.»

Mark deglutì. Non ricordava di essere mai stato turbato fino a tal punto da una paziente.

«Il mio Eddi aveva la tua stessa espressione» proseguì la donna sempre sogghignando. «Un lupo travestito da agnello. Ma sapeva anche essere gentile. Tu pure, vero?»

Fece un altro passo verso di lui che avrebbe voluto indietreggiare. Soprattutto quando il sorriso si fece ammiccante.

«Gli piaceva quando glielo prendevo in bocca» gli sussurrò. «Anche a te? Vuoi che lo faccia?»

Mark si raddrizzò e scosse la testa. «Non m'interessa, grazie.»

Lei rise lasciva e fece un passo indietro. «Meglio per te. Ti avrei morso. Quindi vedi di non avvicinarti troppo, capito?»

«Ehi, Silvia, che cosa sarebbe questa storia?»

Konni era appena tornato fuori e scoccò alla donna un'occhiata di rimprovero.

«Insomma, Silvia, dovresti vergognarti! Il dottor Behrendt è venuto qui in visita. È così che si trattano gli ospiti?»

«Lui non è un ospite, Konni» disse lei arricciando il naso bitorzoluto. «È uno di noi. È un altro mostro, come tutti qui.»

Poi tornò dall'altra paziente senza degnare di un'occhiata i due uomini.

Konni si girò divertito verso Mark. «Si è offerta di farle un pompino?»

«Già. Ma sarebbe stata un'esperienza unica nel vero senso della parola.»

«Ha proprio ragione» confermò Konni. «Come per il marito. Quel tipo l'ha picchiata per anni e a un certo punto lei si è vendicata. Se non fosse morto dissanguato, adesso dovrebbe pisciare seduto.»

«Ahia!» esclamò Mark, poi ripensò alle ultime parole pronunciate dalla donna.

È un altro mostro.

Si chiese se avesse ragione. Se fosse davvero un mostro, un lupo travestito da agnello.

«Ecco, per lei, doc.» Konni consegnò a Mark un foglietto ripiegato più volte. «Però non dica a nessuno da chi ha avuto l'indirizzo. Nemmeno alla signora Baumann, d'accordo?»

«Quale indirizzo?» domandò Mark e Konni ridacchiò.

Sembrava quasi che fosse tutto come ai vecchi tempi.

21.

«Questa roba puzza di merda!» brontolò la vecchia signora seduta sul letto con il vassoio della colazione. «Obbligano anche lei a mangiare merda, oppure lei è il cuoco di questo hotel che l'ha vomitata?»

«Né l'uno né l'altro» rispose lui teso. «Sono un tecnico e qui non siamo in un hotel, ma in una casa di cura.»

«Lo dicevo io che lei non poteva essere un cuoco. Con quella barba! Un tipo così peloso è meglio che non stia in cucina.»

«Ehi, che cosa ci fa lei qui?»

Una giovane infermiera era spuntata sulla porta e lo guardava stupita. Lui l'aveva sentita avvicinarsi in corridoio poco prima e aveva fatto appena in tempo a rifugiarsi nella camera della vecchia signora.

In realtà a quell'ora si teneva la riunione mattutina del personale e lui aveva sperato di essere da solo. Ma, a giudicare dalla giovane età dell'infermiera, doveva trattarsi di una tirocinante e, come era evidente dal carrello in corridoio, era stata incaricata di ritirare i vassoi della colazione.

Per questo aveva quell'aria scontrosa. Perché era l'unica a dover sgobbare mentre gli altri si bevevano comodi un caffè nella saletta del personale.

«Stavo controllando i termosifoni» rispose lui, sperando che l'infermiera si lasciasse convincere dal suo sorriso professionale e dalla tuta da lavoro blu.

Naturalmente avrebbe potuto presentarsi anche durante l'orario di visita, ma i visitatori venivano registrati, mentre tecnici e manovali in genere erano ignorati. Per lo meno finché non intralciavano qualcuno o non avevano la sfortuna di finire nella camera di una ottantenne affetta da demenza.

«Un giovanotto gagliardo, e pure in uniforme» si intromise la vecchia sul letto, ammiccando maliziosa all'infermiera. «Sarebbe perfetto per lei, infermiera Pia. Visto che il suo fidanzato l'ha lasciata.»

L'interpellata arrossì leggermente, ignorò il commento e lo fissò con aria scettica.

«I termosifoni? C'è qualcosa che non va?»

«Niente. Devo solo sfiatarli.»

A sottolineare le sue parole mostrò una piccola chiave per radiatore. Se l'era procurata apposta dal ferramenta insieme alla tuta da lavoro.

«Prima abbiamo dovuto fare un intervento all'impianto di riscaldamento, per sostituire una guarnizione difettosa. Questa procedura provoca nelle tubature bolle d'aria che se non vengono eliminate impediscono ai caloriferi di scaldare in modo adeguato e li fanno gorgogliare.»

«Allora veda di sbrigarsi, giovanotto» gracchiò la vecchia sul letto. «Qua dentro sembra già di stare in un frigorifero. Ho sempre i piedi freddi. Prima non era così, quando ero giovane e attraente.»

Pia ignorò anche questo commento. «Ah. Io non me ne intendo. A casa abbiamo il riscaldamento a pavimento. È una procedura lunga?»

Lui scrollò il capo. «No, è abbastanza veloce. Devo solo passare in tutte le camere, poi me ne vado.»

«D'accordo, ma adesso non può entrare nella sala del personale. È in corso la riunione del mattino.»

Ma non mi dire, pensò lui, sfoggiando di nuovo quel suo perfetto sorriso da manutentore professionale. «Non c'è problema, prima passo dalle altre stanze.»

La giovane infermiera parve soddisfatta. Se non altro adesso aveva un'aria più amichevole.

«Va bene, però faccia in fretta. E lei si decida a mangiare la colazione, signora Strobel! Al mio ritorno il piatto deve essere vuoto, capito?»

L'infermiera aveva giusto fatto in tempo a voltare le spalle che la vecchia le fece la linguaccia. Poi si girò verso di lui con un sorriso ammiccante.

«Se Pia non la vuole, sposa me? Ai miei tempi ero un vero schianto. Però deve tagliarsi quella orribile barba. Allora? Accetta la mia proposta?»

Lui indicò il vassoio. «Solo se mangia tutte le uova.»

La vecchia fece una smorfia. «Allora no, grazie. Questa roba ha un sapore schifoso. Sa di merda!»

Si girò imbronciata verso la finestra, ma subito dopo sorrise trasognata quando vide un merlo che si era posato sul suo davanzale in cerca di riparo dalla pioggia battente. Quella vista sembrò farle dimenticare anche il potenziale marito.

Lui aspettò che i passi di Pia avessero raggiunto l'estremità opposta del corridoio, poi uscì a sua volta.

La stanza dove voleva entrare in realtà era proprio dirimpetto. Ma non aveva voluto rischiare di farsi trovare lì.

Quando entrò non c'era odore di uove e nemmeno vassoi con la colazione. L'uomo sdraiato a letto sprigionava un odore dolciastro di urina e non avrebbe mai più potuto mangiare niente. La testa e soprattutto il viso erano così sfigurati che doveva essere alimentato con una sonda gastrica.

Quello che restava di questo individuo somigliava all'immagine distorta di una sala degli specchi. Oppure a un tentativo miseramente fallito di ricreare un cranio umano usando della plastilina giallastra.

Un occhio era rivoltato nell'orbita, mostrando solo il bianco. L'altro si guardava in giro irrequieto, nel tentativo di riconoscere chi si stesse avvicinando.

L'uomo con la tuta blu fu assalito dalla nausea a causa dell'odore dolciastro e dello spettacolo ancora più disgustoso. Ma non era niente a confronto del disprezzo che provava per il malato. Quello era quasi intollerabile.

«Ciao, faccia merdosa» lo salutò a bassa voce. «Era da tempo che non ci vedevamo.»

L'occhio si spalancò e cominciò a guizzare qua e là ancora più freneticamente.

Questa reazione gli causò una gioia perfida.

«Vuoi chiamare aiuto?» lo derise. «Già, accidenti, non puoi farlo! Dovresti riuscire a muoverti. Vuoi che schiacci il pulsante per te?»

Allungò una mano verso il telecomando sul comodino. Per un attimo tenne l'indice sospeso sopra il tasto rosso con il simbolo dell'infermiera. Poi lo ritirò e rise piano.

«Non te la prendere, faccia merdosa. Scherzavo. È meglio se rimaniamo soli noi due, non trovi?»

Aprì la chiusura lampo del giubbotto da lavoro e infilò la mano nella tasca interna.

«Guarda, ti ho portato qualcosa. Ma non rallegrarti troppo presto, infatti so che non ti piacerà.»

Tirò fuori la mano dalla giacca e la faccia di plastilina con l'occhio solitario iniziò a contorcersi furiosamente. E quando lui si chinò sull'uomo bloccato a letto un gemito disperato fuoriuscì dal buco che un tempo era stata una bocca.

22.

La casa dove abitava Lara Baumann sorgeva nel centro del piccolo borgo di Steinbach, a una trentina di chilometri da Fahlenberg. Era una semplice palazzina bianca con quattro appartamenti e faceva parte di un complesso di altri cinque edifici accomunati dallo stesso stile anonimo.

Un ottimo rifugio, pensò Mark guardando la fermata dell'autobus a pochi metri dalle villette. Abbastanza vicino a tutto per poter esplorare il mondo, che adesso le deve apparire estraneo, e nel contempo così appartato da permetterle di stare in pace quando ne ha abbastanza di girare.

Correndo sotto la pioggia raggiunse la tettoia davanti all'ingresso. Al contrario di Doreen, Lara aveva indicato il proprio nome sul citofono. Mark avvertì un'ondata di agitazione quando schiacciò il pulsante e si domandò come sarebbe andato l'incontro per entrambi. Se Lara lo avrebbe riconosciuto e se avrebbe potuto, o voluto, aiutarlo.

Il viaggio fin lì gli aveva portato via un'altra mezz'ora. Adesso erano le dieci e mezzo e rimanevano solo trentadue ore alla scadenza dell'ultimatum.

Ma non ottenne risposta alla sua chiamata. Nessuno si fece vivo al citofono né aprì il portone. Nemmeno quando riprovò.

«Chi sta cercando?» chiese all'improvviso una voce femminile in affanno alle sue spalle.

Si voltò e guardò la donna trafelata che stava in piedi in fondo ai gradini con le mani appoggiate sulle cosce. Doveva

131

essere appena tornata da una corsa. Per un attimo si illuse che fosse Lara.

No, non Lara, bensì Ellen. Ellen che torna dal suo quotidiano percorso di allenamento al parco. Ellen che si prepara alla maratona di Fahlenberg, grazie alla quale la nostra clinica otterrà generose donazioni.

Poi la ragione tornò al presente, in cui Ellen Roth non esisteva più, e la Waldklinik non era più il posto dove lavoravano, nessuno dei due.

A guardare meglio, la donna non somigliava neppure a Ellen. Aveva lunghi capelli rossi, invece che neri e corti, e li teneva raccolti in uno chignon. E poi era decisamente più alta di Ellen, e così magra che il suo occhio clinico pensò quasi automaticamente all'anoressia. La diagnosi avrebbe potuto essere confermata dalle lenti arancioni degli occhiali, come quelli che spesso portavano le persone depresse, dato che quel colore faceva sembrare più piacevole anche una giornata di pioggia.

«Volevo andare a trovare Lara Baumann» disse lui. «La conosce?»

La donna si raddrizzò, si asciugò la pioggia dalla fronte e lo guardò attraverso gli occhiali appannati.

«Sì, è la mia vicina. Lei è il suo ragazzo?»

«Sono un vecchio conoscente. Volevo farle una visita a sorpresa.»

«Mi sembrava strano che avesse un ragazzo» disse la donna, mentre continuava a fissarlo scettica. Tuttavia non sembrava del tutto ostile. «La vedo quasi sempre sola.»

«Ho provato a suonare ma non ha risposto» disse Mark. «Lei sa dirmi dove potrei trovarla?»

La donna piegò la testa di lato e lo guardò direttamente negli occhi. «Ma è veramente un suo conoscente? Non se ne abbia a male, ma come donna single bisogna sempre stare in guardia. Soprattutto in un posto così isolato.»

«Lara e io ci conosciamo da molto tempo» rispose Mark, cercando di sorridere con la massima disinvoltura. «Non la vedevo da anni e, siccome avevo delle cose da sbrigare qui in zona, ho pensato di venire a farle un saluto.»

«Ah-ha. E chi le ha dato l'indirizzo? Non abita qui da molto tempo, sa.»

«L'ho avuto da Marion Leutke» mentì Mark, e si sorprese di quanto gli risultasse ormai facile dire bugie. «È una nostra amica comune.»

«Ah, intende quella buffa cicciona che cerca sempre di raccontarti qualcosa su Gesù?»

«Sì, mi riferisco proprio a lei.» Mark rise. Poi sentì qualcosa sfiorargli la gamba. Abbassò lo sguardo e vide sorpreso un gatto tigrato grigio che gli si strusciava contro con la coda alzata.

«Questa Marion è l'unica che venga a trovarla» disse la donna. Quindi indicò il gatto con un dito ossuto. «Già, e poi vedo che Buddy la trova simpatico, quindi le credo. A proposito, io sono Nici. Cioè, veramente Nicoletta, ma tutti gli amici mi chiamano Nici.»

«Piacere, io sono Mark.»

«Mi spiace, Mark, ma Lara è uscita una mezz'ora fa. Marion è venuta a prenderla per portarla al lavoro quando sono uscita a correre. Lara lavora su al planetario, lo sapeva?»

«Al planetario?»

«Anch'io ho avuto la stessa reazione quando me lo ha detto» rispose Nici con un sorriso. «Date le sue inclinazioni, avrei scommesso più che altro su un rifugio per animali o un fioraio. In genere ci azzecco nelle mie valutazioni. Forse era un lavoro che faceva prima?»

Se solo sapesse che cosa faceva prima la sua vicina, pensò Mark evitando la domanda. «Mi dica una cosa, Nici, questo planetario è lontano da qui?»

«Per niente. In macchina saranno giusto un paio di minuti.» Indicò la fine della strada. «Quando arriva in fondo giri a sinistra, poi all'incrocio a destra e dopo circa duecento metri ancora a destra. Da lì parte una strada che sale in cima a quella montagnola. Non può sbagliarsi, ci sono cartelli dappertutto.»

«La ringrazio molto» disse Mark. «Mi è stata di grande aiuto.»

«Si figuri. La inviterei volentieri a prendere un caffè, ma devo farmi una doccia veloce e poi correre al lavoro anch'io.»

«Allora non voglio trattenerla oltre. Grazie ancora per l'aiuto.»

Era quasi tornato alla macchina quando Nici lo chiamò per nome.

«Lei ha un'aura positiva» disse. «Se è solo un conoscente di Lara e non il suo ragazzo, che ne direbbe di passare a trovarmi?»

Mark sorrise di nuovo, ma stavolta nella sua mente affiorò un pensiero truce.

Se non riesco a fermare questo Ares, ben presto diventerò colui che ha causato la morte di Lara.

Allora come sarebbe la mia aura? Vorresti ancora invitarmi da te?

23.

L'allieva infermiera Pia stava cambiando il pannolone al signor Sassen quando scattò l'allarme.

«Oh» gemette l'anziano paziente, che anche quella mattina le aveva lasciato un enorme ricordo maleodorante. «Arrivano di nuovo? Stavolta chi sarà? I russi o gli americani? Dobbiamo subito scendere nel rifugio!»

Pia sospirò. Il pannolone pulito era troppo largo per i fianchi ossuti del novantaquattrenne e lei faticava a far aderire le linguette adesive. Il fatto che cominciasse ad agitarsi a causa dell'allarme, dimostrando una forza stupefacente per la sua età, non le facilitava certo il compito.

«Stia fermo» gli disse, spingendolo sul letto. «Non è un allarme aereo.»

Il signor Sassen la guardò incredulo. «Non sono i russi? Allora c'è un incendio? Dobbiamo evacuare?»

«No, è solo un test» rispose lei.

Certi sotterfugi erano stati la prima cosa che aveva imparato in quella professione. Tutto ciò che poteva tranquillizzare gli ospiti della casa di cura era legittimo, persino, soprattutto, piccole e grandi bugie. Per esempio che parenti già morti o che non si curavano minimamente dei familiari non autosufficienti – in particolare per presunta mancanza di tempo – avessero invece chiesto informazioni. Oppure che l'allarme in un'altra camera fosse soltanto un test.

«Ah, un test» ripeté il signor Sassen ammirato. «I test sono sempre utili. Bisogna essere preparati. Casomai arrivino gli americani. O i russi. O i cinesi. Soprattutto i cinesi!»

Su questo punto doveva dargli ragione, non rispetto agli americani, i russi o i cinesi, ma che fosse necessario essere sempre pronti a tutto. Soprattutto alla morte, che in una struttura dove trascorrevano l'ultima fase della vita persone anziane e molto malate era un visitatore spaventosamente regolare.

Giusto due settimane prima si era presa Tatjana Harder, la quale non era affatto vecchia, ma ridotta male dopo un grave incidente. Le ferite le avevano provocato come postumo un edema polmonare e negli ultimi giorni le era stata somministrata della morfina.

Pia l'aveva trovata simpatica. Era stato penoso guardarla soffocare, anche se la morte, grazie alla morfina, era sembrata rilassata e pacifica.

Nelle notti successive aveva avuto qualche incubo, in cui la morte non arrivava dalla signora Harder, bensì da lei. E tutte le volte si era sentita soffocare lei stessa.

Pia aveva capito allora che ci sarebbe voluto ancora parecchio tempo prima che potesse affrontare in maniera professionale la morte dei suoi pazienti.

Ora sembrava giunta l'ora dell'uomo nella camera 19. Quando Pia uscì dalla stanza del signor Sassen, tutto il personale era già riunito lì. L'allarme era stato spento, era rimasta accesa solo la luce rossa intermittente sopra la porta.

Pia deglutì, quando fu assalita da un inspiegabile senso di sollievo. In segreto doveva ammettere di essere quasi contenta che l'uomo nella camera 19 non ci fosse più.

Perché era inquietante.

Non solo somigliava a un mostro di un film dell'orrore, *era* davvero un mostro. All'inizio del tirocinio all'istituto le avevano raccontato la sua storia.

Tutte le volte che doveva andare da lui era assalita dalla paura. Sebbene fosse tetraplegico e quindi non potesse farle niente, lo sguardo allucinato del suo unico occhio la terrorizzava. Anch'esso l'aveva spesso perseguitata in sogno.

Ora forse se n'è andato, pensò, vergognandosi di quella sua gioia malvagia. Ma solo un poco.

S'incamminò incuriosita lungo il corridoio verso la porta aperta. Ma, prima che ci arrivasse, il dottor Langenfels uscì precipitosamente con la faccia paonazza.

«È inaudito!» esclamò a gran voce, rivolgendosi quindi a qualcuno dentro la stanza che Pia non riusciva a vedere. «Chiami la polizia! Voglio sapere chi è stato!»

Poi superò di slancio Pia che decise di non entrare nella camera 19. Non solo a causa dei brutti sogni, ma perché d'un tratto sospettava chi fosse stato a far scattare l'allarme.

E, se era così, era tutta colpa sua.

24.

Il planetario troneggiava come una moderna fortezza in cima alla collina conosciuta nella regione di Steinbach con il nome di Adlerfels.

Prima della conversazione con la vicina di casa di Lara, Mark non ne serbava alcun ricordo, ma adesso, mentre percorreva la tortuosa stradina in salita, gli tornò in mente. Quando aveva abitato a Fahlenberg gli era capitato di leggere annunci pubblicitari sul giornale o su cartelloni in giro per la città che reclamizzavano il planetario e l'osservatorio astronomico aperto al pubblico. Nelle notti limpide era possibile osservare i pianeti più vicini alla Terra e seguire eventi particolari, come il transito di Venere o l'eclissi lunare. L'ubicazione in cima alla collina boscosa era ovviamente ideale, in quanto non c'era pressoché alcuna fonte di inquinamento luminoso.

Da ragazzino, quando era appassionato di *Star Trek*, *Flash Gordon*, *Captain Future* e *Buck Rogers*, sarebbe stato un ospite fisso della struttura, ma da medico non aveva più avuto tempo da dedicare a certe cose. Spesso alla fine del turno era troppo esausto, e le sue poche iniziative mondane si erano limitate a qualche cinema o cena con i colleghi.

Mark parcheggiò accanto a due scuolabus che si erano fermati di traverso davanti all'ingresso per permettere agli occupanti di entrare all'asciutto senza bagnarsi. Spense il motore e osservò il grande cubo di cemento con il tetto piramidale e la cupola laterale. Dal cielo coperto cadeva una pioggerellina fine e dai boschi circostanti si alzavano ciuffi di nebbia che davano alla scena qualcosa di surreale e alieno.

Era molto teso e, come prima a casa di Lara, un po' spaventato per quell'incontro da cui dipendevano tante cose.

Quando scese dall'auto fu investito da una ventata fredda. Alzò il bavero della giacca e corse verso l'ingresso. Davanti alla porta fece un ultimo respiro, poi raccolse tutto il coraggio ed entrò.

Nel vasto atrio fu accolto da un piacevole calore e da una musica d'atmosfera diffusa da altoparlanti nascosti nel soffitto.

Si avvicinò alle casse deserte accanto alle quali un espositore di cartone indicava l'inizio della mostra allestita nella sala laterale: «Marte e le sue lune».

Mark si bloccò leggendo quelle parole, e si domandò se Ares avesse tratto ispirazione lì per il suo nome. Dopo tutto il dio della guerra Marte era il pendant romano del greco Ares. Se si consideravano poi i nomi delle due lune Fobos e Deimos, Marte – ovvero Ares – era circondato in senso lato da paura e terrore.

Era per questo che aveva scelto un simile nome? Perché portava con sé paura e terrore?

Non era poi così improbabile, dato che lo sconosciuto doveva aver abitato almeno per un certo periodo nella zona. Quindi conosceva anche il planetario o quanto meno aveva visto i cartelloni pubblicitari come era capitato a Mark.

Accanto al semicerchio delle casse deserte c'era un piccolo chiosco che vendeva caffè, bibite, panini e dei dolci chiamati Biscotti della luna, ma anche qui non c'era nessuno.

A quanto pareva tutto il personale era nella sala proiezione. Dalle porte chiuse filtravano i bassi della sinfonia dei pianeti di Holst, accompagnati dalle esclamazioni stupite di giovani spettatori. Gli scolari all'interno sembravano divertirsi a guardare le meraviglie dell'universo.

A un certo punto Mark udì un rumore alla propria sinistra, come di scatole che venivano aperte. Superò il chiosco e si ritrovò nel negozio di souvenir, dove i visitatori, al termine del-

139

lo spettacolo, potevano acquistare poster, modellini e altri ricordi. C'era una donna intenta a sistemare su un ripiano tazze con immagini di pianeti e galassie.

Mark si bloccò. Sebbene la donna gli voltasse le spalle, la riconobbe subito. Al posto di un camice bianco indossava un paio di jeans e una maglietta azzurra con lo stemma del planetario e portava i capelli scuri non corti ma lunghi e raccolti in una coda. La corporatura asciutta da atleta e il modo di muoversi erano inconfondibili.

«Lara?»

La donna si bloccò e si girò a guardarlo. E, non appena vide i suoi occhi, Mark non ebbe più dubbi.

Era lei. I suoi tratti erano cambiati, si erano fatti timidi e introversi, ma gli occhi di una persona non cambiano mai. Erano gli occhi di Ellen Roth, anche se questa non era più Ellen Roth.

«Oh, salve» disse con un sorriso timido stringendo con entrambe le mani la tazza che aveva appena scartato. «Mi scusi, non avevo sentito che era arrivato qualcuno. Posso aiutarla?»

Lui la guardò negli occhi e sorrise. «Mi riconosce?»

Lei aggrottò la fronte. «Mmm, no, non mi sembra. Dovrei?»

Questa risposta gli provocò una fitta di dolore, ma cercò di non farlo notare. «Sono Mark. Mark Behrendt.»

«Mark Behrendt?»

Lo guardò di nuovo aggrottando la fronte, poi sul suo viso comparve un'espressione seria, che lui non sapeva come interpretare.

«Mark Behrendt» ripeté, ma questa volta non era una domanda, bensì un'affermazione.

«Sa chi sono?»

Lei strinse la tazza ancora più convulsamente, finché le

nocche le diventarono bianche come la ceramica. «Che cosa vuole da me?»

«Devo parlarle con estrema urgenza.»

Di nuovo quell'espressione. Impaurita, sospettosa, scostante.

«Mi spiace, ma ho da fare.»

«La prego, Lara. Ho fatto molta strada per venire qui ed è davvero importante.»

Lei guardò l'orologio appeso sopra la porta della sala proiezioni, mentre le sue dita tamburellavano nervose sulla tazza.

«E va bene» disse infine. «Ma posso dedicarle solo pochi minuti. Lo spettacolo sta per finire. Allora, che cosa vuole da me?»

«Riguarda qualcuno del suo, cioè del *nostro* passato, e ho bisogno del suo aiuto» rispose lui senza preamboli. «All'epoca doveva esserci...»

«Basta così!» lo interruppe lei, sbattendo la tazza sul ripiano con tale impeto da produrre un rumore simile a quello di uno sparo. Mark allora riconobbe l'immagine del pianeta rosso che vi era raffigurata.

«Mi ascolti bene, signor Behrendt» disse Lara a voce bassa. «Sì, so chi è lei. All'epoca mi ha salvato la vita. Di questo le sono profondamente grata. Sul serio! Ma lo so soltanto perché mi è stato raccontato. Ho solo brandelli di ricordi della vita nella quale mi ha conosciuto. Non c'è niente che possa fare per aiutarla. E, anche se potessi, non vorrei. Non desidero più avere niente a che fare con quella storia!»

Mark annuì. «Posso capire che lei...»

«No che non può» lo interruppe. «Non è possibile se non si è fatta una esperienza analoga. Lei non ha idea di cosa si provi a guardare tutte le mattine nello specchio una perfetta sconosciuta. A dover accettare ogni giorno di essere quella sconosciuta. Il mio ultimo ricordo risale a quando avevo otto anni. *Otto!* Ne sono passati trenta da allora. Lei sicuramente

141

ricorda la sua maturità, l'università, tutto quello che ha fatto dopo, invece per me gran parte della mia vita è scomparsa in un buco nero. Non c'è più niente, assolutamente niente! Devo vivere con un passato che conosco solo attraverso i racconti di altri. E nessuno può capirlo a parte me.»

«Lara, la prego, io...»

«La smetta!» esclamò lei. «Se crede di essere stato mio collega un tempo, e forse anche mio amico, non è vero, perché quella *non ero io*. Io non la conosco nemmeno. Potrà farle male, ma per me è molto peggio, glielo assicuro. Perciò la prego di lasciarmi in pace!»

Nel suo sguardo adesso c'era paura. Mark si rese conto di non sapere neppure lontanamente ciò che aveva passato e che continuava a sperimentare lei. Ma non poteva rinunciare.

«Mi creda, Lara, non sarei venuto da lei se non fosse davvero importante. Una mia cara amica è in pericolo e se non mi aiuterà le succederà qualcosa di brutto.»

Lei lo guardò in silenzio e lui si accorse che era in preda a un dissidio interiore. Di sicuro era uno di quei momenti che temeva più di ogni altro. Il momento in cui il passato che si era finalmente lasciata alle spalle tornava a tormentarla.

Il medico che era in lui aveva anche una semplice spiegazione: i ricordi sono custoditi nell'ippocampo, la regione del cervello responsabile anche delle emozioni. Per questo qualunque ricordo è sempre legato a un'emozione, che nel caso di Lara era soprattutto la paura. Era perciò naturale che volesse dimenticare e rimuovere a qualunque costo.

Lui capiva tutto questo, ma non poteva lasciar perdere. Non se voleva salvare Doreen e la stessa Lara.

«La prego, Lara» ripeté. «Ho bisogno del suo aiuto.»

Lei scosse la testa. «No, mi dispiace, ma ha fatto tutta questa strada per niente. Io non posso aiutarla. Né lei né nessun altro. Ho bisogno di tutte le mie forze per aiutare me stessa. E ora se ne vada! Mi lasci in pace e non si faccia più vedere!»

Mark sospirò. Per quanto gli costasse fatica, si rendeva conto che non sarebbe servito a niente insistere con lei. Doveva darle il tempo di rifletterci. Tempo prezioso, che passava impietoso, come gli confermò un'occhiata al grande orologio a parete. Erano quasi le undici e mezzo. Gli restavano poco più di trentuno ore.

Prese una biro che era sul bancone davanti a lui e strappò un pezzo della carta che avvolgeva la tazza con la foto di Marte. Poi ci annotò il numero di cellulare e l'indirizzo dell'hotel.

«Mi può trovare qui in qualunque momento. La prego di riflettere ancora una volta sulla sua decisione. È una faccenda molto importante. Senza di lei non potrò fare niente e ho tempo solo fino a domani alle sei e mezzo. Dopo sarà troppo tardi.»

Le porse il pezzetto di carta ma lei scosse di nuovo la testa.

«No, signor Behrendt. Ho chiuso con il passato. Devo concentrarmi sul mio futuro. È la mia unica possibilità.»

«Ne è sicura?» le chiese. «Per esperienza so che è possibile pensare concretamente al futuro solo quando si è davvero superato il passato.»

Lei lo guardò con espressione di sfida. «E chi le dice che io non lo abbia fatto?»

«I suoi occhi. Lei ha paura e questo non è un buon punto di partenza per il futuro. Io posso aiutarla a liberarsi da questa paura, ma prima dovrà aiutare me.»

All'improvviso gli occhi le si riempirono di lacrime mentre lo guardava senza muoversi.

«Se ne vada!»

«D'accordo» disse lui, appoggiando il foglietto sul bancone. «Però la prego di ripensarci ancora una volta.»

Detto questo si voltò e se ne andò.

Mentre si incamminava verso l'ingresso, gli parve di sentire il suo sguardo su di sé.

Soprattutto, però, percepì la sua paura.

143

25.

Subito dopo che quel Mark Behrendt se n'era andato dal planetario, Lara era corsa in bagno, convinta di dover vomitare per la violenta nausea che l'aveva assalita. Invece non era successo.

In piedi tremante davanti al lavandino, ingoiò una delle pastiglie di emergenza, un leggero sedativo che le aveva prescritto il dottore in caso di attacchi di panico, e si sciacquò il viso con l'acqua fredda. Ne ebbe un leggero giovamento, ma il cuore continuava a batterle impetuosamente nel petto.

Sapevi che sarebbe potuto capitare da un momento all'altro, disse una voce nella sua testa. *In fondo non è la prima volta. Alla clinica c'era quell'uomo che ci ha riconosciuto quando passeggiavamo. Quell'infermiere muscoloso. Ti ricordi?*

«Sì, certo. Ma era una cosa diversa.»

Ovvio, perché non credevi che avresti mai rivisto Mark. Già, ma il mondo è un paese e tu hai voluto rimanere qui. Ti avevo avvisato che era solo questione di tempo prima che succedesse una cosa del genere. Tutti tornano nei luoghi del loro passato prima o poi.

«Dove sarei dovuta andare, invece?» bisbigliò, fissando lo scarico del lavandino. «Non ho più nessuno.»

Senti senti, e qui chi ti è rimasto? Vediamo, c'è il medico che si limita a prescriverti medicinali e una grassa assistente sociale che ti tratta come una bambina e vuole convertirti a Gesù. Fantastico, vero? E ci sarebbe anche il tuo nuovo capo, che ti usa per sfogare il suo complesso di padre mancato, per non dimenticare poi la vicina di casa che vuole diventare a tutti i costi la tua migliore amica, per poterti riversare addosso tutti i suoi problemi. Ho dimenticato qualcuno? Ah, sì, c'è ancora il gatto randagio che sta con te il tempo sufficiente a divorare una scatoletta di tonno. E poi? Poi non c'è nessun altro. È vero oppure no?

«Smettila!»

Alzò la testa di scatto e fissò rabbiosa la sua immagine allo specchio. Ma la donna che la guardava non era lei. Le somigliava come una goccia d'acqua, ma la sua bocca sorrideva e i capelli erano corti e le sparavano in tutte le direzioni.

Non trattarmi così, Lara, lo faccio solo per il tuo bene, disse la donna, senza muovere le labbra.

Adesso siamo libere. Potremmo andare dove ci pare. Il mondo intero ci si apre davanti. Allora perché vuoi rimanere per forza qui?

«Perché questo posto è come qualsiasi altro e perché io...»

Scosse la testa senza terminare la frase. L'altra lo fece al posto suo.

Perché Mark Behrendt ha ragione, vero? Non hai chiuso con il nostro passato e credi di poterlo fare solamente qui. Perché, secondo la terapia di esposizione, è necessario confrontarsi con gli stimoli negativi. Ma ora guardati. Sei così impaurita. Come pensi di superare la cosa?

«Ma perché proprio Mark Behrendt?» esclamò lei. «Perché non può lasciarmi in pace? Quello stronzo! È convinto che sia in debito con lui. Potrei... Potrei...»

Singhiozzò e si guardò il pugno chiuso.

Ucciderlo? È questo che vuoi dire?

Un colpo alla porta la fece trasalire.

«Lara? Tutto bene?» Era Tim, la guida.

Lei si schiarì la voce. «Sì, arrivo subito.»

«Sbrigati. Io ho finito e il branco sta entrando nel negozio. L'insegnante ha chiesto quarantasei poster di Marte. Ne abbiamo così tanti?»

Lei serrò gli occhi e sbuffò.

«Dammi un momento!»

Dall'altro lato della porta ci fu un: «Va bene, ma fai in fretta, per favore» pronunciato a mezza voce.

Si guardò di nuovo allo specchio. La sconosciuta era scomparsa, ora quello che vedeva era il proprio viso esausto.

«Io sono io» disse a voce bassa, ma decisa. «Io sono Lara Baumann. E ciò che è stato prima non ha più alcuna importanza per me.»

Si raddrizzò, si asciugò le ultime gocce d'acqua dalle guance con un fazzoletto di carta e si stampò in faccia un sorriso finto. Poi aprì la porta e tornò al negozio di souvenir, dove l'aspettavano impazienti quarantasei scolari vocianti e un collega esasperato.

Ma, prima di mettersi alla ricerca dei poster richiesti, appallottolò il foglietto con il numero di Mark Behrendt e lo buttò nel cestino della carta.

26.

«Sono le undici e trentacinque e questa è Radio Fahlenberg con tutte le informazioni che vi servono.»

Mark girò di nuovo la chiave e l'autoradio ammutolì, poi diede un pugno rabbioso al volante.

Maledizione, sì, aveva bisogno di informazioni su quell'Ares, e subito! Doveva rintracciarlo prima che fosse troppo tardi.

Era già trascorsa mezza giornata e non aveva *niente*. Dove andare adesso? A chi rivolgersi?

Fissò il parcheggio davanti al planetario massaggiandosi perplesso la fronte.

Lara non lo avrebbe aiutato. Certo, sperava che cambiasse idea, ma era perfettamente consapevole di non poterci fare troppo affidamento.

Non poteva nemmeno consultare l'archivio della clinica. Sarebbe stata la sua prima scelta, dopo tutto qualunque cosa riguardasse questo Ares doveva avere a che fare con la clinica. Ma anche se fosse riuscito a ottenere l'autorizzazione per accedervi non sarebbe servito a niente. Perché i documenti che avrebbero potuto aiutarlo erano andati distrutti grazie a quel fumatore incallito dell'archivista.

Doveva accontentarsi di quello che aveva, ed era spaventosamente misero.

Di certo c'era solo l'esistenza di un legame tra Ares, Lara – ovvero Ellen – e lui, e che Ares incolpava loro due di qualcosa.

L'unica possibilità era che si trattasse di un caso condiviso

147

o un caso di Ellen al quale anche lui aveva collaborato. Ares poteva essere stato un paziente di Ellen. Ma che cosa poteva aver alimentato in lui una sete di vendetta tanto assurda? Perché quel tizio nutriva un tale odio nei loro confronti?

Mark non ricordava nessun caso nel loro passato comune alla Waldklinik che potesse scatenare una reazione tanto violenta in un paziente. Né gli veniva in mente alcun profilo nel quale avesse rilevato un simile potenziale di violenza, trattenuto o manifesto.

L'unica spiegazione possibile, e dal punto di vista di Mark probabile, era che la rabbia di Ares si fondasse su qualcosa avvenuto *dopo* il suo ricovero in clinica. Qualcosa di cui riteneva loro responsabili.

Quando Mark aveva ammesso con sincerità di non avere idea di che cosa si trattasse, Ares gli aveva parlato di *consapevolezza*. Voleva alludere a qualcosa e Mark doveva scoprire da solo di che cosa si trattava.

Ma *cosa* diavolo poteva intendere quel pazzo?

È qualcosa che io devo rendere comprensibile a Lara, pensò. Successivamente devo ucciderla, distruggendo così del tutto la mia vita. È una vendetta assurda e lui è convintc che accetterò di farlo a causa di Doreen.

Ecco spiegato il breve lasso di tempo dell'ultimatum. Grazie agli indizi Mark avrebbe scoperto la vera identità di Ares. E allora non doveva più rimanergli tempo per rintracciarlo e mandare a monte il suo piano.

Ma io ti stanerò, bastardo, in un modo o nell'altro ci riuscirò! Prima che scada il tempo!

Di una cosa infatti era convinto: la chiave di ciò che Ares definiva consapevolezza era nel passato.

Gli venne un'idea e accese il motore con decisione. Poi si mise in viaggio verso il luogo cLe avrebbe potuto fornirgli la prova decisiva.

27.

Non appena fu tornato a Fahlenberg, Mark imboccò la strada per il centro cittadino, imprecando contro il traffico del mezzogiorno che gli fece sprecare un altro quarto d'ora. Alla fine però il destino si mostrò ancora una volta generoso, facendogli trovare un parcheggio libero proprio di fronte alla sede del quotidiano locale.

Ma la fortuna si esaurì immediatamente, perché quando provò a spingere la porta d'entrata la trovò chiusa a chiave. Stando al cartello sul vetro, l'edificio avrebbe riaperto solo alle 13.30.

«Non è possibile!» sbuffò.

In quel momento vide una figura alta e slanciata che si avvicinava dall'altro lato della porta a vetri. La serratura scattò, la porta si aprì e un viso familiare lo guardò sorridendo.

«Ma guarda un po' chi c'è qui.»

«Ciao, Nici.»

Lei si mise le mani sui fianchi stretti e sorrise compiaciuta. «Mi sta pedinando forse?»

«Veramente volevo consultare l'archivio del giornale.»

«In questo momento siamo chiusi per la pausa pranzo» disse lei, guardandolo con interessata curiosità. «Ma perché vuole consultare il nostro archivio? Farebbe prima a sottoscrivere il nostro abbonamento Premium, le consentirebbe di trovare tutto online. È molto più comodo.»

Lo sarebbe, se il wi-fi del Lüders Hotel non avesse la velocità di un vecchio modem ISDN, pensò Mark. Era bastato per rintracciare Konni Fuhrmann, ma le ricerche che doveva con-

durre adesso erano più complesse e con la rete lumaca del-
l'hotel sarebbero durate all'infinito. E cercare un bar o un
caffè con accesso W-LAN in centro gli avrebbe fatto sprecare
solo tempo prezioso.

«Vede, sono uno della vecchia scuola» rispose con un sorriso di scuse. «I miei genitori mi hanno insegnato che bisogna
sempre chiedere di persona quando si vuole qualcosa. E poi
non c'è niente che superi l'odore dei vecchi giornali, giusto?»

Lei rise. «Un uomo all'antica, che tenero! D'accordo, posso farla entrare in archivio, ma in cambio mi dovrà un caffè,
d'accordo?»

«D'accordo.»

Lo fissò inarcando un sopracciglio. «È riuscito a parlare
con Lara?»

«Sì, ma era molto impegnata.»

«Be', anch'io. Però *io* faccio in modo di trovare del tempo
per lei. Venga con me.»

Si fece da parte per lasciarlo entrare. Poi s'incamminò sui
tacchi alti fino all'ascensore che li condusse nello scantinato.

«Benvenuto nel nostro sancta sanctorum» gli disse, mentre apriva la porta con la scritta «Archivio».

Mark si era aspettato di trovarsi davanti uno stanzone, invece l'archivio era poco più grande di un comodo salotto. I
ripiani lungo le pareti erano occupati da file di classificatori
blu con il logo del giornale, ma erano sufficienti a contenere
al massimo poche annate del quotidiano.

«Qui conserviamo le copie stampate degli ultimi cinque
anni» spiegò Nici, poi indicò due tavoli in mezzo alla stanza
dove erano collocati quattro schermi di computer. «Tutto il
resto lo trova lì dentro, signor rétro.»

Gli sorrise e lui si sentì arrossire. Per le ricerche relative ai
suoi articoli scientifici si serviva ovviamente degli archivi online, ma continuava a prediligere i documenti stampati o i cari

vecchi testi specialistici cartacei. A tale riguardo era davvero antiquato.

«Mi servirebbe poter consultare le edizioni del 2009 e precedenti. Sarebbe possibile?»

«Nessun problema» disse Nici, accendendo uno dei terminali con un *clic* del mouse. Poi fece scorrere le dita affusolate sulla tastiera producendo un lieve ticchettio con le unghie smaltate di rosso acceso mentre digitava la password.

«Ecco qua! Le basterà inserire un termine o la data desiderata. Sta cercando un articolo in particolare?»

«Be', è un po' complicato. In tutta sincerità non so esattamente che cosa devo cercare. Ci potrebbe volere un po' di tempo.»

«Si metta pure al lavoro. Qua sotto non verrà a disturbarla nessuno. Più tardi passerò a dare un'occhiata e le porterò un caffè. Così me ne dovrà due.»

«Grazie davvero, Nici. Oggi mi ha aiutato già due volte.»

«Lo faccio volentieri, a patto che si ricordi del nostro accordo.» Ammiccò con complicità, poi ebbe un attimo di esitazione. «E Lara non avrebbe niente in contrario?»

«Assolutamente no.»

«Allora a dopo.»

Uscì con un rumore di tacchi e, non appena si fu chiusa la porta alle spalle, Mark inserì il primo termine nel motore di ricerca:

Ellen Roth.

28.

«Madonnina santa!» sbuffò Tim quando anche l'ultimo dei quarantasei bambini ebbe varcato l'uscita. «Questi spettacoli per le scuole sono un vero tormento. Non cambierei il mio posto con quello di un insegnante per niente al mondo. Farei qualunque altra cosa, piuttosto.»

Lara si limitò ad assentire e guardò fuori dalla vetrina del negozio i bambini che si accalcavano, gridando e ridendo, sui due scuolabus. Due di loro erano rimasti sotto la tettoia a duellare con i poster di Marte arrotolati e usati come spade. Uno degli insegnanti si accorse di loro, tornò indietro e li fece salire gesticolando spazientito.

Lara lo vide indugiare un istante davanti al pulmino, come se dovesse riprendere fiato, prima di salire a bordo. Poi gli scuolabus lasciarono il parcheggio.

Avrebbe avuto bisogno di una pausa anche lei. Tutto quel chiasso e quella confusione, il bombardamento di domande e richieste l'avevano spossata. Le era sembrato che ogni bambino non avesse soltanto due mani, bensì venti davanti agli scaffali con i modellini giocattolo. Mantenere tutto sotto controllo le era costato uno sforzo notevole, ma insieme a Tim erano riusciti a gestire la situazione. Ed era stato un ottimo diversivo. Anche se non aveva superato del tutto l'improvvisa comparsa di Mark Behrendt, ora si sentiva molto meno nervosa.

«Rimetto a posto gli scaffali» disse Tim.

Mettere in ordine era la sua passione. Avrebbe allineato con cura i modellini dei pianeti, delle astronavi e dei satelliti, con la precisione richiesta dal suo maniacale bisogno di ordine. «Tu puoi occuparti intanto della sala?»

«Ma certo.»

Dall'armadietto sotto il bancone prese un paio di guanti monouso e un sacco della spazzatura e si diresse verso la sala proiezioni.

Non lo avrebbe mai espresso a voce alta, ma quello era uno dei compiti che detestava di più. Non perché le desse fastidio raccogliere i rifiuti altrui, ma perché non le piaceva stare in quella sala.

L'atmosfera lì dentro le provocava sempre un certo disagio. L'illuminazione indiretta, troppo fioca anche quando era al massimo. E lo strano silenzio che rimaneva sospeso come una nuvola invisibile sotto la cupola bianca.

Nel suo appartamento tutti gli angoli erano sempre illuminati. Lasciava la luce accesa anche di notte, insieme alla radio in cucina. Non la spegneva del tutto nemmeno quando dormiva. Al buio, senza il fruscio delle voci e della musica, non avrebbe resistito da sola. Qui invece...

Fuori nel negozio e nell'atrio d'ingresso con il chiosco c'era sempre la musica d'atmosfera di un CD in loop, ma qui dentro non arrivava nemmeno una nota. Il silenzio era completo come in un mausoleo.

Già questo era abbastanza inquietante, inoltre c'era anche il proiettore. Si stagliava al centro della stanza come un enorme insetto nero e sembrava osservarla attraverso le lenti dei diversi obiettivi.

Quando aveva fatto domanda per lavorare al planetario, non avrebbe mai pensato che un posto come quello potesse risultarle minaccioso. Invece era così. Per qualche strano motivo la sala proiezioni risvegliava in lei immagini sinistre.

Immagini di una cantina da cui era impossibile sfuggire. Con una pesante porta impossibile da aprire. Una porta che

153

non si doveva aprire, perché dietro c'era qualcuno – *qualcosa* – in agguato.

E non c'era stato anche un chiodo? Lungo, molto lungo, un chiodo che... Che cosa?

Non lo sapeva, non lo sapeva più e non voleva nemmeno saperlo.

«Se avesse a che fare con prima, allora è passato da tanto tempo» si disse per tranquillizzarsi. «Quindi vedi di controllarti! E mettiti al lavoro!»

E così fece. Infilò i guanti e avanzò tra le file di poltrone a raccogliere ciò che era stato abbandonato dal giovane pubblico.

Lo spettacolo era durato solo tre quarti d'ora, ed era incredibile la quantità di roba che i bambini avevano divorato in quel breve intervallo di tempo. Bibite, tavolette di cioccolata, orsetti di gomma, patatine, salamini... Il numero di bicchieri di plastica e incarti che infilò nel sacco della spazzatura era considerevole.

Chissà se era stato così anche quando era stata bambina? Che cosa aveva mangiato e bevuto quando era andata al planetario o al cinema? Era mai stata in certi posti?

Avrebbe dato moltissimo per riuscire a ricordarlo.

Le sembrava di rammentare che alle elementari erano stati a visitare una centrale del latte. E lei, come tutti i suoi compagni, aveva ricevuto un cartoccio di latte alla vaniglia come benvenuto. Sul cartoccio era disegnata una mucca sorridente.

Ma era stato davvero così?

Durante le sedute di terapia aveva scoperto che i ricordi possono essere ingannevoli. Soprattutto per una persona come lei, che soffriva di vuoti di memoria. La mente, infatti, cercava di riempirli in maniera automatica. Con fantasie ed eventi che erano stati raccontati da altri.

Per questo non si poteva fidare della memoria. Perché anch'essa mentiva.

154

E chi poteva saperlo meglio di una donna la cui vita era in gran parte composta da simili vuoti?

Era arrivata alle ultime file e il sacco della spazzatura era quasi pieno quando si fermò di colpo.

Sotto uno dei sedili ripiegati c'era un cacciavite.

Lo raccolse meravigliata.

Com'era possibile che un alunno di terza elementare si portasse al planetario un cacciavite? Le era capitato di raccogliere di tutto, da spiccioli perduti, a occhiali da sole e mollette per capelli, fino a cellulari e portamonete. Ma un cacciavite?

Come se non bastasse quell'attrezzo aveva una forma strana. Nella penombra il manico di plastica trasparente sembrava quasi luminoso contro il blu del guanto e aveva una consistenza... *sbagliata*.

Come se ci fosse e non ci fosse nello stesso tempo.

La bocca le si seccò e un calore improvviso sembrò sprigionarsi nel vasto ambiente. Come se si fosse arroventato nella calura estiva, sebbene fosse ottobre.

All'improvviso vide brillare granelli di polvere dappertutto, simili a minuscole zanzare bianche sospese nella luce crepuscolare e l'aria intorno a lei si fece pesante e soffocante. Grosse gocce di sudore le scesero dalla fronte lungo le guance e, mentre si domandava che cosa le stesse succedendo, un fruscio la fece trasalire.

Si girò e...

Eccolo lì! Immenso, sinistro e senza volto.

L'Uomo Nero! Oddio, è tornato! È venuto a prendermi!

Avrebbe voluto gridare. Tim era proprio lì fuori, l'avrebbe sentita e sarebbe venuto ad aiutarla. Ma, quando aprì la bocca, dalla gola le uscì solo un grido strozzato.

Il sacco della spazzatura le scivolò dalla mano inerte. Cominciò a tremare e osservò, impotente e paralizzata, l'Uomo Nero che le veniva incontro tra le file di poltrone.

Ciao, Lara, la minacciò con voce profonda. *Sono tornato.*

Grazie di avermi richiamato. Sentivi la mia mancanza, vero? Molto bene, infatti ho qualcosa da mostrarti. Guarda che cosa ho per te.

Con una risata simile al cigolio di un cardine arrugginito, indicò in basso davanti a sé. Lo sguardo di lei seguì inevitabilmente la sua esortazione e si posò raccapricciato su un nido di serpenti che gli si agitavano in grembo. Corpi neri, lucenti, che si protendevano verso di lei sibilando e facendo saettare la lingua.

Vuoi giocare un po', piccola Lara? gorgogliò l'Uomo Nero. *Ma certo. Tutte le bambine vogliono giocare. E io posso farti divertire tantissimo.*

Continuò ad avvicinarsi e ora le sembrava di sentirne l'odore. Sprigionava un fetore di afa, polvere, oscurità fangosa e dolore. Un dolore *rovente* tra le gambe. Là dove le aveva già fatto tanto male una volta.

Finalmente riuscì a muoversi. Barcollò all'indietro e andò a sbattere contro una fila di poltrone. Fu assalita dal panico e cercò di scavalcarle con un salto, ma toccò dentro una spalliera con la punta della scarpa e andò a sbattere con violenza sul pavimento. Si girò in fretta verso quella figura che si avvicinava inarrestabile.

L'ultima volta ho sbagliato, disse l'orco. *Ma possiamo riprovarci e vedrai che non sbaglierò più. Così ti divertirai anche tu.*

Dal suo grembo fuoriusciva una quantità sempre maggiore di serpenti. Cercavano di morderla, più volte la mancarono per poco, mentre tentava di allontanarsi strisciando all'indietro. Nella sua testa si ripeteva come un mantra un unico pensiero:

Mi farà male di nuovo. Mi farà male di nuovo. Mi farà MALE *di nuovo!*

Allora si rese conto di stringere in mano il cacciavite. Non le aveva salvato la vita già una volta?

Lo alzò e lo agitò contro l'essere nero che le andava incontro a braccia protese. Passo dopo passo dopo passo.

«Vattene!» gridò stridula. «Sparisci! Lasciami in pace!»

Colpì ripetutamente la cosa con il cacciavite. Ma incontrava solo aria, come se quell'essere nero davanti a lei fosse fatto di nebbia.

«Vattene! Vattene, una buona volta!»

Non mi puoi scacciare, tuonò l'Uomo Nero. *Non ti libererai mai di me. Mai più! E sai anche perché. Perciò vieni qui, Lara! Vieni, Lara! Laaaara!*

«Lara!»

Qualcuno la chiamava per nome. Qualcuno che aveva una voce completamente diversa.

Lei sbatté le palpebre.

L'Uomo Nero non c'era più.

C'era soltanto lei, sdraiata a terra che stringeva un cacciavite nella mano tremante. E c'era...

«Lara? Santo cielo, che cosa ci fa lì?»

Il professor Struck corse dentro seguito da Tim. I due la guardarono sgomenti e insieme meravigliati.

«Io... Io sono caduta» balbettò lei rialzandosi. «C'era questo cacciavite e...»

Tacque. Che cosa avrebbe potuto dire?

Il professor Struck si passò la mano tra i radi capelli grigi. Era un gesto che lei di solito gli vedeva fare quando saliva sul palco per una delle sue conferenze. Come se lo aiutasse a raccogliere le idee.

«Mi faccia vedere» disse, avvicinandosi con il passo rigido di un settantacinquenne.

Per un attimo il suo sguardo vigile sembrò entrarle nella testa e leggerle tutti i pensieri. Poi indicò la sua mano.

«Questo è un cercafase, Lara. Deve averlo perso l'elettricista che è venuto ieri a cambiare la lampadina fulminata. Si è fatta male?»

Lei si massaggiò la spalla con un sorriso timido. «No, sto bene. Tutto a posto.»

«Veramente?»

Di nuovo quello sguardo penetrante. Struck sapeva quali erano le sue reali condizioni, e non solo perché gli aveva raccontato la sua storia nel colloquio di presentazione, ma perché anni prima aveva perso la figlia che soffriva di depressione e aveva ingerito un'overdose di sonniferi. Era stato lui stesso a parlargliene.

Le aveva anche detto di comprendere la sua situazione e di essere a sua disposizione se avesse avuto dei problemi. L'unica condizione che poneva era l'assoluta sincerità. Nessuna bugia.

«Sì, è tutto a posto, davvero» ripeté lei. «Ero un po' stressata a causa di tutti quegli studenti e non sono stata attenta. Mi spiace.»

«Oh, ma non deve scusarsi» replicò il professore. «Un branco di bambini scatenati come quelli può essere faticoso, non solo per lei. Non è così, Tim?»

«Ha perfettamente ragione» confermò questi.

Struck sorrise a Lara senza girarsi a guardarlo. «Vede quindi che non deve farsi problemi al riguardo, Lara. Che ne direbbe di finirla qui per oggi e tornare a casa? Si riposi e vedrà che domani tornerà fresca e di buon umore. Se vuole l'accompagno volentieri. Così non dovrà aspettare l'autobus.»

Non ce ne fu bisogno, perché quando Lara e il professore uscirono nel parcheggio videro Marion Leutke venire loro incontro. Alla donna con l'impermeabile rosso delle dimensioni di una tenda e il crocifisso d'oro sull'ampio petto bastò dare un'occhiata ai due per capire che doveva essere successo qualcosa.

«Santo cielo, Lara, che cosa è accaduto? Stavo venendo a vedere come andava.»

Lara deglutì e strinse i pugni.

Ci mancava solo questa! È tutta colpa sua, di quel maledetto Mark Behrendt che ha rovinato tutto!

29.

Con un sospiro Mark appoggiò i gomiti sul piano del tavolo e si massaggiò le tempie. Quando aveva pigiato il tasto di invio sul computer si era preparato ad affrontare forti emozioni, ma il viaggio nel passato di Ellen Roth lo stava scombussolando più di quanto avesse creduto.

I risultati erano in ordine cronologico e già il primo articolo fece riaffiorare un ricordo.

Una foto di gruppo con la didascalia *Team medico riceve rinforzi* mostrava, insieme ad alcuni colleghi dell'epoca, lui, Ellen Roth e Christoph Lorch. Era stata scattata il giorno in cui lei aveva iniziato a lavorare alla Waldklinik e il fotografo aveva scelto come sfondo il parco della clinica. All'epoca, in quell'assolato giorno di primavera, nessuno poteva immaginare quello che li aspettava.

Un altro articolo riguardava la vittoria di Ellen alla maratona di Fahlenberg e spiegava che si era trattato di una manifestazione di beneficenza.

Mark ricordava ancora che il direttore della clinica, nel suo discorso inaugurale, aveva citato le famose parole del poeta latino Giovenale. *Mens sana in corpore sano*, «mente sana in corpo sano».

Alla luce di quanto era accaduto poco tempo dopo, la citazione assumeva un sapore ironico. A pensarci bene, in effetti alla vita piaceva spesso dimostrare di avere un senso dell'umorismo decisamente macabro.

C'era poi un terzo articolo, che risaliva all'ottobre di quello stesso anno, e che gli provocò una fitta di dolore fin dal titolo: *Psichiatra impazzita uccide un collega.*

Scorse velocemente il contenuto. La descrizione degli avvenimenti era sensazionalistica quanto il titolo stesso.

All'epoca deve aver assicurato una tiratura eccezionale, pensò Mark cupo, scuotendo la testa. Le assurde spiegazioni che il giornalista forniva circa il caso di Ellen sembravano prese parola per parola da quelle pronunciate dallo psichiatra di *Psycho* al termine del film.

Come mai quella mezza calzetta non ha tirato in ballo Jason Voorhees o Michael Myers? Già che c'era poteva citare Hannibal Lecter.

In un articolo successivo firmato dallo stesso giornalista venivano interpellate diverse persone che avevano conosciuto la dottoressa Psycho, come era stata soprannominata Ellen. Alla clinica nessuno era stato disposto a rilasciare un'intervista, ma erano stati trovati altri testimoni più che inclini a fornire informazioni, tra cui il proprietario di un negozio di libri antichi, un poliziotto, il gestore di un'agenzia di viaggi e un albergatore di nome Thieminger.

Quest'ultimo destò l'interesse di Mark, e dopo qualche *clic* di mouse scoprì che si trattava dell'ex proprietario della pensione Jordan. L'uomo che secondo Lüders in seguito si era trasferito a vivere in Corsica.

Ecco come faceva Ares a sapere dell'hotel! Deve aver letto questa intervista!

Nell'articolo Thieminger sosteneva che Lara (o meglio all'epoca Ellen) aveva trascorso una notte nel suo hotel. Si era presentata «con aria sconvolta» e aveva chiesto una camera.

L'intervista si concludeva con la supposizione dell'albergatore che poco prima Ellen avesse commesso quel «gesto abominevole» e lui poteva ritenersi fortunato di non essere diventato una vittima della «dottoressa Psycho».

Successivamente Ellen Roth era sparita dai riflettori della

cronaca. Il suo nome compariva soltanto in un articolo che riguardava il processo per il caso *Lara B.*

Con il titolo *La dottoressa Psycho finisce internata* si spiegava che Lara era stata dichiarata incapace di intendere e di volere e pertanto prosciolta dalle accuse di omicidio e lesioni personali aggravate. Il giudice aveva stabilito che fosse ricoverata in un istituto psichiatrico.

Mark si massaggiò di nuovo le tempie, mentre i pensieri nella sua testa si agitavano caotici.

Questo dunque era ciò che Ares poteva sapere ufficialmente di Ellen Roth. Ma che rapporto aveva con lei? C'era un qualche collegamento con quanto accaduto a Ellen Roth, oppure ciò di cui Ares voleva vendicarsi si era già verificato in precedenza?

E che cosa aveva a che fare tutto questo con lui, Mark Behrendt? Perché Ares nutriva una collera così violenta nei suoi confronti da arrivare a uccidere Tanja e a definire cinicamente il suo omicidio un «danno collaterale»?

Qualunque cosa ci fosse dietro, doveva essere decisamente grave. Doveva aver causato la morte di una o più persone, altrimenti che cosa avrebbe potuto giustificare un bagno di sangue agli occhi di quel folle?

Mark cancellò il contenuto della finestra di ricerca. Poi cominciò a inserire termini che fossero in qualche modo correlati a quei criteri. Provò con *incidente, morte, suicidio, omicidio*, e simili, restringendo il campo di ricerca ai tre anni precedenti il 2009, al periodo in cui lui aveva lavorato alla Waldklinik con Ellen Roth.

Sfrondò quindi il considerevole elenco di risultati limitandosi alla cronaca regionale. Qualunque cosa stesse cercando doveva essere accaduta nei dintorni. Di questo almeno era assolutamente sicuro.

Ma, nonostante tutti i filtri, nessuno degli avvenimenti evidenziati destò in lui qualche sospetto. Scorse velocemente

161

ogni singolo articolo, ma niente di quello che leggeva gli sembrava sufficiente a giustificare l'azione punitiva di Ares, anche perché non riusciva a trovare nessun riferimento a Ellen Roth o a se stesso.

Durante la crisi economica del 2008 due imprenditori si erano tolti la vita dopo che le loro aziende erano fallite. C'erano stati inoltre diversi incidenti mortali, quattro dei quali causati da automobilisti ubriachi. Ma nessuna delle vittime era in qualche modo legata alla Waldklinik.

Lo stesso valeva per gli omicidi e, leggendo i vecchi titoli, a Mark tornarono addirittura in mente. In totale, a parte il caso di Ellen Roth e Christoph Lorch, nei tre anni in questione c'erano stati altri due morti per aggressione. Il proprietario di un distributore di benzina era stato ucciso durante una rapina e una donna era deceduta per le conseguenze di una brutale violenza sessuale.

In entrambi i casi i colpevoli erano stati arrestati e non avevano niente a che fare con la clinica psichiatrica. Neppure le vittime. Di questo era sicuro.

Mark controllò ogni titolo, ogni articolo e, quando finalmente arrivò in fondo all'elenco dei risultati, gli bruciavano gli occhi per la stanchezza.

Lanciò un'imprecazione stizzita e trasalì quando la porta alle sue spalle si aprì all'improvviso.

«Allora, signor rétro, si diverte?»

Nici entrò e gli porse una tazza di caffè.

«Ho pensato che le avrebbe fatto piacere un piccolo ristoro» disse. «E, siccome non sapevo se lo preferisse con latte o zucchero, ho portato entrambi.»

«Grazie, Nici, è un angelo» disse Mark versando nella tazza due bustine di zucchero. In realtà detestava il caffè dolce, ma in quel momento il suo cervello aveva assolutamente bisogno di carburante.

«Finalmente qualcuno che riconosce le mie qualità» disse

162

Nici ridendo. «Mi sembra anche che abbia un debole per la dolcezza. Vuole dell'altro zucchero?»

«No, grazie. Solo un po' di tempo ancora. È possibile?»

«Certo. Chiudiamo alle cinque. Le restano ancora tre ore piene per qualunque cosa stia cercando.»

Lui gettò un'occhiata sgomenta all'orologio sullo schermo. 13.52. Era già così tardi?

Maledizione, alla fine sto solo perdendo tempo prezioso qui! Quello di Doreen e quello di Lara! Se non riesco...

«Bene» disse Nici alle sue spalle. «Buona fortuna con le sue ricerche. Torno da lei più tardi.»

«Grazie» mormorò, senza nemmeno accorgersi di quando la ragazza uscì dall'archivio. Forse lo zucchero stava già facendo effetto, oppure la piccola distrazione gli aveva fatto bene, perché all'improvviso gli era venuta un'idea.

Se non è successo durante il periodo in cui ero a Fahlenberg, potrebbe essere stato dopo. Forse ci ritiene responsabili per le conseguenze di qualcosa che abbiamo fatto?

Cliccò sulla finestra dei limiti temporali della ricerca e cambiò la data a partire dall'ottobre 2009.

Dopo aver scelto l'opzione «Mostra prima i risultati più vecchi», gli balzò agli occhi un titolo che catturò immediatamente la sua attenzione. L'articolo relativo riempiva la cronaca regionale e anche la prima pagina dell'edizione del 27 dicembre.

Mark aprì il file e con il cuore in gola lesse il testo sotto la foto che era comparsa.

Forse aveva trovato quello che cercava.

30.

Una statuina di Gesù con la testa che dondolava sul cruscotto, un rosario di plastica verde neon appeso al retrovisore insieme a un Arbre Magique all'aroma di vaniglia e un CD di Micheal Bublé.

Tutto questo Lara riusciva a sopportarlo. Ma dover pure ascoltare la sua responsabile tenerle un predicozzo sul suo comportamento metteva a dura prova i suoi nervi già abbastanza tesi. Tanto più che Marion Leutke, come sua abitudine, le dava del tu e la trattava come se fosse una bambina ritardata.

Questa si chiama discriminazione, stupida gallina, pensò in preda all'ira. Il fatto che abbia avuto problemi psichici non ti dà il diritto di parlarmi così. E soprattutto chi è la vera pazza tra noi due? Io perché a volte vedo cose che non esistono oppure tu con la tua fede in un papa celeste e nell'Immacolata concezione? Io, se non altro, mi rendo conto che le mie sono allucinazioni!

Ma invece di vomitare in faccia tutto questo alla grassa infermiera con il complesso della buona samaritana, come avrebbe voluto tanto fare, rimase in silenzio. Nel loro rapporto era Marion a tenere il coltello dalla parte del manico, lo sapevano entrambe. Avrebbe potuto far ricoverare Lara in qualsiasi momento. E tornare in clinica era l'ultima cosa che Lara voleva. No, non doveva succedere!

«Una fortuna che proprio oggi uno dei miei pazienti abbia annullato l'appuntamento e che mi sia venuta l'idea di dare un'occhiata per vedere come te la cavavi» blaterava instancabile Marion dopo aver esaurito il tema numero uno: se Lara prendesse regolarmente le sue medicine.

«Sul serio, Lara, mi chiedo davvero se questo lavoro sia adatto a te. Tutte quelle persone e lo stress. Non va bene. No, niente affatto! Come ho potuto lasciarmi convincere che tu accettassi proprio questo posto? Avresti fatto meglio ad ascoltarmi e scegliere il lavoro alla biblioteca comunale. Ci sarebbero state meno persone e saresti stata più tranquilla. Invece no, hai voluto andare a tutti i costi al planetario! Si può sapere, in nome di nostro Signore Santissimo, come ti è venuta in mente quest'idea?»

«Per via di James Dean» rispose Lara distratta, senza distogliere lo sguardo dal panorama grigio e piovoso che scorreva oltre il finestrino.

«Come?» Marion le rivolse un'occhiata perplessa. «Che cosa c'entra James Dean?»

«Una volta in TV ho visto quel film, *La valle dell'Eden*, lo conosce?»

«Quel vecchio polpettone?» Marion arricciò il naso. «Un branco di giovinastri che violano il quarto comandamento e si ribellano ai loro genitori. Figuriamoci!»

Lara si strinse nelle spalle. «Be', in ogni caso anche lì c'era un planetario e, quando ho letto l'annuncio per questo posto, ho pensato che mi sarebbe piaciuto lavorarci.»

«Per via di un film blasfemo!» sbuffò Marion scuotendo la testa incredula.

Lara non commentò quell'osservazione sprezzante. Come avrebbe potuto spiegare a Marion che non si trattava di un film qualunque, blasfemo o meno che fosse, bensì del *primo* film che aveva visto nella sua nuova vita? Il primo che aveva visto *consapevolmente* e di cui ricordava il contenuto. Era stato nella sala comune del reparto, mentre una delle altre pazienti le mostrava fiera un cellulare immaginario dicendole di aver appena ricevuto un altro SMS da Michael Jackson.

Pochi giorni dopo Lara aveva notato l'inserzione per il posto di aiutante al planetario di Steinbach e lo aveva interpretato come un segno.

Perché no? aveva pensato all'epoca, e continuava a pensarlo anche ora. Perché non avrebbe dovuto essere il lavoro giusto per lei? Stanze buie, nelle quali sentirsi a disagio, ce n'erano dappertutto, in fondo. Anche in biblioteca, dove inoltre ci sarebbe stato un silenzio ben più opprimente.

In fondo era andato tutto bene fino alla comparsa di Mark Behrendt. Era *lui* l'unico fattore di stress per il quale non era pronta. Quanto meno non ancora. Per questo le era venuta in aiuto l'altra, e solo per questo aveva rivisto l'Uomo Nero dopo tutto quel tempo. Per colpa sua!

Ma piuttosto che raccontarlo a Marion si sarebbe cucita la bocca. Non lo avrebbe fatto nemmeno se fossero andate d'amore e d'accordo. Non dopo che Marion una volta le aveva spiegato: « Ti avrà anche salvato la vita, ma poi ti ha piantato in asso. Gli uomini sono così. Non ci si può mai fidare di loro. Io invece ci sarò sempre per te. Sempre, giorno e notte! »

E Marion aveva mantenuto fede a questa minaccia. Il tribunale le aveva affidato la custodia di Lara che sarebbe durata ancora per due mesi e mezzo.

A quel punto avrebbe potuto considerarsi un membro riabilitato della società, perciò non le rimaneva altra scelta che comportarsi bene e sopportare le imposizioni di Marion se non voleva noie legali. Perché una con la sua storia avrebbe avuto sempre la peggio in un confronto diretto.

Quando il periodo di prova sarà concluso, ti manderò a quel paese, pensò, sorridendo alla sua immagine riflessa nel finestrino del passeggero.

Dopo il breve tragitto che, per colpa di Marion, sembrò durare un'eternità, arrivarono finalmente davanti a casa sua. Ovviamente Marion le diede ancora qualche consiglio, prima di lasciarla andare. Lara doveva controllare di aver preso le pastiglie, poi avrebbe dovuto dormire un paio d'ore e soprattutto avrebbe dovuto mangiare di più, perché era molto emaciata. Solo a questo punto le fu permesso di scendere dall'auto.

Trattenne il respiro finché non vide scomparire la Seat blu di Marion in fondo alla strada. Poi gettò la testa all'indietro, lasciò che la pioggia le scrosciasse sul viso e si abbandonò a quel momento di libertà. Sfilò quindi la posta dalla cassetta delle lettere, entrò nell'appartamento e si chiuse la porta alle spalle.

L'emittente di musica classica alla radio l'accolse in cucina con un delicato brano per pianoforte e, mentre si preparava una tazza di tè, cominciò a sentirsi un po' più calma. Le mani continuavano a tremarle leggermente, ma non c'era paragone rispetto al tremito convulso di prima, quando aveva creduto di essere di nuovo in balia dell'Uomo Nero.

L'incidente ormai le sembrava solo il ricordo di un brutto sogno, ed era sicura che le mani avrebbero smesso di tremarle molto presto.

Passò in rassegna la posta sorseggiando il suo chai. Per la maggior parte si trattava di dépliant pubblicitari. In mezzo trovò la lettera del suo gestore dell'elettricità che le offriva una nuova tariffa ecologica, e una busta bianca senza nome.

Sarà l'ennesima pubblicità, pensò, strappandola. Conteneva un biglietto bianco e, quando lesse l'unica parola che c'era scritta, lanciò un grido stridulo.

Gettò la busta e il biglietto lontani da sé, come se si fosse scottata le dita, e il tremore l'assalì daccapo. Più violento di prima. Tutto a un tratto le mancava il respiro.

All'improvviso la stanza le parve più piccola, si restringeva sempre di più, finché le pareti e il soffitto minacciarono di stritolarla.

«No» bisbigliò. «No, no, no, no! Non lo vedo per davvero. Non è reale!»

Ma il messaggio non era un'invenzione. Il biglietto era reale. Era *davvero* per terra ai suoi piedi, e anche le lettere nitide e implacabili rimasero identiche.

La parola scritta non era un'allucinazione dei suoi nervi scossi, anche se lo avrebbe tanto desiderato. Quella parola era *autentica*.

Qualcuno le aveva fatto arrivare quella busta. E siccome non c'era timbro postale e nemmeno indirizzo doveva significare che quel qualcuno era stato lì. Davanti alla *sua* cassetta delle lettere, al *suo* appartamento!

Improvvisamente ebbe la sensazione di non essere più sola. Ma, invece dell'altra, a fissarla dal vetro della porta finestra stavolta c'era l'immagine di una bimbetta. Una bambina con un allegro vestitino estivo. Che le sorrideva beffarda.

Ti è venuta paura adesso, vero, codarda? Vuoi rimanere lì senza reagire?

«No» ansimò Lara. «Stavolta mi difenderò.»

Bene, disse la bambina alla finestra. *Dimostrami di non essere una fifona!*

31.

L'autrice dell'articolo, una giornalista di nome Carla Weller, dimostrava decisamente un tatto maggiore del collega che aveva scritto del «caso Lara B.». Sebbene Mark non trovasse propriamente delicato il titolo *Dramma familiare finisce in tragedia*, l'articolo lo era senza dubbio di più.

La foto mostrava una casa addobbata per il Natale, con davanti diverse auto della polizia e un'ambulanza. Come spiegava il testo, il proprietario della villetta, un taglialegna di nome Jochen T., aveva perso la testa per motivi sconosciuti la sera del giorno di Natale. Con il fucile da caccia aveva sparato alla moglie e alla figlioletta, quindi aveva rivolto l'arma contro di sé.

L'articolo non indugiava su altri particolari macabri. Riferiva però che la bambina era sopravvissuta ed era stata ricoverata nell'ospedale civico di Fahlenberg in pericolo di vita.

«Il delicato intervento di urgenza della piccola Melanie T. è ancora in corso in queste ore. Un collaboratore del servizio di soccorso ha tuttavia dichiarato che sarebbe quasi un miracolo se sopravvivesse alle ferite» erano le parole conclusive dell'articolo.

Leggendo un altro articolo collegato al primo Mark appurò che il miracolo non era avvenuto e Melanie T. era deceduta due giorni più tardi per le gravi ferite riportate.

Eccolo! pensò di getto. Ecco spiegato il bizzarro ultimatum. Due giorni e quell'orario, le 18.31. Di sicuro corrispondeva esattamente a quanto era sopravvissuta quella bambina.

Quando lesse la frase conclusiva, trattenne il fiato.

«L'unico sopravvissuto è il figlio diciassettenne della famiglia T., scampato alla strage per puro caso in quanto quella sera non era in casa.»

Mark deglutì. Per l'agitazione stringeva con entrambe le mani la tastiera.

Ares poteva essere soltanto quel ragazzo! Nel frattempo aveva ventisette anni, e questo corrispondeva alla valutazione del grafologo che aveva esaminato il biglietto minatorio dell'assassino di Tanja.

Pur non conoscendo altri particolari su di lui, se non la sua età e che il suo cognome cominciava per T, se non altro Mark aveva una pista.

Finalmente una traccia!

Aprì i necrologi e ben presto trovò quello che cercava. Su una foto di grande formato si vedeva una donna che rideva e teneva in braccio una bambina dal sorriso sdentato. Era una foto a colori, e non in bianco e nero come era consueto per i necrologi, quasi volesse sottolineare la passata spensieratezza delle due vittime.

A Mark sembrava un atto di accusa. Era come se Ares stesse dicendo: *Guardate, guardate bene! Queste due sono state strappate alla vita nel fiore degli anni. Non dovrebbero essere morte, e io non lo accetterò!* Tale interpretazione si rafforzò quando Mark lesse le due brevi righe stampate sotto la foto.

Mamma e Melli
Lev. 17,11

Nient'altro. Né la data di nascita né i nomi. Nessuna frase di circostanza, «addolorato li piange...» seguito dal nome proprio di Ares con l'aggiunta «figlio e fratello», né tanto meno il nome del marito, padre e assassino.

Soltanto *Mamma e Melli.*

Erano questo per lui, e tali sarebbero rimaste per sempre.

Non vuoi compassione, pensò Mark. Vuoi che la gente si

ricordi di tua madre e di tua sorella. Gli hai innalzato un monumento e mediti vendetta dal giorno della loro morte. Ma si può sapere che cosa c'entra questo con me ed Ellen Roth?

Mark aprì una nuova finestra nel browser e cercò il relativo versetto del Levitico nella Bibbia:

«Poiché la vita della carne è nel sangue. Perciò vi ho concesso di porlo sull'altare in espiazione per le vostre vite; perché il sangue espia, in quanto è la vita».

Mark lanciò un gemito. Ares, il dio della vendetta, che recava con sé paura e terrore e puniva coloro che riteneva responsabili del suo dolore. Voleva vendetta per il massacro della sua famiglia, e finalmente Mark ebbe l'assoluta certezza che quel pazzo pieno di odio non avrebbe mai risparmiato Doreen, che Mark facesse o meno quanto gli chiedeva. C'era solo un modo per fermarlo: Mark doveva trovarlo in fretta.

La porta si aprì di nuovo e Nici gli si avvicinò.

«Allora, zelante ricercatore, ha bisogno di un altro caffè?»

«No, grazie» disse Mark, chiudendo in fretta e furia tutte le finestre aperte sullo schermo. «Ho già finito. Ma mi è stata di grande aiuto, Nici. La ringrazio ancora di tutto!»

«Allora potrebbe sdebitarsi quanto prima.»

«Lo farò appena possibile» promise lui. «Adesso però devo andarmene in fretta.»

Finalmente gli era venuta un'idea su dove avrebbe potuto scoprire altre informazioni riguardanti Ares. Soprattutto il suo vero nome.

171

32.

«Ah, dottor Behrendt, bentornato!»

Erich Lüders mise da parte una rivista sugli orologi antichi e Mark si domandò automaticamente come fosse possibile riempire un'intera pubblicazione con un tema del genere.

«Spero che trovi piacevole il soggiorno nella nostra bella città» aggiunse ciarliero. «Peccato che il tempo lasci un po' a desiderare.»

«Be', non sono venuto per ammirare il panorama» rispose Mark scrollandosi la pioggia dalle spalle. «Avrei una domanda da farle.»

L'albergatore lo guardò da sopra la montatura degli occhialini. «Mi dica, l'aiuto volentieri, se possibile.»

«Credo proprio che possa farlo» ribatté Mark, decidendo di affrontare l'argomento senza tanti giri di parole. «Sto cercando qualcuno, che lei probabilmente conosce, almeno di sfuggita. Probabilmente è stato ospite qui di recente.»

«Ah-ha.» Lüders lo guardò compiaciuto. «Immaginavo qualcosa del genere... Vede, in questa stagione non viene nessuno a Fahlenberg senza un buon motivo. E, se posso essere sincero, lei non mi sembra nemmeno una persona interessata a una vacanza invernale. Il problema purtroppo è che non posso darle informazioni sui miei clienti. Ma di sicuro non devo spiegarlo a un dottore.»

Mark annuì. Si era aspettato questa risposta. In caso contrario si sarebbe potuto risparmiare la gita notturna nell'ufficio di Lüders, che altro non era stato se non un'effrazione. Ma il tempo stringeva più che mai e non aveva altra scelta che

172

passare all'offensiva, inducendo Lüders a parlare, in un modo o nell'altro.

«Questo ovviamente lo so e non glielo chiederei se non fosse davvero molto importante» disse, aggiungendo a bassa voce: «Forse dovrei ricordarle che in quanto medico sono estremamente discreto».

«Di questo sono convinto» ribatté Lüders sempre con quel suo sorriso cordiale. «Ma il segreto professionale vale solo per i suoi pazienti. Io invece sono un albergatore e lei è mio ospite.»

«Un ospite che sa tenersi per sé ciò che gli viene confidato.»

«Senza dubbio, dottor Behrendt, anche questo lo so. Tuttavia rischierei la licenza se le lasciassi consultare il registro degli ospiti. E, come può ben capire, preferisco non correre rischi. Vorrei trascorrere i pochi anni che mi rimangono prima della pensione senza problemi in questa struttura.»

«Capisco perfettamente che non possa darmi accesso ai suoi registri. Ma potrebbe rispondere a qualche domanda, no? In maniera confidenziale e tra di noi, si capisce.»

Il compiacimento dell'albergatore ora diventò un sorriso d'intesa.

«Be', di tanto in tanto confido qualcosa ai miei ospiti» disse abbassando la voce con un tono di complicità. «Mi fido soprattutto dei miei clienti regolari, che hanno già prenotato più di una camera qui da me. Capisce quello che voglio dire?»

Mark lo capiva e dovette riconoscere che finora aveva sottovalutato l'albergatore. Pur essendo un uomo all'antica dall'aria svagata, nascondeva dietro questa facciata una cospicua dose di scaltrezza.

Non gli rimase altro che fare buon viso a cattivo gioco.

«Sono tempi difficili, vero?»

«Come no» confermò Lüders. «E non solo in bassa sta-

173

gione. A volte è proprio duro andare avanti. Soprattutto in giornate come queste, quando bisogna fare i conti con una prenotazione annullata.»

Mark tirò fuori il portafoglio, pur sapendo di avere una scorta di contanti decisamente esigua.

«Accetta anche carte di credito?»

L'albergatore sorrise. «Ma certo. Bisogna prendere quel che viene, giusto?»

«Giusto.»

Lüders inforcò gli occhiali e si girò verso il computer. «Che ne direbbe della camera proprio adiacente alla sua? Facciamo per due notti?»

«D'accordo.»

L'albergatore concluse la prenotazione con qualche *clic* laborioso. Poi infilò la carta di credito di Mark nel lettore con il quale aveva chiaramente maggiore dimestichezza.

Altro che bei vecchi tempi, quando si tratta di pagamenti elettronici non hai nessun problema, pensò Mark seguendo ansioso l'iter di pagamento sul display del lettore. Sperava ardentemente di non aver già esaurito il limite di credito mensile.

Per fortuna non era così e subito dopo la ricevuta del pagamento uscì dalla stampante. Lüders gliela porse insieme a una chiave.

«Ecco a lei, dottor Behrendt! La camera 203 è una delle più belle. Si affaccia direttamente sul nostro campanile storico. Tardo gotico, le piacerà di sicuro. Nei giorni feriali è possibile anche visitarlo. Dovrebbe farlo assolutamente, se le avanza del tempo, ma mi sembra molto impegnato. A proposito, chi stava cercando?»

«Un giovanotto, intorno ai venticinque anni» disse Mark, infilandosi in tasca la ricevuta della camera e la chiave. «Non so molto di lui, a parte che il suo cognome inizia con T e che deve aver alloggiato qui da lei non molto tempo fa. Probabilmente per una o due notti. È originario di Fahlenberg, ma negli ultimi anni probabilmente ha vissuto altrove. Questo le dice qualcosa?»

Per un istante un lampo si accese negli occhi di Lüders, poi lui scosse la testa. «No, nessun ospite.»

«Come dice?»

Lüders appoggiò i gomiti al bancone. «Vede, dottor Behrendt, dato che parliamo a quattrocchi, posso dirglielo. La maggior parte degli ospiti che scelgono il nostro hotel per il loro soggiorno ha un'età piuttosto avanzata. Lei, per dirla tutta, è una benvenuta eccezione. In genere però la gente più giovane va dalla concorrenza. Oggigiorno i clienti alla nostra classica ospitalità preferiscono un veloce collegamento internet, grandi televisori a schermo piatto nelle stanze e un'accogliente zona wellness. Magari anche con piatti vegani, senza glutine ed esotici sul menu, invece delle tradizionali specialità del luogo. Per questo la nostra clientela è piuttosto... Ecco, diciamo *conservatrice* e abbastanza attempata.»

Mark maledisse dentro di sé la chiacchiera dell'albergatore che gli aveva fatto perdere tempo prezioso, ma mantenne una facciata imperscrutabile. «Significa che non conosce l'uomo che sto cercando?»

Il solito sorrisetto compiaciuto. «Non ho detto questo. Ho detto solo che non era *un ospite*. Mi sembra piuttosto che stia cercando un mio ex collaboratore. Cosa sa dirmi ancora di lui?»

«Non molto, temo. Probabilmente è un tipo introverso e colto. E immagino che abbia un'aria molto seria. Corrisponde al suo impiegato?»

Lüders annuì. «Sì, calza a pennello a Ralf. Serio e taciturno, ma sempre affidabile. E quanto leggeva quel ragazzo! Roba di qualunque genere. Romanzi, mitologia e saggi. In genere psicologia, se non sbaglio. Ogni giorno aveva con sé un libro diverso. Nemmeno mia moglie riusciva a stargli al passo, e anche lei è un vero topo di biblioteca. Se ne sarà accorto anche lei di sicuro.»

«Ralf» ripeté Mark provando un lieve fremito all'altezza dello stomaco. «E di cognome?»

«Tarrach» rispose Lüders. «Ralf Tarrach. Ma ha lavorato qui per poco tempo.»

«E quando è stato?»

«L'estate scorsa, verso la fine delle vacanze. È stato da noi solo un paio di settimane. Voleva guadagnare qualche soldo. Non ho potuto dargli molto, ma si è accontentato.»

«Che cosa faceva esattamente qui da lei?»

«Ecco, come ha detto lei era un po' introverso. Per questo non voleva avere a che fare con gli ospiti, preferiva occuparsi delle scartoffie burocratiche.»

Non mi sorprende, pensò Mark. Scommetto che si è occupato prima di tutto dei vecchi registri dei clienti.

«A me stava bene» proseguì Lüders. «Se la cavava benissimo con i computer e compagnia bella, sa?» Indicò il monitor su cui il salvaschermo mostrava una foto dell'hotel. «Senza di lui sarei ancora a 'carissimo amico' con questo aggeggio.»

«Ha detto che Ralf Tarrach ha lavorato per lei solo un paio di settimane. Sa dirmi se si trova ancora qui?»

Lüders si strinse nelle spalle. «Mi spiace, ma non posso esserle di aiuto. Io quanto meno non l'ho più incontrato da allora. In tutta sincerità, so molto poco di lui. Dopo tutto non sono una persona che spia il prossimo. Quello che la gente non vuole raccontarmi non mi riguarda. Ha detto che Ralf è originario di qui?»

«Sì, la sua famiglia abitava qui.»

«Abitava?»

«Sono tutti morti.»

«Oh, mi spiace molto» disse Lüders aggrottando la fronte pensieroso. «Non si notava che fosse di Fahlenberg. Non aveva nessun accento, sa? Ma, come ho già detto, non siamo qui da molto tempo, e non conosciamo bene la gente del posto. Nemmeno mia moglie, pur essendo nata a Fahlenberg. Non ci interessano le chiacchiere e i pettegolezzi. Almeno finché non ci riguardano direttamente.»

«Mi può dire dove alloggiava quest'estate? Forse potrei trovare qualcuno in grado di darmi altre informazioni.»

«Mrmm» fece l'albergatore piegando la testa di lato. «Anche questa è una cosa abbastanza bizzarra. Non mi ha fornito nessun indirizzo.»

«Vuol dire che non lo aveva assunto regolarmente?»

«Ma, insomma, come si permette» protestò Lüders indignato. «*Certo* che l'ho assunto, la mia è un'attività *seria*. Ma mi ha fornito solo una casella postale e un numero di cellulare.»

Ovviamente non lo avevi assunto, pensò Mark. Non avresti potuto farlo.

«Sì, anch'io sono rimasto sorpreso come lei adesso» si affrettò a dire Lüders quasi si fosse reso conto che Mark non gli credeva. «E sa che cosa mi ha risposto quando ho insistito? Ha detto che viveva nell'oltretomba, dove nessun postino poteva raggiungerlo. Poi si è messo a ridere e io ho preferito non fargli altre domande. Del resto la cosa non mi riguardava. Probabilmente aveva affittato un seminterrato malmesso da qualche parte e se ne vergognava. Bisogna dire che era un tipo un po' strambo quel ragazzo, ma un buon lavoratore e...»

Lasciò la frase in sospeso guardando verso la porta oltre le spalle di Mark. Mark seguì la sua occhiata e vide un autobus che si era fermato davanti all'hotel. Attraverso il vetro rigato di pioggia si vedevano i passeggeri che scendevano, ma non sembrava esserci nessun nuovo ospite in arrivo.

«Niente nemmeno stavolta» mormorò Lüders.

«Come veniva al lavoro Ralf Tarrach?» chiese Mark. «Prendeva l'autobus?»

«No, aveva la macchina» disse Lüders tornando a guardarlo. «Un modello giapponese, se non sbaglio. Grigio metallizzato, se vuole proprio saperlo.»

«Per caso ricorda il numero di targa?»

Lüders sospirò. «Purtroppo no. So solo che era un numero locale. In ogni caso iniziava con FAH. Ma, come certamente saprà, il circondario è piuttosto vasto.»

«Ancora una domanda» disse Mark. «Ralf Tarrach le ha forse accennato a cosa voleva fare dopo aver dato le dimissioni?»

Lüders si strinse nelle spalle. «Be', non direttamente. E comunque non ha propriamente dato le dimissioni, perché fin dall'inizio voleva solo un lavoretto di pochi giorni. Altrimenti non avrei potuto prenderlo. Con quello che incasso non posso permettermi più di un aiuto stagionale.»

«Questo me lo ha già detto.» Mark ormai faticava a trattenere l'impazienza nella voce.

«Ah, sì?» Lüders si grattò la testa. «Si vede che sto invecchiando. Cosa voleva sapere ancora?»

«Se Ralf...»

«Ah, sì, ora ricordo!» disse Lüders schioccando le dita. «Se non sbaglio ha detto che doveva organizzare o preparare qualcosa.»

«Nient'altro?»

«Non so che progetto. Ma non mi chieda di ripetere le sue parole. So solo che era molto serio quando me lo ha detto. Addirittura più del solito.»

Mark annuì. Non era difficile immaginare a quale «progetto» si riferisse Ralf Tarrach.

«Purtroppo non sono in grado di dirle altro» concluse Lüders chinandosi verso di lui oltre il bancone della reception. «Ma ora mi dica *lei* perché le interessa così tanto Ralf. Ha fatto qualcosa di male?»

Se solo sapessi, pensò Mark, sostenendo lo sguardo incuriosito dell'albergatore. «Sono informazioni riservate coperte dal *mio* segreto professionale, signor Lüders.»

L'esile albergatore fece una risata gracchiante. «Certo che lei è proprio un bel tipo, dottor Behrendt! Comunque vedo che ci capiamo. Che ne dice se stasera ci troviamo nel mio ufficio a bere un bicchiere...»

Fu di nuovo interrotto e lasciò la frase a metà, ma stavolta per una buona ragione, dato che alle spalle di Mark era entrato qualcuno.

«Ma che bello, abbiamo ospiti» disse Lüders allegro. «Benvenuta, signorina.»

Mark si girò e alzò le sopracciglia stupito.

Sulla porta c'era Lara Baumann che la teneva aperta. Alle sue spalle la pioggia sferzava il parcheggio e il vento freddo soffiava qualche foglia solitaria nell'atrio.

«Venga con me, Mark! Devo parlarle. Subito!»

33.

Lara camminava così spedita sul marciapiede che lui stentava a starle dietro. Quando finalmente ebbe raggiunto la pensilina della fermata dell'autobus, si girò nuovamente verso di lui e lo guardò con occhi lampeggianti di collera.

«Che storia sarebbe questa?» lo aggredì quando lui la raggiunse.

«Quale storia?» chiese Mark sinceramente sorpreso. «Cosa intende dire?»

«Non faccia tanto l'ipocrita! Voglio sapere che cosa pensava di ottenere!»

«Ottenere? Ma in che senso? Seriamente, Lara, non ho la più pallida idea di cosa stia parlando.»

«Di questo!»

Tirò fuori dalla tasca del giubbotto una busta bianca e gliela mostrò.

«Che cos'è?» domandò lui.

Lei continuò a fissarlo furibonda, ma a Mark parve di scorgere anche un lampo di incertezza nei suoi occhi.

«Me lo dica lei. Vuole forse intimidirmi?»

Lui non sapeva nemmeno lontanamente che cosa fosse quella busta, ma poteva immaginare chi avesse scritto il contenuto.

«Posso leggere la lettera?»

«E perché? Sa benissimo che cosa contiene.»

«No, non lo so. Non l'ho scritta io.»

Lei fece una risata sarcastica. «Ma davvero? È un pessimo bugiardo, Mark Behrendt, e per di più stupido! Stamattina, uscendo dal mio appartamento, questa lettera non c'era. Ne sono sicura, perché la mattina prendo sempre il giornale. Poi lei spunta sul mio posto di lavoro e, siccome non voglio parlarle, mi fa trovare questa nella cassetta delle lettere.»

Tenne in alto la busta come una prova d'accusa in tribunale. «Mi vuole dire che storia è questa, Mark? Vuole forse prendermi in giro?»

Lui sospirò e alzò le mani in un gesto conciliante. «Glielo ripeto ancora una volta, Lara, non ho scritto io quella lettera. Non posso essere stato io, perché dal planetario sono andato direttamente all'archivio del giornale e ci sono rimasto fino a una mezz'ora fa. Se non mi crede, può chiedere a Nici.»

Lei lo guardò sbigottita. «Nici?»

«Nicoletta, la sua vicina di casa. Lavora al giornale, non lo sapeva?»

«Sì... Ma io...» Lara piegò la testa di lato e lo osservò. «È stato veramente da lei?»

«Sì, davvero. Tutto il pomeriggio. Adesso per favore posso vedere la lettera?»

Lei continuò a fissarlo incredula per qualche istante, mentre si mordeva nervosa il labbro inferiore. Poi gli porse incerta la busta e, quando lui la prese, si assicurò che le loro dita non si sfiorassero nemmeno.

Mark tirò fuori un biglietto bianco su cui era scritta con un pennarello rosso un'unica parola: «ASSASSINA».

«So chi è stato a mandargliela» disse. «Per questo volevo parlare con lei stamattina.»

Lara fece un passo indietro e lo guardò con aria di sfida. «Molto bene, adesso l'ascolto. Mi spieghi.»

Mark alzò il bavero della giacca rabbrividendo e indicò l'hotel con il mento.

«Possiamo entrare, per favore? Fa un freddo cane e siamo tutti bagnati. Ho una camera in hotel. Anzi, addirittura due.»

Lei scrollò il capo. «No, non voglio entrare lì. C'è qualcosa

181

che non va in questo hotel. Non mi chieda che cosa, è solo...
una brutta sensazione.»

«Un ricordo rimosso?»

«Può darsi.»

«Allora andiamo da un'altra parte dove possiamo stare tranquilli. Quello che devo raccontarle richiede un po' di tempo e qua fuori al freddo ci prenderemmo entrambi un malanno.»

Lei lo guardò di nuovo in quel modo penetrante che Mark aveva osservato qualche volta in Ellen in passato, quando faceva una diagnosi. Solo che nello sguardo di Lara c'era anche una traccia di paura.

«Sono in pericolo, Mark?» chiese diretta.

«Temo di sì.»

Lei annuì. «E lei?»

«Anch'io, ed è coinvolta anche una mia cara amica. È stata rapita e io ho tempo solo fino a domani sera prima che scada l'ultimatum del sequestratore.»

Lara chinò il capo e si guardò le scarpe. Sul cuoio chiaro si erano formati aloni scuri di pioggia. Quando rialzò la testa, trafisse di nuovo Mark con il suo sguardo intenso.

«Mi guardi negli occhi, Mark, poi mi dica che posso fidarmi di lei.»

«Sì, può fidarsi di me» replicò lui sostenendo la sua occhiata. «Ma ho davvero bisogno del suo aiuto.»

Lei fece un respiro sonoro, come qualcuno che si prepari a sollevare un oggetto molto pesante.

«D'accordo» disse infine. «Sono venuta in autobus e il prossimo passerà solo tra un'ora. Lei ha la macchina?»

«Sì.»

«Allora andiamo a casa mia. È l'unico posto dove mi sento relativamente al sicuro.»

«Come vuole.» Mark indicò il parcheggio dell'hotel. «La mia macchina è proprio lì.»

Fece per incamminarsi, ma lei rimase dov'era.

«L'avverto, Mark» disse, tirando fuori dal giubbotto un oggetto piccolo e nero. Mark riconobbe subito che era uno spray al peperoncino. «Se sarà necessario, mi difenderò.»

«Lo so» rispose lui pacato. «C'è sempre riuscita anche prima.»

Lei alzò un sopracciglio con aria interrogativa e per un breve istante Mark vide davanti a sé Ellen Roth.

Una scena dall'inferno (III)

Non voleva entrare. Nessuno avrebbe dovuto fare una cosa del genere. Erano passati solo due giorni da quando aveva visto tutto quel sangue davanti a casa sua. Non si sentiva abbastanza forte per uno spettacolo così agghiacciante.

Ma doveva farlo. Non c'era altro modo, se voleva rivedere Melli, la sua sorellina Melli, un'ultima volta.

Gli era stato concesso uno speciale permesso d'uscita per l'occasione ed era accompagnato da un infermiere di nome Karsten.

Karsten gli era simpatico, perché non parlava molto e lo lasciava in pace. Non diceva fesserie terapeutiche del tipo «parlare è liberatorio» oppure «se condividi le tue emozioni con altri, sarà più facile», e andava bene così.

Gli era passata la voglia di parlare. Gli bastava tutto quello che gli si agitava nella testa. Parlare gli sarebbe costato uno sforzo inutile.

Così avevano percorso in silenzio, fianco a fianco, il passaggio coperto dal reparto chiuso della Waldklinik fino all'ospedale lì accanto, un enorme cubo di vetrocemento che li aspettava triste e grigio sotto una spessa coltre di neve.

Il vento gelido di dicembre gli sibilava nelle orecchie e gli soffiava addosso cristalli di ghiaccio che lo pungevano come aghi. Quando finalmente entrarono nell'atrio ben riscaldato dell'istituto, lui aveva le guance in fiamme e anche l'infermiere aveva l'aria di essere stato schiaffeggiato dal gelo.

Con l'ascensore raggiunsero la terapia intensiva, dove face-

185

va ancora più caldo. Infermiere e paramedici portavano addirittura camici a maniche corte.

Lui invece sentiva sempre freddo ed era un gelo che veniva da dentro. Forse dipendeva dall'odore asettico del reparto, dall'atmosfera opprimente creata dalle voci ovattate, gli occasionali gemiti che provenivano dalle camere e i lievi segnali acustici delle apparecchiature.

Ce n'erano alcune che emettevano impulsi a un ritmo lento, altre erano più irregolari, una produceva un *bip* insistente, come se volesse mettersi in mostra. Con un brivido si rese conto che era quella della camera di Melli.

«Pensi di farcela, Ralf? Vuoi entrare da solo?» domandò Karsten guardandolo con compassione.

Quanto odiava quell'espressione. Tutti lo guardavano così. Il personale, i terapeuti, persino i medici.

Non voleva essere compatito.

Voleva... Già, che cosa voleva?

Far tornare indietro il tempo, pensò. Come dice quella canzone di Cher che hanno trasmesso a cena alla mensa. Se potessi far tornare indietro il tempo, rimarrei a casa, invece di andare dal mio amico a provare quello stupido gioco, nel quale devi abbattere il maggior numero possibile di nemici. Se potessi far tornare indietro il tempo, farei in modo che nessuno venga abbattuto!

Già, avrebbe dato qualunque cosa per poter avere una seconda possibilità. Addirittura la sua stessa vita, se necessario.

In fin dei conti era tutta colpa sua. Se non fosse andato dal suo amico...

Però c'era andato. E invece sarebbe stato più che giusto se avesse rinunciato alla sua esistenza di diciassettenne per salvare la vita degli altri. Sul serio, lo avrebbe rischiato veramente, se fosse servito a far tornare indietro il tempo.

Ma non era possibile. Quello che era accaduto era accaduto. Per questo era lì adesso e doveva sopportare la compassione di quell'infermiere. Il suo sguardo, che diceva: «Questo povero ragazzo adesso è rimasto completamente solo».

E, sì, era vero. Adesso doveva affrontare le cose da solo perché non aveva più nessuno, presto non ci sarebbe stata più nemmeno sua sorella.

Ralf allora annuì e l'infermiere indicò uno sgabello accanto alla porta socchiusa.

«D'accordo. Resta tutto il tempo che vuoi. Io ti aspetto qui. Se c'è qualcosa, basta che mi chiami.»

Ralf annuì di nuovo, poi chiuse gli occhi per un attimo e fece un profondo respiro. Proprio come gli aveva mostrato il terapeuta.

Ma non gli arrecò alcun sollievo. Invece aveva l'impressione che il suo stomaco si fosse improvvisamente trasformato in un blocco di piombo. Sarebbe voluto correre al gabinetto, per rimettere quel poco che aveva mandato giù a cena.

Ma affrontare una cosa da solo significava appunto trovare dentro di sé la forza necessaria per farlo. E vomitare adesso lo avrebbe soltanto indebolito.

Gli tornò in mente una frase che sua madre aveva detto una volta: «La vita non ti carica mai di un peso superiore a quello che sei in grado di sopportare».

Era stato quando erano morti i suoi nonni. Per la prima volta aveva compreso fino in fondo che anche sua madre un tempo era stata la figlia di qualcuno; aveva sopportato la dolorosa perdita dei genitori con un atteggiamento di grande stoicismo, perché si affidava a quella frase e ne traeva la forza che le serviva.

Perciò poteva riuscirci anche lui. Si diede un contegno e ignorò la nausea.

Dopo un'ultima breve esitazione, entrò nella camera e si richiuse la porta scorrevole alle spalle.

Evidentemente la vita riteneva che fosse in grado di portare un peso bello grosso. In ogni caso lo spettacolo che si trovò

187

davanti in quella stanzetta gli risultò assolutamente insostenibile.

Gli vennero le lacrime agli occhi quando vide Melli sdraiata davanti a lui. Sembrava scomparire nel grande letto. L'esile cassa toracica si alzava e si abbassava frenetica sotto il lenzuolo e i suoi ansiti erano rapidi come il segnale elettrocardiografico. Il suo cuore non sembrava in grado di stare dietro a quel ritmo e il tracciato sul monitor somigliava a una serie di ripide montagne disegnate da un pazzo a velocità accelerata.

Ma la cosa peggiore era la vista del suo viso sfigurato. Attraverso la plastica leggermente appannata della maschera dell'ossigeno, gli incisivi rimasti sembravano quelli del coniglio sogghignante di *Donnie Darko*. Per ironia della sorte era l'ultimo film che avevano visto insieme, giusto pochi giorni prima di Natale.

«Che film stupido» aveva detto Melli quel pomeriggio, mordicchiando annoiata la cannuccia. «E anche noioso. Non ci capisco un'acca.»

«Non mi sorprende» l'aveva stuzzicata lui. «Sei ancora una bambina.»

«Bambino sarai tu» aveva ribattuto lei facendogli la linguaccia. Aveva bevuto un frullato al mirtillo e aveva la lingua tutta blu. Per finire avevano ingaggiato una battaglia a popcorn tra matte risate.

E adesso era lui quello che non capiva un'acca.

Perché la sua sorellina doveva morire tra tante sofferenze? Non aveva fatto del male a nessuno.

Certo, a volte era insopportabile, ma come lo erano tutte le sorelle più piccole, soprattutto con una differenza di età tanto grande come la loro.

E, sì, di tanto in tanto c'erano stati anche momenti nei quali avrebbe desiderato tornare a essere figlio unico. Soprattutto quando Melli lo rincorreva con la sua valigetta dei trucchi e cercava di mettergli i bigodini o l'ombretto viola, perché non aveva a disposizione nessun'altra vittima per i suoi esperimenti di bellezza.

Quello sì che era insopportabile, doveva ammetterlo.

Ma non le avrebbe mai augurato la morte per questo. Nessuno lo avrebbe fatto! Aveva solo otto anni, e avrebbe dovuto avere ancora tutta la vita davanti.

Voleva diventare parrucchiera, come la sua mamma. Hairstylist, come dicevano entrambe.

E prima o poi i ragazzi avrebbero fatto la fila per lei da quanto era carina. Crescendo sarebbe diventata sicuramente una bellezza, soprattutto perché tra l'altro era anche estremamente sveglia.

Sarebbe potuta diventare qualunque cosa, il mondo le avrebbe spalancato le sue porte. Forse un giorno avrebbe persino avuto una famiglia. Dei figli suoi, altrettanto carini e sfacciati come lei. Lui allora sarebbe diventato zio Ralf. Gli sarebbe piaciuto.

Adesso invece non sarebbe successo niente di tutto questo.

Melli stava morendo.

Ora e lì.

Davanti ai suoi occhi.

E prima che succedesse avrebbe sofferto. Chi ansimava e rantolava in quel modo di sicuro stava soffocando. Non c'era bisogno di essere medico o infermiere per capirlo.

Forse avrebbe resistito ancora un giorno così, forse due o tre. Glielo aveva detto la dottoressa che gli aveva telefonato nel reparto chiuso.

Ma com'è possibile? pensò. Fino a qualche giorno fa eravamo seduti sul divano, a sgranocchiare popcorn e a guardare un film dopo l'altro. Prima uno che piaceva a te, poi uno che sceglievo io. Ci prendevamo in giro, a volte bisticciavamo e ogni tanto facevamo insieme qualcuno dei tuoi stupidi giochi. *L'allegro chirurgo*, *Memory*, *Uno*, o quel gioco idiota del viaggio di Barbie.

E adesso sei qui e stai morendo. E io... Io sono finito in manicomio, come all'epoca papà, sono sempre accompagnato da un infermiere, perché temono che possa farmi del male. Perché non ce la faccio più. Perché...

«Perché è tutta colpa mia» bisbigliò, mettendosi a sedere sul bordo del letto. «Non avrei dovuto lasciarvi da soli. Io sono il tuo fratellone! Ti ricordi quando mi hai chiesto se ti avrei protetto dal lupo cattivo? Eri ancora molto piccola e io ti stavo leggendo Cappuccetto Rosso perché la mamma era alla riunione dei genitori. Io allora ti avevo risposto che sarebbe stato così. Che i fratelli più grandi badano sempre alle loro sorelline. Sono lì per quello. Ma perché quel fottuto videogioco è diventato più importante della tua vita per me? Avrei dovuto saperlo. In fondo era chiaro che sarebbe potuto succedere qualcosa del genere. E io invece non c'ero. Non c'ero per la mamma né per te, né...»

Deglutì e piangendo le scostò una ciocca dalla fronte.

Melli non reagì. I suoi occhi rimasero chiusi. Forse perché non si rendeva conto della sua presenza, o forse perché era troppo concentrata a respirare.

Lui la osservò, ascoltò il suo respiro affannato, il lieve sibilo della maschera dell'ossigeno e il *bip* accelerato del monitor che gli mostrava ineluttabilmente il battito furioso del suo cuoricino.

«Non posso far tornare indietro il tempo, Melli» dichiarò singhiozzando, con la speranza che lei riuscisse a sentirlo. «Ma posso fare in modo che tutti quelli che hanno colpa vengano puniti. Tutti, compreso me. Saranno puniti per quello che ti hanno fatto. Te lo giuro!»

Poi le prese la maschera dell'ossigeno e gliela sfilò delicatamente dal viso. Il suo ansimare accelerò all'istante, come se volesse dirgli che doveva sbrigarsi.

E lui lo fece. Senza ulteriori esitazioni, le posò una mano su quelli che un tempo erano stati la bocca e il naso, con l'altra le sollevò la testa e poi premette delicatamente.

Avvertì le convulsioni del suo corpicino. Le linee altalenanti sul monitor presero un andamento caotico, e il *bip-bip-bip-bip* già tumultuoso accelerò ulteriormente.

Un'ultima contrazione e poi fu tutto finito. Le montagne si spianarono, il *bip* diventò un fischio continuo.

Le fece scivolare di nuovo la maschera sul viso e le accarezzò l'ultima volta i capelli. I boccoli biondi tra i quali era rimasto incollato un grumo di brillantini della sua valigetta dei trucchi.

Avrebbe voluto piangere, ma non era più possibile. Si sentiva esausto, indicibilmente vuoto e solo.

La porta alle sue spalle si aprì e un infermiere entrò di corsa. Gli chiese di uscire dalla stanza e lui lo fece, con movimenti quasi meccanici.

Arrivato alla porta, si girò un'ultima volta verso il grande letto che ospitava il corpicino di Melli. L'orologio lì accanto segnava le 18.31.

Manterrò la promessa, pensò. A qualunque costo!

TERZA PARTE

Tribolazioni

«Diventai pazzo, con lunghi intervalli di spaventosa lucidità.»

Edgar Allan Poe,
Lettera a George W. Eveleth

34.

L'appartamento di Lara Baumann era piccolo, luminoso e funzionale. Dall'ingresso due porte aperte a sinistra e a destra del guardaroba davano rispettivamente sulla camera da letto e su un bagno. Il nucleo dell'alloggio era costituito da una spaziosa zona soggiorno con un'ampia vetrata verso la terrazza e un angolo cottura dove una piccola radio digitale trasmetteva musica classica.

Entrando Mark fu subito colpito dall'ordine asettico che regnava ovunque. L'appartamento appariva pulitissimo e nel contempo incompiuto. Il divanetto a due posti era nuovo di zecca e mai usato e sul mobile chiaramente destinato a un televisore c'era solo un vaso con un'orchidea accanto a una presa doppia vuota.

Non c'erano né libri sui ripiani né quadri o foto alle pareti. Niente che potesse rivelare a un visitatore gli interessi dell'inquilina. Un appartamento occupato da poco che aspettava ancora di essere riempito con oggetti personali... Da una donna che evidentemente doveva ancora modellare la propria personalità.

Durante il tragitto Lara non aveva detto una parola. Ogni tanto aveva lanciato qualche occhiata a Mark dal sedile del passeggero e lui aveva avuto l'impressione che volesse ancora accertarsi che non rappresentasse una minaccia per lei.

Anche Mark quindi aveva limitato la conversazione allo stretto necessario e le aveva dato tempo di capire come trattarlo. Inoltre aveva un grande rispetto dello spray al peperoncino che per tutto il viaggio lei aveva stretto convulsamente in mano.

Adesso che la porta si er: chiusa alle loro spalle, Lara appoggiò la bomboletta sul piano della cucina. Poi abbassò la radio.

«Si sieda, Mark.»

Indicò il tavolo da pranzo con le due sedie sistemate davanti alla finestra della terrazza e Mark comprese che non era solo un invito cortese. Voleva tenerlo d'occhio e avere il controllo della situazione. Glielo confermava la sua posa rigida che si rilassò leggermente non appena lui si mise seduto al tavolo.

«Vuole qualcosa da bere? Non ho molto in casa, ma posso prepararle un tè o un caffè.»

«Un caffè, per favore» disse lui.

Lei riempì la macchina per il caffè con aria assorta, come se riflettesse su qualcosa. Quando il liquido nero cominciò a scendere gorgogliando nella boccia di vetro, tornò a guardarlo.

«Che effetto le fa, Mark? Intendo vedermi così.»

Lui si schiarì la voce. «Vuole la verità?»

«Sì. Non si preoccupi, sono in grado di affrontare la risposta.»

«Ecco, è piuttosto sconcertante. Credo di conoscerla, e nello stesso tempo non la conosco. La conoscevo solo... Sì, solo come era prima.»

Lei annuì. «Per me è esattamente il contrario. Non la conosco, anche se dovrei. È una situazione... un po' imbarazzante per entrambi, vero?»

«Non deve sentirsi a disagio. È una situazione particolare, per tutt'e due.»

«Sì, particolare è l'aggettivo giusto.»

«Davvero non ha nessun ricordo del passato?»

«Ricordo qualcosa, ma molto poco» rispose. «Più che altro sono frammenti di ricordi. Immagini di un puzzle con mi-

196

gliaia di pezzi di cui la maggior parte non è stampata. Sono bianchi e vuoti. In mezzo ci sono alcune tessere su cui si intravede qualcosa, ma non ne conosco il significato né la collocazione. Non c'è una scatola con l'immagine definita su cui basarmi. Mi sono state raccontate molte cose sulla mia vita precedente, ma non possono sostituire i ricordi personali.»

«Deve essere molto frustrante per lei.»

«Non immagina quanto! È come quando ti svegli con i postumi di una sbronza e altri ti raccontano tutto ciò che hai fatto mentre eri ubriaca. E sa qual è la cosa più pazzesca?»

Lui scosse la testa.

«Che mi viene da fare automaticamente questo paragone, pur non sapendo neppure se mi sia mai ubriacata in vita mia» rispose con un sorriso privo di gioia.

«Quando l'ho conosciuta al massimo le capitava di essere un po' brilla a una festa» disse Mark. «Ma niente di più.»

Lei aggrottò la fronte e annuì di nuovo. Poi prese la caraffa colma e versò il caffè in due tazze.

«Latte o zucchero?» chiese.

«Niente, grazie.»

«Anch'io lo prendo liscio. Mi piace sentire l'aroma. Al momento non guadagno molto, ma su caffè e tè non risparmio. Questa è un'ottima qualità colombiana.»

Mark annuì ammirato. «Una delle ultime regioni in cui i chicchi vengono ancora raccolti a mano.»

«Giusto.»

Lo fissò di nuovo con quel suo sguardo scrutatore, quindi si mise seduta a sua volta e gli porse la seconda tazza. «Invece *lei* come lo prendeva il caffè?» domandò a un tratto.

«Lei chi?»

«Ellen.»

«Con molto latte» rispose Mark, sconcertato che Lara si riferisse al suo io precedente come se parlasse di una sconosciuta. Era consapevole che doveva trattarsi di un postumo

197

della sua fuga psicogena, ma non gli era mai capitato di trovarsi di fronte a una dissociazione così marcata, nella quale il soggetto non parlava nemmeno più in prima persona dell'altra personalità. Finora aveva solo letto di casi simili.

«A *me* non piace il latte. Nemmeno nel tè. Non è strano?»

«I gusti possono cambiare» ribatté lui, consapevole di quanto fosse terribilmente sommaria la sua risposta. Dietro quel piccolo cambiamento si nascondeva altro, molto più di quanto affiorasse in superficie, e lo sapevano entrambi.

Lara sorseggiò il caffè con lo sguardo di nuovo assorto nel pensare a qualcosa. Ma stavolta tenne per sé le proprie riflessioni e si limitò a guardare in silenzio fuori dalla porta finestra.

Il tempo era di nuovo peggiorato. Il cielo era passato da un grigio chiaro a un blu plumbeo e un vento impetuoso spingeva la pioggia contro i vetri.

«E va bene, Mark» disse infine girandosi di nuovo verso di lui. «Perché è qui e chi è il tizio che mi ha mandato quel biglietto? La prego di essere sincero. Non deve avere riguardi, casomai ne sentisse l'urgenza.»

«D'accordo» rispose lui, bevendo un lungo sorso di caffè che era forte e aveva un aroma celestiale. Poi iniziò il racconto.

Partì da molto lontano, da quando aveva lasciato Fahlenberg, le raccontò di Tanja, conosciuta un anno più tardi e in seguito uccisa da uno sconosciuto.

Non le nascose niente, né come fosse sprofondato nell'alcolismo né gli impulsi autodistruttivi che lo avevano quasi spinto a togliersi la vita.

Poi le parlò di Doreen. La prima volta lo aveva apostrofato mentre camminava avanti e indietro, sudato e tremante, davanti al negozio di liquori, cercando di vincere l'impulso a entrare. Quel pomeriggio lo aveva convinto a partecipare alla riunione del gruppo di autoaiuto e nei mesi successivi lo aveva aiutato a smettere di bere. Grazie a quell'incontro casuale la sua vita era cambiata in meglio.

Le confessò anche che senza Doreen non ce l'avrebbe fatta. Una volta lei gli aveva addirittura salvato la vita, e con il passare del tempo era diventata sempre più importante per lui, come amica e sostenitrice. Mentre parlava si schiarì più volte la voce, assalito da un'ondata di paura per la sua sorte che gli incrinò la voce.

Infine arrivò a parlare degli avvenimenti più recenti. Il rapimento di Doreen, il suo ritorno a Fahlenberg e ovviamente Ares, di cui ora conosceva il vero nome: Ralf Tarrach.

Le spiegò di essere vicino a scoprire per quale motivo Ralf Tarrach ritenesse lui e Lara responsabili del raptus omicida di suo padre, e di sospettare che ci fosse un legame con il loro periodo insieme alla Waldklinik.

Lara lo ascoltò con attenzione, mantenendo un'espressione neutra. Quando Mark giunse alla fine del suo racconto, disse: «Per questo voleva che mi rintracciasse. Eppure sa dove abito. Dopo tutto mi ha lasciato una busta nella cassetta delle lettere. Non ha senso».

«Sì, questo è vero» ribatté Mark, «ma ciò che mi ha chiesto in realtà era di trovare *Ellen Roth*.»

«Lei non esiste più, ci sono solamente io» protestò Lara energica. «Ma capisco le sue intenzioni. In fondo la cosa riguarda più me che lei. E lei è soltanto il suo strumento. Sa che io non mi ricordo niente e per questo l'ha mandata da me. Lei deve risvegliare i miei ricordi e, per costringerla a farlo, tiene in ostaggio la sua amica.»

Fece una breve pausa, stava di nuovo pensando a qualcosa, poi fissò Mark con un'occhiata penetrante. «Ma non è tutto, vero? Qual è lo scopo dell'ultimatum?»

«Ha ragione» rispose lui distogliendo gli occhi. «Non è tutto.»

«Cosa pretende ancora da lei?» lo incalzò. «Che cosa deve fare entro quel lasso di tempo?»

D'un tratto Mark si sentì soffocare. Aveva la gola chiusa, deglutì prima di riuscire a risponderle. «Vuole che io... Ecco, che io...»

«Che lei mi uccida?»

Quando lui alzò di nuovo gli occhi, la vide seduta impettita davanti a sé. Rimase sorpreso notando che nella sua espressione non c'era più timore, neppure diffidenza. Il suo viso era imperscrutabile, al massimo si coglieva una traccia di curiosità nei suoi occhi.

«Mi sembra l'ipotesi più logica» aggiunse pragmatica. «Altrimenti perché rapire la sua amica e minacciare di ucciderla?»

«Sì, è esattamente ciò che vuole da me» confessò Mark stupito dal contegno dignitoso di Lara. Sembrava cambiata, come se avesse indossato una specie di corazza interiore o attivato un meccanismo di protezione che bloccava qualsiasi emozione. Gli era capitato di osservare una simile reazione nei pazienti che avevano sofferto per lungo tempo di fobie. Pazienti che avevano imparato a distanziarsi dalle proprie paure, il che in un certo senso corrispondeva di nuovo a un comportamento dissociativo.

«E?» domandò quasi per caso. «Lo farà?»

«Certo che no!»

«Anche se ne va della vita della sua amica?»

«Lara, io non ucciderò proprio *nessuno*» dichiarò lui con veemenza. «Né lei né altri. Farò di tutto per rintracciare questo tizio prima dello scadere dell'ultimatum e per neutralizzarlo. Ma temo di non riuscirci da solo. Lei mi aiuterà?»

«Ho forse un'alternativa? Se è riuscito a trovarmi qui, potrà farlo ovunque io sia» ribatté, con un tono del tutto distaccato e razionale. «Tuttavia continuo a non capire. Perché questo ultimatum, e perché dovrebbe essere *lei* a uccidermi?

Perché non lo fa di persona? Perché ha rapito la sua amica? Qual è il motivo di questo macabro gioco?»

«Probabilmente vuole costringerci a indagare noi stessi le cause» rispose Mark. «Al telefono ha parlato più volte di consapevolezza. Dobbiamo capire fino in fondo di cosa ci accusa prima che pronunci il verdetto. Questo spiega anche la strana durata del tempo concesso, che corrisponde a quella dell'agonia della sorellina. Vuole...»

Fu interrotto dallo stridulo squillo del campanello.

«Chi può essere?» chiese Lara più a se stessa che a Mark, alzandosi.

«Speriamo che non sia Marion» osservò Mark che avrebbe evitato volentieri un incontro del genere.

«No» rispose Lara prendendo la bomboletta di spray al peperoncino. «È vero che mi sta sempre con il fiato sul collo, ma tre volte al giorno sarebbe troppo anche per lei.»

Suonarono di nuovo, questa volta più a lungo, con un trillo assordante. Poi cominciarono a prendere a pugni la porta.

«Lara!» chiamò una voce dal pianerottolo. «Lara, ci sei?»

Era una voce conosciuta ed entrambi si scambiarono un'occhiata perplessa.

Non appena Lara ebbe aperto la porta, Nici si precipitò dentro l'appartamento. Portava ancora il tailleur grigio che aveva al lavoro, e che metteva in risalto ancora di più il rossore sul viso esile dagli occhi sgranati.

«Lara! Per fortuna ci sei! Hai...»

Si bloccò, alla vista di Mark che si stava alzando in piedi.

«Mark!» esclamò. «La manda il cielo! Lo avete visto anche voi?»

«Chi?» domandarono in coro Lara e Mark.

«Be', lui» strillò Nici indicando con mano tremante verso la terrazza. «Il tizio là fuori! Prima si è fermato dalla mia parte, poi è venuto da voi.»

Tutti guardarono verso la finestra. Fuori imperversava ancora il temporale. Oltre il vetro sferzato dalla pioggia non si vedeva molto. Alla luce fioca del tardo pomeriggio il piccolo fazzoletto di giardino somigliava a una fotografia in bianco e nero sfocata.

«Ne sei sicura?» chiese Lara. «Io non vedo nessuno.»

Intanto però era tornata in modalità allarme. Aveva stretto il pugno mentre nell'altra mano teneva sempre lo spray al peperoncino e il suo corpo era teso, con le vene del collo in rilievo come sottili cavi d'acciaio.

«Certo che sono sicura» confermò Nici in preda all'agitazione. «Stavo tornando a casa quando l'ho visto fuori. Prima ho pensato che fosse Buddy, che si fosse arrampicato su uno dei vasi di piante, ma a guardar meglio la sagoma era troppo grande per essere quella di un gatto. E poi si è alzato in piedi e...»

Mark non attese il resto della spiegazione e si avvicinò alla porta finestra. Siccome non riusciva a vedere nessuno oltre il vetro, l'aprì e uscì in terrazza. La pioggia lo colpì immediatamente in faccia e nel giro di pochi secondi era bagnato fradicio.

«Qui non c'è nessuno» disse alle due donne che erano rimaste in piedi nel vano della porta.

«E quello che cos'è?» domandò Lara indicando un punto oltre Mark. «Un sacco della spazzatura? Di sicuro non è mio.»

Mark si avvicinò al sacco appoggiato sulle piastrelle a meno di un metro da lui. Sembrava mezzo vuoto, ma il suo contenuto doveva essere abbastanza pesante da impedirgli di essere spazzato via dal vento. Era qualcosa di tondo, a quanto poteva giudicare.

Si scostò i capelli bagnati dal viso, aprì il sacco e trasalì disgustato.

«Che cosa c'è dentro?» chiese Nici a gran voce per superare il fragore del vento.

Mark trattenne un conato e scosse la testa.

«Solo spazzatura. Il vento deve averlo spinto fin qui.»

202

Nici fece una risata piena di sollievo. «Mi sono fatta spaventare solo da un sacco della spazzatura portato dal vento? Oh, mamma, che imbarazzo! Scusate davvero.»

«Non importa, figurati» disse Lara, e intanto scambiò un'occhiata eloquente con Mark che era tornato da loro.

«No, davvero, mi vergogno da morire!» dichiarò Nici. «Sono un po' tesa oggi. I temporali come questo mi rendono nervosa, fin da bambina.»

«Non ti devi scusare» disse Lara, afferrando la vicina di casa per le spalle magre. «Vieni, ti accompagno alla porta. Ora vai a casa a farti una doccia calda e un buon tè e vedrai che ti sentirai meglio.»

«Hai ragione» disse Nici con un sorriso riconoscente. Poi si girò verso Mark e gli rivolse un'occhiata più che eloquente.

«Solo una vecchia conoscenza, vero?»

Arricciò il naso con disprezzo, come per dire: «Voi uomini siete tutti uguali», poi si lasciò accompagnare alla porta da Lara.

Mark sentì che sussurrava ancora qualcosa a Lara, probabilmente la metteva in guardia dal donnaiolo, com'era probabile che lo considerasse, poi udì il rumore della porta che si richiudeva.

Lara tornò in soggiorno e si appoggiò al muro con un sospiro.

Per un attimo rimase a fissare il pavimento davanti a sé e Mark vide che muoveva leggermente le labbra. Sembrava quasi un muto monologo. Poi lei annuì e lo guardò di nuovo.

«C'era davvero qualcuno là fuori, vero? È stato lui a mettere il sacco della spazzatura?»

Mark annuì. «Penso di sì.»

«E che cosa c'era dentro?»

Lui indicò la porta della terrazza che era rimasta aperta. «Meglio che lo veda con i suoi occhi. Ma si prepari a uno spettacolo poco piacevole.»

35.

«È un gesto folle» bisbigliò Lara. «Perverso.»

Si allontanò disgustata dal sacco della spazzatura che aveva tolto dalla pioggia e appoggiato in salotto davanti alla porta della terrazza.

Lo aveva aperto in modo che la testa finta di donna con i lunghi capelli castani fosse ben visibile, ma facendo particolare attenzione che il liquido rosso e denso che ci era stato versato sopra non colasse sul pavimento.

«Deve essere ketchup» disse Mark, come se questo potesse ammorbidire quella macabra vista. «E la testa sembra quella di un manichino.»

«No» disse Lara piano. «È una testa da parrucchiere. Viene usata dagli apprendisti per esercitarsi.»

Mark alzò le sopracciglia. «Ne è sicura?»

«Sicurissima.» Si massaggiò le tempie. «Ne avevamo tre per l'ergoterapia. Per ritrovare l'autonomia. Questa però sembra più vecchia rispetto a quelle che tenevamo in ambulatorio. Ma è prodotta dalla stessa azienda. All'attaccatura del collo c'è scritto il nome, vede?»

Mark lesse la parola Bergmann, con le due N quasi completamente coperte di ketchup.

Lara fece di nuovo una smorfia disgustata. «Mi domando che cosa voglia dirci quel pazzo. Quanto bisogna essere suonati per mettere una cosa del genere sulla terrazza di qualcuno? E il ketchup... Dovrebbe rappresentare il sangue, giusto? Sì, di sicuro è sangue. Forse vuole decapitarmi? È questo il suo messaggio?»

«Sicuramente no» rispose Mark.

«Che cosa gliene dà la certezza?» obiettò lei. «Chi è tanto pazzo da recapitare una cosa del genere è capace di tutto. E quella» indicò la testa «è chiaramente una minaccia.»

«Io non credo» ribatté Mark. «Finora il suo comportamento è stato fin troppo raffinato perché ora se ne venga fuori con una minaccia tanto grossolana. Vuole metterci sulle spine ed è chiaro che si diverte a sapere che ci lambicchiamo il cervello per scoprire chi sia. Quindi ritengo che questo sia un altro indizio con cui vuole fare riferimento a qualcosa.»

«Con questa è la seconda volta che viene qui» bisbigliò Lara senza badare alle spiegazioni di Mark. «Stavolta è arrivato addirittura davanti alla finestra. Non sono sicura da nessuna parte.»

Mark si allarmò quando vide che cominciava a tremare mentre continuava a fissare la testa come ipnotizzata. Si chinò a chiudere il sacco dell'immondizia, poi la guardò di nuovo. Lara era immobile, lo sguardo sempre rivolto al sacco, il viso di un pallore cereo.

«Farebbe meglio a sedersi.» Si alzò e la prese per un braccio per condurla verso una delle sedie. «Venga. Le porto un bicchiere d'acqua.»

«C-cosa?» balbettò lei, poi liberò il braccio. «Oh, no, ce la faccio. Mi lasci solo qualche minuto, va bene?»

Detto questo se ne andò di corsa in camera da letto e chiuse la porta a chiave senza degnarlo di un'altra occhiata.

Per un attimo gli unici rumori furono quelli del temporale e le note di una sonata per piano provenienti dalla radio in cucina. Poi la voce attutita di Lara filtrò dalla camera da letto.

Mark si avvicinò cauto di qualche passo e rimase in ascolto, ma lei parlava troppo piano e le sue parole erano incomprensibili oltre la porta chiusa.

Sembrava una telefonata, perché c'erano lunghe pause di

silenzio e brevi interventi. Tuttavia era impossibile, perché aveva lasciato il cellulare in salotto sul tavolino del divano.

Forse aveva un secondo telefono in camera da letto? Era poco probabile, ma non impossibile.

Mentre Mark si domandava ancora se stesse davvero telefonando o se parlasse da sola come prima – ma stavolta a voce più alta – Lara tacque. Poco dopo la chiave girò nella toppa e la porta fu aperta energicamente.

«Tenga» disse, porgendogli un pullover maschile beige. «Metta questo. È tutto bagnato.»

Mark prese il pullover, che gli risultava stranamente familiare.

«Era negli scatoloni con la roba di casa mia» spiegò Lara vedendo la sua espressione. «Credo che appartenesse a *lui*. A Chris, intendo. Dovrebbe andarle bene.»

Mark guardò il pullover e annuì. «Sì, Chris e io avevamo grosso modo la stessa taglia. Grazie.»

«Spero che non le dispiaccia se non è lavato» aggiunse lei. «Reca ancora traccia del suo deodorante, ma si sente appena. Pensavo che mi potesse aiutare a ricordarmi di lui. Dicono che gli odori siano molto utili in questo caso.»

«È vero. Le è servito?»

Lei scrollò il capo. «No, e la cosa mi fa molto male. Per diverse ragioni. Lui doveva amare molto... Ellen, vero?»

«Sì, è così.»

Lei abbassò lo sguardo. «Può andare a cambiarsi in bagno. Troverà anche un asciugamano pulito e un phon. Poi cercheremo di capire come rintracciare questo farabutto!»

Mentre si cambiava e si asciugava, Mark sentì Lara abbassare tutte le tapparelle dell'appartamento e quando tornò da lei vide che aveva acceso tutte le luci.

Era seduta di nuovo al tavolo da pranzo e accanto al portatile aperto c'era la bomboletta di spray al peperoncino.

Il sacco della spazzatura era sparito.

36.

«Niente. Non c'è assolutamente niente!»

Sbuffando spazientita Lara girò il portatile verso Mark, in modo che potesse leggere i risultati della ricerca.

«Cercando il nome Tarrach si trova qualcosa, compreso l'articolo di cui mi ha parlato lei, ma se aggiungo il nome Ralf non viene fuori niente. Nemmeno un profilo su qualche social. Neppure io sono registrata su Facebook o Instagram, ma oggigiorno mi rendo conto di essere un'eccezione.»

«Se è per questo lo sono anch'io» osservò Mark. «Ma capisco che cosa vuole dire. Normalmente in rete si trova qualcosa su quasi ogni persona. Soprattutto con precedenti del genere.»

«Esatto. È strano, no? Una volta ho provato a inserire il mio nome ed Ellen Roth e sono venuti fuori risultati di ogni genere.» Tornò a fissare lo schermo con una smorfia rabbiosa sul viso.

«Non lo farò mai più, questo glielo posso assicurare» aggiunse a voce bassa. «Tutto l'odio che mi hanno rovesciato addosso... Non ho letto tutto quanto, ma quel poco che ho guardato era semplicemente... spaventoso.»

Gli occhi le si riempirono di lacrime e lei voltò di scatto la testa.

Mark ripensò ai titoli sensazionalistici. Agli articoli in cui era definita dottoressa Psycho. E quella era stata solo la punta dell'iceberg. Preferiva non sapere che cosa avrebbe trovato se avesse approfondito le ricerche su di lei.

«Chiunque abbia inventato la Rete di sicuro non si sognava neppure che un giorno sarebbe diventato il pettegolezzaio più grande di tutti i tempi» disse lui. «Forse sarà interessante da un punto di vista sociologico, ma bisogna domandarsi che cosa ci dice dell'umanità, visto che in gran parte raccoglie pornografia, chiacchiere e narcisismo. Per non parlare dell'incitamento all'odio.»

Lara si passò la manica sugli occhi e quando si girò verso di lui la sua espressione era tornata decisa e composta.

«Se non altro le cattiverie su di me risalgono già a diversi anni fa» dichiarò scrollando le spalle. «Nel frattempo sembra che nessuno si ricordi più di me. A volte non è poi così male essere dimenticati. Ma ha appena usato un termine molto azzeccato.»

«Ah, sì, quale?»

«Narcisismo. È una diagnosi che si adatta sicuramente anche a Ralf Tarrach.»

Mark si accorse che era tornata di nuovo imperturbabile e razionale. Come se avesse richiuso una porta interiore, pensò. Per tenere lontano tutto ciò che potrebbe ferirla. Era plausibile, in fondo aveva una lunga esperienza con questo genere di dissociazione.

«Quanto meno nel senso che pone il proprio dolore al di sopra di quello altrui» proseguì Lara con quel suo tono stranamente distaccato. «Ha ucciso la sua fidanzata, ha rapito la sua amica e adesso vuole torturare entrambi, perché lo ritiene *giustificato*. Ai suoi occhi l'unico soggetto importante è lui stesso e ritiene assolutamente legittime le sue azioni guidate dall'odio.»

Mark la guardò sorpreso. In quel momento gli sembrava di avere di fronte di nuovo Ellen. Gli sembrava di essere tornato nella saletta dei dottori del reparto 9, dove si erano riuniti spesso a discutere dei loro casi.

Forse in Lara era rimasto di lei più di quanto sospettasse Lara stessa.

«Che cosa c'è?» domandò lei notando il suo sguardo. «Ho detto forse delle sciocchezze?»

«Niente affatto» si affrettò a rispondere lui. «Sono dello stesso avviso. Il suo distorto senso della giustizia e l'incapacità di empatia potrebbero effettivamente rimandare a un disturbo narcisistico della personalità. Purtroppo questa diagnosi non ci fa fare grandi progressi. Al massimo possiamo capire meglio come ragiona Ralf Tarrach, ma continuano a mancarci le informazioni decisive.»

«Be', se non altro abbiamo ricevuto un chiaro indizio da lui.» Lara indicò con il mento la busta bianca appoggiata sul mobile accanto all'orchidea. «Mi ritiene un'assassina. E siccome non riesco a capire che cosa c'entri io con la follia omicida del padre evidentemente la sua accusa si riferisce a quanto accaduto tra Chris e me. Quindi forse non si tratta di uno dei *nostri* casi...»

«Bensì di un caso di Chris» concluse Mark al suo posto. «Sì, è plausibile. Solo che non è possibile che fosse Ralf Tarrach in terapia con lui, sarebbe stato troppo giovane all'epoca. Per lo meno io non ricordo che Chris abbia mai avuto a che fare con bambini o ragazzi. Se non sbaglio quello era l'ambito della dottoressa Jakob. Ti ricordi di lei?»

Aveva appena finito di parlare che si rese conto di quello che aveva detto. Il tu gli era uscito di bocca in maniera naturale, perché Lara in quel momento gli ricordava moltissimo Ellen. Come le aveva detto all'inizio del loro incontro, tutta la situazione era profondamente sconcertante per Mark, soprattutto arrivati a quel punto del loro dialogo.

Lara lo guardò di nuovo con la sua caratteristica intensità, che lui non sapeva come interpretare. Poi l'ombra di un sorriso affiorò sulle sue labbra.

«No» rispose, «non ricordo la dottoressa Jakob. Ma trovo anch'io che sarebbe giusto darci del tu. Credo che renda le cose più facili per te, giusto?»

209

Mark si sentì avvampare le guance.

«Sinceramente sì. Per me tu continui a essere in qualche modo... l'amica e la collega di un tempo.»

«Lo so. E ti ringrazio di esserti espresso così e di non avermi chiamato *Ellen*.» Sorrise di nuovo, poi tornò seria. «Allora, se non era Ralf Tarrach che seguiva una terapia con Chris, poteva trattarsi solo di suo padre. Del resto il suo raptus di follia deve pur aver avuto una causa scatenante.»

Mark annuì assorto. «Ed eccoci arrivati a quella testa di manichino.»

«Deve sicuramente avere a che fare con il caso. Ma in che modo?»

«Siccome Ralf è l'unico sopravvissuto, non abbiamo nessuno a cui poter chiedere.» Mark si appoggiò all'indietro sulla sedia e si passò la mano tra i capelli, sospirando. «Accidenti, se avessimo almeno accesso all'archivio di Chris! Era sempre così pedante nel compilare le cartelle. Spesso se le portava addirittura a casa per completarle. Aveva intenzione di scrivere un libro con i suoi casi più interessanti. Questo almeno era ciò che ripeteva sempre. Ma l'archivio della clinica è stato distrutto da un incendio, maledizione. Non è rimasto più niente.»

Lara piegò la testa di lato e gli fissò un punto sul petto, come se la risposta fosse lì.

«Forse no» disse alla fine. «Se, come hai detto, si portava spesso le cartelle a casa, allora può darsi che avesse delle copie private dei documenti o degli appunti. È possibile che si siano conservate. In fondo anche il pullover che porti proveniva dalla vecchia casa di Chris. È stato un suo amico a mettere via tutta la sua roba.»

«Allora hai altre cose che gli appartenevano?»

Il suo sguardo si incupì. «No, il maglione è finito solo per sbaglio tra la mia roba. Quel tizio è stato molto attento a fare in modo che mi fossero restituite soltanto le *mie* cose.»

210

«Vuoi dire dalla casa dove volevate trasferirvi tu e Chris?»

«*Ellen* e Chris» lo corresse lei, pronunciando di nuovo il nome del suo alter ego come se si trattasse di un'altra persona. «Sì, esatto. Evidentemente tutta la roba era già lì quando... Be', quando è successo. In seguito questo amico si è occupato di tutto quanto. D'altronde la casa era di Chris. Io non potevo avanzare pretese. Da una parte perché lui e... ed *Ellen* non erano sposati e non avevano firmato nessun contratto insieme, ma ovviamente anche perché io...» esitò, cercando la formula giusta per esprimere il suo pensiero. Poi disse: «Perché ho fatto quello che ho fatto».

«Questo amico di Chris di cui parli era Axel Pohl?»

«Lo conosci?»

«Sì. All'epoca mi ha aiutato quando... È una lunga storia, e adesso non c'entra niente.»

«Forse invece sì» disse lei. «In effetti non credo di essere molto simpatica a questo Axel. Di sicuro non si è mai fatto vivo di persona con me. Si è limitato a spedirmi questi scatoloni con la mia roba e l'unico messaggio che mi ha mandato era il conto per le spese di spedizione. Per la precisione è stata Marion a ricevere il conto. Ed è stata lei a custodire la mia roba finché non mi sono trasferita qui. Ora gli scatoloni sono in cantina. Non so perché, ma non voglio averli in casa, perché non ritengo che sia roba mia. Mi capisci?»

«Assolutamente sì» rispose Mark, pensando: Soprattutto perché consideri il tuo alter ego a tutti gli effetti come un'altra persona. «E sei proprio sicura che non ci fosse niente di Chris in mezzo a tutte quelle cose?»

«Naturalmente ho controllato tutto. Per la storia dei ricordi, sai. Ma, se questo Axel mi ha spedito la mia roba, di sicuro si è occupato anche di quella di Chris. Forse l'ha tenuta lui? Ovvio può anche essersene sbarazzato, ma...» Si strinse nelle spalle. «Un tentativo varrebbe comunque la pena di farlo.»

211

«Sono d'accordo» disse Mark. «Per caso sai se Axel Pohl abita sempre a Ulfingen?»

«A giudicare dall'indirizzo sulla fattura sì. Se non ricordo male c'era addirittura l'intestazione di una ditta. Aspetta, lo scopriamo subito.»

Avvicinò a sé il portatile e inserì nel motore di ricerca il nome Axel Pohl con l'aggiunta di Ulfingen. Dopo aver premuto «Invio», annuì soddisfatta.

«Ecco qua, lo abbiamo già trovato: Pohl Elektronik a Ulfingen. Stando all'onnipotente Google l'indirizzo è sempre valido. Anche quello privato è rimasto lo stesso.»

Mark si alzò e prese la giacca dalla spalliera della seggiola. «Bene, allora non perdiamo altro tempo. Se non c'è traffico dovremmo farcela in poco più di un'ora.»

37.

Nonostante le strade fossero libere, erano costretti a moderare la velocità a causa della forte pioggia. L'asfalto era coperto da uno strato d'acqua di diversi centimetri e nella fioca luce del tardo pomeriggio sembrava un mare grigio. Mark faticava a tenere la macchina in carreggiata senza sbandare.

Le cose peggiorarono quando imboccarono la strada di campagna dissestata che conduceva al paesino di Ulfingen. La Golf sobbalzava tra solchi e buche, e i parafanghi non riuscivano a trattenere l'acqua che si era spiaccicata sui finestrini laterali.

Lara si era appoggiata al sedile del passeggero e seguiva con aria assente l'ardua lotta del tergicristalli. Non aveva detto una parola da quando erano partiti.

Si capiva che stava pensando al loro dialogo precedente e Mark si domandava che cosa stesse accadendo dentro di lei. Dopo tutto, al contrario di lui, non aveva ancora avuto tempo di comprendere la situazione in cui li aveva gettati entrambi Ralf Tarrach.

Per lei la nuova vita sinora aveva ruotato solo intorno alla sua persona e fino a quel pomeriggio era stata convinta che non ci fossero pericoli esterni. E invece adesso all'enorme sfida rappresentata dall'adattamento alla sua nuova esistenza come Lara Baumann si era aggiunta di colpo una minaccia pericolosa di cui non era possibile valutare fino in fondo l'entità. Soprattutto perché l'unico che avrebbe potuto aiutarla a uscirne era lo stesso che aveva ricevuto l'incarico di ucciderla.

Sebbene avesse deciso di fidarsi di lui nonostante le circostanze, tra di loro sarebbe sempre rimasto questo fatto. E chi poteva dire dove li avrebbe portati? Nessuno, neppure lui. La sua unica speranza era di non dover arrivare mai alla resa dei conti e di non essere costretto a scegliere tra la vita di Lara e quella di Doreen.

Si sorprese a tamburellare nervoso sul volante, mentre anche Lara aveva un'espressione più tesa. Gli stava seduta accanto con il viso impietrito e si attorcigliava distrattamente una ciocca di capelli.

Lui decise di lasciarle del tempo e accese la radio. Il temporale disturbava il segnale, perciò fu costretto a scegliere la prima stazione che non fosse continuamente interrotta dalle scariche elettriche.

Dopo un po' Lara si sporse di scatto in avanti e abbassò il volume.

«Forse ha addirittura ragione lui» disse, come dando voce a un proprio pensiero.

«Cosa vuoi dire?» domandò Mark, aumentando al massimo la velocità del tergicristalli.

«Ralf Tarrach. In fondo ha ragione.»

«A che proposito?»

«Che è tutta colpa mia» mormorò lei.

«Si può sapere come ti viene in mente una cosa del genere adesso?»

«Ma sì, prova a pensarci. Mi ritiene responsabile per la morte della sua famiglia e...»

«Ci» l'interruppe Mark. «*Ci* ritiene responsabili.»

«Può darsi, ma l'accusa di essere un'assassina era rivolta solo a *me*. Te lo sei già scordato?»

«No, ma...»

«Stammi a sentire, Mark» lo interruppe lei. «Se le nostre supposizioni sono corrette, secondo lui con la morte di Christoph ho messo in moto qualcosa che ha provocato la tragedia della sua famiglia. Perciò in un certo senso sono responsa-

214

bile anche del rapimento della tua amica. Dopo tutto lo ha fatto solo per metterti sotto pressione. Non è così?»

Lui la guardò scandalizzato. «Lara, stai dicendo una sciocchezza e lo sai! Non sei tu la responsabile!»

«Perché una sciocchezza? È quello che pensa lui.»

Mark scosse la testa deciso. «Può darsi che *lui* la veda così, ma si sbaglia! Quello che è successo a Chris non è dipeso da te.»

«Perché sono una malata di mente che non sapeva quello che faceva? Intendi dire questo?»

«No, assolutamente no. Hai agito in preda a un raptus ed è stata una reazione alla lunga serie di eventi di cui sei stata vittima.»

«In questo modo non fai altro che confermare ciò che disse all'epoca il tribunale, che sono mentalmente instabile.»

«Invece no, Lara! Io parlo di casualità. Quello che ti è successo è stato un effetto domino. Che cosa può fare una singola pietra di una fila se viene spinta da tutte le altre? Niente! No, la colpa di ciò che è accaduto ricade su chi ha messo in moto tutto quanto. Colui a causa del quale ti sei inizialmente rifugiata nel ruolo di Ellen Roth.»

Lei si appoggiò all'indietro e guardò fuori dal finestrino, dove il grigiore del giorno stava lasciando lentamente il posto a un nero bluastro rischiarato a sprazzi dai lampi.

«Se fosse come dici tu, ci sarebbe una scusa per ogni azione» obiettò. «Allora nessuno sarebbe colpevole di niente. Perché ci sarebbe sempre un fattore scatenante nel passato che giustifica una reazione. Ma un colpevole deve esserci. Là fuori c'è così tanta malvagità e io ne faccio parte.»

«Non è vero» ribatté lui. «Per fare qualcosa di male, bisogna prendere una decisione consapevole. Questo vale per Ralf Tarrach, che porta avanti la sua vendetta convinto che serva a ripristinare l'ordine, ma non per te. Tu all'epoca cre-

devi di doverti difendere, non eri in grado di valutare le conseguenze. Non sapevi nemmeno chi fossi.»

Lei parve riflettere per un po' sulla cosa, mentre guardava
di nuovo fuori dal finestrino dove le gocce di pioggia scorrevano come un mare di lacrime.

«E continuo a non saperlo» disse infine. «Non riesco a
smettere di chiedermi chi delle due sono veramente. Lara oppure Ellen?»

«La risposta a questa domanda puoi conoscerla soltanto
tu» disse Mark. «In ogni caso, Ralf Tarrach ha torto. La vendetta non porta mai giustizia. Non serve a far tornare indietro
le cose. Provoca soltanto nuovo dolore.»

«E che mi dici del fatto che ha ucciso la tua compagna?
Non vuoi vendicarti per questo?»

«Un tempo lo volevo» rispose Mark, pensando a Weslowski, che aveva quasi ucciso a pugni, e alla Glock che
aspettava paziente sotto il mucchio di vestiti nell'armadio della sua camera all'hotel. «Sì, fino a poco tempo fa lo volevo
veramente, ma nel frattempo ho capito che non servirebbe a
niente. Voglio che finisca dietro alle sbarre, certo. Ma non per
vendetta.»

«E perché?»

«Perché voglio impedirgli di fare altri danni. Se uccidesse
anche Doreen, non me lo perdonerei mai. Quell'uomo è divorato dall'odio e dalla sete di vendetta e noi siamo gli unici
che possiamo fermarlo. Io non ho più bisogno di vendicarmi,
Lara. Voglio solo fare in modo che smetta.»

«Oh, sì» la sentì mormorare accanto a sé. «È ciò che voglio anch'io. Voglio essere lasciata in pace.»

Accostò la macchina al ciglio della strada quando un auto-
articolato sfrecciò loro incontro come una fregata, sommer-
gendoli sotto una cascata d'acqua. Per un attimo ebbero l'impressione di essere dentro un sommergibile, finché il tergicri-

stalli che si agitava a gran velocità riuscì a spazzare via quel diluvio.

Quando Mark si girò un'altra volta verso Lara, lei stava di nuovo guardando fuori dal finestrino.

Sembrava che osservasse la propria immagine e lui si domandò chi vedesse veramente.

38.

Nonostante la pioggia che ostacolava la vista, non impiegarono molto tempo a trovare quello che cercavano. Ulfingen era un paesino minuscolo ed era difficile non notare l'insegna luminosa rossa e blu che lampeggiava sopra il magazzino della Pohl Elektronik.

Mark entrò nel cortile e parcheggiò dietro a tre mezzi aziendali davanti all'edificio a graticcio proprio accanto al capannone. Al pianterreno doveva esserci un ufficio e la luce era ancora accesa. Mark tirò un sospiro di sollievo.

«A quanto pare siamo stati fortunati ed è ancora qui.»

«Meglio se vai tu per primo» disse Lara indicando la porta. «Se mi vedesse, forse non ci aprirebbe nemmeno.»

Mark non fece commenti. Lesse l'incertezza nel suo sguardo e tanto gli bastò.

Axel Pohl gli aprì al primo squillo. A parte qualche ciocca grigia e un addome di tutto rispetto, che testimoniava parecchie birre di troppo, negli ultimi dieci anni non era cambiato. Aveva sempre quei lineamenti delicati che in qualche modo non combaciavano con la sua figura imponente.

Somiglia a un orso con un viso da ragazzino, pensò Mark.

«... posso farlo senza alcun problema» stava dicendo Axel Pohl al cellulare, che nella sua manona sembrava minuscolo. Poi si bloccò.

«Per la miseria!» esclamò, concludendo subito dopo la telefonata con un frettoloso «Mi scusi, la richiamo».

«Ciao, Axel» lo salutò Mark.

«Ma non mi dire, il vero e unico Mark Behrendt! Ehi, amico, che piacere vederti! Si può sapere che cosa diavolo ti porta qui?»

«È una lunga storia.»

Axel gli sorrise e lo cinse per le spalle. «Bene, allora entra. Stavo chiudendo bottega per oggi. Devo solo richiamare questo cliente e poi...»

«Non sono venuto da solo» lo interruppe Mark, indicando alle proprie spalle.

Axel si staccò da lui e si chinò leggermente in avanti socchiudendo gli occhi per scrutare dentro la macchina. Evidentemente gli anni non erano stati tanto generosi con la sua vista.

Quando Lara aprì la portiera del passeggero e scese, lui si rialzò di scatto, come se fosse stato punto in faccia da un insetto.

«Ma che...» esclamò, quindi si scosse, quasi che quello sotto la pioggia fosse lui anziché Lara. «Ma che cavolo ci fa *lei* qui?»

«Stammi a sentire, Axel» disse Mark. «Abbiamo un problema urgente e ci serve assolutamente il tuo aiuto.»

«Già, il problema lo vedo proprio qui davanti ai miei occhi.»

«Ti prego, Axel! Soltanto tu puoi aiutarci adesso.»

Axel Pohl scosse la testa e incrociò le braccia sull'ampio petto, mettendo ancora più in risalto l'addome prominente.

«Mi spiace, Mark, ma avete sbagliato i vostri calcoli. Non voglio più avere niente a che fare con *quella là*.»

«Facci entrare almeno un minuto così possiamo spiegarti» insistette Mark, ricevendo tuttavia come risposta un'altra scrollata di testa.

«Neanche per sogno! Quella là non metterà mai piede dentro casa mia!»

«Non sono quella che credi tu» disse Lara, che li aveva raggiunti timidamente e si era fermata sotto la tettoia accanto a Mark.

Axel arricciò il naso, sprezzante. «Ah, sì? E chi saresti? Madre Teresa o la Vergine Immacolata forse?»

«No, io sono...»

«Tu sei l'assassina del mio migliore amico» l'accusò Axel. «Ecco che cosa sei, e nient'altro! Se non te ne vai subito dalla mia proprietà...»

«Smettila con queste stronzate, non abbiamo tempo!» si intromise Mark tirando fuori il cellulare. Con gesti rapidi richiamò il video di Doreen che gli aveva mandato Ralf Tarrach e lo piazzò sotto il naso di Axel.

«Guarda bene qui, Axel! Questa è una mia carissima amica e, se non ci aiuterai, domani sera morirà.»

Axel fissò lo schermo sgranando gli occhi, poi fece un passo indietro e guardò di nuovo verso Lara.

«Lei c'entra qualcosa in tutto questo?»

«Sì» rispose Mark, «ma non come pensi tu. In questo caso è una vittima, proprio come me. E se non riusciremo a trovare il rapitore prima della scadenza dell'ultimatum probabilmente non ucciderà solo la mia amica, bensì anche noi due.»

«Ma... Cosa...» balbettò Axel, guardando Mark come se lo avesse schiaffeggiato.

«C'è di mezzo Chris» spiegò Mark. «Uno dei suoi vecchi casi.»

«E come potrei aiutarvi io?»

«Che ne hai fatto della roba di Chris?» domandò Lara.

«L'ho tolta da casa sua prima di venderla. Sono passati tanti anni» rispose Axel, lanciandole un'occhiata carica di rabbia. «Comunque mi ci sono voluti sei maledetti anni per liberarmi di quella casa. Nessuno voleva comprarla sapendo che il precedente proprietario era stato ammazzato lì dentro da una pazza.»

«E poi che ne hai fatto delle sue cose?» domandò Mark, stringendo nel frattempo il braccio di Lara per ammonirla di restare calma.

«I vestiti li ho donati alla Croce Rossa e anche i soldi rica-
vati dalla vendita dei mobili» disse Axel. «Il resto è ancora
qui. Non ho avuto il coraggio di buttare via tutto.»

Mark si sentì alleggerire il cuore da un peso grosso non
come un macigno, come una montagna. «C'erano anche documenti professionali, raccoglitori o appunti?»

Axel scrollò le ampie spalle. «Non ne ho idea, gran parte
delle sue cose non erano state nemmeno tirate fuori. Il resto
l'ho fatto infilare in alcuni scatoloni dai miei uomini e poi ho
portato tutto qui.» Con il mento indicò il magazzino. «Non
ci ho mai guardato dentro.»

«Dobbiamo vedere quegli scatoloni» disse Mark. «Ti prego, Axel! Si tratta letteralmente di una questione di vita o di
morte!»

Per qualche secondo Axel se ne rimase lì con la fronte aggrottata, fissando indeciso la tasca dei calzoni dove Mark aveva rimesso il cellulare. Il video evidentemente aveva avuto il
suo effetto, anche se Mark si sentiva un po' meschino ad aver
usato un simile mezzo per convincere Axel. Il fine, come è risaputo, giustifica i mezzi.

«E va bene» disse alla fine Axel. «Ti faccio vedere dove
sono. Vieni.»

«Verremo *entrambi*» disse Mark, guadagnandosi un'altra
occhiata carica di indignazione.

«Non se ne parla nemmeno!» brontolò Axel. «Lei ha già
abbastanza...»

«Senza di lei non troverò quello che cerchiamo» lo interruppe Mark. «E il tempo stringe!»

Axel ebbe un'altra esitazione, ma stavolta fu molto breve.

«D'accordo. Ma prima che vi lasci aprire uno qualunque
di quegli scatoloni dovete raccontarmi per filo e per segno
che cosa sta succedendo. Capito?»

Mark annuì. «D'accordo.»

39.

«Che mi prenda un colpo!» fu la prima reazione di Axel dopo che Mark gli ebbe raccontato tutto quanto nel modo più succinto possibile. Quel gigante d'uomo si appoggiò al montante di un ripiano e scrollò la testa incredulo.

«Non mi hai raccontato cazzate? È successo davvero così?»

Mark si limitò ad annuire. Mentre parlava era stato costretto ad alzare la voce sempre di più per superare lo scroscio violento della pioggia sul tetto di lamiera del magazzino. Il temporale si era trasformato in una vera e propria tempesta. L'aria umida e fredda dentro il capannone sembrava carica di elettricità e c'era odore di selci bagnate.

«Da come la vedo io, quel tipo è completamente fuori di testa» disse Axel scuotendo nuovamente il capo come se stentasse ancora a credere alla vicenda. «E sappiamo bene che certi pazzi sono pericolosi» aggiunse con un'occhiata eloquente verso Lara.

Lei si limitò a restare a braccia conserte con espressione neutra.

«Sì, è pericoloso» disse Mark per riportare l'attenzione su di sé. «E tu sei l'unico che può aiutarci a risalire a lui.»

«Non saprei, Mark» disse Axel con espressione perplessa. «Secondo me dovresti rivolgerti alla polizia. Magari direttamente a Rutger Stark, che da un paio di anni è a capo del commissariato di Fahlenberg. È un tipo molto competente, davvero. Tempo fa mi sono occupato del suo impianto elettrico...»

«Non se ne parla proprio» lo interruppe Mark. «E devi prometterci che non dirai nemmeno una parola su tutta la faccenda! Con nessuno. Finché non sappiamo dov'è tenuta prigioniera Doreen, la cosa deve restare tra di noi. Hai capito?»

«Sì, certo, ma...»

«Niente ma!» esclamò brusco Mark. «Se Ralf Tarrach venisse a sapere che è ricercato dalla polizia, ucciderebbe subito Doreen. Me lo ha detto chiaramente e in tutta sincerità non voglio scoprire se faccia sul serio. È chiaro?»

Per un attimo Axel rimase stordito, come se Mark gli avesse dato un ceffone, poi annuì. «Per la miseria, che brutta storia! D'accordo, promesso, non dirò una parola. Ma qual è il tuo piano? Che cosa speri di trovare tra le cose di Chris?»

«I suoi appunti sul padre di Tarrach» rispose Mark. «Con un po' di fortuna ci riveleranno il motivo che lo spinse a compiere quella strage.»

Axel si grattò la testa. «D'accordo, ma come potrebbe esserti utile a rintracciare questo pazzoide?»

«Lui vuole che comprendiamo quello che è successo, il motivo per cui ci ritiene colpevoli. Ci ha dato persino degli indizi» si intromise Lara nella conversazione. «La testa che mi ha fatto trovare in giardino, per esempio, deve essere in qualche modo legata a questo caso. Dobbiamo capire perché vuole vendicarsi su di noi. Al momento non abbiamo in mano nient'altro.»

«Lara ha ragione» confermò Mark. «Brancoliamo nel buio. Ma magari abbiamo fortuna e Chris non ha compilato solo un fascicolo ufficiale su Tarrach, bensì ha raccolto altri appunti sul caso. È possibile che ci riveli una traccia. In un caso o nell'altro per prima cosa dobbiamo scoprire se tra i documenti di Chris c'è qualcosa del genere, e in fretta. Sono già le sette e mezzo e ci resta poco tempo ormai!»

Com'era accaduto prima, Axel spostò lo sguardo da Mark a Lara. Poi si strinse nelle spalle e fece un sospiro.

«E va bene, allora venite con me. Gli scatoloni sono in fondo, insieme ai pezzi di ricambio.»

Precedette gli altri due mentre Mark e Lara si scambiavano un'occhiata. Lei annuì. Se non altro Axel aveva parlato al plurale ed era un buon segno.

Percorsero la corsia centrale del magazzino fiancheggiata da scaffalature metalliche fino al soffitto piene di apparecchiature elettriche, matasse di cavi e ogni genere di accessori. L'azienda sembrava ben avviata, e questo era un risultato di tutto rispetto in un'epoca di enorme concorrenza online, che permetteva di consegnare all'istante ogni genere di merce, dagli pneumatici agli stuzzicadenti.

L'unica cosa che mancava nel magazzino della Pohl Elektronik era un impianto di riscaldamento. Arrivati nella parte posteriore del capannone, Mark si strofinò le braccia rabbrividendo, e anche Lara aveva un aspetto infreddolito.

«Gli scatoloni sono lassù.» Axel indicò un ripiano contraddistinto dall'etichetta *Z13*. «Aspettate qui, torno subito.»

Scomparve dietro un angolo e poco dopo si fermò davanti a loro con un muletto elettrico. Con manovre esperte, posò sul pavimento due pancali di scatoloni da trasloco.

Mark lesse le scritte su quelli delle due file superiori. Su due riconobbe l'accurato stampatello maiuscolo di Chris stesso. Anche la scritta sul terzo scatolone, quello contrassegnato come *Salotto*, gli risultava familiare.

Deve averlo scritto Ellen, pensò, e anche Lara sembrava averlo notato. Fece qualche passo indietro e scrutò il mucchio di scatoloni con un insieme di diffidenza e, sì, secondo Mark anche un po' di paura.

Gli tornò in mente ciò che gli aveva detto sugli scatoloni con le vecchie cose di Ellen. Li aveva messi nella cantina dell'appartamento perché non aveva voluto averli nella sua nuova vita.

Tolse i primi scatoloni dal pancale ed esaminò quelli che erano sotto. In questo caso le scritte non apparivano affatto ordinate, quanto piuttosto frettolose. Probabilmente erano stati riempiti dai collaboratori di Axel. Di sicuro con una certa furia e senza grande attenzione.

«Bene» disse Mark, «su questi c'è scritto solo *Salotto*, *Cucina* e *Cantina*. Sull'altro pancale c'è per caso uno scatolone contrassegnato come *Documenti*, *Ufficio*, *Studio* o qualcosa del genere?»

«No» rispose Axel, spostando gli ultimi scatoloni della fila superiore. «Qui ci sono solo dischi, CD, libri e tre scatole con... CPI? Che cosa significa?»

«CPI?» ripeté Mark. «Non ne ho idea.»

«È l'abbreviazione di Casi Particolarmente Interessanti» disse Lara e, di fronte alle occhiate perplesse dei due uomini, spiegò con una scrollata di spalle. «Non chiedetemi come faccio a saperlo. Mi è venuto in mente così, all'improvviso.»

«Già, è vero, ora mi ricordo» mormorò Mark passandosi una mano tra i capelli. «So che nelle sue relazioni utilizzava un'abbreviazione per segnalare i casi che avrebbe inserito nel suo libro. Non rammentavo più che fosse CPI.»

Guardò Lara. Lei chinò il capo e affondò le mani nelle tasche dei jeans.

«Allora guardiamo qui dentro» disse Axel accendendo una pila tascabile. Strappò il nastro adesivo, aprì il coperchio dello scatolone e lanciò un'esclamazione. «Miseriaccia!»

Mark gli si avvicinò e anche Lara fece lo stesso, poi diedero un'occhiata ai raccoglitori che riempivano completamente lo scatolone.

Mark tirò fuori il primo e lo sfogliò.

Axel fece lo stesso. «Spero che i documenti siano ordinati per nome» disse, però Mark scosse la testa.

«Non si tratta di una casistica» disse; poi, notando l'espressione interrogativa di Axel, aggiunse: «Volevo dire, non sono casi esemplari. In questo raccoglitore c'è solo un mucchio di statistiche e fotocopie di articoli specialistici».

«Anche qui» disse Lara che aveva aperto un altro raccoglitore.

Mark ne sfogliò un terzo poi fece un sospiro. «Qui vengono nominati dei casi, ma ovviamente non sono suddivisi sulla base del nome del paziente, bensì secondo le diagnosi. In totale dovrebbero essere una ventina di raccoglitori. Non riusciremo a trovare niente andando a casaccio, perché non conosciamo la diagnosi di Tarrach. Forse era in cura per una forma di schizofrenia, ma è un argomento che da solo potrebbe riempire diversi fascicoli. Per leggere tutto quanto ci vorrà tutta la notte.»

Lara si inginocchiò accanto a lui e tolse un altro raccoglitore dal terzo scatolone. «Hai ragione, qui non c'è niente che riguardi esclusivamente casi concreti. Sempre ammesso che i titoli siano fedeli. Dobbiamo controllare singolarmente ogni... Un attimo, che cos'è questa?»

Aveva impilato accanto a sé la metà dei raccoglitori e ora sollevò dal fondo dello scatolone una scatola. Alzò il coperchio e Axel fischiò tra i denti.

«Delle videocassette! HDV, cavolo, che tempi! Ero stato io a procurargli la videocamera. Se non sbaglio una Panasonic, o forse una Sony. Erano le più in voga all'epoca. C'è anche la videocamera?»

«No» rispose Mark. «Solo le cassette.»

«Però ci sono scritti dei nomi sopra» disse Lara esaltata, mostrando la scatola a Mark.

Passarono in rassegna le custodie con i nomi stampati in piccoli caratteri e infine Mark ne tirò fuori una.

«Eccolo! Jochen Tarrach, da febbraio a giugno 2009. Devono essere le registrazioni delle sedute fatte con lui da Chris. Adesso non ci resta che trovare il modo di visionarle.»

Mentre pronunciava le ultime parole si era girato con aria interrogativa verso Axel, che dopo una breve esitazione si strinse nelle spalle.

«E va bene, prendete tutta la roba e venite in casa con me. Da qualche parte devo avere ancora un videoregistratore.»

«Grazie» disse Mark. «Senza di te saremmo perduti.»

«Figurati.» Axel fece un gesto vago con la mano poi lanciò un'occhiata torva a Lara. «Ma vorrei che fosse chiara una cosa: non lo faccio di sicuro per te.»

«Lo so» disse lei sostenendo il suo sguardo. «Comunque grazie.»

«Mmm» brontolò lui. «Però dovreste portarla dentro da voi. Io devo richiamare quel cliente. Da quando ho divorziato non posso permettermi di lasciarmi sfuggire una sola commissione. La porta di casa è aperta, il salotto è subito a destra.»

Tirò fuori il cellulare dalla tasca dei pantaloni e si diresse a passo svelto verso l'uscita del capannone, dove, dietro la porta dai vetri smerigliati, lampi e tuoni si susseguivano come in un sovrannaturale spettacolo di suoni e luci.

40.

Dopo la breve telefonata Axel aveva tirato fuori un vecchio videoregistratore dallo sgabuzzino dietro l'ufficio e adesso lo stava collegando con il gigantesco televisore a schermo piatto che aveva in salotto.

La sua condizione di scapolo era più che mai evidente in quella stanza. Prima di potersi sedere Mark e Lara avevano dovuto liberare il divano da un'accozzaglia di riviste, manuali di consigli per single, pacchetti vuoti di patatine e capi di vestiario. Ora stavano esaminando i raccoglitori con l'eredità di Chris che avevano sistemato tra di loro.

I casi analizzati con notevole precisione da Chris nei suoi appunti erano davvero *particolarmente interessanti*. Sebbene non chiamasse mai per nome i pazienti, Mark riconobbe comunque alcuni di loro dalle descrizioni dei sintomi. Per esempio c'era il caso del catatonico Cornelius Böck, che durante l'ultimo incontro con Mark si era comportato in maniera tutt'altro che catatonica. Chris però non lo aveva mai saputo.

Gli dispiaceva non avere il tempo di studiare in maniera più approfondita le annotazioni del suo ex collega e di consultare le fonti citate che risvegliarono immediatamente il suo interesse professionale. Forse avrebbe avuto modo di farlo in seguito, una volta portata a termine quella faccenda, tuttavia allo stato attuale delle cose era abbastanza improbabile.

Ma non è ancora tutto perduto, lo esortò il suo lato battagliero. Hai ancora una possibilità. *Abbiamo* ancora una possibilità, quindi...

«Bene, ce l'ho fatta.» Axel lo strappò dai suoi pensieri.

«Così dovrebbe funzionare. Voi a che punto siete? Avete trovato qualcosa?»

«No», rispose Lara. «Christoph utilizza solo abbreviazioni come signor D. o signora L. e non sempre c'è allegata una copia del fascicolo. Sui pochi che ho trovato ci sono i nomi veri, ma finora non è venuto fuori nessun Tarrach.»

«Anche per me è lo stesso» confermò Mark con un sospiro. «C'è solo da sperare che il video ci fornisca qualche indizio.»

Axel si lasciò cadere sulla poltrona che usava per guardare la televisione e che scricchiolò stanca come un fedele veterano.

«Allora proviamo. Non aspettatevi una risoluzione in 4K, però. I nastri magnetici non migliorano con gli anni. Soprattutto dopo che sono stati esposti a brusche variazioni di temperatura dentro il magazzino. Possiamo ritenerci felici se riusciremo a vedere qualcosa.» Si girò quindi un po' titubante verso Mark. «Che cosa c'è registrato? Spero niente di disgustoso, vero? Ho lo stomaco piuttosto delicato ultimamente.»

«Non ne ho idea» rispose Mark, gettando un'occhiata a Lara. «Ora lo scopriremo.»

Lei mise da parte il fascicolo che stava consultando con grande attenzione e annuì ai due uomini con aria nervosa.

Axel puntò il telecomando verso il grande televisore. «Allora via.»

Pigiò il tasto «Play» e il registratore si accese con un ronzio. Lo schermo si illuminò, mostrando inizialmente solo un effetto neve frusciante.

Tutto a un tratto comparve un'immagine con una data scritta nell'angolo in alto a destra: 21 febbraio 2009.

La risoluzione in effetti lasciava piuttosto a desiderare. Il formato dell'epoca non era ancora adatto a schermi così grandi e le strisce sgranate che percorrevano a intervalli regolari l'immagine tradivano l'età avanzata della registrazione.

Ma il vero motivo della scarsa qualità era il fatto che si trattava della ripresa di una telecamera di sorveglianza. Inquadrava una stanza illuminata che l'obiettivo a occhio di pesce deformava in maniera strana, come se l'uomo seduto in un angolo si trovasse all'interno di una palla di vetro.

L'angolazione distorta faceva apparire Jochen Tarrach più piccolo del reale, ma prendendo come riferimento la porta al centro della stanza doveva essere alto almeno un metro e ottanta, se non di più. Appariva muscoloso, la maglietta bianca era tesa sull'ampio petto e sui bicipiti, ma la sua postura sembrava quella di un bambino spaventato.

Con le mani Tarrach si spettinava i capelli biondi con gesti frenetici e nervosi. Intanto muoveva gli occhi qua e là e pestava i piedi nudi sul pavimento cercando di schiacciarsi ancora di più contro la parete, quasi volesse infilarcisi dentro.

All'altezza del cavallo dei calzoni della tuta bianca si era formata una grossa macchia e l'uomo sembrava in preda al panico. Muoveva le labbra e parlava senza sosta, ma la telecamera non aveva il sonoro.

Mark rabbrividì di fronte a questa ripresa muta. Che cosa poteva causare un simile stato di ansia e di panico in un marcantonio come Tarrach?

Poco più tardi fu chiaro che doveva trattarsi di un'allucinazione, perché Tarrach spalancò la bocca in un grido menando colpi verso qualcosa di invisibile che lo minacciava.

La ripresa terminava lì.

Di nuovo l'effetto neve e poi un cambio di scena. L'immagine stavolta era quella di una telecamera normale e la data nell'angolo superiore indicava 2 marzo 2009.

Tarrach era seduto in una stanza scarna dalle pareti bianche che Mark riconobbe come l'ambulatorio di terapia del reparto di psichiatria acuta alla Waldklinik. Questa volta c'era anche il sonoro e i singhiozzi di Tarrach riecheggiavano assordanti dalle casse dell'impianto surround.

Axel alzò di scatto la mano con il telecomando e abbassò il volume. Mark poteva capirlo. Se quell'immagine turbava anche lui, nonostante la sua lunga esperienza con fatti simili, chissà quale effetto doveva avere su Axel.

L'unica a non muoversi era Lara, che stava seduta impietrita, in apparenza determinata a non mostrare all'esterno niente di ciò che le succedeva dentro.

«Per favore» sentirono piagnucolare Tarrach, «per favore, faccia in modo che smetta! Non voglio più vederla! Per favore!»

«Chi è che vede?» domandò una voce maschile in sottofondo.

Era la voce di Chris e Mark si sentì accapponare la pelle. Gettò un'altra occhiata furtiva a Lara, che si tormentava nervosa le mani.

Chissà se aveva riconosciuto la voce, come prima l'abbreviazione sullo scatolone dei documenti? Oppure aveva capito solo dal contesto che quella era la voce dell'uomo che aveva ucciso dieci anni prima?

In ogni caso per lei doveva essere un'esperienza agghiacciante.

«È lì» singhiozzò Tarrach. «Oddio! È dappertutto! DAPPERTUTTO!»

Con un certo imbarazzo osservarono Tarrach balzare in piedi e scomparire dall'immagine. Subito dopo si udirono dei colpi sulla porta e la voce di Tarrach in preda al panico.

«Voglio uscire! Fatemi uscire! Per favore! Voglio...»

La ripresa si interrompeva di scatto e dopo un paio di secondi di effetto neve e fruscii cominciò un'altra registrazione datata 10 marzo.

Tarrach era di nuovo seduto nella stessa stanza. Si capiva che quel giorno doveva essergli stata somministrata una dose di tranquillante più forte, perché non stava dritto sulla sedia, ma era inclinato verso sinistra e si puntellava sui gomiti.

231

Una striscia di saliva gli fuoriusciva dall'angolo della bocca, gli occhi erano arrossati e le guance incavate. Doveva aver perso almeno cinque chili se non di più rispetto alla registrazione precedente.

«Deve andare via, via, via, via» mormorò Tarrach biascicando come un ubriaco.

Quando Chris gli chiese nuovamente che cosa vedesse, Tarrach chinò il capo e borbottò parole incomprensibili. La saliva intanto gli gocciolava sulla maglietta, che aveva la scollatura già completamente fradicia.

La registrazione terminò e saltò al 16 marzo.

Tarrach si teneva la testa tra le forti mani e piangeva di nuovo. Muoveva le ginocchia a scatti su e giù, come se avesse degli elettrodi attaccati alle gambe, e le sue spalle sussultavano a ogni singhiozzo.

«Deve sparire!» urlò. «La prego, dottore! La faccia sparire! Non ce la faccio più!»

Allontanò una mano dal viso e cominciò ad agitarla intorno a sé come se volesse scacciare un grosso insetto che gli stava davanti.

«Io non posso farla sparire» disse la voce di Chris in sottofondo. «Non è qui. È solo nella sua testa.»

Tarrach abbassò anche l'altra mano e fissò incredulo verso la telecamera.

«Non è vero!» gridò. «Io la vedo. Chiara e nitida! Questa... Questa...»

Qualunque cosa volesse dire, fu inghiottito da altri singhiozzi. Si nascose il viso tra le mani e pianse più forte e più disperato di prima.

Dieci secondi più tardi la registrazione si interrompeva, sostituita di nuovo dall'effetto neve e dal fruscio sullo schermo.

«Che cosa diavolo vede quel tizio?» chiese Axel, ma, prima che Mark avesse tempo di rispondere che non lo sapeva nemmeno lui, partì un altro spezzone.

Erano passati due mesi, la data indicava il 19 maggio.

Tarrach era ancora più smagrito. Gli zigomi gli sporgevano nel viso e le fossette intorno alla bocca erano diventate rughe profonde.

Tuttavia sembrava stare meglio. Il suo sguardo era più vigile e il suo atteggiamento non era più contratto e impaurito, anche se continuava ad agitare nervoso le ginocchia.

«Ci vogliamo provare?» chiese la voce di Chris e Tarrach annuì.

«Sì, dottore, ha ragione. Devo liberarmene, devo affrontare la cosa.»

«Continua a vederla?»

Tarrach annuì di nuovo e il suo pomo d'Adamo rimbalzò su e giù.

«Spunta sempre dappertutto.»

«È qui adesso?»

«Sì» rispose. «Ovviamente so che non è reale, però, sì, la vedo.»

Strinse ancora di più i braccioli della sedia e con il mento indicò un punto fuori dall'inquadratura verso sinistra. «Adesso è in quell'angolo.»

«E che cosa fa?»

«Mi guarda e sogghigna.» Tarrach abbassò lo sguardo e rabbrividì disgustato. «Buon Dio, è orribile!»

«Riesce a ignorarla?»

«Non saprei.» Tarrach sbuffò, poi annuì e alzò la testa. «Ma ci proverò. Sì, credo di riuscirci. In fondo non è lì per davvero.»

«No, infatti» confermò Chris fuoricampo. «Faccia come abbiamo deciso. Si prenda tutto il tempo che le occorre. Può raccontarmi ogni cosa. Ricordi che qui è al sicuro. La sua è solo un'allucinazione. Non esiste. Non è in questa stanza né altrove.»

Il pomo d'Adamo di Tarrach fece altre capriole.

«E va bene» disse infine, spostandosi brevemente fuori dall'inquadratura. Quando tornò a sedersi reggeva in mano un bicchiere d'acqua. «Le racconterò tutto. Ma su un punto si sbaglia, dottore. Qui *non* sono al sicuro. Non lo sono più da nessuna parte. Perché in realtà io sono da tempo all'inferno e *lei* me lo ricorda continuamente.»

Chris non commentò questa affermazione. Forse a suo tempo aveva pensato la stessa cosa che venne in mente a Mark adesso. Che l'inferno era un posto che ciascuno creava dentro di sé. E, una volta che esisteva lì, era necessario autoconvincersi per riuscire a sfuggirgli di nuovo.

Jochen Tarrach bevve un sorso d'acqua, si concentrò un attimo e cominciò a parlare.

Com'era successo a Chris dieci anni prima, Mark, Lara e Axel lo ascoltarono ora con attenzione. E, anche se nessuno di loro lo disse, ben presto concordarono tutti che Jochen Tarrach non aveva esagerato.

Ciò che aveva vissuto e che continuava a vivere all'epoca doveva essere stato effettivamente l'inferno in Terra.

Anche Chris doveva averlo pensato.

41.

«Dottore, lo sapeva che agli uragani viene dato un nome per un ottimo motivo?» esordì Tarrach. «Quando nostra figlia era ancora piccola, le piaceva una fiaba che dovevamo legger-le quasi tutte le sere prima che si addormentasse. Si intitolava *Il giocattolo del gigante*. La conosce?»

Fuoricampo non si udì niente, il che stava a indicare che Chris doveva aver solo scosso la testa.

«È molto antica, credo dei fratelli Grimm» proseguì Tar-rach. «Racconta della figlia di un re dei giganti. Un giorno va a passeggio e scopre dei contadini in un campo. Siccome sono molto piccoli rispetto a lei, crede che siano dei giocattoli. Per-ciò li porta a casa insieme al loro carro e al cavallo e si mette a giocare. Quando il padre se ne accorge, la rimprovera e le dice che si tratta di esseri viventi come loro, soltanto molto più pic-coli. La bambina ascolta il padre, riporta i contadini nel campo e tutto finisce bene.»

Tarrach scrollò le spalle.

«Mia figlia trovava molto divertente l'idea che questa gi-gantessa giocasse con il mondo in miniatura. Dopo tutto all'e-poca aveva quattro o cinque anni. Ma quando si diventa adul-ti le cose si vedono diversamente. Soprattutto per chi lavora da anni nel servizio forestale e ha avuto modo di assistere più volte alla forza impetuosa della natura.

«Una tempesta, per esempio, è abbastanza simile a quello che succede nella fiaba. Anche in quel caso è come se un gi-gante giocasse a suo piacimento e facesse di noi quello che vuole. L'unica differenza è che non arriva nessun re ad aiutarci. Non si può fare altro che aspettare e sperare che prima o poi il vento si stanchi di soffiare. Ma, finché imperversa, si comporta come un piccolo gigante capriccioso. Ecco perché non è strano che a certi fenomeni naturali venga dato un nome. Pensi solo a Vivian, Wiebke e Lothar negli anni novanta, oppure a Kyrill lo scorso anno. Quanti danni hanno causato! All'epoca di Lothar il tetto del mio vicino è volato via tutto intero come un aeroplanino. Casa sua era proprio sul percorso del tifone. Le assicuro che è stato uno spettacolo agghiacciante!

«A febbraio poi è arrivato Quinten. So che un sacco di gente ritiene che la storia del cambiamento climatico sia solo una baggianata, ma c'è qualcosa di vero. Per capirlo non c'è bisogno di vedere le foto degli orsi polari alla deriva su blocchi di ghiaccio. Basta dare un'occhiata intorno a sé. In ogni caso non ricordo che quand'ero bambino ci fossero così tanti uragani, di sicuro non così violenti. Ho appena compiuto quarant'anni, quindi non è passato molto tempo.

«Comunque, tornando a Quinten, ha fatto un bel po' di danni, come saprà. Non solo in paese, bensì soprattutto su nel bosco.

«Le maledette monoculture nella zona a sud-ovest sono una calamità che ci è rimasta dagli anni novanta. All'epoca in cui c'era ancora la cartiera a Fahlenberg.»

Tarrach si schiarì la voce. Si capiva che aveva paura e cercava di rimandare in tutti i modi il racconto del vero evento scatenante.

Nella sua esperienza di psichiatra Mark aveva sperimentato spesso simili strategie usate da pazienti traumatizzati. Sapeva che non aveva senso incalzare il soggetto in alcun modo. Durante certi dialoghi bisognava avere pazienza e capacità di immedesimazione e soprattutto lasciare che il paziente parlasse a ruota libera.

Anche Chris sembrava essersi comportato così. In ogni caso la sua voce non si sentiva. Siccome non era inquadrato dalla telecamera, Mark non poteva vedere la sua espressione, ma Tarrach sembrava aver colto qualcosa nel suo sguardo.

«Le chiedo scusa, dottore» disse. «Non voglio annoiarla con tutti questi particolari. È solo che ci tengo a farle capire tutti i nessi. E se le racconto della monocultura su nel bosco è solo perché in parte è responsabile del fatto che ora mi trovo seduto davanti a lei.

«Maledetti abeti! Ne erano stati piantati davvero un sacco lassù. Vede, le conifere crescono veloci, per questo sono ideali per la produzione di carta. Il lato negativo è che radicano tutte allo stesso modo e non si danno sostegno a vicenda. Per questo poi si è preferito tornare alle colture miste. Non solo a causa della moria degli alberi negli anni ottanta, bensì anche per preservare l'equilibrio del patrimonio arboreo. Con le colture miste gli apparati radicali sono diversificati e un uragano non può causare così tanti danni.

«Fino all'inizio dell'anno ce l'eravamo cavata alla grande. Nonostante la monocultura, non si erano verificati ingenti devastazioni, perché Wiebke e Lothar e compagnia bella erano arrivati da una direzione diversa. E quindi l'amministrazione forestale ha continuato a basarsi sulla buona sorte. Ma com'è risaputo la fortuna è capricciosa e a febbraio è arrivato Quinten. Dopo il suo passaggio lassù sembrava che dei giganti avessero giocato a Mikado. Quasi come nella fiaba di mia figlia.

«Non immagina nemmeno la devastazione! Sapevamo che ci sarebbero volute settimane per portare via tutti gli alberi caduti. Decidemmo pertanto di procedere su vasta scala e ci dividemmo in otto squadre da due per poter lavorare di concerto. Già, e così è iniziata quella merda. Mi scusi, dottore, ma non riesco a darle un altro nome.»

Fece una breve pausa e bevve un altro sorso d'acqua. Poi con un sospiro profondo si strinse nelle spalle.

«Deve sapere che io sono un buon collega. Per me l'affiatamento e il cameratismo sono importanti. Se non altro perché la nostra non è certo una professione priva di pericoli. È facile che possa succedere qualcosa e bisogna sempre potersi fidare dei compagni. Per fare in modo che tutto funzioni bene, bisogna andare d'accordo.

«Io ho sempre fatto del mio meglio al riguardo, deve credermi. Con gli altri colleghi non era un problema, eravamo come un'unica famiglia. Però c'era quello nuovo, e con lui non funzionava. Si chiamava Reiner Schenk. Ecco, con lui non mi intendevo. So che adesso può sembrare una scusa, ma non dipendeva da me, sul serio. Era così per tutti. Quello faceva sempre di testa sua. Si dava un sacco di arie e per di più era pure stronzo. Mi scusi se uso questa espressione, ma è così. Può chiedere anche ai miei colleghi.

«Come psichiatra dirà sicuramente che si comportava così solo per mascherare la sua insicurezza e forse è anche vero. Ma non avrebbe avuto bisogno di farlo con noi. Fin dall'inizio gli abbiamo sempre dato nuove possibilità, davvero, ma dopo un po' stava sulle scatole a tutti.

«Aveva un modo di fare insopportabile, sa? Provocava continuamente, sapeva tutto lui, voleva sempre essere al centro dell'attenzione. E al contrario non era nemmeno particolarmente sveglio. Si comportava come se si intendesse di tutto. Invece continuava a fare casini. Una volta ha addirittura distrutto un Unimog perché non è stato attento. E poi non ha avuto nemmeno i coglioni di riconoscere l'errore. Invece voleva rifilare la colpa a uno di noi. Be', questo certo non lo ha messo al primo posto nell'elenco dei nostri preferiti.

«E poi, l'anno scorso durante la festa di Natale, ha superato ogni limite. Ha cominciato a importunare sul serio la moglie di Werner. In maniera brutta. Ovvio, avevamo tutti alzato il gomito, ma a nessuno sarebbe venuto in mente di tampinare la moglie di un collega. A nessuno, tranne che a questo Schenk.

«Siamo dovuti intervenire in quattro per impedire a Werner di avventarsi su quell'idiota. Schenk era di una spanna più alto di Werner, intorno al metro e novanta, e pesava anche diversi chili in più. Ma se Werner lo avesse menato sul serio, ero pronto a scommettere che avrebbe vinto. Cavoli se era fuori di sé!

«La festa ovviamente era rovinata, come può ben immaginare, e poi quei due hanno smesso di parlarsi. Meglio così. Non oso nemmeno immaginare che cosa sarebbe successo se si fossero incontrati una volta al buio. Werner è un tipo parecchio rancoroso. Ma come dargli torto? Io di sicuro non potrei.

«Adesso forse si domanderà perché nessuno abbia mai dato una lezione come si deve a questo Schenk. Ci sarebbe stato un motivo più che valido per licenziarlo, dato che tra l'altro avvelenava anche il clima tra di noi. Ma gli agganci sono importanti e Reiner Schenk era il cugino del nostro direttore. Che ovviamente ha ridimensionato tutto quanto. Dovevamo lasciar perdere. Tutti possono commettere degli errori. In futuro sarebbe stato vietato portare alcolici alle feste. E tutta quella manfrina.

«La verità era che Schenk se n'era già andato dal posto precedente perché era successo qualcosa di simile. Lo abbiamo scoperto poco dopo la storia con la moglie di Werner. Si mormorava addirittura che una segretaria lo avesse denunciato per atti di libidine violenti. Non sapevamo se fosse vero, ma avrebbe spiegato come mai Schenk fosse finito proprio a Fahlenberg, nientemeno che dall'Assia. Qui aveva il cugino, che poteva dargli una mano a coprire i suoi abusi.»

Tarrach bevve di nuovo e fece un altro profondo sospiro. Si passò una mano sul viso e gettò un'occhiata implorante in direzione della telecamera, accanto alla quale doveva essere seduto Chris.

«Posso fumare?» chiese.

«Mi spiace, qui dentro è vietato» si sentì la voce di Chris fuoricampo. «Vuole fare qualche minuto di pausa?»

Tarrach scosse la testa. «Meglio di no. Altrimenti non riesco a raccontarle tutta la storia fino in fondo. Una sigaretta mi farebbe comodo, ma...» Sospirò di nuovo. «Chi se ne importa! Andiamo avanti. Alla fine mi fumerò un pacchetto intero, ma prima devo concludere.»

Svuotò il bicchiere con una rapida sorsata, lo appoggiò da qualche parte fuori dall'inquadratura e ricominciò a parlare con lo sguardo chino sulle mani.

«In genere lavoravo sempre con Gregor. Ci conosciamo dai tempi di scuola. È un tipo a posto, sempre pacato e attento. Non c'è niente che lo faccia uscire dai gangheri, sa? Siamo amici sinceri e un'ottima squadra.

«Ma, a causa della storia con la moglie di Werner, con l'anno nuovo ci hanno diviso in maniera diversa. Gregor è finito con Werner e io con quello Schenk. Non è che fossi proprio esaltato, come può immaginare, ma non ho detto niente e ho accettato la cosa.»

Tarrach all'improvviso alzò la testa e strinse i pugni.

«Cazzo, se *avessi* detto qualcosa! Adesso non sarei qui e lui... lui...»

Sprofondò su se stesso e si capiva chiaramente che cercava di combattere le lacrime. Rimase così per un paio di minuti, mentre Chris aspettava in silenzio.

Alla fine sembrò riprendersi, ma il sorriso che rivolse all'obiettivo era forzato.

A Mark vennero in mente gli scimpanzé che sembrano ridere quando invece vogliono manifestare paura.

Anche Jochen Tarrach sembrava terrorizzato da ciò che stava per raccontare. Ecco perché sorrideva. Ecco perché

240

quella *mimica incongruente*, come si diceva in gergo specialistico.

«Sa che cosa diceva sempre mio padre quando qualcuno tirava fuori i fosse, gli avesse o i se? 'Se il cane non avesse cagato, nessuno l'avrebbe calpestata.' E se all'epoca mi fossi rifiutato di lavorare con Schenk le cose probabilmente sarebbero andate in maniera diversa. Ma con il senno di poi siamo tutti più furbi, non è così?

«Quindi abbiamo preso uno degli Unimog e siamo saliti nella foresta con le nostre motoseghe, fino alla zona verso Kössingen.

«Faceva un freddo bestiale quella mattina. Di neve ne era rimasta poca, ma quel freddo umido ti entra proprio fino alle ossa. Puoi vestirti pesante quanto vuoi, ma congeli lo stesso. L'unica cosa che ti aiuta è darci dentro con il lavoro e ogni tanto un sorso di caffè caldo.

«Sì, lo so, sto divagando un'altra volta. Mi scusi.»

Si passò la mano tra i capelli e lanciò un gemito come chi debba caricarsi in spalla un peso particolarmente gravoso, poi riprese a parlare.

«Dunque, arrivati su in cima abbiamo visto la devastazione fin da lontano.

«'Porca puttana!' ha detto Reiner e una volta tanto condividevo la sua opinione.

«Sembrava che ci fosse stato un bombardamento aereo. Nel settore che ci avevano assegnato non un albero era rimasto in piedi. Molti si erano spezzati come fiammiferi, dappertutto c'erano radici scoperte e alcuni tronchi erano attorcigliati insieme come se la gigantessa della fiaba si fosse divertita a farci delle trecce.

«Abbiamo indossato le protezioni e i caschi e ci siamo messi al lavoro. Per prima cosa bisognava liberare i tronchi e tagliarli a pezzi per poi accatastarli in un secondo momento e portarli via.

«Ben presto ho cominciato a sudare, mi creda. Non solo perché segare un tronco è una faticaccia, ma perché bisogna anche stare sempre all'erta. Gli alberi caduti sono traditori. Sono in uno stato di tensione, sa? Bisogna fare un'attenzione maledetta a dove si mette la sega.

«E, come se non bastasse, mi toccava tenere d'occhio continuamente anche quel Reiner. Lui aveva dichiarato di essersi già occupato un sacco di volte di boschi distrutti da una tempesta, ma nel giro di cinque minuti mi sono reso conto che era un'altra delle sue solite fanfaronate.

«Al massimo aveva tagliato qualche tronco già pre-segato. Ma ovviamente quello spaccone presuntuoso non lo avrebbe mai ammesso. Anzi, voleva addirittura spiegare a *me* come bisognava fare. Che idiota!

«Nonostante tutto procedevamo spediti e a un certo punto ci trovammo davanti una collinetta di tronchi caduti. Ci avrebbero tenuti occupati per un bel po', ho detto, e ho proposto di fare una pausa caffè prima di cominciare.

«Al che lui ha tirato fuori di nuovo quei suoi modi spavaldi. Quella sua stupida voglia di provocare che continuo a non capire. Può andare bene per un ragazzino, ma quel tizio aveva tre anni più di me.

«Mi ha chiesto se mi ero già stancato e io non so che cosa mi ha dato più fastidio, se il suo sorrisetto sarcastico o il suo tono di voce. Aveva una vocetta stridula, sa? Sembrava più adatta a una fragile vecchietta che a un marcantonio che pesava un quintale.

«So che non è giusto, perché non era colpa sua se aveva quella voce, e nemmeno se parlava con quell'accento, ma, insieme al suo sorriso beffardo, in quel momento mi ha mandato in bestia.

«Lui era ancora fresco come una rosa e non aveva bisogno di fare una pausa, ha detto. Io comunque potevo riposarmi e poi aiutarlo a sgomberare. È salito sul mucchio di tronchi con la motosega e voleva cominciare a segare.

«Io gli ho gridato di lasciare perdere. Che il punto che aveva scelto era sbagliato. Vedevo che sotto c'era un lungo ramo teso come un arco. Lui però mi ha risposto che dovevo lasciargli fare il suo lavoro.

«'So quello che faccio!'

«Queste sono state le sue esatte parole. Le ultime.

«Prima che avessi tempo di raggiungerlo per fermarlo, ha acceso la motosega e l'ha appoggiata al tronco.»

Tarrach scoppiò a piangere e si nascose il viso tra le mani.

«Ci ho provato» singhiozzò. «Ci ho provato sul serio. Ero responsabile per lui. Quando hai più esperienza di un collega, è tuo dovere tenerlo d'occhio. Ma che cosa avrei dovuto fare con un tipo testardo e stupido come quello?»

«Vuole fare una pausa?» si sentì chiedere Chris.

Tarrach alzò le mani in un gesto di diniego e scosse la testa. Prese un pacchetto di fazzoletti che era fuori dall'inquadratura e si soffiò rumorosamente il naso.

«È passato» disse tirando su con il naso. «È solo... quell'immagine... Oddio, quell'immagine. Ce l'ho stampata in mente e...»

Non terminò la frase. Invece prese un altro fazzoletto e se lo avvicinò nuovamente al naso. Si capiva che stava male. Aveva gli occhi rossi, il viso pallido e le guance flosce, come se i muscoli facciali avessero perso ogni forza.

Poi si raddrizzò a sedere e alzò il mento, come chi abbia deciso di affrontare un compito molto spiacevole.

E fu quello che fece. Riprese a parlare con voce in apparenza sicura, ma la nota di fondo tradiva quanto gli costasse andare avanti.

«È successo incredibilmente in fretta» disse. «Una frazione di secondo, ma per me è durato un'eternità. Vedo ogni singolo dettaglio. È possibile una cosa del genere, oppure è solo la mia immaginazione?»

«Vede, quando subiamo uno shock la nostra capacità di percezione aumenta sensibilmente» spiegò Chris. «È una reazione che ci è rimasta dai nostri antenati, per i quali era fondamentale durante la caccia.»

Jochen Tarrach annuì e chinò lo sguardo a terra con aria assente.

«Reiner non si è accorto del pericolo» disse a voce bassa. «Non ha visto il *ramo*, l'arco teso sotto il tronco che ci era appoggiato sopra. È saltato su con inaudita violenza e lo ha colpito. Lo ha...»

Deglutì e il pomo d'Adamo gli si agitò convulsamente su e giù. Poi descrisse un arco con la mano.

«Di colpo la testa gli è saltata via. Era come un pallone durante un passaggio aereo. Ha fatto un paio di giri in aria e il casco è volato via. E poi... E poi la testa è atterrata proprio davanti ai miei piedi. Era così... così *bizzarra*... È la parola giusta? Probabilmente sì.

«Io ero completamente allibito. Ho guardato verso il suo corpo. Era ancora in piedi sulla catasta di legna. Era pazzesco. Conoscevo le storie dei polli che continuano a correre dopo che sono stati decapitati, ma che potesse succedere anche con una persona... Non me lo sarei mai immaginato. Anche se... In realtà non correva. Non faceva proprio niente. Se ne stava in piedi lassù. C'è rimast~ uno o due secondi.

«Poi la motosega gli è scivolata via di mano. Si è spenta subito e lui... Cioè il corpo... È stramazzato a terra, come un sacco di sabbia, ed è rimasto immobile.

«Ma... dal collo continuava a uscire sangue... Tanto sangue... A fiotti... Non la smetteva più... Sembrava un maledetto irrigatore da giardino! E le mani... le teneva verso l'alto. Lo giuro, le teneva così! Le dita si muovevano... Come se suonasse una fisarmonica invisibile.

«Ma la cosa peggiore era la testa... La testa davanti alla punta d'acciaio dei miei scarponi. Non era ancora morto, sa? Roteava gli occhi. Mi guardava.

«Mio Dio, è stato agghiacciante! Muoveva la bocca... come... per dirmi qualcosa.

«Ovviamente non poteva e in quel momento non ho sentito niente. Ma adesso... adesso lo sento in continuazione.

«Quella testa mi perseguita. Quell'orrenda testa mozzata. Quegli occhi strabuzzati che mi fissano... E sento la sua vocetta stridula. Arriva da tutte le parti, non riesco a scacciarla.

«E lo sa che cosa mi dice? Dice che è stata colpa mia. Perché non sono stato attento. Che è stata tutta colpa mia!»

Detto questo scoppiò in un pianto dirotto e chinò la testa.

«Continuo a vederla» singhiozzò. «È dappertutto. Dovunque! Perché è stata colpa mia. Colpa mia!»

Le sue parole si persero in un gemito disperato e subito dopo la registrazione finì.

L'immagine dell'uomo che piangeva scomparve e sullo schermo rimase l'effetto neve accompagnato dal fruscio elettrostatico.

42.

Una volta che lo schermo tornò a essere una superficie nera appesa al muro, un silenzio attonito si adagiò sul salotto. Il temporale continuava a infuriare fuori dalla finestra e dopo un lampo particolarmente violento la luce del lampadario tremolò per un istante.

Axel posò il telecomando sul tavolino davanti al divano, si appoggiò all'indietro sulla poltrona e si grattò la testa.

«Mamma mia, che storia! Sono contento di aver studiato elettrotecnica. Se avessi dovuto ascoltare ogni giorno certe cose, ben presto avrei dato fuori di matto anch'io. Sul serio quel tipo continuava a vedere la testa del collega morto?»

«Proprio così» disse Mark massaggiandosi il mento. «Un pensiero intrusivo.»

Axel lo guardò aggrottando la fronte. «Un... cosa?»

«Si definisce così il ricordo di un'esperienza negativa che non si riesce a dimenticare» spiegò Lara, appoggiando insieme agli altri il raccoglitore, che aveva tenuto in grembo per tutto il tempo come un animale da compagnia. «Più precisamente non è soltanto il ricordo. Il soggetto continua a rivivere il trauma nella sua mente, anche se in realtà vorrebbe solo dimenticare. E più si oppone resistenza più la situazione peggiora. Soprattutto quando si è già rimossa l'esperienza in sé. Allora il subconscio gioca brutti scherzi. Ci si sente intrappolati in un brutto incubo dal quale non ci si può svegliare perché si è già desti.»

«Insomma, delle allucinazioni?» chiese Axel. «Come è capitato a te?»

Lei annuì.

«Accidenti, è davvero pazzesco!»

«Soprattutto per chi ne soffre.»

Gli rivolse un'occhiata eloquente e Axel comprese dove volesse andare a parare.

«No, no, Lara. Se deve essere una scusa, sappi che per me non vale.»

«Lo so, ma forse finalmente riesci a capire.»

Lui la guardò con rabbia. «Tu hai ucciso Chris! D'accordo, forse non lo hai fatto di proposito, ma credi forse che io...»

«Smettetela subito, tutt'e due!» si intromise Mark. «Non abbiamo tempo per questi battibecchi. L'unica cosa che conta adesso è che finalmente sappiamo che cosa era successo a Tarrach e perché il figlio ci ritiene colpevoli.»

«Ma davvero?» chiese Axel. «Allora magari potresti farmi il favore di spiegarlo anche a me, perché finora non ci ho capito nulla.»

«D'accordo, partiamo dal principio» disse Mark, cercando di tenere a bada l'impazienza. «Jochen Tarrach ha assistito all'incidente che ha decapitato il suo collega. È sotto shock e pensa di aver causato l'incidente. Questo scatena in lui una grave psicosi allucinatoria. È convinto che la testa del suo collega lo perseguiti accusandolo.»

Axel aggrottò la fronte. «Come in quei vecchi film di fantasmi?»

«Sì, qualcosa del genere» disse Mark. «In effetti la maggior parte delle storie di fantasmi si basa su manifestazioni allucinatorie di questo tipo, scatenate da esperienze negative o sensi di colpa. Prova a pensare alla storia del cuore rivelatore di Poe.»

«Leggere non è mai stato il mio forte» ribatté Axel. «Ma ho capito quello che vuoi dire. Tuttavia per me non ha senso. Tarrach sicuramente si rendeva conto di non poterci fare niente. Se le cose sono andate come ha raccontato lui, il suo collega si è rifiutato di accettare il suo avvertimento di proposito. In poche parole, quel collega era un idiota e questo gli è costato la vita. Perché Tarrach doveva sentirsi responsabile?»

«Per noi che siamo esterni può sembrare evidente» spiegò Lara. «Ma chi è coinvolto profondamente in una situazione perde la visione generale. Non si riesce più a capire che non si poteva agire diversamente da come si è fatto.»

«Ha ragione lei» confermò Mark, consapevole che si riferiva tanto a Jochen Tarrach quanto al suo gesto di legittima difesa nei confronti dello zio. «Stando alle dichiarazioni di Tarrach, lui si sentiva responsabile per il suo collega perché a costui mancava l'esperienza necessaria. Una parte di lui sapeva sicuramente che non avrebbe potuto fare niente per evitare l'incidente. Che la colpa era esclusivamente del suo collega, perché aveva agito per superbia o non era stato attento o, come dici tu, perché era un idiota. Ma una parte molto più grande di Tarrach si è attribuito questa responsabilità. Deve essersi convinto che avrebbe potuto impedire al collega di commettere l'errore fatale, se solo avesse agito con più rapidità o altro. Un simile modo di pensare è frequente nelle persone traumatizzate. Realtà e finzione si mescolano e i ricordi dell'evento si distorcono. Soprattutto quando entrano in ballo i sensi di colpa. È incredibilmente difficile superarli.»

Axel si massaggiò la fronte. «Ti credo, sei tu l'esperto in materia. Ma continuo a non capire che cosa c'entra tutto questo con voi. D'accordo, il padre poi è impazzito perché non riusciva ad affrontare i suoi pensieri intu... intro... sì, insomma, i suoi ricordi. Ma perché il figlio vuole vendicarsi proprio su di voi?»

«Perché Ralf Tarrach ci ritiene responsabili del raptus di follia di suo padre» rispose Lara. «Probabilmente ritiene che il padre non avrebbe mai perso il controllo se Chris avesse continuato a seguirlo. Io l'ho privato del suo terapeuta.»

«E per quanto riguarda me» aggiunse Mark «all'epoca sono stato io ad aiutare Lara a recuperare la sua vera identità. E poi le ho impedito di suicidarsi, come sai anche tu.»

«Sì» borbottò Axel. «Era tutto scritto sul giornale.»

«Il fatto che poi Lara sia finita in terapia anziché in prigione, secondo Ralf Tarrach non è stata una pena adeguata» proseguì Mark. «Voleva che venisse condannata come assassina. Per la morte di Chris e, in senso lato, per ciò che era accaduto alla sua famiglia.»

«Porca miseria» gemette Axel massaggiandosi di nuovo la fronte.

«Questo modo di pensare non dovrebbe esserti tanto estraneo» osservò Lara. «Non è così, Axel? Tu non hai la minima idea di che cosa ho passato negli ultimi dieci anni, però continui a giudicarmi.»

Mark alzò una mano. «Lara, per favore!»

«No» disse Axel tranquillo. «Hai ragione, Lara. In realtà so che cosa è successo allora. C'ero anch'io quando abbiamo trovato Chris. È solo che è difficile capire la storia di te e... *Ellen Roth*. Non so perché, ma non riesco a ficcarmi in testa che adesso tu sei un'altra.»

«Lo so che non è facile» disse lei. «È lo stesso anche per me.»

«Ma il 'porca miseria' non si riferiva a questo» disse Axel. «È solo che di colpo mi è venuta in mente una cosa e credo di sapere come potete rintracciare questo Ralf.»

«E come?» chiesero quasi in coro Mark e Lara.

«Be', potreste chiedere a suo padre.»

«Cosa?» esclamò Mark e anche Lara fissò Axel a bocca aperta.

Lui alzò le mani imbarazzato in un gesto di scuse. «Mi spiace, non mi è venuto in mente subito, perché il nome non mi diceva niente ed è passato molto tempo. Negli ultimi dieci anni da queste parti è successo di tutto. E poi all'epoca ero impegnato a ricucire la mia relazione. Il che, con il senno di poi, è stato l'errore più grosso che potessi fare, visto quanto mi costa questo maledetto divorzio.»

«Stai dicendo che Jochen Tarrach in realtà non è morto?» chiese Lara impaziente.

«Mmm, proprio così. Almeno credo» rispose Axel. «All'epoca dei fatti avevo soltanto letto distrattamente di un uomo a Fahlenberg che aveva sterminato la famiglia. Sul giornale non c'era il nome, ma uno dei miei clienti mi raccontò che il tizio, pur essendosi sparato in testa, non era morto.»

Mark non credeva alle proprie orecchie. «E ce lo dici solo adesso?»

«Tanto per la cronaca: è roba di dieci anni fa e il nome Tarrach non mi suggeriva assolutamente niente» si difese Axel. «E poi all'epoca avevo appena perduto il mio migliore amico e volevo salvare il mio matrimonio. E da allora non sono più tornato tanto spesso a Fahlenberg. Tu dovresti capirlo meglio di chiunque altro, no?»

Mark fece un gesto conciliante. «D'accordo, scusami. Più che altro ce l'ho con me stesso, perché mi sono limitato a cercare il figlio senza pensare ad altre possibilità. Sai per caso che fine ha fatto Jochen Tarrach?»

«So solo che per un po' è stato in ospedale e poi è stato trasferito in una casa di cura» rispose Axel. «Se non ricordo male l'Istituto Pfauenhof. Sì, esatto, e adesso mi torna anche in mente perché il cliente me ne aveva parlato. Si era scatenata una violenta campagna di protesta perché un assassino veniva mantenuto a spese della comunità...»

Lara scoppiò a ridere improvvisamente. Era una risata cupa, quasi beffarda, e i due uomini la guardarono perplessi.

«Che cosa c'è di tanto divertente?» chiese Axel.

«Niente» disse Lara scuotendo energicamente la testa. «Non c'è proprio niente da ridere. Mi sono solo appena resa conto di quanto sia ironica la vita.»

«In che senso?» chiese Mark.

«Non ricordi più dove si trova l'Istituto Pfauenhof? A Steinbach!»

Ora fu Mark a spalancare la bocca.

«Già, hai capito bene» confermò lei. «Quella struttura è a meno di un quarto d'ora da casa mia.»

Mark si scrollò come un barboncino bagnato. «Non lo sapevo. All'epoca non mi occupavo delle case di cura. Dobbiamo andarci subito!»

«Adesso?» domandò Axel stupito. «Ma hai visto che ore sono? Le nove e mezzo e Steinbach non è proprio dietro l'angolo da qui. Come minimo ci arriverete a mezzanotte. Sicuramente non vi farebbero entrare.»

Si sollevò dalla poltrona e indicò ai due di seguirlo. «Su, venite con me. Con questo tempaccio sarà meglio che non vi mettiate in viaggio al buio. Ho una camera degli ospiti. Ha pure il suo bagno.»

«Ma...» fece per protestare Lara, ma Axel la zittì con un gesto della mano.

«Nessun ma. È già tardi e penso che siamo tutti stanchi. Per quanto mi riguarda è stata una giornata maledettamente lunga. E poi devo elaborare tutto quanto e di sicuro non riuscirei a dormire tranquillo se vi facessi andare via a quest'ora e con questa pioggia.»

«Grazie» disse Mark alzandosi a sua volta. «Accettiamo volentieri l'offerta.»

Axel sorrise. «Bene, allora sarà meglio scambiarci i numeri di telefono. Avrei molta voglia di accompagnarvi domattina, ma devo andare da un nuovo cliente prestissimo. Come ho detto, il divorzio mi sta prosciugando e sono costretto ad accettare qualsiasi lavoro. Però dovete promettermi di tenermi aggiornato. E se posso aiutarvi in qualche altro modo fatemelo sapere, d'accordo?»

«Lo faremo» promise Mark scambiando un'occhiata con Lara.

Lei si limitò ad annuire. Entrambi sembravano pensare la stessa cosa: sarebbero stati ancora in tempo a fermare Tarrach.

Adesso che finalmente avevano una pista.

43.

«Io ho fatto, puoi andare in bagno» disse Lara rientrando nella camera degli ospiti.

Mark le aveva lasciato il letto matrimoniale e stava sistemando una coperta e un cuscino sul divano. Quando si girò a guardarla, sorrise.

«Hai qualcosa qui» disse, toccandosi l'angolo della bocca. «Un pochino di dentifricio.»

Lei si strofinò la bocca con il dorso della mano e per un attimo lui ebbe l'impressione di trovarsi davanti una bambina e non una donna adulta.

«È andato via?»

Mark annuì e sorrise di nuovo, ma lei rimase seria.

«Bene, vado a lavarmi i denti anch'io» disse, ma quando le passò davanti lei lo trattenne di colpo per un braccio. Lui si accorse che tremava.

«Posso farti una domanda personale?»

«Ma certo.»

«C'è mai stato qualcosa tra di noi?»

Lui si era aspettato tante domande, ma non questa. Tutto a un tratto si sentì avvampare.

«N-no. Tu stavi con Chris.»

«Questo lo so. È solo che prima mi è tornato in mente qualcosa e non sono sicura che sia un vero ricordo.»

«Che cosa?»

«Che una volta sono stata nel tuo appartamento e tu avevi un album fotografico in cui c'era *Ellen*.»

Lui sentì un'ondata di calore ancora più forte, come se gli

fosse venuta la febbre. «Quella, ecco, sì... È una lunga storia.»

«Allora riassumila.»

«D'accordo» sospirò Mark. «Eri venuta a casa mia, ma solo quella volta, perché sospettavi che io fossi l'Uomo Nero dal quale ti sentivi perseguitata. E in effetti avevo un album con una delle tue foto.»

«Perché l'avevi?»

«All'epoca sospettavo che ci fosse qualcosa che non andava in te. Per questo ti avevo tenuto d'occhio per un certo tempo. In realtà non c'era un motivo concreto, era solo una sensazione, capisci, e... insomma... per me eri importante. Come amica, intendo.»

«È vero che le foto nell'album erano graffiate?»

Lui fu costretto a deglutire e si massaggiò il mento, impacciato.

«Una solamente» ammise. «Una foto di te, me e Chris. Ero... Insomma, per farla breve, ero ubriaco quando l'ho fatto. È stato stupido da parte mia, un gesto infantile.»

«Perché lo hai fatto?»

«Vedi... Ero invidioso di Chris. Lui era stato così fortunato a trovare te e io all'epoca mi sentivo piuttosto solo.»

Lei lo guardò negli occhi e lui avrebbe voluto sprofondare sottoterra: al contrario di Lara ricordava che molti anni prima avevano avuto una conversazione quasi identica, durante la quale aveva provato la stessa vergogna di adesso. Le cose peggiorarono addirittura quando lei gli porse la domanda successiva.

«Siamo... Insomma, hai capito.»

«No, mai.»

Un'altra occhiata indagatrice. «Davvero?»

Gli tornò in mente il bacio che lei gli aveva dato al termine di quella conversazione. Un bacio solo. Non ce ne sarebbe stato nessun altro, gli aveva detto, e così era stato.

«No» ripeté pertanto Mark. «Non lo abbiamo mai fatto.» Lei gli lasciò il braccio e si mise seduta sul letto.

«Grazie di avermelo detto.» Evitò di guardarlo e tirò giù la coperta. «Adesso ho bisogno di dormire.»

C'era qualcosa che non andava, Mark lo intuiva. Ma, mentre rifletteva se fosse il caso di parlargliene, il cellulare che teneva in tasca cominciò a vibrare. Lui lo coprì subito con una mano.

«Scusami» si affrettò a dire. «Devo proprio andare in bagno.»

Corse verso il bagno degli ospiti nella speranza che lei non si fosse resa conto del vero motivo della sua fretta.

Chiuse la porta dietro di sé, ci si appoggiò contro e prese la chiamata che proveniva di nuovo da un numero nascosto.

«Salve, dottore» lo salutò Ralf Tarrach. «Allora, come vanno le cose?»

Mark sentì il cuore pulsargli nelle orecchie.

«Come sta Doreen?» Dovette fare uno sforzo per parlare sottovoce, in modo che Lara non sentisse niente.

«Mah, non troppo bene, temo» fu la cinica risposta. «Poverina, ha un po' di dolori.»

Poi sembrò che Ralf scostasse il cellulare da sé e Mark colse un pianto lieve.

«La senti, dottore? Non sembra proprio contenta, che ne dici?»

Mark aveva la fronte madida di sudore. «Che cosa le hai fatto?»

«Non molto, in realtà. Solo un piccolo assaggio di quello che le aspetta domani sera.»

«Mi hai promesso che la lascerai in pace, brutto...»

«Alt, alt, alt!» lo interruppe Ralf. «Anche tu mi hai fatto una promessa, lo hai già dimenticato? La lascerò andare immediatamente, se la manterrai. Oppure tutto a un tratto non ti importa più niente della tua amica? Devo riferirle che adesso preferisci la folle assassina?»

«No!» ansimò Mark, appoggiando la fronte alle piastrelle del bagno. Di colpo aveva le ginocchia molli come gelatina e pensava di essere sul punto di stramazzare a terra. «Ti prego, non farle più del male!»

Dall'altra parte ci fu un'esclamazione spazientita.

«Dottore, dottore! Temo che tu continui a non capire. Per essere precisi sei *tu* a farle del male. E potresti farla finita subito. In questo stesso istante. La matta è lì da qualche parte vicino a te, vero? Allora perché continui a rimandare inutilmente?»

«Lasciami ancora un po' di tempo, per favore.»

«Ma certo, dottore. Lo farò. Hai ancora un po' più di diciotto ore. Spero che non ci sia bisogno di ripeterti che cosa succederà poi.»

Mark boccheggiò e diede una manata alle piastrelle.

«Va bene, Ralf, stammi ad ascoltare. Perché non ci incontriamo noi due? Possiamo parlare di tutto, da uomo a uomo.»

«No!» fu la brusca risposta. «Non c'è più niente da dire tra di noi. La prossima volta che ti chiamo, avrai liquidato quella maledetta sgualdrina, capito? Altrimenti la tua amica morirà! Sta a te scegliere.»

Poi la comunicazione fu interrotta.

44.

Lara aveva spento tutte le luci a parte la lampada a stelo accanto al divano. Nella camera degli ospiti della vecchia fattoria non c'erano tapparelle e i fulmini lampeggiavano fuori dalla finestra, ma lei aveva lasciato le tende aperte. Mark si sarebbe dovuto adeguare.

Lei non sopportava le tende. No, non solo: le facevano proprio paura. Il suo terapeuta avrebbe ritenuto «valido argomento da seduta» un pensiero del genere e avrebbe cercato di liberarla da tale paura. Ma lui che cosa ne sapeva?

Dietro una tenda chiusa può nascondersi qualcuno – oppure qualcosa – soprattutto quando si è stressati. E lei era *decisamente* stressata. In particolare adesso, dopo quello che era successo meno di dieci minuti prima.

Si rifugiò sotto la coperta, rimase in ascolto del temporale che infuriava fuori fissando il soffitto dove le ombre delle gocce di pioggia si muovevano in uno strambo balletto.

Aveva mentito a Mark. L'album con le foto graffiate non le era *tornato in mente*. Almeno non nel significato classico dell'espressione.

No, lo aveva saputo solo perché *l'altra* le aveva *mostrato* l'album e la foto. Prima, in bagno, mentre era davanti allo specchio e si stava per mettere in bocca lo spazzolino usa e getta lasciato a disposizione degli ospiti. Ma era solo Lara che teneva in mano lo spazzolino e non la donna allo specchio. L'altra aveva l'album aperto davanti a sé, in modo che Lara potesse vedere la foto graffiata.

Vieni da me, Lara, il più in fretta possibile, le aveva sussurrato. *Sai come trovarmi. Devo mostrarti una cosa.*

Poi era scomparsa e Lara era tornata a guardare il proprio riflesso, gli occhi sgranati dalla paura e lo spazzolino che le tremava nella mano.

Allora aveva capito che in fondo al suo subconscio sapeva qualcosa a cui non poteva accedere da sveglia. A giudicare dall'album e dalla foto doveva avere a che fare con Mark.

Ma di che cosa si trattava?

Siccome non lo sapeva, gli aveva mentito dicendogli di essersene ricordata.

Ma, qualunque cosa fosse a tormentare il suo io, era troppo esausta e troppo stanca per pensarci adesso. Non riusciva a tenere gli occhi aperti. Le palpebre improvvisamente erano pesantissime, e lei doveva... doveva...

45.

... doveva fare un esame. Era seduta in un enorme auditorio, in primissima fila, da sola e con una cartellina davanti su cui stava scritto un nome. Non il suo, bensì...

... ELLEN ROTH.

Ma non sono io! È l'altra! Che cosa significa?

Significa che lei ha accettato l'invito che si è fatta da sola, gracchiò una voce dal pulpito più in basso verso di lei.

Guardò sgomenta la figura che era spuntata dietro il leggio e trasalì. Era un uomo alto e spaventosamente magro. Il completo grigio polveroso gli penzolava addosso come uno spaventapasseri e il cravattino a pois gli ballava al collo che spuntava dal colletto della camicia come un ramo secco. Aveva le guance incavate e la pelle, giallastra e rugosa, sembrava quella di una mummia.

I suoi lineamenti però tutto a un tratto le risultarono familiari. Come se avesse già visto quell'uomo una volta... No, come se lo avesse *conosciuto*!

Tanto tempo prima, quando era ancora in vita e non era ridotto a un fantasma deforme.

Lui inclinò la testa leggermente di lato, producendo uno schiocco ripugnante e guardò verso di lei con i suoi occhi lattiginosi attraverso un paio di occhialini da lettura tondi.

Si ricorda di me, mia cara? le domandò. *So che l'ultima volta che ci siamo incontrati lei era un'altra. Tuttavia, quella con cui sto parlando ora era sempre presente.*

Lei... Lei è il professor Bormann, balbettò. *Era il relatore di Ellen.*

Ovvero anche il suo, ribatté il professore con un sorriso che increspò la pelle di pergamena intorno alla sua bocca. *Non si faccia spaventare dal mio aspetto. Qui sono soltanto una proiezione del suo subconscio, il quale si rende perfettamente conto che sono morto da tempo.*

Ma perché sono qui?

Per comunicare con la sua parte razionale, spiegò Bormann. *È tutto piuttosto complicato e, a dire il vero, anche un po' laborioso. Ma sembra come sempre l'unico modo in cui lei riesce ad avvicinarsi al suo sé.*

Significa che è un sogno? domandò lei, pur conoscendo benissimo la risposta.

Un sogno lucido, per essere precisi, rispose il professore. *Lo può guidare, ma non può svegliarsi. Proprio come un tempo il suo altro io, che spesso faceva questi sogni o meglio visitava questi luoghi dentro di sé.*

E che cosa vuole da me?

No, mia cara, io non voglio niente da lei, ma è lei stessa a volere qualcosa. Una parte di lei sa che c'è ancora un compito che deve portare a termine.

Detto questo il professore si diresse impettito verso la porta dell'aula magna e le fece cenno di seguirlo.

Venga, non dovremmo perdere altro tempo. Ciò che lei deve sapere non si trova in questa stanza. Questa è solo l'ouverture che ci ha fatto incontrare e quindi ha esaurito la sua funzione.

Varcò la soglia e dopo una breve esitazione lei lo seguì.

Si aspettava di uscire nel lungo corridoio dell'università dove Ellen Roth – e quindi anche lei – aveva studiato tanti anni prima. Invece si ritrovò nel bel mezzo di un campo di grano.

Questa è la logica onirica, pensò, guardandosi intorno.

Era estate, il sole splendeva in un cielo terso e l'aria sopra le spighe dorate vibrava per il calore.

Vide passare uno stormo di cigni sopra la sua testa, intorno a lei i grilli cantavano e c'era un profumo dolce di grano maturo pronto per essere mietuto.

Sono già stata qui una volta, disse stupita. *Ricordo questo luogo. In fondo al campo c'è un capanno. Ma è passato tanto tempo. Tantissimo. All'epoca ero ancora una bambina.*

Il professor Bormann le si avvicinò e alzò le mani ossute in un gesto incurante.

Mah, che cosa significa tanto tempo? Il tempo non è altro che una percezione soggettiva. Ciò che a qualcuno sembra un breve momento a un altro può risultare un'eternità. E in questo posto il tempo è comunque irrilevante.

Che cosa siamo venuti a fare qui?

Ebbene, la funzione che lei stessa mi ha attribuito è quella di presentarle qualcuno, rispose il professore. *È giunto infine il momento che vi affrontiate.*

Lei si irrigidì e cominciò a rabbrividire nonostante il caldo estivo.

A chi si riferisce? Non sarà lui?

Bormann piegò la testa di lato con un altro raccapricciante scricchiolio.

L'Uomo Nero? No, non deve più preoccuparsi per lui. Ha risolto questo problema già da parecchio. Perciò quello laggiù non ha più alcun potere su di lei.

Alzò il braccio e indicò con un dito ossuto un enorme cane nero con il pelo ispido accovacciato in mezzo a un cerchio di spighe schiacciate dall'altra parte del campo. Era il cane che una volta aveva inseguito il suo altro io attraverso una galleria per divorarle la ragione.

All'epoca l'altra era sfuggita per un soffio al mostro. Si era sentita terrorizzata, mentre adesso sembrava il cane ad avere paura. Di lei!

Quando la guardò, la bestia si abbassò ancora di più sul terreno, lanciando un guaito terrorizzato.

Come vede, disse Bormann, *non era altro che l'incarnazione di una paura che nel frattempo ha superato. Adesso c'è solo una cosa che deve ancora affrontare.*

E cosa sarebbe?

Il professore le rivolse un altro cenno. *Mi segua, mia cara, e finalmente capirà.*

Si fecero strada tra le alte spighe e, sebbene il capanno fosse ancora molto lontano, la realtà onirica permise loro di raggiungerlo poco dopo.

Ah, ci aspettano di già! disse il professor Bormann, poi anche Lara vide l'altra. Si era sistemata all'ombra della porta del capanno con un piede appoggiato sulla testa di una figura vestita di nero riversa sul terreno sabbioso davanti a lei.

Lara si accorse subito che sia lei sia la sua sosia dai capelli corti portavano lo stesso prendisole turchese. Il vestitino ruvido che una volta zio Harold le aveva strappato di dosso per farle del male.

Ma adesso non avrebbe mai più potuto farle niente, dato che lui, l'Uomo Nero, giaceva morto e sconfitto per terra davanti a loro.

Mi fa piacere che tu sia venuta, disse l'altra. *Quest'incontro doveva avvenire già da tempo.*

Chi sei? domandò Lara. *So che ti chiami Ellen, ma chi sei veramente?*

L'altra fece un cenno al professore.

Glielo spieghi lei. A me sicuramente non crederebbe.

Volentieri, disse Bormann andandole vicino. Per farlo spostò con la punta della scarpa il braccio inerte dell'Uomo Nero.

Lara, ricorda ancora che cosa ho spiegato a entrambe nella mia lezione sul sé?

Lei annuì, perché in effetti le era tornato in mente.

Il modello strutturale della psiche di Freud, rispose. *L'Io, il Super io e l'Es. La nostra personalità è composta dai nostri istinti, i valori e i codici morali esterni che ci rendono ciò che siamo.*

In maniera molto semplificata è così, confermò Bormann. *Ma non è tutto. Non dovremmo sottovalutare la forza della nostra psiche. È potente ed è in grado di estrarre dalla triade ben più di ciò che la buona vecchia psicoanalisi si sarebbe sognata. Solo quando lo comprendiamo, riusciamo a raggiungere il nocciolo del nostro essere, il sé assoluto, che i filosofi indiani definiscono «atman». Altri forse lo chiamerebbero l'«anima umana», ma in sostanza tutti questi concetti indicano la stessa cosa. Ciò che siamo* veramente.

Non capisco, disse Lara indicando l'altra. *Che cosa c'entriamo con questo lei e io?*

Bormann fece di nuovo quel suo sorriso morto.

Oh, in realtà lei capisce benissimo, mia cara. È solo che non vuole accettarlo. E quindi continua a opporsi con ostinazione.

Oppormi? Ma a che cosa?

Fai finta oppure sei davvero tanto stupida? la provocò l'altra. *Tu e io siamo la stessa cosa. Non esistono né Ellen né Lara, c'è solo il nostro io.*

Ha ragione lei, confermò il professore. *Noi non siamo quello che ci fingiamo all'esterno, bensì quello che pensiamo. Perciò è giunto il tempo che voi due diventiate quello che siete davvero. Il vostro sé assoluto. Perché lo siete state da sempre.*

L'altra fece un passo verso di lei e l'abbracciò, come se volesse baciarla.

Lasciami rientrare nella tua vita, bisbigliò. *Io sono te e tu sei me. Dobbiamo stare insieme e non possiamo fidarci di nessuno. Soprattutto non di lui!*

A chi ti riferisci? chiese Lara.

L'altra la guardò intensamente negli occhi.

Glielo mostri, professore.

E va bene, disse Bormann. *È l'ora della verità. Guardi molto bene, Lara. Potrebbe rimanere sorpresa.*

Si inginocchiò, con un rumore simile a un ramo secco che si spezza, poi prese tra le mani la testa dell'Uomo Nero e la girò verso di loro.

Lara guardò il cadavere allibita.

Non era zio Harold.

Il professore aveva ragione: ciò che vide davanti a sé la lasciò sorpresa.

Anzi, no, la fece rabbrividire!

Ai suoi piedi c'era Mark Behrendt, e il cacciavite rosso che gli spuntava dall'orbita scintillava nel sole.

46.

Quando Mark ritornò nella camera degli ospiti, trovò Lara già addormentata.

Andò al divano, spense la lampada a stelo e si sedette. Lei aveva lasciato le tende aperte, sicuramente di proposito, e i lampi del temporale rischiaravano la stanza.

Mark vide che si agitava gemendo nel sonno. Le palpebre chiuse fremevano e sulla fronte brillavano minuscole goccioline di sudore. Poi mormorò qualcosa di cui Mark capì solo pochi brandelli. Una parola era simile ad «atman» – qualunque cosa significasse –, un'altra sembrava «oppormi».

Non stava facendo un bel sogno, questo era chiaro. Ma persino un incubo adesso era meglio della realtà.

Così lui rimase seduto immobile a lungo e la osservò dormire. Non sentiva il fragore del temporale fuori. Sentiva soltanto la voce di Ralf Tarrach.

Potresti farla finita subito. In questo stesso istante. Allora perché continui a rimandare inutilmente?

Le cifre della radiosveglia digitale accanto al letto segnavano l'una e un quarto. Gli rimanevano ancora diciassette ore e quindici minuti.

Cominciò a strofinarsi nervoso le mani e tutto a un tratto lo avvertì di nuovo. L'indicibile desiderio di bere.

QUARTA PARTE

Anime perdute

«Dal matrimonio tra rabbia e vendetta nasce la crudeltà.»

Proverbio russo

47.

Axel aveva passato una nottataccia. Avrebbe potuto dare la colpa al temporale, al vento che ululava nella canna fumaria accanto alla camera da letto, oppure allo sportello della cappa aspirante che sbatteva in cucina e che lui avrebbe dovuto riparare da tempo, ma sarebbe stata solo una mezza verità. Il motivo vero era che gli incubi lo avevano tormentato senza sosta. Incubi nei quali correva in mezzo al bosco di notte, ansimando e in preda al terrore perché qualcosa lo inseguiva. Non era una persona, bensì una testa mozzata che lo fissava, a volte da un tronco d'albero, a volte in mezzo a una radura, a volte sul terreno coperto di aghi di pino. Proprio davanti ai suoi piedi.

E, dovunque scappasse, la testa era già lì ad aspettarlo. Come nella storia della lepre e del porcospino, sapeva di non poter sfuggire alla testa, e tuttavia doveva continuare a scappare nel bosco buio e freddo fino a incontrare la morte.

L'aspetto più raccapricciante era che la testa non somigliava a quella descritta da Tarrach nel video, bensì aveva il viso di Chris.

Era identico a come lo aveva visto in cantina quel giorno. Bluastro e gonfio, con la lingua tumefatta che sporgeva dalla bocca e gli occhi coperti da un velo purulento, simili a biglie opaline infilate nelle orbite insanguinate.

Ancora peggio del sogno in sé era il fatto che si ripetesse incessantemente. Tutte le volte che si svegliava sudato e in preda alla nausea, si consolava dicendo che era stato solo un

sogno. Si convinceva che fosse tutto passato, perché i sogni, belli o brutti che fossero, non si ripetono mai.

Quel sogno invece sì e, non appena si riaddormentava, la testa tornava a perseguitarlo e lui era assalito di nuovo dal panico e si metteva a correre nel bosco.

Solo verso le prime ore del mattino, mentre il temporale si allontanava, era riuscito a dormire un poco. Ma non a lungo, perché alle sei la sveglia maledetta aveva decretato la fine della nottata.

Adesso era in cucina, a bere caffè da una grossa tazza – su cui era scritto che a lui non gliene fregava niente di prendere pesci (soprattutto quel giorno e tanti saluti) –, mandando giù tre compresse di ibuprofene.

Quel maledetto video e la folle storia di Mark e Lara gli avevano procurato non solo una notte insonne, ma anche una solenne emicrania. Per non parlare delle occhiaie che lo avrebbero reso perfetto per recitare in *The Walking Dead*.

Magnifico, pensò stizzito. Chissà che bella impressione farò al nuovo cliente. Va a finire che sceglierà un altro elettricista. Uno che la mattina non sembri essersi appena svegliato dopo una notte di bagordi.

Doveva assolutamente schiarirsi le idee, liberarsi da quel martellamento alle tempie e concentrarsi sul lavoro. Ma era più facile a dirsi che a farsi, perché non riusciva più a togliersi dalla testa la definizione che Mark aveva utilizzato il giorno prima per descrivere lo stato di Jochen Tarrach.

Pensiero intrusivo.

In sostanza era un'ossessione, come l'incubo ricorrente che lo aveva tormentato tutta la notte, giusto?

Da quanto tempo non pensava più all'agghiacciante ritrovamento nella cantina di Chris?

La risposta era: da moltissimo tempo.

Ci aveva impiegato un po', ma alla fine era riuscito a dimenticare la scena che aveva visto. Aveva bloccato il ricordo

di quell'orrendo spettacolo, il puzzo del cadavere e il chiodo... *sì, soprattutto il chiodo!*

Aveva rimosso tutto e aveva funzionato.

Non aveva più messo piede a casa della famiglia Lorch. Aveva affidato la vendita a un'agente immobiliare che conosceva.

«Non devi preoccuparti di niente, Axel, penserò a tutto io» gli aveva assicurato e aveva mantenuto la promessa. Una volta concluso l'affare, era stato ben lieto di pagarle la parcella. L'importante per lui era avere rispettato le ultime volontà del suo amico.

I proventi della vendita erano stati distribuiti a diverse organizzazioni di beneficenza che Chris aveva indicato nel suo testamento. L'unica somma che Axel aveva faticato a versare era stata quella destinata alla Waldklinik, perché non voleva più avere a che fare con quel luogo maledetto.

Poi per lui la storia si era chiusa. Una volta per tutte, aveva giurato a se stesso.

In seguito, tutte le volte che gli capitava di sentir parlare di pazzia, omicidio o morte violenta, passava subito oltre. Cambiava pagina sul giornale o chiudeva il sito internet.

Già, aveva persino smesso di guardare quelle serie poliziesche in TV di cui andava pazza la sua ex. Le aveva sostituite con qualche innocente commedia o con documentari sugli animali, e nei giorni particolarmente faticosi con i video divertenti su YouTube.

Aveva cancellato tutto ciò che era negativo, rimosso i brutti ricordi ed era riuscito a sentirsi meglio. Fino... Già, finché Mark e Lara si erano presentati da lui e avevano fatto tornare in vita il passato.

Pensiero intrusivo. Il ricordo ricorrente di un'esperienza negativa.

Come aveva detto Lara? «E più si oppone resistenza più la

situazione peggiora. Soprattutto quando si è già rimossa l'esperienza in sé. Allora il subconscio gioca brutti scherzi.»

Com'era accaduto a lui la notte precedente, pensò, e tutto a un tratto si rese conto che negli anni passati si era comportato esattamente come Lara. Da bambina lei aveva vissuto un trauma che per lui era assolutamente inimmaginabile e lo aveva rimosso. Lo aveva letteralmente negato e si era finta un'altra persona, in maniera tanto convincente da non farci cascare soltanto Chris, lui e tutti gli altri, bensì addirittura se stessa.

E poi, all'improvviso, quello che aveva rimosso le era piombato di nuovo addosso. Era bastata una piccola miccia per distruggere ogni cosa. Come era successo a lui il giorno prima con la loro visita.

Se lui si sentiva così disturbato e sconvolto dopo un incubo ridicolo, che cosa doveva aver provato lei?

Nessuno era in grado di immaginarlo veramente. Ma adesso lui ne aveva almeno una vaga idea, anche se ci avrebbe rinunciato volentieri.

Finì di bere il caffè, versò quello avanzato in un thermos e lo appoggiò sul tavolo della cucina insieme a due tazzine da caffè e un cartoccio di latte.

Ellen beveva il caffè con il latte, lo ricordava ancora. Si domandava se anche a Lara piacesse così.

Quando uscì nel cupo mattino di ottobre, gettò la testa all'indietro e inspirò l'aria fredda nei polmoni. Era piacevolmente rinfrescante e umida dopo la pioggia della notte e lui constatò sollevato che l'aria aperta, l'ibuprofene e il caffè stavano facendo effetto. Le tempie gli pulsavano meno.

Forse dipende anche dal fatto che il perdono è liberatorio, pensò con un sorriso compiaciuto. Era una frase adatta per un biscotto della fortuna, ma in fondo aveva qualcosa di vero, no?

Salì in macchina, abbassò l'aletta parasole e afferrò al volo la chiave che vi era infilata dentro. Che bellezza vivere in un buco di paese come Ulfingen, dove tutti si conoscevano e dove si poteva tenere la porta di casa aperta.

Se Chris e qualche altro abitante del luogo si erano comunque fatti installare un impianto d'allarme da lui era tutta colpa delle porcherie che si sentivano in TV giorno dopo giorno, porcherie che da tanto tempo lui non ascoltava più perché si viveva decisamente meglio senza brutte notizie (o meglio *rimuovendo* le brutte notizie).

Non vedeva l'ora di sapere quali fossero le richieste del nuovo cliente.

Speriamo sia un incarico redditizio, pensò infilando la chiave nel blocchetto di accensione. Anche se pagava interessi bassissimi sulle rate, voleva finalmente vivere senza debiti. E se, nonostante l'opinione attuale, si fosse lasciato convincere a sposarsi di nuovo avrebbe insistito per stipulare un accordo pre-matrimoniale. Era qualcosa su cui non transigeva...

Un'ombra si sollevò di scatto dal sedile posteriore e, prima che Axel capisse che cosa gli stava succedendo, qualcuno gli aveva afferrato la testa da dietro e gli aveva puntato una siringa al collo.

«Un movimento falso e ti conficco l'ago nel collo, brutto ciccione!» sibilò l'uomo dietro di lui. «Capito?»

Axel deglutì e gettò un'occhiata nello specchietto.

La siringa era piena di un liquido trasparente, di cui preferiva non sapere la composizione. L'aspetto più preoccupante era che il tizio teneva l'ago proprio sulla carotide in rilievo.

«Capito» gracchiò. «Cosa vuole? Soldi non ne ho con me. Ma ho una cassaforte in ufficio. Se vuole può...»

«Dei tuoi soldi non m'importa una sega» gli mormorò l'altro all'orecchio. «A me interessi *tu*, Axel. E questa mattina abbiamo un appuntamento, lo hai già dimenticato?»

Axel allora comprese, addirittura più di quanto avrebbe voluto.

«Lei è Ralf Tarrach? Il nuovo cliente... Era lei?»

273

Una risata roca, proprio accanto al suo orecchio.

«Esatto» rispose Tarrach. «Quindi ti hanno già informato, tanto meglio. Bene, parti! Andiamo a fare una gita insieme.»

«Dove?»

«Lo vedrai. Su, parti!»

Axel lanciò un'ultima occhiata nello specchietto. L'ago scintillava minaccioso alla fioca luce del mattino.

Con il cuore in gola accese il motore.

48.

Mark chiuse a chiave la porta del bagno, si sedette sulla tavoletta del gabinetto e guardò il video per l'ennesima volta. Doreen, incatenata a una sedia, guardava nell'obiettivo con aria implorante, e il suo sguardo era per lui, solo per lui.

L'orologio del cellulare scattò sulle sette. Avevano ancora undici ore e trentun minuti di tempo. Ammesso che Ralf Tarrach rispettasse l'ultimatum. A giudicare dalla conversazione della sera prima, non sembrava più tanto convinto di farlo.

«Solo un piccolo assaggio di quello che le aspetta domani sera.»

Ralf cominciava a innervosirsi e più la scadenza si avvicinava più le cose sarebbero peggiorate.

E se avesse perso completamente la pazienza? Se lo avesse chiamato adesso, oppure tra un'ora, dichiarando che l'ultimatum era scaduto? Se lo avesse messo sotto pressione perché uccidesse subito Lara? Subito, senza indugio. Che cosa avrebbe fatto lui? Avrebbe sacrificato la vita di Doreen solo per permettere a quel tizio di dare loro la caccia di persona per finirli con le proprie mani?

A Mark parve di sentire nuovamente la sua voce.

E invece potresti farla finita subito. In questo stesso istante.

«No» bisbigliò nel silenzio della piccola stanza. «No, no, no! Ti troveremo! E allora che Dio abbia pietà di te!»

Chiuse il video, si sciacquò la faccia con l'acqua fredda e poi si diresse in cucina, dove c'era ad aspettarlo Lara.

Nonostante la notte tormentata, durante la quale si era agitata a lungo nel letto mormorando e gemendo, aveva l'aria riposata e questo lo sorprese. Al contrario lui era piuttosto spento. «Vedrai che oggi la vita ti illuminerà» avrebbe scherzato Doreen.

«Buongiorno» lo salutò Lara. «Axel ci ha lasciato del caffè. Direi che ne hai bisogno prima di partire.»

«Senza il minimo dubbio.»

Si riempì la tazza e bevve una lunga sorsata. «Ah, quanto è buono! Come è andata la notte?»

«Illuminante, direi» rispose Lara.

Lui stava per chiederle che cosa intendesse quando la vide versare del latte nel caffè. *Molto* latte.

«Non c'è tempo da perdere» annunciò lui dopo una breve pausa e di nuovo ottenne solo un'occhiata enigmatica come risposta.

49.

«Fermati, siamo arrivati» ordinò Ralf Tarrach una volta giunti sulla cresta della collina.

Axel strinse più forte il volante. Da quando l'altro gli aveva detto di prendere la strada per il paese vicino, che si snodava sul crinale del monte, aveva cercato febbrilmente un modo per uscire vivo da quella situazione.

In un film probabilmente l'eroe avrebbe sterzato bruscamente e avrebbe messo fuori gioco l'avversario con un colpo ben assestato. Ma su quella strada tutta curve non sarebbe stata una buona idea. Soprattutto se non si era James Bond, bensì un semplice elettricista con una siringa puntata al collo. Una maledetta siringa che non conteneva un preparato vitaminico, e che l'altro avrebbe potuto iniettargli se lui avesse fatto sbandare la macchina. Magari proprio in quel caso.

Deglutì e lanciò un'occhiata incerta nello specchietto.

«Qui?»

«Sì, qui» sbraitò Tarrach. «Sei forse ritardato? Forza, spostati sul ciglio della strada!»

Axel fece come gli era stato chiesto e si fermò accanto alla striscia laterale. Quando veniva qui d'estate, a volte doveva evitare i turisti che fermavano la macchina o il camper in quello stesso punto per scattare qualche foto. Il panorama da quassù poteva essere pittoresco. Quel giorno però si vedeva solo un mare di nebbia che saliva dalla valle.

«Bene, e adesso spegni il motore!»

«Meglio di no» protestò Axel. «E se arrivasse un camion? Qui sulla curva non riuscirebbe...»

277

«Sei sordo?» gli gridò Tarrach. «Spegni quel cazzo di motore!»

«E va bene» disse Axel con voce arrochita e ansiosa. Spense il motore e guardò di nuovo nello specchietto. «Adesso posso sapere che cos'è questa storia? Perché mi minaccia? Io non le ho fatto niente.»

Tarrach fece un sospiro esasperato. «E va bene, non hai tutte le rotelle a posto. Allora ti spiegherò io. Siamo qui perché ti sei reso colpevole di un reato.»

«Cosa?» ansimò Axel. «Che sarebbe questa stronzata?»

«Non è una stronzata, ma un dato di fatto» ribatté Tarrach, accarezzando il collo di Axel con l'ago della siringa. «Sei complice del fatto che un'assassina se la sia cavata a piede libero.»

«Non è vero» protestò Axel. «Christoph Lorch era il mio migliore amico e, se fosse stato per me, lei sarebbe stata condannata per omicidio.»

Tarrach lo fissò rabbiosamente dallo specchietto.

«Non raccontare fandonie, ciccione!»

«È la verità!»

«Ah, sì? Allora perché non hai testimoniato contro di lei?»

Axel sbuffò spazientito. Avrebbe voluto scuotere la testa, ma pensando all'ago che aveva proprio vicino alla carotide preferì lasciar perdere.

«Credi forse che la mia testimonianza avrebbe convinto la giuria? Dopo tutto ciò che avevano affermato medici e psicologi con i loro test? Nessuno mi avrebbe dato ascolto.»

«Sono solo un mucchio di stupide scuse!» gli gridò Tarrach. «Non ci hai nemmeno provato. Non hai neppure partecipato al processo!»

«Non volevo avere più niente a che fare con quella storia!»

Anche Axel si era messo a gridare. Prima aveva avuto solo

278

paura, e continuava ad averla, ma adesso la rabbia aveva preso il sopravvento.

«Il mio migliore amico era morto e qualunque fosse stato il verdetto non avrebbe riportato in vita Chris. E si può sapere chi diavolo ti dà il diritto di giudicarmi? Credi forse che qualcuno di noi avrebbe potuto prevedere quello che sarebbe capitato alla tua famiglia? Tuo padre ha perso la ragione e nessuno avrebbe potuto evitare quello che è successo!»

«D'accordo, la considererò la tua arringa conclusiva» disse Tarrach gelido. «Peccato però che non mi abbia convinto.»

Poi inserì l'ago e schiacciò lo stantuffo della siringa fino in fondo.

50.

Intorno alle sette e un quarto, più o meno quando il mondo di Axel Pohl si scioglieva in un mare di puntini luminosi per poi scomparire del tutto, Mark e Lara si misero in viaggio.

Quel mattino il clima di fine ottobre era clemente e il viaggio di ritorno fino a Steinbach fu decisamente più rapido di quello dell'andata. Niente scrosci di pioggia che limitavano la visibilità, e anche la nebbia si era già dissolta, unendosi a grossi nuvoloni grigi. Persino il traffico dell'ora di punta a Fahlenberg era sorprendentemente scorrevole.

Intorno alle otto e mezzo avevano pertanto raggiunto l'Istituto di Pfauenhof. Il complesso a T, che sorgeva in posizione pittoresca ai piedi di una collina boscosa, ricordava più un hotel di lusso che una casa di cura.

Sfido io che all'epoca ci sono state proteste contro il ricovero di un pazzo omicida in un istituto così nobile, pensò Mark.

Di sicuro all'epoca molti avrebbero preferito che Jochen Tarrach non venisse trasferito in una casa di cura, bensì lasciato marcire nello sgabuzzino di una clinica di infimo livello. Una sistemazione del genere per uno che aveva sterminato la propria famiglia – indipendentemente dal fatto che avesse bisogno di cure – sarebbe stata molto più conveniente per i contribuenti, anche se alcuni l'avrebbero considerata una soluzione comunque troppo generosa.

Probabilmente il Pfauenhof era l'unico istituto di cura per lungodegenti nella zona, altrimenti la permanenza di Tarrach lì non si spiegava.

E, chissà, pensò Mark, forse Tarrach si era premunito e aveva stipulato una bella polizza assicurativa. Dopo tutto svolgeva un lavoro pericoloso.

Anche l'interno dell'edificio principale somigliava più a un centro benessere che a una casa di cura. Il pavimento dell'atrio era rivestito di grandi piastrelle chiare. Nella parte centrale era incastonato il mosaico di un pavone che faceva la ruota, sicuramente un'allusione al nome della struttura, e il banco della reception, che troneggiava tra due colonne greche, doveva essere di pregiato legno di ciliegio. La retta mensile dell'istituto avrebbe fatto sicuramente impallidire di invidia qualsiasi chirurgo plastico.

«Che sfarzo» disse Lara, e Mark annuì.

«Quando ho scelto la specialità, avrei dovuto studiare piuttosto un po' di demografia. Pare che nel nostro paese le case di riposo siano la branca del futuro.»

Si avvicinarono al bancone e chiesero informazioni su Jochen Tarrach a una impiegata dalla divisa impeccabile. La giovane con i capelli biondo rossicci raccolti sulla sommità del capo e gli occhi verdi da gatta li osservò inespressiva.

«Il paziente è ricoverato qui sotto sorveglianza» dichiarò asciutta. «Il suo nome?»

«Behrendt» disse Mark. Poi decise di dare più peso alla sua persona e aggiunse. «Dottor Mark Behrendt. E lei è la signora Baumann. Noi...»

«Venite con me» disse la donna che un cartellino identificava come Doris. Evidentemente gli era bastata la prima parte della sua risposta, oppure aveva troppo da fare per perdere tempo con dei visitatori inaspettati.

Senza nemmeno girarsi verso di loro, attraversò l'atrio con i tacchi che risuonavano sul pavimento e li condusse in una sala d'aspetto ammobiliata con la stessa eleganza ricercata e costosa di tutto il resto.

«Se volete aspettare un attimo, arriverà subito qualcuno

per voi» disse con distaccata cortesia. «Da quella parte troverete caffè e snack.»

Indicò distributori automatici di caffè e bevande accanto a uno stand portariviste accuratamente ordinato, poi tacchettò via.

Lara gettò un'occhiata scettica a Mark.

«Credi davvero che qui troveremo una pista per quel tizio?»

«Deve funzionare per forza.» Mark guardò l'orologio sopra la porta. «Non abbiamo nessun altro punto di riferimento e ci rimangono solo nove ore e mezza.»

Lara si avvicinò alla finestra e guardò il vasto parco della casa di cura che arrivava fino al bosco.

«Altrimenti?» chiese senza distogliere lo sguardo da fuori. «Che faremo?»

In quel momento la porta della sala d'aspetto si aprì risparmiando a Mark di dover cercare una risposta.

L'uomo canuto che andò loro incontro a passo veloce era alto e magro e con il suo completo su misura somigliava al direttore di una filiale di banca. La mancanza di una cravatta, però, smentiva subito quell'impressione. Il colletto della camicia color salmone era sbottonato a suggerire un'aria giovanile e disinvolta.

«Buongiorno» disse, salutando entrambi con una stretta di mano professionale. «Dottor Julius Langenfels. Sono l'amministratore e il direttore medico del Pfauenhof.»

Lara gettò una breve occhiata a Mark che, come deciso, si assunse il compito di parlare. Raccontò la storia che avevano concordato durante il viaggio.

«Sono il dottor Mark Behrendt e questa è la mia collega, la dottoressa Baumann.»

«Molto piacere» disse Langenfels, il quale appariva tutt'altro che contento. «Mi è stato detto che volevate vedere il signor Tarrach. Potrei chiederne gentilmente il motivo? Spero che non abbia niente a che fare con l'incidente?»

«Incidente?» chiese Mark. «Quale incidente?»

Langenfels lo guardò con sospetto. «Chi è lei precisamente?»

«La mia collega e io abbiamo uno studio psichiatrico a Francoforte» rispose Mark, rimanendo sorpreso della facilità con cui pronunciava quella bugia. «Il figlio del signor Tarrach, Ralf, è un nostro paziente. Un caso complicato, come potrà benissimo immaginare anche lei, data la storia pregressa. Da qualche settimana Ralf Tarrach non si è più presentato ai suoi appuntamenti. Ha già mancato quattro sedute e non è raggiungibile. Perciò pensavamo che magari si fosse fatto vivo con lei per venire a trovare il padre.»

Il direttore medico non sembrava ancora del tutto convinto. «E per questo siete venuti appositamente e di persona da Francoforte? Avreste potuto telefonare.»

«No, non siamo qui per questo» intervenne anche Lara. «In realtà abbiamo un corso di aggiornamento alla Waldklinik a Fahlenberg. Siccome eravamo nei paraggi, abbiamo pensato...»

Lasciò la frase in sospeso e il direttore annuì assorto.

«Mmm, capisco. Deve trattarsi proprio di un caso molto particolare se vi siete dati il disturbo di venire qui da noi.»

«È proprio così» confermò Mark. «Il caso del signor Tarrach ci sta molto a cuore e le saremmo enormemente riconoscenti se ci permettesse di parlare con suo padre.»

«Be', purtroppo non è possibile» rispose il dottor Langenfels. «Mi spiace molto, ma avete fatto questo lungo viaggio inutilmente.»

Mark aveva previsto questa reazione e si era preparato una risposta adeguata.

«Nel caso occorra l'autorizzazione del nostro paziente a un colloquio con un parente, ovviamente ne siamo provvisti.

Possiamo fargliene avere una copia. Se ci lascia il suo indirizzo di posta elettronica, la nostra segreteria provvederà all'invio.» (E a questo punto la segretaria inesistente avrebbe avuto un problema tecnico, questa almeno era l'idea.)

Il dottor Langenfels però scosse la testa. «Non si tratta di questo, dottor Behrendt. Sono sicuro che non si sarebbe mai rivolto a noi senza un'autorizzazione del familiare. Tuttavia non posso consentirvi un colloquio con il signor Tarrach per altre ragioni.»

«E sarebbero?»

«Prima fra tutte l'incidente di ieri. Da allora il signor Tarrach non è più in grado di parlare.»

Mark e Lara si scambiarono una rapida occhiata. «Possiamo sapere che cosa è successo?»

Il direttore della clinica guardò verso la porta, quasi volesse assicurarsi di averla chiusa dopo essere entrato, poi si schiarì la voce.

«D'accordo. A patto che mi garantiate la massima riservatezza.»

«Naturalmente» rispose Mark e anche Lara annuì.

«Ieri un visitatore non autorizzato è riuscito a raggiungere la camera del signor Tarrach» spiegò il dottor Langenfels a bassa voce. «Un ragazzo che si è spacciato per un tecnico del riscaldamento. Ovviamente il nostro impianto di riscaldamento è in perfetto ordine, ma l'unica ad averlo visto è stata una tirocinante che evidentemente non lo sapeva. Infatti il resto del personale, me compreso, eravamo impegnati nella consueta riunione mattutina. Si svolge dalle sette e mezzo alle otto e l'uomo evidentemente ne era informato.»

«Poteva trattarsi del figlio?» chiese Mark.

«No, non penso» rispose il dottor Langenfels. «Sappiamo dell'esistenza di questo figlio, ma non lo abbiamo mai visto qui. Non abbiamo neppure i suoi recapiti. Ma nel caso dovesse farsi vivo con voi vi sarei molto grato se poteste metterlo in contatto con noi.»

Ecco spiegato perché sei così loquace, pensò Mark.

«Vede, il signor Tarrach, per usare un eufemismo, non è un ospite particolarmente ben visto nel nostro istituto» aggiunse in maniera eloquente il dottor Langenfels. «Anche se il polverone sollevato dalla sua storia ormai si è calmato, ogni tanto riceviamo lettere di persone che proprio per questo scalpore hanno delle remore ad affidare i loro cari alla nostra struttura. Della cosa si è già dovuto occupare il mio predecessore, ma finora i nostri sforzi per trasferire altrove il signor Tarrach non hanno avuto alcun esito. Servirebbe l'approvazione di un familiare, ma attualmente siamo in contatto solo con una assistente, che purtroppo è contraria. La signora Leutke, questo è il suo nome, ha un punto di vista, diciamo, un po' singolare sull'argomento. A suo avviso il signor Tarrach...»

«... è un figlio di Dio e solo il Signore può decidere di lui» intervenne Lara completando la frase al suo posto.

Il dottor Langenfels la guardò stupito, poi un sorriso affiorò sul volto scarno.

«Ha usato proprio queste parole. Evidentemente anche lei ha avuto il discutibile piacere di fare la sua conoscenza?»

«Oh, sì, eccome» rispose Lara.

«Potrebbe dirci per favore che cosa è successo con precisione ieri?» lo incalzò Mark. «Che cosa ha fatto questo intruso?»

«Ecco, francamente è stato piuttosto singolare» rispose il dottor Langenfels. «L'uomo ha sistemato vicino al letto un articolo di giornale, in modo che il signor Tarrach potesse leggerlo. Subito dopo il signor Tarrach ha avuto un violento attacco. Da allora lo teniamo sedato. Con l'autorizzazione del tribunale, ovviamente.»

«Un articolo di giornale?» chiese stupito Mark.

«Per la precisione quello di ieri sulla prima pagina della

cronaca locale» precisò Langenfels. «Riguarda l'incidente mortale subito da un tagliaboschi. Presumo che il signor Tarrach lo conoscesse.»

Gettò un'occhiata veloce all'orologio. «Mi rincresce ma devo lasciarvi, il dovere mi chiama. Mi spiace non avervi potuto...»

«Un'ultima domanda» disse Mark. «Prima ha detto che è impossibile parlare con il signor Tarrach per *molteplici* ragioni. Che cosa intendeva?»

Lo sguardo del direttore medico assunse un'espressione pedante. «Vede, caro collega, abbiamo a che fare con un uomo che ha tentato di spararsi in testa. Come lei stesso mi potrà confermare, non è un metodo di suicidio consigliabile. In questo caso il proiettile, sbagliando traiettoria, oltre a causare notevoli danni esterni, ha provocato una grave lesione al tronco encefalico. Il paziente è paralizzato dalla testa in giù e, in un certo senso, è prigioniero del suo stesso corpo. Quando arrivò nel nostro istituto in realtà riusciva ancora a parlare. Poco dopo il ricovero, tuttavia, ha tentato nuovamente di togliersi la vita, nell'unico modo che gli restava. Si è morso la lingua e ha cercato di soffocarsi. Un giovane medico glielo ha impedito all'ultimo istante, gesto che preferisco non commentare.»

Di fronte alle occhiate sorprese degli altri due, il dottor Langenfels annuì.

«Lo so che effetto deve farvi, ma provate a mettervi nei miei panni. Nella mia posizione sono responsabile non solo del benessere dei nostri ospiti, bensì anche del buon nome di questo istituto. Ci vengono affidati pazienti non autosufficienti e un soggetto ricoverato per ordine del tribunale è inopportuno. Perciò le sarei grato se, in cambio della nostra conversazione, riuscisse a offrirmi un colloquio con il figlio. Ora però vi prego di scusarmi, devo proprio andare.»

Detto questo il dottor Julius Langenfels si girò e augurò loro una buona giornata mentre si allontanava.

Mark e Lara lo seguirono con lo sguardo, pensando entrambi la stessa cosa. La richiesta del dottore era l'ultima cosa di cui si sarebbero preoccupati nel caso di un incontro con Ralf Tarrach.

51.

Una volta rimasti soli, Lara andò all'espositore con i giornali e tirò fuori una copia del *Fahlenberger Bote*.

«Accidenti, è già l'edizione di oggi... No, aspetta, dietro ci sono gli arretrati. Ecco quello di ieri!»

Mark le andò vicino e insieme sfogliarono il quotidiano fino alla cronaca locale. Lì trovarono l'articolo di cui aveva parlato Langenfels. Seguendo il motto che la cronaca nera aumenta la tiratura, il titolo occupava quasi tutto il quarto superiore della pagina.

«Porca miseria!» esclamò Mark guardando la foto del rimorchio su cui era rimasto un unico tronco. Il resto del carico si era rovesciato sulla strada forestale e su un pendio. Se non altro l'inquadratura era abbastanza discreta da non mostrare ciò che era evidente.

«Credi che l'autore sia stato questo Tarrach?» domandò Lara.

«Immagino di sì» rispose Mark. «Se fosse stato un incidente, quel tizio sicuramente non si sarebbe dato tanta pena per comunicarlo in maniera così teatrale al padre. Chiunque fosse questo tagliaalegna doveva essere sul suo elenco.»

«E il padre doveva conoscerlo bene, se ha avuto una reazione tanto violenta alla notizia» concluse Lara.

Scorsero voracemente l'articolo sotto il titolo *Incidente mortale a un tagliaboschi*.

La polizia presumeva che l'uomo si fosse fermato mentre era diretto alla segheria per controllare il fissaggio delle cinghie sul rimorchio. Queste dovevano essersi allentate «per motivi ancora sconosciuti», com'era scritto.

Siccome in quel punto la strada forestale era sconnessa e in pendenza, il carico doveva essere scivolato e aveva investito il lavoratore mentre tentava di rimetterlo in sicurezza.

«Greg A.» sospirò Mark. «Ovviamente non c'è il cognome.»

«Ora però capisco come mai Tarrach sia rimasto così sconvolto da questo articolo» disse Lara. «Ti ricordi che nel suo video parlava di un collega? Si chiama proprio Gregor. Dovevano essere buoni amici.»

«Ma perché Ralf lo avrebbe ucciso?»

«Per dare il colpo di grazia al padre in modo che morisse?» propose lei.

«Non credo.»

«Perché no? Ha ucciso anche la tua ragazza all'epoca, sebbene lei non avesse niente a che fare con tutta la faccenda.»

«Sì, è vero, ma non è la stessa cosa. Per quel pezzo di merda Tanja è stata solo un *danno collaterale*. Me lo ha detto lui stesso. Non la conosceva nemmeno. No, se ha ucciso l'amico di suo padre è perché sotto c'è qualcosa di personale. Probabilmente Ralf lo conosceva fin dall'infanzia.»

«Forse questo Gregor aveva scoperto dove vive adesso Ralf e lui allora lo ha ridotto al silenzio?»

Mark annuì. «È un'ipotesi più plausibile. Forse Gregor era venuto a conoscenza della sua azione punitiva e aveva cercato in qualche modo di fermarlo.»

«In ogni caso dobbiamo scoprire che cosa c'entra con questa storia» disse Lara. «Se è sposato, può darsi che abbia raccontato a sua moglie di Ralf. E allora sarebbe in pericolo anche lei.»

«E magari lei è al corrente di dove si nasconde adesso» aggiunse Mark.

«Vediamo se trovo un Gregor A. sul sito web dell'ufficio forestale.»

Estrasse il cellulare e digitò nel campo di ricerca, come al solito stizzito che la tastiera dell'iPhone fosse concepita al massimo per dita infantili.

«In effetti, sulla pagina dei contatti c'è un Gregor Ahrens. Tra l'altro è il responsabile per la vendita del legname. Vediamo se trovo qualcos'altro su di lui in Rete.»

La ricerca ebbe successo. Grazie a Google scoprirono che la vedova di Ahrens si chiamava Eva e che lui aveva lasciato due figli che giocavano nella squadra di calcio del Fahlenberg. Inoltre Ahrens era un apicoltore dilettante che vendeva il miele prodotto e il suo indirizzo era sull'elenco telefonico.

Mark si rimise in tasca il cellulare alzando le spalle. «A questo punto non ci resta altro che mandare al diavolo ogni delicatezza.»

Lara annuì. Per un attimo parve sul punto di aggiungere qualcosa, poi però cambiò idea.

Mark non riusciva a liberarsi dalla sensazione che lei gli nascondesse qualcosa. Per tutta la mattinata gli era apparsa chiusa e taciturna. Comunque adesso non era né il luogo né il momento di affrontare la cosa, perché un'occhiata all'orologio appeso sopra l'uscita gli provocò una fitta di ansia.

La loro visita alla casa di cura era durata quasi un'ora. Gliene restavano solo otto e mezzo.

52.

Una volta raggiunto l'indirizzo della famiglia Ahrens, Mark si fermò accanto alla tettoia sotto la quale erano parcheggiati un fuoristrada verde scuro e una Seat rossa. Eva Ahrens doveva essere in casa, il che era piuttosto scontato. Dopo una tragedia simile chiunque si sarebbe rifugiato al sicuro tra le quattro mura domestiche.

Una volta che Mark ebbe spento il motore, Lara si girò verso di lui e gli posò una mano sul braccio.

«Penso che stavolta sia meglio se parlo io. Nel suo stato probabilmente sarà più disponibile a parlare con una donna.»

Mark annuì. «Sono d'accordo. Sai già come affrontare la cosa?»

«Ancora no. Preferisco seguire l'istinto e cercare di restare il più possibile aderente alla verità.»

«Mi sembra un'ottima strategia.»

«Sì, ma di sicuro non sarà facile. Non posso certo dirle che cerchiamo l'assassino di suo marito. Viceversa mi ripugna l'idea di doverle mentire, con quello che sta passando.»

«Ti capisco perfettamente» confermò Mark. «Negli ultimi due giorni ho dovuto mentire, mi sono presentato come qualcuno che non sono più e inoltre mi sono introdotto come un ladro nell'ufficio del padrone dell'albergo dove alloggio. E tutto per colpa di quel folle pezzo di merda!»

Sbuffò rabbioso e guardò fuori dal finestrino. Anche Lara accarezzò con lo sguardo le villette che fiancheggiavano la strada in quel quartiere ai margini occidentali della città, a ridosso della foresta di Fahlenberg. Era una zona ambita, dove

Gregor ed Eva Ahrens avevano realizzato il loro sogno di una casa di proprietà. Una casa dove crescere i figli e invecchiare insieme. E adesso quel sogno era stato distrutto da un giorno all'altro.

Alla vista del castello con scivolo sistemato nel giardino anteriore, Lara si sentì stringere il cuore.

«Che strano» mormorò Mark accanto a lei. «È molto simile alla foto.»

Lei si girò a guardarlo e notò che anche lui stava fissando il castello giocattolo.

«Quale foto?»

«Mi è venuto in mente l'articolo di giornale sul massacro compiuto da Tarrach» spiegò Mark. «La foto della casa della sua famiglia. Era molto simile a questa. Un po' più vecchia, forse, e in giardino non c'erano giochi per bambini, ma sarebbe stata perfetta in questo quartiere. Se Ralf conosceva la famiglia Ahrens da quando era piccolo, perché fargli ora la stessa cosa che è capitata a lui? Perché legare l'amico del padre al raptus di follia omicida?»

Lara passò una mano sul finestrino laterale che si stava appannando, facendo scomparire la casa in una specie di nebbia.

«Non ne ho idea» rispose. «Ma con un po' di fortuna forse riusciremo a scoprirlo.»

53.

Eva Ahrens aprì al secondo squillo. Era una donna magra sui quarant'anni con un viso serio e pallido. Aveva profonde occhiaie sotto gli occhi arrossati e l'abbigliamento nero a lutto le esaltava ancora di più.

«Sì?»

La donna doveva aver appena pianto e la sua voce flebile provocò una fitta di dolore a Lara. Avrebbe avuto voglia di andarsene subito.

«Buongiorno, signora Ahrens, mi chiamo Lara Baumann, e lui è Mark Behrendt. Siamo qui per...»

«L'ho già detto agli altri due prima di voi» l'apostrofò sgarbata Eva Ahrens. «Se siete venuti a parlarmi del vostro Dio, prima chiedetegli perché si è portato via mio marito. Ficcatevi le vostre Bibbie dove volete e lasciatemi in pace! La prossima volta chiamerò la polizia.»

Detto questo chiuse loro la porta in faccia e Lara fece un passo indietro spaventata. Guardò Mark, che era sbigottito quanto lei, poi fece un profondo respiro e bussò di nuovo.

«Aspetti, signora Ahrens! Siamo qui per Ralf Tarrach. Mi ha sentito? Si tratta di Ralf!»

Per un attimo non accadde niente, poi la porta si aprì di nuovo, ma solo di poco.

«Che cosa volete da me?»

«Ci spiace molto doverla disturbare proprio oggi» disse Lara. «Abbiamo appena saputo la notizia di suo marito. Le porgiamo le nostre più sincere condoglianze.»

«Grazie.» Eva Ahrens annuì stanca. «Pensavo che foste

anche voi due di quei cacciatori di anime che suonano in continuazione per parlarmi di Dio e della fine del mondo. Mi scusi se le ho risposto in malo modo.»

«Non si preoccupi» disse Lara. «Posso immaginare quanto debba essere difficile per lei in questo momento.»

«Voi non siete di queste parti, vero?»

«No, Mark e io vivevamo qui un tempo, ma sono passati molti anni.»

«E siete amici di Ralf?»

A questa domanda Lara trasalì interiormente. Aveva immaginato che non sarebbe riuscita a cavarsela senza bugie, ma non voleva né poteva spingersi fino a quel punto. Perciò si limitò a riferire ciò che Ralf Tarrach stesso aveva detto sul loro legame.

«Ci conosciamo da qualche anno e negli ultimi tempi abbiamo avuto contatti più frequenti. Ma non si è più fatto vivo e non sappiamo dove raggiungerlo. Per questo siamo preoccupati. Pensavamo che potesse essere qui da lei. Suo marito e il padre di Ralf erano buoni amici, vero?»

Questo parve convincere definitivamente Eva Ahrens, che aprì del tutto la porta. La sua iniziale diffidenza fu sostituita da un sincero rincrescimento.

«Sì, lo erano, ma è passato tanto tempo. Temo di non potervi aiutare. Non abbiamo più notizie di Ralf da molti anni, da quando si è trasferito. Non è che il ragazzo si trova nei guai?»

Il ragazzo. Lara avvertì un crampo allo stomaco sentendo quella definizione. Per Eva Ahrens Ralf Tarrach era ancora quello di prima. Che cosa avrebbe detto se avesse saputo che cosa era diventato nel frattempo quel *ragazzo*? Che era *lui* la causa della sua sofferenza?

«Pensiamo che stia passando un brutto periodo» rispose Lara, cosa che per certi versi corrispondeva effettivamente alla verità. «Non ci ha voluto rivelare altro, e adesso, come le ho detto, non riusciamo più a trovarlo. Lei forse sa dove potrebbe essere?»

«No, ma non credo che dovreste cercarlo qui. Vede, dopo aver venduto la casa dei genitori, Ralf non ha più voluto avere niente a che fare con Fahlenberg. Abbiamo pensato spesso a lui e ci siamo chiesti che fine avesse fatto, ma non sapevamo come raggiungerlo. All'epoca diceva di volersi trasferire a Francoforte. È sempre lì?»

«No, se n'è andato da parecchio» disse Lara, poi, seguendo un'ispirazione improvvisa, aggiunse: «adesso abita a Stoccarda».

«A Stoccarda» ripeté Eva Ahrens annuendo pensierosa. Poi alzò la testa come se le fosse tornato in mente il motivo di quella visita. «E avete detto che è scomparso?»

«Non si fa più vivo con noi da molti giorni e questo è insolito per lui» intervenne Mark a suffragare la storia di Lara.

La vedova guardò entrambi con espressione turbata. «Accipicchia, è davvero preoccupante! Vi siete già rivolti alla polizia?»

«Per il momento non ancora» rispose Lara. «Non volevamo creargli problemi. Sa, negli ultimi tempi è psicologicamente instabile. A causa del passato. Ne sembra particolarmente sconvolto. Per questo pensavamo che potesse essere tornato a Fahlenberg. Per incontrare vecchi conoscenti e cose del genere. Ci saprebbe dire se ha altri amici a parte lei qui nei paraggi?»

Eva Ahrens fece un sospiro. «Non credo. Come ho già detto all'epoca si era chiuso in se stesso e non aveva più contatti con nessuno. Stava molto male. Il poveretto ha dovuto affrontare un dramma ben peggiore del mio ora. I miei ragazzi se non altro hanno ancora me, Ralf invece era rimasto completamente solo. Noi abbiamo provato a occuparci di lui, ma ci ha sempre respinto.»

«E perché?» volle sapere Lara.

«Ecco, era convinto che mio marito fosse responsabile del gesto compiuto da suo padre» disse Eva Ahrens con un filo di voce, massaggiandosi gli avambracci, come per darsi conforto. «Per certi versi oggi lo capisco anche. In una fase del genere si cerca disperatamente un colpevole. Qualcuno su cui concentrare la collera, perché ci si sente così terribilmente impotenti. Anche per me è lo stesso. Vorrei denunciare l'azienda produttrice di quelle maledette cinghie. Oppure i colleghi di Gregor, perché probabilmente non le hanno strette nel modo giusto. Ma, anche se fosse vero, che cosa cambierebbe a questo punto? Gregor non ci sarebbe più lo stesso.»

Tirò fuori dalla manica del pullover un fazzoletto spiegazzato e si tamponò gli occhi umidi.

Lara le lasciò un attimo di tempo, poi le chiese: «Perché Ralf incolpava suo marito?»

«Perché era accecato dal dolore» rispose Eva Ahrens tirando su con il naso. «Si era trattato di una concatenazione di tragiche circostanze, nient'altro. Gregor non aveva colpa, aveva fatto semplicemente ciò che chiunque avrebbe fatto al suo posto.»

«Che cosa vorrebbe dire?»

«Ralf vi ha raccontato che cosa era accaduto al padre?»

«Sì» disse Lara, anche se non corrispondeva esattamente alla verità. «Dopo aver assistito alla morte di un collega era finito in terapia.»

Eva Ahrens annuì. «Sì, e non era più stato lo stesso da allora. Prima di quella storia era un tipo allegro ed estroverso. Sempre pronto a scherzare e fare battute. Era anche un uomo di gran cuore. Ma poi era diventato l'ombra di se stesso. Non riusciva più neppure a lavorare nel bosco, perché era troppo stressante. Gregor allora lo aveva chiamato a lavorare con sé, in modo che avesse un posto in ufficio. Dopo tutto erano amici da tanti anni. Per mio marito Jochen era il fratello maggiore che non aveva mai avuto, sapete?»

Lara aggrottò la fronte. «Ma allora perché Ralf ce l'aveva così tanto con lui?»

«Ecco, vede, le cose stavano così» iniziò a raccontare Eva Ahrens tirando su con il naso. Poi se lo soffiò prima di riprendere a parlare.

«Durante quelle vacanze di Natale, mia madre si era fratturata l'anca. La mattina era stata al cimitero da mio padre, come faceva sempre, e sulla via del ritorno era scivolata sul marciapiede ghiacciato. I miei genitori abitavano a Tubinga e all'epoca il nostro secondogenito aveva solo sei mesi, perciò andai da lei da sola e Gregor rimase qui con i bambini.»

Tacque, mentre una signora con una carrozzina passava davanti alla casa. La donna rivolse un cenno ai tre con espressione grave ed Eva Ahrens ricambiò le tacite condoglianze. Aspettò che la donna si fosse allontanata abbastanza, poi riprese a parlare a voce bassa.

«Durante le vacanze Gregor era di turno per il foraggiamento della selvaggina. Avrebbe impiegato poco più di un'ora a riempire tutte le mangiatoie nel bosco, ma non poteva lasciare i bambini da soli. Ovviamente io avrei potuto aspettare e sarei potuta partire successivamente, ma...» Si strinse nelle spalle e rivolse un'occhiata di rincrescimento ai due. «Dovevo occuparmi di mia madre, capite?»

Lara e Mark annuirono, e intanto lei si soffiò di nuovo il naso.

«Gregor allora chiamò i colleghi» proseguì. «Ma nessuno di loro aveva tempo per sostituirlo. Erano partiti per le vacanze, oppure avevano già in programma qualcosa con la famiglia. Gregor se la prese molto, perché lui aveva spesso sostituito gli altri, ma ovviamente non poteva farci niente. Quando si tratta del Natale e delle ricorrenze di famiglia, la gente diventa strana. Alla fine non gli restò altra scelta che chiamare Jochen. E lui accettò.»

In quel momento il cellulare di Mark cominciò a suonare e

lo fece trasalire come se l'apparecchio gli avesse trasmesso una scarica elettrica. Lara lo vide sbiancare in viso, mentre estraeva il telefono dalla tasca.

Si scusò sottovoce e tornò verso la macchina. Rispose alla chiamata solo una volta salito a bordo e richiuse la portiera.

Lara tornò a rivolgersi a Eva Ahrens, che nel frattempo aveva tirato fuori un fazzoletto pulito dalla tasca del pullover e si stava asciugando gli occhi.

«Mi scusi» singhiozzò. «Di solito non sono così emotiva. Ma mi spezza il cuore sapere che Ralf non abbia dato a mio marito l'occasione di chiarire le cose. Per lui Gregor era colpevole di tutto quanto. E adesso Gregor non potrà mai più dirgli quanto lo facesse soffrire tutta la faccenda. Sarebbe bastato che Jochen avesse risposto di no. Come avrebbe potuto immaginare Gregor che sarebbe andato completamente fuori di testa appena messo piede nel bosco?»

«Ralf si sbaglia» rispose calma Lara. «Non credo che suo marito sia colpevole del gesto di suo padre. Per scatenare una reazione del genere deve essere successo ben altro.»

Eva Ahrens la guardò con gli occhi arrossati. «Lei lo crede davvero?»

«Sì» rispose Lara decisa. «Anche io un tempo avevo problemi con qualcosa che non avevo superato psicologicamente. Per questo sono in grado di comprendere almeno in parte quanto successo al signor Tarrach. Ovviamente non mi riferisco all'omicidio della famiglia, perché quello non ha nessuna possibile giustificazione. Ma so che non basta tornare nel luogo legato al proprio trauma per perdere completamente la ragione.»

«All'epoca Gregor si è fatto molti rimproveri» disse Eva Ahrens asciugando di nuovo le lacrime. «Era convinto che Jochen avesse accettato di sostituirlo perché si sentiva in obbligo nei suoi confronti. Per il nuovo posto di lavoro e perché Gregor gli era sempre stato vicino.»

298

«Mi dia ascolto, signora Ahrens» disse Lara posandole una mano sulla spalla per consolarla. «Anche se fosse stato così, non sarebbe bastato quello a scatenare il suo raptus. Aveva ragione prima quando ha detto che suo marito ha fatto solo ciò che qualunque altro avrebbe fatto al suo posto. Non aveva niente da rimproverarsi e Ralf si sbaglia a condannarlo per questo.»

Sul viso di Eva Ahrens comparve l'ombra di un sorriso di gratitudine. «Potrei chiederle un favore?»

«Ma certo.»

«La prossima volta che vede Ralf, potrebbe dirgli di farsi vivo con me? Vorrei esserci e aiutarlo a superare tutto quanto. Anche Gregor lo avrebbe voluto. Sarebbe così gentile da riferirglielo?»

Lara si sentì salire un groppo in gola. Durante la conversazione la sua rabbia verso Ralf Tarrach era salita come il mercurio dentro un termometro e adesso minacciava di esplodere fuori scala.

Mentre cercava una risposta adeguata, Mark tornò da loro a passo svelto. Era cereo in viso con delle chiazze rosse sulle guance. Il suo sguardo rifletteva uno sgomento assoluto.

«Dobbiamo andare, subito!» disse.

Anche Eva Ahrens aveva notato la sua espressione e lo guardò allarmata. «È successo qualcosa a Ralf?»

Lui scosse la testa. «No, io...»

«La ringrazio nuovamente della chiacchierata» lo interruppe Lara. «La informeremo non appena avremo rintracciato Ralf. Glielo prometto.»

Poi seguì Mark verso la macchina. Lui stava già per salire a bordo ma lei si fermò accanto alla portiera.

«Che cosa è successo?» chiese impaurita. «Lui ha...»

Mark le rivolse una breve occhiata. Aveva gli occhi pieni di lacrime. Poi disse una parola soltanto.

«Axel.»

54.

Il medico di turno al quale erano stati indirizzati Mark e Lara all'ingresso del pronto soccorso si chiamava dottor Kästner. Magro, pallido, con gli occhiali da nerd e i denti storti, doveva avere al massimo una trentina d'anni, calcolò Mark, ma i capelli biondi erano già così diradati che non più tardi dei quarant'anni non avrebbe più avuto bisogno del pettine.

Il dottore era chiaramente nervoso, non sembrava avere molta esperienza nei colloqui con i parenti. Mentre riferiva loro con voce nasale dell'incidente di Axel, continuava a giocherellare con una penna che faceva scattare con un *clic* tutte le volte che l'argomento diventava particolarmente spinoso.

Secondo il suo resoconto, un camionista si era accorto della carcassa dell'auto di Axel in fondo a un burrone sotto la strada. L'uomo aveva notato un movimento all'interno dell'abitacolo e aveva subito chiamato i soccorsi.

Il recupero di Axel era stato difficile, a causa del pendio scosceso, ed era stato necessario chiamare un elicottero. L'uomo era stato subito ricoverato all'ospedale di Fahlenberg. Doveva essere accaduto più o meno alla stessa ora in cui Mark e Lara parlavano con il direttore della casa di cura.

La dinamica dell'incidente non era ancora chiara, come stava scritto nel rapporto di polizia. Non sembravano essere coinvolti altri veicoli, perciò si propendeva per l'ipotesi che, a causa della nebbia del primo mattino, Axel non si fosse accorto di una curva.

«Il vostro amico è stato molto fortunato» disse il dottor Kästner, facendo dondolare la penna tra l'indice e il medio.

«Il signor Pohl è di costituzione sorprendentemente robusta. Secondo la polizia la vettura deve essersi cappottata varie volte. Fortunatamente il tettuccio non si è schiacciato come ci si sarebbe potuti aspettare. Forse è dipeso dall'angolo di caduta, mi hanno spiegato, e naturalmente anche dal fatto che si tratta di una vettura nuova concepita secondo i più avanzati standard di sicurezza. Dovete sapere che finora, in un caso del genere, non mi è mai capitato...»

«Come sta?» lo interruppe Mark impaziente.

La penna di Kästner scattò.

«Mmm, ecco, finché è sotto i ferri non è possibile fare una prognosi. Ha perso molto sangue, inoltre ha numerosi tagli e fratture, in particolare al torace e alle gambe. Tibie e peroni sono rotti in diversi punti e ancora... mmm, non sappiamo se sarà possibile salvargli entrambe le gambe.»

Evitò le occhiate dei due e fece scattare più volte la penna.

«E per quanto riguarda le lesioni interne?» volle sapere Mark.

«Ebbene... Per il momento non sono in possesso di informazioni al riguardo» balbettò Kästner. «Tuttavia pensiamo che abbia subito un trauma cranico di media gravità. Confermerebbe anche le dichiarazioni dei paramedici secondo i quali il signor Pohl avrebbe pronunciato frasi sconnesse durante il trasferimento in ospedale.»

«Che genere di frasi?» chiese Lara, e questa domanda fece saettare lo sguardo del dottor Kästner tra lei e Mark. Poi lo abbassò sull'iPad che teneva davanti a sé sulla scrivania e si schiarì la voce.

«Ecco, qui c'è scritto che il paziente era molto agitato. A quanto pare ha parlato di una decapitazione e che è stato vittima di un'aggressione. Inoltre ha insistito ripetutamente affinché informassimo lei, signor Behrendt. Cosa che abbiamo prontamente fatto. Abbiamo trovato il suo numero nel cellulare del paziente.»

Mark annuì, gettò una breve occhiata a Lara, poi formulò la domanda che stava a cuore a entrambi.

«Se la caverà?»

Un altro scatto nervoso della penna, seguito da un colpetto di tosse.

«Ecco, signor Behrendt, purtroppo in questo momento, come le dicevo, non è possibile fare una prognosi certa. Il signor Pohl ha subito diverse gravi lesioni. Ma può stare certo che faremo del nostro meglio. Il nostro primario si è preso carico personalmente dell'intervento e il dottor Mehra è un luminare, mi può credere.»

Mark sarebbe stato ben lieto di credergli, ma l'espressione del giovane medico lasciava intendere chiaramente che le chance di Axel erano assai esigue. Per sua esperienza sapeva che fede e speranza in un caso del genere erano investimenti quanto mai rischiosi, che potevano sfociare in amare delusioni.

«Ed è assolutamente escluso che fosse coinvolto un secondo veicolo nell'incidente?» domandò ancora.

Il dottor Kästner sorrise incerto. «Ebbene, sono un medico, non un poliziotto. Dell'incidente so solo quanto mi è stato riferito. E nessuno ha parlato di altre persone coinvolte. Credo che la polizia sia più indicata di me a fornirle le risposte a queste domande...»

«Che cosa è emerso dalle analisi del sangue?» lo interruppe Mark.

Il dottor Kästner alzò le sopracciglia. «Come dice?»

«Le analisi del sangue» ripeté Mark irritato. «Sono state rilevate anomalie?»

«Ah, intende un tasso alcolico elevato?»

«Questo o altro.»

«Un attimo» disse il dottor Kästner digitando sull'iPad fino a trovare la cartella giusta. «No, nessuna traccia di stupefacenti. Né alcol né THC o simili. Ovviamente si tratta di un test rapido, perciò potrebbe esserci...»

Qualcuno bussò alla porta dell'ambulatorio e subito dopo un'infermiera infilò dentro la testa con aria allarmata.

«Mi scusi, dottore, ma è richiesta la sua presenza con urgenza alla camera 3!»

«Arrivo subito» disse il dottor Kästner alzandosi di scatto dalla scrivania. «Mi rincresce, signor Behrendt e signora Baumann. Come avete sentito devo andare. Vorrei poter rispondere alle vostre domande più urgenti. Ovviamente potete aspettare qui accanto l'esito dell'intervento, ma temo che ci vorrà ancora del tempo. Meglio che torniate a casa, vi informeremo appena possibile.»

Infilò la biro nel taschino del camice e prese il tablet, poi uscì con un breve saluto.

Certo che aspetteremo, pensò Mark. Ma il tempo stringe. E siamo di nuovo finiti in un vicolo cieco!

55.

«E se si fosse trattato davvero di un incidente?» disse Lara appoggiandosi alla parete della sala d'aspetto. «Io stessa fatico molto a crederlo, ma potrebbe essere.»

Mark diede una manata al distributore di bibite. Finalmente la bottiglietta si liberò dal supporto incastrato e rimbalzò nello scomparto di prelievo.

«No» rispose deciso. «Non è stato un incidente. Axel abita in questa zona da tutta la vita. La conosce a memoria. Non avrebbe mai commesso l'errore di andare fuori strada con la nebbia.»

Estrasse la bottiglia di acqua minerale dal distributore e la porse a Lara.

«Ecco, bevi. Sei molto pallida.»

Quando svitò il tappo, lui notò che le tremavano le mani.

Lara bevve un piccolo sorso, poi domandò: «Pensi che Tarrach lo abbia fatto perché abbiamo chiesto aiuto ad Axel?»

Mark guardò verso l'unica persona, una donna, presente insieme a loro in sala d'attesa. Era seduta all'altro capo della stanza ed era intenta a guardare il cellulare. Ma, sebbene portasse le cuffie, lui abbassò comunque la voce.

«No, secondo me anche Axel era sull'elenco delle sue vittime.»

«Che cosa te lo fa pensare?»

«La telefonata di ieri del presunto nuovo cliente. Doveva trattarsi di Tarrach, ovviamente sotto falso nome, che voleva

304

tendere una trappola ad Axel. E la telefonata l'ha ricevuta *prima* del nostro arrivo.»

Gettò un'altra breve occhiata alla donna che stava scrivendo qualcosa con dita agili e non li degnava della minima attenzione. Poi aggiunse: «E se davvero non c'era un secondo veicolo sulla scena dell'incidente, che magari ha speronato Axel, c'è solo una possibile spiegazione: Tarrach era in macchina con lui. O Axel lo ha lasciato salire, oppure era riuscito a nascondersi a bordo in qualche modo. In ogni caso doveva conoscere il percorso, per sapere dove colpire. Questo significa che aveva pianificato tutto da molto tempo».

Anche Lara guardò verso la donna, poi bisbigliò: «Ma perché proprio Axel? Che cosa c'entra lui con tutta la storia?»

«Non ne ho idea» disse Mark massaggiandosi il viso, esausto. «Quel tizio è così folle che noi persone normali fatichiamo a seguire la sua logica. Finora sono riuscito a comprendere in qualche modo le presunte ragioni della sua campagna punitiva, ma riguardo ad Axel non so proprio cosa pensare.»

Lara bevve un altro sorso d'acqua, poi domandò: «Perché prima hai voluto sapere il risultato degli esami del sangue?»

«Perché sono sicuro che Axel non si è lanciato giù dal dirupo volutamente. E Tarrach non poteva certo rimanere in macchina con lui. Perciò deve averlo anestetizzato in un modo o nell'altro. Come ha fatto con me quando ha rapito Doreen. Sembra essere la sua specialità.»

«Ma tu hai detto che dopo sei rimasto privo di sensi per ore» osservò Lara dubbiosa, passandogli la bottiglia d'acqua. «Quando Axel è stato ritrovato, era tornato in sé e l'esame del sangue era negativo.»

«Proprio perché doveva sembrare un incidente» disse Mark, bevendo a sua volta un sorso d'acqua. Era piacevolmente fresca, ma non servì ad alleviare il suo bisogno di qualcosa di più alcolico. «Ovviamente Tarrach non vuole che la polizia si metta alla ricerca di un possibile colpevole. Perciò

305

deve aver sedato Axel solo per breve tempo. Giusto quello necessario per i suoi scopi. Con una sostanza che il corpo smaltisce rapidamente. Per esempio...»

«Il propofol.»

«Esattamente» disse Mark, abbassando la bottiglia stupito.

«Adesso non mi guardare con quella faccia» disse Lara. «Si tratta di nozioni mediche di base, no?»

«Sì, infatti. Ti è tornato in mente qualcosa degli studi che hai fatto?»

Lei sostenne il suo sguardo e si strinse nelle spalle. «Qualcosa. Soprattutto della tesi. Ma più che altro sono una fan di Michael Jackson e tutti sanno che faceva uso di quella sostanza.»

«Giusto» disse Mark. «A tal punto che ha lasciato il nostro pianeta su una nuvola di propofol.»

Si sentì lo squillo di un cellulare. Mark si tastò sgomento la tasca dei pantaloni, ma non era il suo. Non era nemmeno quello della giovane donna che adesso ascoltava una canzone nelle cuffie con gli occhi chiusi e battendo ritmicamente il piede in terra.

Fu Lara che tirò fuori il telefono dalla tasca della giacca. Lesse il nome sullo schermo e alzò gli occhi al cielo prima di rispondere.

«Buongiorno, Marion, non è un momento...» esordì, poi fece un cenno del capo e un sospiro spazientito. «Sì, lo so... No, oggi non...»

Non riusciva a sovrastare l'inarrestabile chiacchiericcio della sua tutrice, la quale parlava a voce talmente alta che anche Mark riusciva a capire quasi tutte le parole nel silenzio della sala d'aspetto. Marion Leutke manifestò doviziosamente tutta la propria contrarietà perché Lara non si era presentata al lavoro al planetario. Questo le aveva provocato grande preoccupazione per la sua protetta.

Con il passare dei secondi l'espressione di Lara si faceva sempre più truce. Alla fine alzò una mano, come se servisse a fermare l'interlocutrice.

«Aspetti un attimo» esclamò indignata al telefono. «Come si permette? Come osa parlarmi in questo modo?»

Un altro fiotto di parole veloci dall'altra parte, stavolta però in tono meno collerico.

«No, adesso mi ascolti lei!» disse Lara con una determinazione che fece trasalire persino Mark. «Non le permetto più di rivolgersi a me in questo modo. Se vuole trattarmi come una bambina viziata, l'avverto che ha sbagliato persona. Ha capito? E non solo: non si azzardi più a darmi del tu! Per lei continuo a essere la *dottoressa Roth*!»

Senza aspettare una risposta, chiuse la telefonata con un gesto energico del pollice. Rimise il cellulare nella tasca della giacca e si bloccò all'improvviso come se fosse stata colpita da un fulmine. Sgranò gli occhi e guardò Mark con sgomento.

«Oddio! L'ho detto per davvero?»

«Sì. È tutto a posto? Ti senti bene?»

Lei si scostò i capelli dal viso con un gesto lento della mano.

«S-sì, certo» balbettò. «Sono solo stressata, tutto qui.»

«Sul serio?»

«Se te lo dico è così! Ne ho le tasche piene di essere discriminata continuamente a causa del mio passato. Da quel pazzo e adesso anche da questa stupida ipocrita, solo perché sono stata in clinica e...»

«Ora ho capito!» esclamò a un tratto Mark schioccando le dita.

Lara lo guardò perplessa. «Come dici?»

«Ci sarei dovuto arrivare molto prima» aggiunse Mark dandosi una manata sulla fronte.

Lara scosse la testa. «Scusami, sai, ma non capisco proprio.»

«E se anche Ralf Tarrach avesse una precedente storia clinica?» disse esaltato. «A diciassette anni ha assistito al massacro della sua famiglia. Senza dubbio ha ricevuto un aiuto psicologico. Forse non volontariamente, ma di sicuro su richiesta dei servizi sociali. Dopo tutto non era ancora maggiorenne.»

«Pensi che anche lui potrebbe essere stato ricoverato alla Waldklinik?»

Mark annuì. «A quanto pare il trattamento non è servito, ma in ogni caso sono pronto a scommettere che sia andata così.»

Lei sgranò gli occhi spaventata. «Significa che avrei potuto incontrarlo lì! Ma, se fosse vero, non mi sono resa conto di niente.»

«Non ricordi per caso un qualche incontro particolare?»

«No.»

«Forse un altro giovane paziente, che si è dimostrato particolarmente simpatico e si è sforzato di instaurare un rapporto con te?» insistette Mark.

«No, sul serio» gli garantì lei. «Ero in un reparto femminile. E durante le passeggiate terapeutiche non rivolgevo la parola a nessuno che non conoscessi. E poi non avevo contatti lì dentro, avevo troppo da fare con me stessa. Però hai ragione. Potrebbe essere stato ricoverato alla Waldklinik, magari in un altro padiglione. È un complesso molto grande.»

«In questo caso sono passati meno di dieci anni.»

«Dieci anni?» ripeté lei confusa, poi d'un tratto comprese che cosa voleva dire. «L'archivio! Se sono passati meno di dieci anni, deve esserci ancora la sua cartella, perché sicuramente è stata digitalizzata.»

«Proprio così.»

«D'accordo, ma non capisco come questo potrebbe servirci a scoprire dove si trova. E, anche in quel caso, ci resta pochissimo tempo. Ci servirà l'autorizzazione per consultare l'archivio e di sicuro non sarà una passeggiata ottenerla. E poi, prima di trovare qualche indizio...»

«Lo so» disse Mark massaggiandosi le tempie. Si sforzò di reprimere l'impulso di guardare l'orologio appeso nella sala d'aspetto, con la lancetta dei secondi che girava instancabile sul quadrante: troppo lenta per le persone in attesa, ma per lui troppo veloce.

«In ogni caso mi sembra l'unica possibilità che abbiamo di rintracciarlo» disse infine. «Deve avere un rifugio qui da qualche parte. La casa dei suoi genitori è esclusa. Tanto per cominciare l'ha venduta, e inoltre si trova in una zona residenziale. Non potrebbe tenerci nascosta una donna senza farsi notare. No, deve essere un posto appartato, un posto che conosce solo lui, e probabilmente da molto tempo.»

L'espressione di Lara si fece ancora più scettica. «E tu credi di trovare qualcosa del genere nella sua cartella clinica?»

Mark si strinse nelle spalle. «Se ne ha parlato durante le sedute di terapia, forse sì. Probabilmente per lui è un luogo importante, dove si sente al sicuro. E dato che qui siamo nella zona dove è nato potrebbe esserci un indizio, per esempio in un ricordo infantile positivo.»

Lara cominciò a sorridere.

«Mark, Mark, Mark» disse scuotendo la testa divertita. «L'ho sempre saputo che eri un irriducibile freudiano.»

All'improvviso lui si sentì accapponare la pelle sulle braccia, mentre il battito del suo cuore accelerava.

«Con chi delle due sto parlando adesso?» domandò cauto.

Il sorriso sul viso di lei si spense.

«Ha forse importanza adesso?» replicò sgarbata. «Piuttosto spiegami come pensi di arrivare al suo dossier. Non credo proprio che ci lasceranno consultare l'archivio della clinica senza problemi.»

«A tutti e due insieme certamente no» rispose lui. «Ma

conosco una persona in grado di farlo. E immagino che ora la conosca di nuovo anche tu.»

Per un attimo si misurarono con gli occhi, e infine Mark riconobbe ciò che aveva visto accendersi più volte nello sguardo di lei. Se finora non era stato in grado di interpretarlo, dipendeva certamente dal fatto che non voleva accettare la cosa.

Ma adesso era innegabile. La persona con cui parlava era Ellen Roth.

56.

Come la maggior parte degli infermieri della psichiatria, anche Konni Fuhrmann aveva il suo elenco immaginario dei casi particolarmente spettacolari dei quali si era occupato.

E nel corso della sua lunga carriera ce n'erano stati parecchi. A partire dalla signora che si era inginocchiata in sala da pranzo davanti a una presunta apparizione di Maria, per passare al direttore di banca che durante una riunione del consiglio di amministrazione aveva attaccato i colleghi perché ai suoi occhi si erano trasformati improvvisamente in mostruosi ratti con giacca e cravatta, fino all'ultimo caso di Silvia Janov, che aveva evirato il compagno violento con un morso deciso.

E poi naturalmente c'era il caso della dottoressa Ellen Roth, alias Lara Baumann. Occupava ancora, senza rivali, il primo posto dell'elenco di Konni.

Ma l'ultimo ricovero al reparto 9 era sicuramente un ottimo candidato per la sua segreta top ten. Fino a quel mattino non aveva mai sentito parlare di una psicosi di quel genere. Di solito finora aveva avuto a che fare principalmente con allucinazioni di ispirazione religiosa – chissà per quale motivo era il tema più frequente lì in clinica – seguite subito dopo da deliri legati alla professione. Il caso di Kai Weber, tuttavia, era completamente nuovo.

Secondo la documentazione di ricovero, Weber aveva ventisei anni e insieme a un amico gestiva un ristorante macrobiotico sulla piazza principale di Fahlenberg. Konni non c'era mai andato fino ad allora – i suoi gusti propendevano più per la cucina italiana o una bella bistecca – ma sapeva che il locale riscuoteva un certo successo.

Negli ultimi due giorni, però, Weber non si era più presentato al lavoro e non aveva nemmeno risposto alle telefonate, tanto che l'amico, preoccupato, aveva fatto intervenire la polizia.

Gli agenti si erano dovuti introdurre con la forza nell'appartamento del ragazzo ed erano rimasti scioccati da ciò che avevano trovato.

Si era chiuso in bagno, dove si era tagliato l'interno di entrambi gli avambracci con una lametta e aveva frugato nelle ferite con una pinzetta. Aveva dichiarato di essere alla ricerca dei microchip che gli erano stati impiantati nientemeno che su ordine di Bill Gates in persona: costui infatti progettava, insieme alla sua complice extraterrestre Angela Merkel, di assicurarsi il dominio del mondo e di controllare l'umanità in tal modo.

Weber non si stancava di ripetere a gran voce questa teoria. Si era difeso letteralmente con mani e piedi al trattamento medico e così facendo aveva rotto il naso di un giovane medico, ancora inesperto, del pronto soccorso.

Adesso era stato internato al reparto 9, insieme con una delibera del tribunale che autorizzava a immobilizzarlo per sua stessa tutela.

Ma era più facile a dirsi che a farsi. Nonostante i suoi costanti allenamenti di potenza, Konni e i suoi due colleghi riuscivano a stento ad avere la meglio su quel pazzo scatenato.

«Rettiloidi!» gridava, mentre Konni schiacciava sul materasso le gambe che scalciavano frenetiche. «Ci controllano! Tutti quanti! Ma non lo capite, voi pazzi? Siete solo i loro schiavi!»

Erano riusciti a bloccargli le braccia bendate facendo una fatica immane, in realtà l'iniezione di sedativo avrebbe dovuto fare effetto solo dopo qualche minuto, ma non era così.

Mentre Weber farneticava a gran voce che avrebbe difeso la patria fino all'ultima goccia di sangue contro un'infiltrazione, riuscirono finalmente a legargli anche le gambe.

Konni si asciugò il sudore dalla fronte ansimando e si piazzò i pugni sui fianchi. Con suo sollievo vide che il sedativo cominciava a fare effetto e Weber iniziò a singhiozzare.

«Non avrete la mia anima. Voi no! Prima la faccio finita!»

Fantastico, pensò Konni. Allora dovremo chiedere altre misure di contenimento per il rischio di suicidio.

Era un'idea che lo disgustava, e non solo per la quantità di carte da compilare che la cosa portava con sé. Secondo lui nessuno aveva il diritto di tenere un individuo legato a un letto per troppo tempo o di spedirlo nel mondo dei sogni con dei farmaci. Ma al momento nemmeno Konni vedeva un'alternativa percorribile per Kai Weber.

Quando tolse dal collo del nuovo ospite della camera 7 un cordino di cuoio con attaccata una pallina di carta stagnola, Weber protestò nuovamente, ma stavolta con voce debole e smorta.

«No, lasciamelo!» cantilenò. «È il simbolo degli illuminati spirituali!»

Era possibile che fosse così, ma secondo Konni era soprattutto una potenziale occasione per strangolarsi.

Stava infilando il presunto simbolo degli illuminati in un sacchetto con il resto degli effetti personali di Weber quando la sua collega Margret del consultorio gli rivolse un cenno infilando la testa oltre la porta aperta.

«Ehi, Konni, una telefonata per te» lo informò. «Sembra importante!»

Konni posò la busta nell'armadio a muro e la raggiunse.

«Chi è?»

«Un certo Mark» rispose lei, tirando fuori un pacchetto di West dalla tasca del camice. «Accidenti, che intervento radi-

313

cale. Non capita tutti i giorni. Vado a fumare con gli altri. Ci raggiungi?»

«Certo» disse Konni, che aveva proprio bisogno di una sigaretta, rispondendo al telefono. «Pronto?»

«Salve, Konni, sono Mark Behrendt. Devo disturbarla di nuovo.»

«Si figuri, nessun disturbo, doc. Di che cosa si tratta? È riuscito a trovare la signora Baumann?»

«Sì, sì. Ma adesso mi serve un'altra informazione da lei.»

Konni si accorse che il dottore al telefono sembrava sfinito e si domandò che cosa gli fosse accaduto. Ma, prima che potesse informarsi, Behrendt parlò di nuovo.

«Potrebbe controllare se c'è la cartella di un certo Ralf Tarrach?»

«Ralf Tarrach?» chiese Konni meravigliato sedendosi alla scrivania. «Non c'è bisogno che controlli. Certo che c'è la sua cartella. È stato ricoverato qui in clinica per un bel pezzo. Se non ricordo male al reparto 4.»

«Lo conosceva di persona?»

«No, però era amico di mio nipote. Si erano frequentati spesso in precedenza.»

«Suo nipote era suo amico stretto?»

«Non proprio» rispose Konni, prendendo la sua tazza di caffè dove era rimasto solo un avanzo freddo e insipido. «Erano *gamer*. Per mio nipote è diventato addirittura una professione. Adesso vive negli States e sviluppa quella roba. Io non ci capisco niente, ma è una branca in grande evoluzione. Quel pivello comunque adesso guida una Porsche mentre io ho solo una vecchia BMW. Perché le interessa il caso?»

«Non ho tempo di spiegarglielo, Konni. Potrebbe procurarmi la cartella?»

Konni appoggiò la tazza sulla scrivania, perplesso. «Mi spiace, doc, ma non è possibile. Lo sa anche lei.»

Un breve silenzio dall'altra parte, e poi: «Può almeno controllare chi lo ha avuto in cura?»

«Ma certo, solo un istante.»

Avvicinò a sé la tastiera e inserì il nome di Ralf Tarrach nel motore di ricerca dell'archivio pazienti.

«Eccolo qua! Ralf è stato ricoverato al reparto 4 dal dicembre 2009 all'aprile 2010. Ho un'ottima memoria, vero? Il medico curante era il dottor Forstner, il suo successore qui alla clinica.»

«Lavora sempre lì con voi?»

«Ora dirige la pediatria» rispose Konni. «Ha già visto il nuovo padiglione? Molto elegante. In ogni caso il dottor Forstner era in vacanza, ma è tornato proprio ieri.»

«La prego, Konni, ho bisogno di un appuntamento con lui! Il prima possibile!»

«Wow, sembra davvero urgente» disse Konni. Poi formulò la domanda più ovvia: «Perché non lo chiama lei stesso? Se vuole, glielo passo».

«Perché lei è l'uomo che conosce e che può ottenere un appuntamento urgente con lui. La prego, Konni, se possibile adesso o entro la prossima ora.»

Konni cominciava a non capirci più niente. Ma questo non gli impediva di riconoscere che avrebbe potuto approfittare della situazione.

«D'accordo, vedo quello che posso fare» promise. Se Jan Forstner aveva tempo, non sarebbe stato un problema, andavano molto d'accordo. «Ma stavolta le costerà qualcosa.»

La risposta fu immediata. «D'accordo. Che cosa desidera?»

Konni sogghignò. «Ha ancora la sua collezione di dischi?»

«Sì, almeno una parte.»

«Che ne direbbe dei suoi album dei Ramones? Mi riferisco agli originali, non le ristampe.»

Un breve sospiro e poi: «Come vuole, sono suoi».

Konni spalancò la bocca.

«Wow! Non ha fatto nemmeno una piega. Deve essere proprio una questione importante. Venga tra mezz'ora al reparto pediatrico. Si trova al posto della vecchia villa del direttore. Non può sbagliarsi. Un'altra cosa...»

«Mi dica» ribatté Behrendt impaziente.

«Prima o poi mi rivelerà di che cosa si tratta?»

«Temo che verrà a saperlo al più tardi domani. Grazie, Konni.»

Konni sospirò pieno di rimorsi. Non avrebbe dovuto approfittare così di Behrendt.

«Allora...»

Avrebbe voluto augurargli buona fortuna, ma il dottore aveva già riagganciato.

Konni rimase a fissare il telefono con una strisciante inquietudine.

Temo che verrà a saperlo al più tardi domani.

Non prometteva niente di buono. No, assolutamente no. Ma non sarebbe servito a niente lambiccarsi la testa adesso.

Dopo una breve chiamata a Jan Forstner, Konni raggiunse i colleghi fuori nell'atrio. Adesso aveva proprio bisogno di una sigaretta.

57.

Mark parcheggiò accanto al padiglione della pediatria, ma prima che potesse scendere dalla macchina Lara lo trattenne.

«Preferisco aspettare qui» disse. «Ho giurato che non avrei mai più messo piede in questo ospedale.»

«Ne sei proprio sicura?»

«Sì.»

«Allora augurami buona fortuna.»

Lei annuì e lo guardò seria. «Che cosa faremo se non troveremo indizi neppure questa volta? Come riusciremo a rintracciarlo in tempo? Siamo aggrappati a un filo esilissimo.»

Lui sostenne il suo sguardo anche se in realtà avrebbe avuto voglia di scappare via.

«Un tempo correvi la maratona» le disse. «Te ne ricordi?»

Vedendo che lei non rispondeva, proseguì: «Quando sei allo stremo delle forze, ritieni sensato mettere in dubbio il traguardo? Ci resta solo questa possibilità. Tu non ti sei mai arresa correndo e in qualche modo ce l'hai sempre fatta. Quindi adesso ce la faremo anche noi.»

«Lo spero» disse lei. «Buona fortuna, Mark.»

Avrebbe voluto rispondere qualcosa, ma non gli veniva in mente niente che potesse darle un po' di fiducia. In fondo dubitava anche lui di quella iniziativa. Ma preferiva non pensare alle conseguenze. Non ora, quando esisteva ancora una esile possibilità. Tuttavia non riusciva a togliersi dalla mente la profonda ruga tra gli occhi di Lara e, mentre correva sotto la pioggia verso l'ingresso del padiglione, gli sembrava di avvertire ancora il suo sguardo su di sé.

58.

«Lei dunque è Mark Behrendt» lo accolse il dottor Forstner porgendogli la mano.

L'uomo, alto con le tempie leggermente brizzolate e una invidiabile abbronzatura, aveva una stretta di mano energica e decisa. «Io sono Forstner. Mi fa molto piacere conoscerla di persona, Mark.»

«Lei sa chi sono?»

«Ma certo.» Il dottor Forstner sorrise. «La sua fama la precede, e non solo, perché Konni mi ha telefonato. Dopo tutto devo a lei questa eccezionale macchina per il caffè. Mi spiega come mai ha lasciato qui un apparecchio tanto costoso? Funziona ancora alla perfezione.»

Mark si strinse nelle spalle. «All'epoca avevo bisogno di lasciarmi indietro tutto. Era successo qualcosa che mi aveva coinvolto personalmente e dopo non volevo più nessun ricordo della Waldklinik.»

«Capisco.» Il dottor Forstner gli fece cenno di accomodarsi sulla poltrona davanti alla scrivania. Poi si sedette anche lui. «Conosco benissimo certe fasi. E, mi dica, che cosa la porta qui con tanta urgenza di parlarmi, caro collega?»

«Ex collega» lo corresse Mark. «Presumo che sia a conoscenza anche di questo particolare su di me.»

Jan Forstner annuì. «Sì, leggo il giornale medico. Ma conosco anche le sue pubblicazioni molto bene. Sebbene oramai da molti anni le scriva per qualcun altro.»

«Le ha lette?»

«Certo, volevo sapere come fosse il mio predecessore»

disse Forstner con un sorriso compiaciuto. «Per questo ho riconosciuto la sua mano anche nei testi successivi che sono stati pubblicati sotto un altro nome. Conosco il collega che li ha firmati da un mio precedente posto di lavoro e, detto tra noi, non sarebbe in grado di scrivere senza errori nemmeno sulla sua più bella esperienza in vacanza. No, Mark, il suo stile e il suo approccio ai temi sono decisamente inconfondibili. Sono stato colpito in modo particolare del suo pezzo per il *Lancet*. Per questo lei è e rimane per me un *collega*. E, se posso permettermi di aggiungerlo, so per esperienza quanto sia difficile ottenere una seconda possibilità. Le nostre storie personali non sono poi così dissimili.»

«Sul serio?»

«Sì, con la differenza che la mia vittima all'epoca era un pedofilo» disse Forstner disinvolto. «Mi aveva provocato in maniera insostenibile e alla fine l'ho preso a botte. Un po' come ha fatto lei con quel drogato. Di sicuro avevamo entrambi i nostri buoni motivi. La mia fortuna è stata che il direttore della Waldklinik all'epoca è intervenuto a mio favore. Mi ha offerto un posto per ristabilire la mia reputazione. Altrimenti mi sarebbe andata come a lei.»

Mark era colpito dalla sincerità di quest'uomo che nel contempo lo lasciava dubbioso.

«Perché mi racconta questo?»

«Perché vorrei che fosse sincero con me, Mark» rispose Forstner. «È interessato a Ralf Tarrach e voglio sapere perché.»

«Be', ecco, è una lunga storia e purtroppo ho pochissimo tempo.»

«Mi dica allora solo lo stretto necessario per poterla aiutare.»

Per un attimo i due uomini si guardarono negli occhi e Mark avvertì un profondo sollievo. L'interesse e la disponibilità di Forstner erano sinceri, su questo non aveva il minimo dubbio. Voleva dargli una mano perché anche lui si era trovato in difficoltà in passato. Mark allora si sentì incline, per la prima volta, a parlare apertamente di tutto.

«D'accordo, dottor Forstner...»

«Jan. Se è d'accordo, mi chiami Jan. In fondo questo è un colloquio privato, giusto?»

«E va bene, Jan. Come ho detto, sto cercando Ralf Tarrach. È tornato da poco a Fahlenberg e deve nascondersi qui da qualche parte. Tarrach mi ha perseguitato per anni. Ha ucciso la mia compagna e adesso ha rapito una mia cara amica. Minaccia di uccidere anche lei, precisamente tra meno di quattro ore.»

«Quali sono le sue ragioni?» domandò Forstner con un'espressione di visibile stupore.

«Vuole vendicarsi della strage compiuta da suo padre» spiegò Mark. «L'uomo era in cura da Christoph Lorch, un mio buon amico, ucciso dalla sua fidanzata in un raptus di follia. Così il padre di Tarrach è rimasto senza un medico e agli occhi di Ralf è stata questa la causa della strage che ha commesso. Io ero complice perché la colpevole non è stata condannata alla pena detentiva, bensì a un ricovero in una clinica psichiatrica. A Tarrach non bastava. Inoltre ho salvato la vita a questa donna, impedendole di suicidarsi.»

«Lara Baumann» mormorò Forstner con un cenno d'assenso. «Sì, ho sentito parlare del caso. A quanto ne so nel frattempo è stata dimessa. Quindi è in pericolo anche lei?»

«Sì, esatto» confermò Mark. «Tarrach inoltre ha preso di mira altre persone che secondo lui sono collegate alla tragedia della sua famiglia. Mi aiuterà, Jan? Se avesse qualche idea su un possibile nascondiglio di Tarrach, dovrebbe dirmelo. La prego!»

Jan Forstner lo guardò perplesso. «Come le viene in mente che io possa sapere dove si nasconde?»

«Ovviamente non in maniera diretta» precisò Mark. «Sono convinto però che si sia rifugiato in un luogo della sua infanzia. Un posto dove nessuno immagina di andare a cercarlo. Nel frattempo ho scoperto che ha tagliato i ponti con tutti i vecchi contatti a Fahlenberg, ma forse esiste ancora questa specie di rifugio segreto. Le ha mai accennato a qualcosa del genere?»

Forstner si appoggiò allo schienale della poltrona e alzò i palmi delle mani. «Ecco, Mark, come sa non posso darle nessuna informazione senza l'autorizzazione scritta del paziente.»

«Ne sono consapevole. E in maniera confidenziale?»

«Confidenzialmente non mi ricordo di un luogo del genere.»

«Allora la prego di farmi consultare la sua cartella. Forse c'è qualche punto di riferimento. La prego, Jan, mi rimane pochissimo tempo!»

Jan Forstner si massaggiò il mento e guardò assorto fuori dalla finestra, dove la pioggia cadeva fitta dal cielo plumbeo di ottobre. Dentro l'ufficio c'era un silenzio tale che Mark credeva di sentire il battito del suo cuore che accelerò di colpo quando Forstner tornò a girarsi verso di lui.

«Vede, Mark, anch'io ho fatto le mie esperienze personali in fatto di persecuzioni. Konni gliene ha parlato?»

«No.»

«In questo caso allora dovremmo affrontare l'argomento» suggerì Forstner. «Magari davanti a una bella tazza di caffè fatto con la sua macchina. Si trova nella saletta del personale su al primo piano. Adesso andrò lì e prenderò le scale, perché l'ascensore mi provoca sempre una certa claustrofobia.»

Avvicinò a sé la tastiera del computer e inserì una sequenza numerica che fece apparire sullo schermo una finestra aperta con l'intestazione SIO. Il Sistema Informativo Ospedaliero, come aveva spiegato Konni a Mark.

«Deve promettermi che nel frattempo non si avvicinerà al mio computer» disse Forstner con la massima serietà. «Infatti non lo bloccherò con la mia password perché starò via solo il tempo necessario a prendere un caffè. Ci vorrà una decina di minuti.»

«Quindici» disse Mark.

Jan Forstner annuì. «Va bene, così avrò anche il tempo di montare un po' di latte. Ma prima devo farle una domanda, e la prego di riflettere bene sulla sua risposta.»

«D'accordo.»

Jan Forstner appoggiò i gomiti alla scrivania e abbassò la voce. «Anch'io mi sono trovato in un paio di situazioni pericolose, Mark, e ho sempre apprezzato l'aiuto di chiunque fosse disposto a darmelo.» Indicò il computer senza distogliere lo sguardo da Mark. «C'è qualcos'altro che posso fare per lei, a parte questo?»

«La ringrazio per la generosa offerta» rispose Mark, «ma purtroppo non posso accettarla. Al contrario, la devo pregare di non parlare con nessuno di ciò che le ho raccontato. Ogni persona in più che viene a conoscenza di questa storia mette in ulteriore pericolo la vita della mia amica.»

«Già» disse Forstner stringendo le labbra. «Dovrò accettarlo. Allora non mi rimane altro da fare che augurarle buona fortuna. Non appena sarà finito tutto, si faccia vivo di nuovo. Anche se adesso non posso aiutarla, magari potrò farlo in futuro. Una persona come lei merita una seconda chance e la Waldklinik non è tanto male per ricominciare. Mi creda, parlo per esperienza.»

«A tempo debito ci penserò volentieri» promise Mark. «Grazie ancora, Jan.»

«Non c'è di che.» Forstner si alzò e andò alla porta. Con la mano sul pomello, si girò un'ultima volta verso Mark.

«Un'ultima cosa» disse. «Quando troverà Tarrach e gli starà di fronte, dovrà fare attenzione non solamente a lui, bensì anche a lei stesso. Mi creda, Mark, so quello che dico.»

59.

Quando Mark aprì la cartella relativa a Ralf Tarrach nell'archivio digitale e scorse velocemente i rapporti e i verbali delle sedute, gli parve di essere trasportato indietro nel tempo. Le annotazioni di Jan Forstner gli ricordavano molto quelle di Chris. Erano dettagliate e nello stesso tempo puntuali. Nel caso di un passaggio delle consegne, qualunque collega si sarebbe fatto un quadro del caso in brevissimo tempo. Come lui ora.

Pur non potendo esaminare tutti i particolari, nel giro di pochi minuti Mark aveva già un'idea del diciassettenne Ralf Tarrach.

Dopo quella sanguinosa serata di Natale, aveva sofferto di insonnia, ansia e attacchi di panico. Inoltre aveva spesso incubi nei quali la sorellina aveva un ruolo attivo. Tarrach doveva essersi sentito particolarmente responsabile della sua morte.

Ma chi era stato prima di quell'agghiacciante evento? Era questo il dato più importante.

Nel verbale di ricovero Jan Forstner lo descriveva come un ragazzo intelligente e introverso. Il rendimento scolastico era superiore alla media, ma aveva problemi a stabilire rapporti sociali al di fuori della famiglia. Preferiva stare da solo, piuttosto che in mezzo alla gente. Leggeva molto e aveva una passione per i videogiochi e i film di fantascienza.

Alla domanda se avesse amici aveva risposto con «un paio», ma non sembrava esserci nessun migliore amico, come sarebbe stato invece consueto per un ragazzo della sua età.

Per quanto riguardava le ragazze, Ralf aveva riferito di due storie che aveva troncato nel giro di breve tempo. Apparentemente perché non si sentiva compreso dalle ragazze.

In sintesi Mark era di fronte alla descrizione di un adolescente che si muoveva nella terra di nessuno tra l'infanzia e l'età adulta e che non si sentiva di appartenere a nessuno di quei due mondi. Un ragazzo timido, insicuro e alla ricerca della sua personalità.

Insieme al trauma dovuto al gesto del padre, questa immaturità aveva sicuramente alimentato la sua successiva propensione alla violenza. Perché in sostanza Ralf Tarrach era rimasto un bambino impetuoso e impaurito che esigeva il suo diritto alla ritorsione senza riguardi per nessuno.

In un fascicolo a parte si analizzava il rapporto ambivalente di Tarrach verso il padre. Fino al suo crollo nervoso, Ralf doveva essergli stato molto affezionato. Quando era bambino avevano trascorso molto tempo insieme. Ralf lo aveva accompagnato spesso a caccia e sul posto di lavoro nel bosco e per un po' aveva persino accarezzato l'idea di studiare scienze forestali.

Ma poi, quando il padre era diventato solo «un'ombra di se stesso», per usare le parole di Eva Ahrens, l'ammirazione di Ralf si era trasformata sempre di più in disprezzo per la sua debolezza.

La delusione per un modello che cade dal piedistallo sul quale lui stesso l'aveva posto, pensò Mark.

Ralf era stato colpito soprattutto dalla sofferenza provocata alla famiglia dalla depressione del padre. Dai suoi sbalzi di umore che passavano dall'aggressività al pianto silenzioso.

Dopo il raptus omicida il disprezzo di Ralf nei confronti del padre era stato sostituito definitivamente da un odio cieco. A un certo punto venivano citate le sue parole: «Sono contento che abbia sbagliato l'ultimo colpo. Che adesso sia inchiodato a letto paralizzato. Spero per molto tempo ancora. Se lo è meritato!»

Arrivato a questo punto Mark smise di leggere. Per quanto Ralf ora odiasse il padre, da bambino lo aveva ammirato, si era sentito al sicuro con lui. Esaminò ancora una volta veloce-mente la relazione e si fermò su un termine particolare: bosco.

Se era quello il luogo che Ralf abbinava a un'infanzia felice e protetta, nella quale suo padre era ancora se stesso e la sua famiglia ancora intatta, era probabile che si nascondesse lì adesso.

Ma dove? La foresta di Fahlenberg era sconfinata. Occu-pava un'area di diversi chilometri quadrati. Mark ricordava che durante il periodo trascorso a Fahlenberg capitava spesso che fosse necessario intraprendere operazioni di ricerca quan-do i soliti escursionisti inesperti si allontanavano dai percorsi segnati.

Continuò a leggere a tempo record le altre relazioni e gli appunti, ma senza trovare indizi concreti.

Gli restava solo una cartella. Conteneva i disegni realizzati da Ralf durante le sedute di arteterapia e una relazione di un certo dottor Grünberg che sottolineava la raffinata creatività di Ralf e la sua sensibilità artistica.

I tratti caratteriali che il terapeuta ricavava dalle immagini corrispondevano in parte a quelli evidenziati anche da Jan Forstner. Grünberg lo riteneva un ragazzo introverso, taci-turno e intelligente, e sovente aveva utilizzato l'espressione «estremamente sensibile». Nell'ultimo paragrafo manifesta-va una certa preoccupazione per la «cupezza delle opere» che contenevano «molte emozioni negative».

Anche Mark lo notò subito quando aprì alcune delle im-magini. I disegni di Ralf erano effettivamente *cupi* ed erano dominati dal nero e dal rosso. Erano tutte immagini astratte, ma un osservatore esperto coglieva immediatamente il motivo ricorrente del massacro sanguinario. Vi si rispecchiava lo shock, lo sgomento di Ralf e la paura che aveva provato, insie-me a una rabbia indomabile.

Poi Mark notò un segno che il ragazzo aveva tracciato nell'angolo inferiore destro di diversi disegni. Ingrandì una delle immagini che somigliava a una esplosione nera e rossa, e trasferì il segno al centro dello schermo.

Sembrava quasi una firma. Le due iniziali intrecciate insieme – ammesso che di iniziali si trattasse – non erano una R e una T. Somigliavano piuttosto a una combinazione di P e L, oppure a una B con l'occhiello inferiore interrotto.

Mark aveva l'impressione di aver già visto da qualche parte quel simbolo, ma non riusciva a ricordare dove.

Era forse un simbolo matematico?

Probabilmente no.

Una lettera dell'alfabeto cirillico?

Possibile, ma non era esperto in quel campo.

Oppure una specie di firma stilizzata, come quelle dei graffiti, o qualcosa che riguardava un videogioco?

Plausibile.

Cliccò velocemente sull'icona del browser, ma prima che la pagina si aprisse un pop-up gli chiese la password per la connessione internet di Jan Forstner.

Mark imprecò tra sé e tirò fuori dalla tasca il cellulare. Avrebbe dovuto usare quella ridicola tastiera e lo schermo minuscolo su cui non si vedeva...

Sussultò. Invece dello sfondo con le icone delle app, si trovò davanti un campo nero con il simbolo rosso della batteria. Sotto un breve messaggio lo avvisava che la batteria era scarica.

Maledizione! Mi sono dimenticato di ricaricare questo coso del cavolo e il cavo è rimasto nella borsa in hotel!

Gli tornò in mente l'avvertimento di Ralf Tarrach. Doveva essere sempre raggiungibile.

Altrimenti...

Doveva caricare il cellulare. Subito!

Doveva...

«No» mormorò, guardando l'orologio sulla scrivania di Forstner.

Ti rimangono poco più di tre ore, sembravano dirgli le cifre. *E non hai niente, a parte qualche vaga supposizione. Forse il simbolo ha un suo significato, ma è una possibilità assai remota e lo sai benissimo. E, anche se Ralf Tarrach si nascondesse veramente nel bosco, non lo troveresti mai nel poco tempo che ti rimane.*

Si appoggiò all'indietro nella poltrona di Forstner, guardò il soffitto e fece un profondo respiro.

Era giunto il momento.

Doveva prendere una decisione.

60.

Da ragazzo, quando abitava a Londra, bazzicava spesso i Camden Markets con gli amici. La loro zona preferita era quella dell'Electric Ballroom, il leggendario locale dove si erano già esibiti i Sex Pistols, i Clash e Iggy Pop. Appena sedicenne, a quel tempo Mark era ancora animato dal desiderio di entrare nella storia della musica come artista punk e quel quartiere gli aveva offerto un'ideale fonte di ispirazione.

In genere si riunivano in un minuscolo pub chiamato semplicemente Jack's. Una targa all'ingresso annunciava con orgoglio che proprio in quell'angolo una volta aveva vomitato David Bowie.

L'omonimo gestore del Jack's era un ciccione tatuato con una cresta blu. Ai ragazzi stava simpatico, perché li trattava come *veri uomini*.

Ogni tanto offriva loro un drink e aveva sempre una storia avvincente dei bei vecchi tempi del *vero punk* da raccontare. Inoltre gli aveva insegnato a giocare a poker, ovviamente con una posta vera fin dalla prima partita.

«Se non avete niente da rischiare, non imparerete mai, ragazzi» aveva detto. «Che ne pensate?»

Mark allora aveva tirato fuori le undici sterline che aveva con sé e aveva accettato la sfida. Dopo il terzo giro credeva di aver imparato molto sui bluff e aveva vinto più di tre sterline, ma a partire dal quarto giro la fortuna del principiante lo aveva abbandonato e, arrivato alla settima partita, era andato sotto di più di otto sterline con Jack.

Dopo aver guardato la sua faccia frustrata, Jack lo aveva

avvicinato così tanto a sé che Mark aveva respirato il suo alito alcolico.

«Stammi a sentire, ragazzo. Ti darò un consiglio per la vita» gli aveva mormorato. «Un uomo saggio accetta quando ha perso. Solo un idiota continua a combattere, perché allora perde più di quanto vorrebbe. Tienilo a mente. Forse un giorno me ne sarai addirittura grato.»

Quello che provava Mark uscendo dal padiglione dell'ospedale aveva ben poco a che fare con la gratitudine, ma doveva ammettere che il vecchio Jack ai suoi tempi aveva avuto ragione. La battaglia contro Ralf Tarrach era persa. Ora si trattava di contenere il più possibile le perdite.

Decise allora di mettere in pratica ciò che avrebbe dovuto fare fin dal principio. Tutto quello che gli serviva erano il suo cellulare, un po' di diplomazia e la Glock che aveva nell'armadio.

Sarebbe tornato in hotel con Lara, l'avrebbe lasciata lì alla fermata dell'autobus e le avrebbe consegnato gli ultimi soldi che aveva.

Lei doveva sparire immediatamente e rifugiarsi dove Tarrach non sarebbe mai riuscito a trovarla. Che fosse in grado di farlo lo aveva già dimostrato quando era Ellen Roth.

Poi sarebbe andato in camera sua, avrebbe caricato il cellulare e aspettato la chiamata di Tarrach. Probabilmente non sarebbe più riuscito a salvare Doreen, e questa prospettiva bastava a spezzargli il cuore.

Tutto ciò che poteva fare per lei adesso era proporre a Tarrach uno scambio: la sua stessa vita a rotoli contro quella di lei. Forse, in un modo o nell'altro, sarebbe riuscito a convincere quel pazzo a lasciarla andare. Maledizione, se fosse stato necessario, era addirittura pronto a spararsi davanti agli occhi di Tarrach. Non sarebbe mai potuto cadere più in basso di così.

Mentre si incamminava verso il parcheggio dove lo aspettava sotto la pioggia la Golf grigio metallizzato che Tarrach aveva noleggiato per lui, gli venne in mente la strofa di una vecchia canzone di David McWilliams: *The race is almost run.*

Era proprio così, la corsa era quasi finita, e lui non sarebbe stato il vincitore. Ma avrebbe potuto almeno salvare una vita umana. Forse addirittura due. Si sarebbe dovuto accontentare.

«Ehi!» gridò qualcuno alle sue spalle e Mark si girò istintivamente.

Un uomo anziano seduto sotto un gazebo nei giardini accanto al parcheggio gli fece segno di avvicinarsi. Indossava un paio di jeans strappati, un bomber liso e un berretto con la visiera rosa e l'adesivo di uno scoiattolo da cui spuntava ribelle una criniera di riccioli grigi.

Benvenuto in psichiatria, pensò Mark rispondendo con un cenno della mano.

«Ehi!» ripeté l'uomo con il berretto rosa andandogli incontro. «Stai cercando la tua amica?»

Nel frattempo Mark era arrivato alla macchina e constatò sorpreso che dentro non c'era più nessuno. Lara se n'era andata, ma la chiave era sempre infilata nel cruscotto.

Forse voleva sgranchirsi le gambe, pensò Mark, ma con quella pioggia gli sembrava improbabile.

«Benny può dirti dov'è andata» disse l'uomo, che intanto lo aveva raggiunto. Emanava un cattivo odore di fumo di sigaretta stantio. «Benny sono io, capisci?»

«E dov'è andata, Benny?» domandò Mark scrutando nervoso intorno a sé. Non c'era traccia di Lara da nessuna parte.

«Benny te lo dice, se hai una cicca» disse il vecchio protendendo la mano aperta.

Mark fissò le dita ingiallite dalla nicotina e scosse il capo. «Non ho sigarette. Non fumo.»

«Non dire stronzate, amico» disse Benny con aria sinceramente perplessa. «Tutti fumano.»

«Io no, ma che ne diresti di un euro?»

«Facciamo due» disse Benny sempre con la mano tesa.

Mark tirò fuori il portamonete con un sospiro e appoggiò la moneta nella mano di Benny, facendo attenzione a non toccarlo.

«Ehi, grazie, amico» disse Benny raggiante. «Sei un tipo a posto!»

«Bene, adesso dimmi in quale direzione è andata.»

Benny s'infilò la moneta nella tasca dei calzoni con gesti impacciati, poi indicò la fermata dell'autobus in fondo al parcheggio.

«Ha preso l'autobus per andare in città. Benny l'ha vista bene.»

Mark deglutì. «E quando?»

Invece di rispondere Benny fu assalito da una violenta tosse asinina e si passò la manica della giacca sulla bocca.

«Già da parecchio, amico» disse poi. «Da allora Benny si è fumato le sue ultime due cicche. Per caso non ce l'hai una da dargli?»

Senza degnarlo di ulteriori attenzioni, Mark salì in macchina e uscì imprecando dal parcheggio.

Sperava di avere ancora il tempo sufficiente per trovare Lara e portarla al sicuro. Ma prima doveva caricare quel maledetto cellulare.

E recuperare la sua arma.

61.

«Dottor Behrendt, è tornato finalmente!» esclamò Erich Lüders prima ancora che la porta d'ingresso dell'hotel si fosse chiusa alle spalle di Mark.

L'albergatore uscì subito da dietro il bancone e gli andò incontro impettito.

«Dovrei parlarle, per favore.»

«Non ora, signor Lüders» disse Mark, cercando di superarlo. «Sono di fretta...»

«No, no» esclamò Lüders parandoglisi davanti. «Mi rincresce ma devo insistere!»

«E va bene, di che cosa si tratta?»

«Del nostro accordo» disse Lüders. Poi si guardò intorno con circospezione, come se si aspettasse davvero che ci fosse qualcun altro a parte loro nell'atrio dell'hotel. «Si ricorda, la seconda camera» aggiunse sottovoce.

«Sì, qual è il problema?»

«Qual è il problema?» Lüders contrasse il viso smunto, come se Mark avesse fatto una domanda molto stupida. «Ecco, la prenotazione della seconda camera è servita... Ecco, per uno scopo preciso. Ciò non significa che possa invitare gratuitamente altri ospiti nella nostra struttura.»

«Quali altri ospiti?» Mark aggrottò la fronte. «Di che cosa parla?»

«Della sua amica, ovviamente, dottore! Se ha intenzione di pernottare qui, ovviamente le addebiterò il corrispettivo sul conto...»

«È in camera mia?» lo interruppe Mark incredulo.

Lara è qui!

«Esatto, proprio così» confermò Lüders risentito. «E ha detto che non è disposta a farsi registrare come prevede il regolamento. Tuttavia le ho dato comunque la seconda chiave della camera 204. La prego perciò di lasciarmi la sua carta di credito per...»

«Più tardi!»

Mark lo superò di corsa e si precipitò verso le scale, accompagnato da un: «Lo spero proprio!» di un indignato Lüders.

Salì di corsa i gradini e si accorse che la porta della sua camera era solo accostata.

«Lara, grazie al cielo, io...» esclamò, ma la voce gli morì in gola.

L'anta dell'armadio era ancora aperta e Lara era seduta al tavolo davanti alla finestra. Teneva la Glock con entrambe le mani verso di lui, gli occhi che luccicavano di lacrime di rabbia.

«Ciao, Mark, cercavi questa? Era destinata a me fin dal principio, vero? Ma non te lo permetterò.»

Poi gli puntò l'arma al petto.

Una scena dall'inferno (IV)

L'ultimo Natale dei Tarrach fu una bella festa. Chi avrebbe mai immaginato che giusto la sera dopo sarebbe stato tutto diverso? Che la casa addobbata sfarzosamente con l'abete profumato in salotto e le figure illuminate in giardino sarebbe diventata la scena di un massacro?

No, quell'ultima sera insieme fu piena di vita, gioia, risate e delle tradizioni con cui erano cresciuti Jochen e Sonja Tarrach, e che anno dopo anno trasmettevano a Ralf e Melli.

In particolare Sonja dava molta importanza al Natale, che per lei era la festa più bella dell'anno.

Prima della distribuzione dei regali c'era d'obbligo la cena come un tempo a casa dei suoi genitori: polpette di cacciagione con una bella insalata di patate secondo la ricetta di sua madre. E come sempre per la vigilia di Natale lo stereo in salotto trasmetteva in tutta la casa i soliti sospetti: Frank Sinatra, Mariah Carey, José Feliciano, gli Wham! e (ovviamente) Bing Crosby.

E poi, anche questo faceva parte della tradizione, Sonja Tarrach scioglieva la tavolata con la frase che Melli aspettava con trepidazione già da settimane: «E adesso voglio proprio vedere che cosa ci ha portato Gesù bambino!»

Per Sonja Tarrach era sempre Gesù Bambino a portare i doni e non Babbo Natale, sebbene fosse lui il protagonista di quasi tutte le sue canzoni natalizie preferite.

Era così che funzionavano le tradizioni. Ogni generazione continuava ciò che aveva imparato da quella precedente, arricchendolo con qualcosa di proprio.

Per questo a casa Tarrach adesso non si cantava più soltanto *Tu scendi dalle stelle* e *Astro del cielo*, come avevano fatto da bambini Jochen e Sonja, ma ci si scambiava i doni sulle note di Chris Rea che con voce arrochita si rallegrava di essere tornato a casa per Natale. I regali venivano scartati tra punch di frutta e biscotti e nel chiarore delle candeline elettriche dell'albero di Natale non brillavano solo gli occhi dei bambini.

Persino Jochen Tarrach, che dopo il trauma in primavera e il successivo ricovero alla Waldklinik era sempre serio, sorrideva quando tolse il suo regalo dalla carta colorata.

«Un nuovo tosasiepi» disse. «Ragazzi, siete pazzi! Chissà quanto vi è costato.»

Sonja Tarrach era raggiante e indicò orgogliosa Ralf e Melli. «Abbiamo partecipato tutti. E lo ha scelto tuo figlio.»

«Era il modello con le recensioni migliori» spiegò Ralf indicando la scatola su cui erano elencate le specifiche tecniche. «Ha una batteria potente che non si scarica in fretta come il tuo vecchio modello.»

«E poi l'ha portato Gesù Bambino» aggiunse con simulata serietà Melli. «Per questo mi è costato solo cinque euro del mio salvadanaio. Quindi non è affatto caro.»

La risata di Jochen Tarrach fu una bella e inaspettata sorpresa per la sua famiglia. Era passato oramai del tempo dall'ultima volta che lo avevano sentito ridere.

«Bene, allora adesso non ho più scuse» disse ammiccando a moglie e figli. «Questa primavera comincerò dalla siepe dietro casa. Ha proprio bisogno di essere potata. E magari dovrei piantare un paio di tuie nel giardino davanti, per sfruttare al massimo la batteria.»

«Guai a te, mio caro» rise Sonja Tarrach. Poi si alzò e mostrò fiera ciò che intanto le aveva passato Ralf. «Guardate questo meraviglioso pullover. È incredibilmente morbido e caldo! Era proprio quello che avrei sempre desiderato. Grazie, Ralf, me lo metterò subito.»

Ci furono apprezzamenti anche per il pullover, che fecero arrossire leggermente Ralf, prima che l'apertura dei regali continuasse.

Ralf aveva chiesto un nuovo videogioco e lo aveva anche ricevuto, sebbene sua madre non fosse proprio entusiasta di quella «roba violenta», come la chiamava. Aveva ricevuto anche altri regali utili a un ragazzo di diciassette anni, tra cui un rasoio elettrico che aveva scelto per lui il padre.

Anche Melli era tutta impegnata a scartare i pacchetti. Seguiva il suo consueto sistema, partendo da quelli più piccoli e lasciando per ultimo quello più grande. Quando finalmente arrivò il suo turno, lanciò un gridolino entusiasta.

«Una testa da parrucchiere! Mamma, è super fantastica!»

«È originale Bergmann» spiegò Sonja Tarrach alla figlia. «Sono quelle che usano anche le apprendiste nel mio salone, e io stessa ho imparato a mettere i bigodini e a fare la piega su una simile. Visto che un giorno anche tu vuoi diventare parrucchiera, ti serve qualcosa di professionale e non un semplice giocattolo.»

«Oh, grazie, mamma, sei la migliore!» esultò Melli, gettando le braccia al collo della madre.

Assorbite dal loro gioioso abbraccio, nessuna delle due si accorse che Jochen Tarrach era rimasto all'improvviso impietrito in poltrona. In una mano teneva ancora un biscottino al cioccolato preso dal vassoio, ma la sua attenzione era tutta rivolta alla testa da parrucchiere che la figlia aveva tirato fuori dalla confezione con gesti solenni.

Ralf fu l'unico a notare il cambiamento. Vide il padre osservare la testa con un misto di sgomento e disgusto. Le labbra gli tremavano convulsamente, come Ralf vedeva succedere solo a Melli quando stava per scoppiare a piangere. E in effetti anche gli occhi del padre erano diventati lucidi.

Poi Jochen Tarrach lasciò ricadere il biscotto sul piatto, balzò in piedi dalla poltrona e corse fuori dal salotto.

A questo punto anche mamma e figlia se ne accorsero e Melli domandò: «Che cos'ha papà?»

«Niente, tesoro» rispose Sonja Tarrach. «Sicuramente doveva andare da qualche parte.»

«Papà va a fare pipì, papà va a fare pipì» recitò Melli pettinando i capelli della testa femminile incredibilmente verosimile. Il puzzle con lo scoiattolo che aveva chiesto a Ralf e tutti gli altri regali per il momento erano dimenticati.

Quando la madre, serissima, rivolse un cenno al figlio, Ralf si alzò e andò a cercare il padre.

Lo trovò in giardino, in piedi accanto al garage a fissare con aria assente l'angelo illuminato con le ali spiegate. La sua espressione vacua preoccupò Ralf tanto quanto la sigaretta che il padre stava fumando. Sembrava che volesse consumarla fino al filtro in una volta sola.

«Ehi» disse Ralf andandogli vicino. «Tutto a posto?»

Il padre trasalì, come se fosse stato richiamato dall'altro mondo. «Cosa? Oh, sei tu! Sì, tutto bene. Volevo farmi una fumatina veloce.»

«Non fa un po' troppo freddo per stare qui fuori?»

Ralf non sopportava che il padre fumasse. Erano passati sette anni da quando aveva smesso, ma ci era ricascato durante il ricovero in manicomio, perché a quanto pareva lì fumavano tutti, dai pazienti agli infermieri, fino ai medici.

«Ora ne ho bisogno» disse Jochen Tarrach. «Ma a Capodanno smetto, promesso.»

Contraddicendo le sue stesse parole, si accese una seconda Marlboro subito dopo la prima. Poi schiacciò con le dita la cicca ancora accesa e se la infilò nella tasca dei pantaloni. Una vecchia abitudine da cacciatore. Lo faceva anche anni prima, quando Ralf lo accompagnava a caccia e insieme si appostavano in attesa della preda.

«La testa ti ha spaventato?» domandò Ralf senza tanti giri di parole, e il padre fece un profondo sospiro.

«Non è colpa di tua madre» disse, soffiando una nuvola di fumo azzurrognolo nell'aria gelida della sera. «Voleva solo rendere felice Melli. Questo lo so, certo che lo so. È solo che io... che quella testa... al diavolo! Non ho ancora superato del tutto la cosa.»

Ralf annuì. Si rendeva conto che ci voleva del tempo per archiviare una tragedia come quella vissuta dal padre.

Tutti lo capivano. Per questo gli stavano vicini, anche se per un po' era stato piuttosto difficile. In particolare per la madre, alla quale veniva chiesto immancabilmente che cosa avesse il marito, soprattutto dai vicini di casa, quando di notte nel sonno gridava in maniera straziante.

«Quando sei stato dal medico l'ultima volta?» domandò Ralf.

Il padre tirò una boccata di sigaretta, poi sorrise truce e sbuffò, soffiando il fumo fuori dal naso. «Quale medico? Il mio è morto.»

«Sì, lo so. Ma potresti anche rivolgerti a un altro.»

Il padre sbuffò di nuovo poi scosse la testa.

«Ragazzo mio, tu non capisci. Nel mio caso non si tratta di un braccio rotto o di un po' di mal di pancia. Quello non sarebbe un problema. Se cambiassi medico, quello nuovo farebbe esattamente come il precedente. Ti cambierebbe il gesso, ti prescriverebbe qualcosa e tanti saluti.»

Si tastò la fronte, facendo cadere un po' di cenere della sigaretta sulla neve. «Ma quando c'è qualcosa che non va qui dentro non è che puoi rivolgerti a un altro dottore come se niente fosse. C'è bisogno di *fiducia*, altrimenti non funziona. E la fiducia richiede tempo. Deve scattare qualcosa. Nessuno si lascia rovistare nella testa da uno qualunque. Dopo tutto là sopra sei più nudo di un esibizionista che corre senza vestiti in uno stadio gremito. Credimi, quello che hai qui dentro non vuoi farlo vedere a nessuno.»

Ralf capiva anche questo. Nemmeno lui si sarebbe spogliato di fronte a tutti. C'erano cose che era pronto a condividere solo con qualcuno di cui si fidava fino in fondo.

La sua infatuazione per la commessa al negozio di bricolage, per esempio. Pensava sempre a lei quando si dava piacere e non erano soltanto pensieri erotici. Gli capitava spesso di immaginare che lei rimanesse incinta di lui, e poi si creavano una famiglia e rimanevano insieme per tutta la vita. Lui e quella fantastica ragazza. Non gli interessava niente che avesse qualche anno di più, perché era completamente cotto di lei.

Finora non ne aveva parlato con nessuno, né lo avrebbe mai fatto.

Perciò capiva perfettamente le remore del padre a rivolgersi a un nuovo medico, per parlargli di quello che succedeva nella sua testa. In fondo non si trattava di qualche fantasia erotica, bensì di vere e proprie immagini dell'orrore che lo perseguitavano dappertutto. Parlarne doveva essere molto più difficile. Perché si trattava veramente di qualcosa di folle.

«E poi» aggiunse il padre, tirando l'ultima boccata di sigaretta, «e poi non è stata una persona qualunque a uccidere il mio dottore. Anche quella donna era una strizzacervelli. Questo non rende certo più facile fidarmi di uno di loro. Nel frattempo sono arrivato a credere che sono tutti un po' fuori di testa. Qualcuno addirittura parecchio. La maggior parte di loro si distingue dai pazienti solo perché porta un camice bianco e ha la chiave della porta d'ingresso. Credimi, ragazzo, mentre ero ricoverato mi è capitato di incrociarne diversi. Credi davvero che potrei fidarmi di uno così?»

«No, certo. Ma...» cominciò Ralf, però il padre lo interruppe con un gesto stanco della mano.

«Lascia perdere, figliolo. Apprezzo davvero che tu ti

preoccupi per me. Sul serio. Ma me la cavo anche da solo. So a che cosa devo stare attento e posso badare a me stesso.»

Si liberò della seconda cicca come aveva fatto con la prima, quindi posò una mano sulla spalla di Ralf. «Ora vieni, torniamo dentro. Fa un freddo cane qua fuori e ho voglia di una bella tazza di punch caldo. Quello di tua madre è il migliore in assoluto.»

Su questo Ralf doveva dargli ragione. Circa i tentativi di autoguarigione del padre, invece, nutriva qualche dubbio.

Ma, invece di esprimerli, li tenne per sé, e questo sarebbe stato l'errore più grande della sua vita.

Perché l'inferno si nutre di silenzio.

QUINTA PARTE

La fonte di tutti i mali

«*And I remain on the far side of crazy*
I remain the mortal enemy of man
No hundred dollar cure will save me
Can't stay a boy in no man's land.»

Wall of Voodoo

62.

La canna di una Glock 19 ha un diametro di tre centimetri e una lunghezza di dieci abbondanti. Premuta sul mento, era fredda. Infilata in bocca, sapeva di metallo, olio e la promessa di una fine veloce.

Mark sapeva tutte queste cose, ma non aveva mai immaginato che la sua stessa arma un giorno sarebbe stata rivolta contro di lui da qualcun altro.

«Ascoltami, per favore» disse alzando le mani e fissando l'occhio nero all'estremità della canna: al contrario di quelli rabbiosi di Lara, appariva distaccato e paziente. «Ti ho detto la verità fin dal principio. Mi sarei comportato così se avessi avuto davvero intenzione di ucciderti? Non avrei mai potuto farti niente, Lara!»

«Certo che no» disse lei cinica. «Però ci hai riflettuto di certo, vero? Dopo tutto c'è in ballo la vita della tua migliore amica, per la quale nutri una grande riconoscenza. Lei ti ha salvato, perciò le sei debitore, non è così?»

«Questo è vero, ma non sono ingenuo, Lara. Tarrach non la lascerà andare, qualunque cosa io faccia. Perché dovrei ucciderti, allora? La mia unica speranza era che insieme riuscissimo a rintracciarlo e a fermarlo.»

«Riguardo alla tua amica, devo darti ragione» disse lei con freddezza. «La ucciderà a prescindere. Quando ci si è spinti tanto avanti come ha fatto lui, non è più possibile tornare indietro. Credo addirittura che nemmeno lui abbia intenzione di sopravvivere a questa storia. La vendetta è diventata la sua ragione di vita e, quando l'avrà ottenuta, non avrà più motivo per andare avanti. Quindi non ha più niente da perdere. Tu invece sì.»

«Sì» confermò Mark con voce rotta. «Perderò Doreen perché ho fallito. Ma posso ancora salvare *te*.»

Lei fece una risata amara. «Credi veramente che io ci caschi? Quello che ti unisce a me è meno della metà di ciò che ti lega a lei. E l'ultimatum non è ancora scaduto. Vuoi venirmi davvero a raccontare che non hai pensato di uccidermi? Come ultima risorsa? Dopo tutto la speranza è l'ultima a morire, non è così? Forse lui avrebbe mantenuto la parola, se mi avessi sparato. Così ci sarebbe stata anche una pazza in meno al mondo. Che problema ci sarebbe, se fosse servito a salvare la vita della tua amica?»

Mark scrollò energicamente la testa. «No, Lara, ti sbagli. E se non fossi scappata via poco fa lo sapresti già. Volevo aiutarti a far sparire le tue tracce e a metterti al sicuro, e volevo offrire la mia vita a Ralf al posto di quella di Doreen. Probabilmente non avrebbe accettato, ma ci avrei provato lo stesso. Non mi rimane più altra scelta!»

«Che nobiltà d'animo» lo derise lei. «Un autentico cavaliere. Pensi forse che io ti creda e mi fidi ciecamente di te?»

Mark si strinse nelle spalle. «Per quanto mi riguarda, puoi credere quello che vuoi, ma è la verità.»

Lei rimase in silenzio per un tempo infinito, mentre teneva lo sguardo fisso in quello di lui quasi a volerlo trafiggere. Poi domandò: «Non hai trovato niente nella sua cartella?»

«Non abbastanza» rispose Mark. «Solo un accenno indicante che probabilmente si nasconde da qualche parte in mezzo al bosco. E poi c'era anche una specie di simbolo che doveva avere un significato per lui, ma che non sono riuscito a decifrare. Quasi certamente sarebbe stata un'altra falsa pista.»

Abbassò le braccia e indicò la pistola, che lei continuava a puntargli addosso. Vide che l'arma era carica, e per un momento si domandò chi delle due avesse inserito il caricatore: Lara o Ellen? Chi delle due aveva un istinto di sopravvivenza più forte ed era disposta a spingersi fino alle estreme conseguenze?

D'altronde aveva una qualche importanza?

«Allora» disse lui raddrizzando le spalle. «Se vuoi, spara. Non ce l'ho con te. Tanto per me finirà tutto molto presto, perché non vedo nessun'altra via d'uscita.»

Lei piegò la testa di lato e lo fissò pensierosa. «Non così in fretta, Mark. Posso sempre spararti anche dopo. Qual era il simbolo che hai trovato?»

«Una specie di P maiuscola con una lineetta in basso. Ma potrebbe trattarsi anche di una B con la base spezzata.» Indicò il tavolo accanto a lei dove c'era un blocco di fogli ingialliti con lo stemma della pensione Jordan. «Posso disegnartelo.»

Lei gli fece cenno di avvicinarsi e Mark prese la penna che era sul blocco. Disegnò il simbolo in modo che occupasse tutta la pagina. Poi glielo mostrò.

P

Lara lo guardò sorpresa. «Questo è il suo simbolo?»

«Sì» confermò Mark. «Ha firmato così tutti i disegni che ha realizzato durante le sedute di arteterapia quando aveva diciassette anni. Tu sai per caso che cosa significa?»

«Ma certo. È il simbolo astronomico di Plutone.»

«Plutone? Il pianeta? Ne sei sicura?»

Lei alzò gli occhi al cielo. «Assolutamente. Dopo tutto lavoro al planetario. Nel frattempo Plutone è stato declassato e non è più un pianeta, ma quello è proprio il suo simbolo.»

«Oh, cazzo!» esclamò Mark.

«Cosa c'è?»

«Abita nell'oltretomba, dove non può trovarlo nessun postino.»

«Come, scusa?» Lei lo guardò esterrefatta. «Adesso sei *tu* ad aver perso la testa?»

«No, è quello che ha detto a Lüders quando lavorava qui in albergo. A me invece si è presentato come Ares, il dio del massacro e della vendetta. E Plutone è...»

«... il dio dell'oltretomba, lo so. A quanto pare la cosa riguarda gli dei. Quello squinternato si ritiene uno di loro e...»

Si bloccò e sgranò gli occhi. «Un momento, hai appena detto che potrebbe nascondersi nel bosco?»

«Sì, perché?»

«Se Plutone è il suo indirizzo, forse so dove possiamo trovarlo. Quanto tempo ci resta?»

Mark guardò la sveglia sul comodino. «Meno di due ore e mezza. Che cosa vuoi dire? Dove dovrebbe essere questo maledetto Plutone?»

«Te lo spiego lungo la strada» disse lei, balzando in piedi. Poi alzò la pistola. «Questa però la tengo io, va bene?»

Mark acconsentì con riluttanza. «D'accordo, ma fai un piacere a entrambi e togli il caricatore. E se hai già messo il colpo in canna dovresti toglierlo...»

«Io non ho fatto proprio niente» disse lei. «E... come si toglie questo affare?»

Mark glielo mostrò.

63.

Il viaggio di ritorno fino a Steinbach durò quasi mezz'ora e Mark dovette fare uno sforzo sovrumano per non pigiare fino in fondo il pedale dell'acceleratore. Teneva d'occhio impaziente la lancetta del tachimetro e rimase appena sopra il limite di velocità. Se fossero stati fermati dalla polizia, avrebbero perso anche l'ultima minima chance che avevano.

Quando, in un tratto senza visibilità, dovettero accodarsi a un camion che arrancava all'impossibile velocità di sessanta chilometri all'ora, cominciò a sudare freddo. Finalmente Mark riuscì a superarlo e arrivarono a destinazione quando l'orologio sul cruscotto segnava le 16.37. Gli restavano solo un'ora e cinquantaquattro minuti.

Mark non fece in tempo a fermarsi e spegnere il motore che Lara era già scesa dalla macchina e correva verso l'ingresso del planetario. Era nervosa e agitata e anche Mark fremeva di tensione. Durante il viaggio aveva caricato il cellulare in macchina – ah, il ventunesimo secolo, aveva pensato, invece di un accendino tra gli accessori standard c'è una presa USB – e quando lo prese temette di trovarvi un messaggio di Ralf Tarrach. Invece sul display non c'era altro che l'informazione che la batteria adesso era al trentadue per cento.

Rispetta l'ultimatum, pensò, mentre seguiva Lara. Era pur sempre un barlume di speranza, anche se il tempo comunque era quasi scaduto.

Quando la raggiunse, lei gli mostrò un disco di bronzo incassato nel muro sopra la porta.

«Questo è il punto di partenza.»

Sebbene il planetario a quell'ora fosse chiuso e buio, si capiva che quel disco rappresentava il sole. Accanto all'ingresso c'era anche una tavola esplicativa, che Mark non aveva notato in occasione della sua prima visita. Era stato troppo concentrato sull'imminente incontro con Lara per cogliere altri particolari di quello che lo circondava.

In calce alla tabella una freccia con l'indicazione «Alla via dei pianeti» indicava un sentiero scosceso nel bosco che partiva a destra dell'edificio.

«Presumo che Plutone si trovi all'estremità opposta del percorso, giusto?» domandò, e Lara annuì. «A quale distanza è?»

Lei piegò la testa pensierosa. «Sul dépliant c'è scritto che sono all'incirca tre chilometri. Se li facciamo di corsa dovremo esserci in un quarto d'ora circa.»

«Allora partiamo!»

Superarono i due pali di legno, ornati di incisioni, che fiancheggiavano l'accesso al sentiero escursionistico, poi furono inghiottiti dal fitto bosco di latifoglie.

Il sentiero si snodava in discesa tra cespugli e alberi ricoperti di muschio. La pioggia, in parte bloccata dal fogliame autunnale, cadeva su di loro nebulizzata e nel fioco chiarore della sera imminente il luogo aveva un'atmosfera quasi mistica.

Passarono accanto a un pilastro di granito sormontato da una piccola sfera di bronzo che rappresentava Mercurio. Anche qui, come prima al planetario, c'era una tabella esplicativa e qualche burlone ci aveva scritto sotto con un pennarello rosso «Troppo caldo pure per gli alieni».

Poco più avanti trovarono le sculture di bronzo di Venere e della Terra. Su quest'ultima lo stesso autore del pennarello rosso aveva lasciato uno smiley arrabbiato.

Sebbene il sentiero fosse abbastanza largo da permettere di procedere in coppia, Mark era sempre dietro. Lara correva veloce, esattamente come un tempo la sua alter ego. Al contrario, gli anni di alcolismo e una carriera ancora più lunga di fumatore avevano lasciato il segno sul fisico di Mark.

Mentre la distanza tra di loro aumentava costantemente, Mark raggiunse ansimando la colonna successiva. Era quella di Marte, il pianeta rosso, che portava il nome del dio della guerra che Ralf Tarrach aveva preso a suo modello.

Lasciandosela alle spalle, circondata da felci rigogliose e in alcune parti ricoperta di muschio, gli tornò in mente ciò che una volta gli aveva detto Tanja. All'epoca di quell'altra vita, quella ancora felice, mentre erano in campagna a trascorrere un fine settimana. Era una limpida notte d'agosto e si erano sdraiati su un prato ad ammirare le stelle cadenti delle Perseidi.

«Noi esseri umani ci prendiamo troppo sul serio» aveva commentato, stringendosi a lui. «Me ne rendo conto tutte le volte che guardo il cielo di notte. È come se mi mostrasse ciò che siamo veramente.»

«E che cosa siamo?» le aveva chiesto Mark, baciandola sulla guancia.

«Poco altro che microrganismi decisamente egocentrici nello spazio infinito. Solo un minuscolo frammento del grande Tutto.»

«Non mi sembra particolarmente lusinghiero» aveva scherzato lui, ma Tanja era rimasta seria.

«No, Mark, veramente. Crediamo di avere la vita nelle nostre mani. Di poter spiegare e dirigere tutto. E, non appena non è più così, sprofondiamo nella disperazione. Abbiamo disimparato ad affidarci al grande Tutto. Abbiamo scordato che ci mostrerà la via giusta. Del resto siamo qui solo da qualche migliaio di anni, e che cos'è a paragone dell'universo?»

Ora si pentiva di non aver interiorizzato quel concetto. Invece, dopo la morte di Tanja si era comportato davvero come un microbo egocentrico. Si era fatto del male così a lungo per pura autocommiserazione e rabbia che aveva rischiato di sparire proprio in quel grande Tutto.

Una presa di coscienza tardiva, ma, come si dice: meglio tardi che mai.

Una parte di lui avrebbe desiderato che anche Ralf Tarrach giungesse a tale consapevolezza – in tempo, prima di gettare su di loro quella immane tragedia – ma alla parte maggiore era francamente indifferente, adesso.

Nel caso fossero riusciti a trovare Ralf, quel miserabile non avrebbe potuto aspettarsi nessuna comprensione da parte sua. Allora lui stesso, Mark, si sarebbe trasformato nel dio della vendetta.

Era proprio come aveva detto Lara: una volta superata una certa soglia, era impossibile tornare indietro.

Continuò ad arrancare cercando di non perderla di vista. Nel frattempo il distacco tra di loro era aumentato, ma lei non sembrava intenzionata a rallentare né ad aspettarlo. Se non fossero arrivati presto a destinazione, sarebbe sparita del tutto.

Si erano lasciati alle spalle Marte e Giove ed erano in procinto di raggiungere la colonna di Saturno quando improvvisamente Mark fece una singolare osservazione.

Per un istante si domandò se non si stesse sbagliando, ma quando infine si rese conto di ciò che aveva davanti fu assalito dalla paura.

64.

Il cuore le batteva forte non solo per la lunga corsa. Avrebbe tanto voluto tornare indietro. Subito. Lasciare che Mark proseguisse da solo. Dopo tutto era stato lui a coinvolgerla in tutta quella storia, giusto? Lui e quel pazzo che voleva annientare entrambi.

C'era qualcosa che non andava in lei, lo percepiva.

All'improvviso udì nuovamente una voce nella sua testa.

Cominci ad avere paura, piccola vigliacca, non è così?

Era la voce di una bambina. Una bambina che aveva conosciuto tanti anni prima. La sua grande amica, no, la sua *migliore* amica, che aveva visto per l'ultima volta il giorno in cui...

L'Uomo Nero è venuto a prendermi.

Adesso però la voce della sua amica era tornata. Come se fosse proprio lì con lei, in quel bosco e non nell'altro, dove erano accadute quelle cose orribili.

E, mentre correva, sentì se stessa rispondere. Era simile a un'eco del passato, nella quale anche lei parlava come una bambina.

Non è affatto vero. Non sono una vigliacca.

Allora dimostramelo. Dimostrami che non sei una fifona.

Certo che te lo dimostro.

Sì, erano state le sue parole all'epoca. Adesso lo ricordava. Aveva accettato una prova di coraggio idiota e poi era successo qualcosa di brutto, di *molto* brutto, intorno a lei era piombata l'oscurità, un'oscurità identica a quella lì nel bosco adesso.

Sentì di nuovo la propria voce. Era adulta, e pronunciava le parole che aveva detto a Eva Ahrens.

So che non basta tornare nel luogo legato al proprio trauma per perdere completamente la ragione.

Sì, maledizione, poteva anche essere vero, ma in ogni caso detestava essere lì nel bosco adesso! E più si addentrava tra gli alberi più il suo disagio cresceva.

Non doveva essere lì. Come le era saltato in mente di correre nel bosco?

Non era un bel posto. Era pieno di brutti ricordi. Per la maggior parte erano sfumati, ma qualcuno le si ripresentava chiaro e nitido.

Esattamente come allora!

Ecco all'improvviso i funghi che si allungavano come manine infantili dai ceppi marciti e le rocce sul ciglio del sentiero con i misteriosi simboli a stella sul dorso. Stelle di cui aveva parlato la sua migliore amica quando lei era ancora troppo piccola per afferrarne il significato.

Ma che stelle, sciocchina, sono pentacoli. Si disegnano nei luoghi dove abitano gli spiriti malvagi.

Era quello che facevano gli antichi abitanti del paesino dove era cresciuta. Le tornò in mente anche questo. Con quei simboli avevano cercato di preservare dal male quel maledetto bosco, perché molto tempo prima era già capitato qualcosa di estremamente brutto.

Tutto questo le affiorò alla memoria adesso. Ricordi che la assalivano come predatori e affondavano le zanne e i denti nel suo cervello esausto.

No, non voleva sentire certe cose! Quelle voci non dovevano abitare nella sua testa.

Ce n'è qualcuno qui? Di spiriti, intendo.

Certo che ci sono.

Era lo stress, solo lo stress.

Pensieri intrusivi. Il ricordo di un'esperienza negativa dalla quale non ci si riesce a liberare.

Lo aveva spiegato così ad Axel, ed era per questo che le tornava in mente proprio ora. Perché quel bosco riaccendeva in lei i brutti ricordi. Proprio come doveva essere successo un tempo a Jochen Tarrach. Chissà se aveva rivisto la testa, la testa mozzata, che cercava di parlare con lui?

Smettila di pensarci, si esortò, ma era più facile a dirsi che a farsi.

Mark correva alle sue spalle. Ovviamente era solo Mark, lo sapeva. Le sarebbe bastato voltarsi, e lo avrebbe visto.

Ma i suoi passi dietro di lei... La seguivano, la *inseguivano*!

E lui ansimava e sbuffava. Ansimava e sbuffava. Ansimava e sbuffava.

Proprio come l'Uomo Nero!

Corse verso una colonna di granito sormontata da un Saturno di bronzo circondato da un ampio anello che sembrava sospeso nell'aria al fioco chiarore della sera.

Solo un anello, pensò distratta, e invece dovrebbero essere molti.

Ha proprio ragione, mia cara, le rispose una voce scricchiolante.

Allora vide il professor Bormann, appoggiato disinvolto alla colonna. Aveva il vestito ricoperto di muschio e il papillon a pois intorno al collo floscio si era trasformato in qualcosa di scuro che si muoveva lento e intanto sembrava sgretolarsi.

Mentre gli passava davanti, lui alzò la mano scheletrica in un cenno di saluto e le sorrise con la sua faccia da mummia dagli occhi infossati.

L'Uomo Nero non c'è più, le gridò dietro. *Non può più farle niente. Ma non è ancora al sicuro. Non ancora! Non ancoraaaaa!*

Le sue parole le riecheggiarono nelle orecchie e lei scrollò la testa per liberarsi della loro eco.

355

Non è vero! Non lo sento veramente! Non c'è niente di vero in tutto questo. Io...

«Lara!»

Era Mark. La seguiva di corsa. Sì, era reale. *Lui* era reale. Non l'Uomo Nero, bensì Mark.

«Lara, aspetta. Corri troppo veloce per me!»

Ma lei non poteva fermarsi. Doveva correre, correre, correre, CORRERE!

Tutto a un tratto provò dolore al braccio sinistro. La cicatrice che non aveva più avvertito da tanto tempo. Bruciava, come se qualcuno ci avesse versato sopra dell'acqua bollente.

Doveva scappare anche da quella sensazione.

Che cosa c'è? Che cosa mi sta succedendo?

È lo stress, sciocchina. Lo stress e il ricordo di ciò che hai fatto un tempo nel bosco. Lo ricordi?

Correndo alzò il braccio e si accorse che sanguinava veramente. Sangue fresco, rosso, che cadeva sul sentiero in grosse gocce come le briciole di pane di Hänsel e Gretel. Perché si era conficcata il cacciavite nel braccio. Allora e anche adesso.

Sì, doveva essere successo così. Si era trafitta di nuovo con forza il braccio, e aveva scavato in cerchio, più e più volte, e ancora, perché...

«Perché il dolore è l'unica sensazione vera» ansimò, accelerando ulteriormente il passo.

Corri! Oddio, corri! Corri più veloce che puoi!

Ed era quello che fece. Non aveva altra scelta, doveva correre. Sfuggire a tutto quanto. Al passato, al presente, a tutte le brutte cose che erano in agguato lì nel bosco sempre più buio.

Via, via, via!

Poi qualcosa l'afferrò per un piede, la bloccò ferrea, la schiantò a terra. Lei colpì con le mani la ghiaia davanti a sé, avvertì il dolore bruciante e fissò sgomenta il serpente nero che si era attorcigliato intorno alla sua caviglia.

«No» gridò. «No, no, no!»

Il mostro aveva nascosto la testa nel terreno e si incuneava sempre più in profondità. Se non fosse riuscita a liberarsi, l'avrebbe trascinata con sé, nell'oscurità, dove sarebbe soffocata, come allora, quando l'Uomo Nero l'aveva stretta a sé per...

«Lara! Santo cielo, Lara!»

Qualcuno si chinò su di lei e nello stesso istante il serpente lasciò la presa, smise di muoversi perché... perché... C'era *lui*.

Lo guardò e gli sorrise.

«Chris? Chris! Grazie a Dio, sei tornato!»

65.

Mark si inginocchiò trafelato accanto a Lara, le sollevò cauto il busto e le appoggiò la testa sulle proprie gambe. Vide che aveva le mani graffiate e insanguinate, ma per il resto sembrava illesa. Aveva ammortizzato la caduta con la sicurezza di una vera atleta, quando era inciampata sulla radice affiorante.

Ma non era la caduta a preoccuparlo adesso. Era la sua espressione disorientata. Il modo in cui fissava la penombra. Poco prima era partita di corsa come un'ossessa, sempre più veloce, facendo qualche gesto bizzarro, e adesso delirava.

Credeva che lui fosse Chris!

«Lara, che cosa ti succede? Sono io, Mark!»

«Mark?» mormorò lei sgranando ancora di più gli occhi. «Ma certo, Mark, sei tu! Io... Io... pensavo... Io...»

«Ti sei fatta male? Riesci ad alzarti?»

«Non voglio più correre» bisbigliò lei. «Il bosco... Questo bosco! D'un tratto è ritornato tutto. Ho rivisto tutto. Basta! Non ce la faccio più!»

«Ma sì che ce la fai. Vieni, alzati! Dobbiamo proseguire!»

Lei si puntellò sui gomiti e si staccò da lui.

«No, Mark!» Scrollò la testa in preda al panico. «Sento che sto per perdere il senno! Sta ritornando tutto. Non so più nemmeno chi sono.»

«Sei Lara» disse lui disperato. «Lara Baumann. Lo sei sempre stata. Su, ti prego, dobbiamo proseguire!»

Lei strisciò un altro po' lontano da lui, poi si portò la mano alla cintura dei jeans e afferrò la pistola.

Per un attimo Mark rimase sgomento, credendo che volesse puntargliela addosso e sparargli. Che avesse veramente perso la ragione e volesse ucciderlo. Lì e subito.

Invece gliela consegnò.

«No» ansimò con il fiato corto. «Non ne posso più e non *voglio* più farlo. Sparami e basta, adesso. Così tutto finalmente tornerà a posto.»

«No, non lo farò, Lara! Ti prego, vieni con me! Ci resta poco tempo oramai!»

Lei si infilò la mano insanguinata nella tasca e tirò fuori il caricatore. «Allora prendi questo e sparisci. Io resto qui. Salva tu la tua amica. Lei è innocente, ma io no.»

Mark diede un'occhiata al cellulare. Gli restava meno di un'ora e mezza per arrivare a destinazione, trovare il rifugio di Ralf e metterlo fuori combattimento.

«D'accordo» disse alla fine. «Tu aspetta qui, verrò a prenderti più tardi. Ma mi devi promettere che rimarrai esattamente in questo punto, così potrò ritrovarti.»

«Mi hai già trovato due volte» osservò lei appoggiandosi a un tronco. «Sono più che abbastanza.»

Lui si alzò e scosse la testa. «Ti troverò anche una terza volta, promesso.»

Lei sorrise. «Staremo a vedere. Adesso sparisci, una buona volta! Va' a salvare qualcuno che può essere ancora salvato.»

Lui esitò, poi accese la torcia del cellulare e ritornò sul sentiero.

Nel frattempo era quasi scesa la notte e, quando si voltò un'altra volta verso Lara, era solo un'ombra indistinta rannicchiata per terra tra gli alberi.

«Vai!» gli ordinò. «Sbrigati!»

Lui ubbidì.

66.

Quando finalmente Mark raggiunse la colonna di granito su cui troneggiava la minuscola sfera bronzea di Plutone, aveva ricominciato a piovere. Grosse gocce cadevano tra i fitti abeti che ondeggiavano frusciando nel vento, come se si sussurrassero segreti l'un l'altro.

L'oscurità era quasi completa. Qualche lampo lontano rischiarava di tanto in tanto il cielo plumbeo annunciando un altro temporale autunnale.

Senza fiato e fradicio di sudore e di pioggia, Mark spostò la luce del cellulare qua e là intorno a sé. Dopo l'ultima colonna il sentiero proseguiva per un centinaio di metri, poi si biforcava. Mark lo percorse fino in fondo e vide che a sinistra terminava dopo pochi metri in una radura con una tabella di legno esplicativa sugli uccelli e la fauna locale. Al di là c'era un'abetaia.

Allora a destra.

Il sentiero lo condusse fino a una sbarra arrugginita in mezzo alla fitta vegetazione con appeso un cartello quasi illeggibile. Osservando meglio riuscì a decifrare le parole «Proprietà privata».

Il cuore cominciò a battergli più forte mentre si inoltrava oltre la sbarra. Tenendo la mano protesa per schivare i rami che lo frustavano con i loro aghi acuminati, avanzò spedito sul terreno dissestato. Teneva la luce del cellulare rivolta verso il basso e sperava che nessuno lo vedesse da lontano.

Dopo tre o quattrocento metri, all'improvviso davanti a lui

si aprì una radura, repentinamente come se qualcuno avesse alzato un sipario. Al centro c'era un capanno da caccia.

Fece subito un passo indietro, spense la luce del cellulare e si nascose dietro un albero. Da lì sbirciò cauto la vecchia costruzione di legno che nel bagliore dei lampi lontani aveva un aspetto spettrale e minaccioso.

Le pareti scure erano ricoperte di edera e il tetto di scandole era rivestito di muschio. Un filo di fumo usciva da un comignolo storto e da una finestra con le imposte ormai marce che penzolavano sghembe dai cardini, un alone di luce rischiarava fiocamente lo spiazzo fangoso sul davanti dove la pioggia ballava la sua danza sfrenata.

A destra della capanna c'era una legnaia protetta da una tettoia, con quella che sembrava essere una motocicletta sotto un telo grigio. Lì accanto, seminascosto tra i cespugli in fondo a una strada forestale invasa dalla vegetazione, era parcheggiato un fuoristrada Subaru grigio metallizzato.

Ralf Tarrach doveva essere arrivato lì passando a valle. Sicuramente usando una delle strade conosciute solo alla gente del posto e ai cacciatori. E siccome al momento non era stagione di caccia né di escursionismo doveva ritenersi al sicuro e solo lassù.

Mark era incredulo. Aveva davvero trovato il nascondiglio!

Dentro la baracca lì davanti a lui doveva esserci Doreen e lui pregò il Dio in cui non credeva che fosse ancora viva.

Per un attimo ebbe la tentazione di chiamare la polizia. Ma ci sarebbe voluto troppo tempo per spiegare tutto, per di più al telefono. Prima di riuscire a convincere i poliziotti a salire fin lassù, l'ultimatum sarebbe scaduto. E, anche se fossero arrivati in tempo, Tarrach li avrebbe sentiti. In quella zona remota il rombo di un motore sarebbe stato subito riconoscibile. E questo gli avrebbe lasciato il tempo sufficiente per fuggire. Ma prima avrebbe mantenuto la promessa e avrebbe ucciso Doreen: di questo Mark non dubitava.

No, l'unica possibilità di salvarla era agire senza esitazioni. Dopo tutto aveva dalla sua il vantaggio della sorpresa, almeno finché Tarrach non gli avesse telefonato, cosa che sarebbe accaduta esattamente di lì a cinquanta minuti.

Con le mani che gli tremavano per l'agitazione, Mark inserì il caricatore nella Glock e mise il colpo in canna. Poi fece appello a tutto il suo coraggio e si avvicinò di soppiatto al capanno.

La pioggia lo sferzava in viso, i suoi piedi affondavano schioccando nel terreno fradicio, e il rombo lontano dei tuoni rieccheggiava sopra la cima degli abeti. Un vento gelido gli strattonava gli indumenti bagnati e, quando raggiunse il capanno dopo pochi passi rapidi e nervosi, tremava di freddo, e di ansia.

Si appiattì contro la parete e rimase in ascolto per cogliere i rumori all'interno. Ma tutto era silenzioso. Si udiva solo l'ululato del vento e il tambureggiare della pioggia sul tetto.

Continuò a strisciare lungo la parete fino alla finestra illuminata che era oscurata all'interno da una tenda chiusa. Cercò di sbirciare attraverso una fessura nel tessuto, ma per quanto si sforzasse riuscì a riconoscere solo un trofeo di caccia sulla parete di fronte e qualche centimetro di pavimento di assi logore.

Fece un profondo respiro, impugnò più saldamente la Glock e strisciò fino alla tettoia d'ingresso.

Una targa di legno appesa alla porta accoglieva i visitatori con un ironico «Benvenuti». Nel bagliore dei lampi Mark riconobbe incise le parole «Rifugio Kessler» e, accanto, «780 m»: evidentemente indicava l'altitudine del luogo.

Vide inoltre che la porta aveva una maniglia ma era senza serratura. Al suo posto c'erano due anelli d'acciaio per un lucchetto che mancava.

Quindi la capanna si poteva chiudere solo dall'esterno, il che era plausibile. In quel posto bisognava proteggere la proprietà quando si era *assenti*. A chiunque l'avesse costruita non sarebbe mai venuto in mente che potesse essere utilizzata per cercare riparo da qualcosa di diverso dal maltempo.

Mark si passò la lingua sulle labbra per l'agitazione. Si accorse che la porta si apriva verso l'interno. Molto bene. Avrebbe potuto piombare dentro e tenere in scacco Tarrach con la pistola dopo averlo colto di sorpresa. Sul momento non gli venne in mente nessun'altra possibilità.

L'idea tuttavia non lo convinceva del tutto. E se si fosse sbagliato? Se Tarrach in realtà avesse aggiunto un chiavistello dall'altra parte della porta? In quel caso ci avrebbe sbattuto facendo un gran rumore e mettendolo in allarme. E poi?

Smettila! si ammonì mentalmente. Non hai tempo per certe stronzate! O provi a entrare adesso, oppure...

Preferiva non pensare all'alternativa. Con il cuore in gola si avvicinò alla porta e allungò la mano sinistra verso la maniglia, mentre con la destra impugnava l'arma, pronto a sparare.

Aveva il corpo teso come una corda di violino. Non aveva idea di che cosa lo attendesse dietro la porta e avrebbe avuto solo una frazione di secondo per valutare la situazione all'interno.

Era consapevole che forse arrivava troppo tardi, che Doreen poteva essere già morta e che magari il suo cadavere sarebbe stata la prima cosa che avrebbe visto. Doveva concentrarsi esclusivamente su Tarrach e non permettere a niente e a nessuno di distrarlo, di qualunque cosa si trattasse.

Bene, vai!

Afferrò la maniglia e stava per abbassarla quando una voce tranquilla alle sue spalle lo fece trasalire.

«Salve, dottore.»

Mark si voltò di scatto.

67.

Mark si trovò davanti un giovanotto con una giacca a vento scura, jeans sbiaditi e scarponi da lavoro che gli puntava a sua volta una pistola.

Sebbene si fosse fatto crescere la barba, Ralf Tarrach non poteva nascondere la somiglianza con il padre tanto odiato. La stessa corporatura, lo stesso portamento e la medesima statura di almeno un metro e ottantacinque. La pioggia gli aveva appiccicato alla testa i corti capelli biondi e il viso scolpito era rigato di gocce d'acqua.

Sarebbe lui? pensò Mark, sconcertato dalla propria delusione. *Questo* sarebbe il mostro?

Ovviamente era stato consapevole, in tutti gli anni trascorsi a caccia dell'omicida di Tanja, che il colpevole doveva essere un tipo normale e anonimo. Ma per qualche motivo si era aspettato qualcosa *di più*.

Ralf Tarrach non sembrava il mostro che aveva perseguitato Mark nei suoi peggiori incubi per tanti anni. L'uomo che gli stava davanti avrebbe potuto essere un tipo qualunque incontrato per strada. A giudicare dai vestiti, magari un artigiano chiamato da qualcuno per aggiustare una lavatrice o un tetto che gocciolava. Oppure un vicino di casa, da cui farsi prestare all'occorrenza una carriola o una motosega.

Era il banale tipo della porta accanto, al quale non si attribuiva nessuna malvagità. Solo il ghigno cinico che gli incurvava le labbra tradiva la sua vera natura.

«Complimenti, dottore, non avrei mai creduto che saresti riuscito a trovarmi» disse con un cenno di ammirazione. «Sono rimasto allibito quando prima il localizzatore mi ha indicato che avevi parcheggiato al planetario. Ovviamente ho subito capito che saresti arrivato fin qui.»

Mark deglutì e dalla gola gli uscì uno schiocco nervoso. «Mi tenevi d'occhio.»

«Certo, che cosa pensavi? Ma, nel caso ti rimproverassi di non esserti procurato una macchina nuova, posso tranquillizzarti. Ti sono sempre stato attaccato, per tutto il tempo. Sarebbe stato semplice localizzare anche la nuova auto. Adesso, però, fammi il favore di dirmi come hai fatto a trovarmi. Sul serio, sono curioso di saperlo.»

«Plutone» disse Mark. «Da lì non è stato così difficile arrivare fin qui. A quanto pare questo capanno ha un significato speciale per te.»

«Apparteneva a mio nonno. L'ho ereditato da mia madre. Quando ero piccolo venivamo spesso quassù.»

«E adesso è diventato il tuo rifugio, vero?»

Tarrach si strinse nelle spalle. «Chiamalo pure come ti pare. Continuo a non capire come tu sia arrivato a Plutone. A parte me lo sapevano solo...» Si bloccò e un lampo gli illuminò gli occhi. «Il mio fascicolo medico! Ecco perché sei tornato un'altra volta alla Waldklinik. Come diavolo hai fatto a procurarti i miei documenti?»

«Non ha alcuna importanza» replicò Mark, stupito dalla sua stessa calma. «Adesso sono qui e a quanto pare siamo in una situazione di stallo.»

Alzò leggermente la pistola e la usò per indicare quella impugnata da Tarrach. Lui annuì e il suo sorriso si allargò.

«Una Glock 19, niente male, dottore. La mia è solo una calibro 17. Apparteneva a mio nonno. Uno dei primi modelli dell'inizio degli anni ottanta. È con questa che ho imparato a sparare da lui. E tu? Sei davvero in grado di premere il grilletto?»

«Se necessario.»

«Già, dottore, allora parliamo da pari a pari, eh? Non era previsto, ma, come si dice, solo un piano flessibile è un buon piano.»

«Il tuo *piano*» esclamò Mark sprezzante. «Scateni solo il caos e fai un errore dopo l'altro. E secondo te sarebbe un piano?»

«Ti riferisci al nostro incontro attuale o anche alla faccenda di Axel Pohl?»

«Entrambi.»

Tarrach fece una smorfia indifferente. «Lo ammetto, il fatto che tu mi abbia trovato qui è stato proprio un errore. Ti ho sottovalutato, lo riconosco senza problemi. Per quanto riguarda Pohl, nessuno poteva immaginarlo. Quando l'ho sentito alla radio, stentavo a crederci. Evidentemente quel tizio ha più vite di un gatto. Ma chi se ne importa. Prima o poi beccherò anche lui.»

«Perché lui?»

A questa domanda Tarrach alzò gli occhi al cielo e scosse la testa.

«Suvvia, andiamo, dottore! Non fingere di essere più stupido di quanto sei. Ovviamente all'epoca Pohl avrebbe dovuto testimoniare contro quella pazza. Dopo tutto la riteneva colpevole esattamente come me. In quanto persona che la conosceva bene, avrebbe potuto *inchiodarla*! La giuria lo avrebbe ascoltato e probabilmente il processo avrebbe avuto un esito diverso. E invece no, quel vigliacco ha taciuto e per questo doveva essere punito.»

Mark fece una risata amara. «Non dirmi che pensi di essere un tutore della giustizia. Ti ritieni superiore a tutti e credi di poter giudicare gli altri. È una grandissima stronzata, Ralf! Quello che è successo a te e alla tua famiglia è soltanto colpa di tuo padre.»

«No, dottore, io la vedo diversamente. In fondo sarebbe stato possibile evitarlo.»

«Ma davvero? Be', allora aiutami a capire come stanno le cose. Finora quello che so è questo: tuo padre è stato dimesso dall'ospedale e non è più potuto tornare a lavorare nel bosco a causa del trauma subìto. Un giorno Gregor Ahrens lo chiama e lo prega di sostituirlo per riempire le mangiatoie. Tuo padre si sente in debito con lui e accetta di farlo. Va nel bosco, il ricordo del trauma si rafforza, lo stress aumenta in maniera insostenibile e lui si rifugia dentro casa. Fin qui ho ragione, giusto?»

«Sì.»

«Quello che non capisco è il fattore che ha scatenato il suo raptus. Perché tuo padre ha aggredito tua madre e tua sorella?»

«A causa della testa» mormorò Tarrach.

«Ti riferisci a quella stupida testa di bambola che ci hai fatto trovare nel sacco della spazzatura? Per di più impiastricciata di ketchup? Un gesto decisamente infantile, mio caro.»

«Volevo che voi due idioti finalmente capiste!» lo aggredì Tarrach. «Quella non era la testa di una bambola, bensì una testa da parrucchiere. Era di mia sorella. Gliel'aveva regalata mia madre per Natale.»

«Quindi tuo padre è tornato a casa, vede loro due giocare con la testa e, siccome si sentiva perseguitato dalla testa del collega morto, non è più riuscito a distinguere l'una dall'altra e ha perso la ragione.» Tarrach annuì con aria quasi soddisfatta. Come un professore che verifica come finalmente l'alunno abbia imparato la lezione.

«Deve essere andata proprio così, dottore. Questa almeno è stata l'ipotesi dello psicologo criminale. Ha detto anche che mio padre aveva smesso di prendere le sue medicine. Ma non è vero. Non ha mai smesso di prenderle. La verità è che non aveva più ottenuto una ricetta, perché non aveva più un medico curante. Alla clinica gli avevano proposto un altro specialista, ma lui non si fidava.»

«Per questo non si è più presentato alle sedute» Mark concluse la storia.

«No, infatti» confermò rabbioso Tarrach. «Perché il medico al quale era stato affidato non c'era più. E la colpa è di quella pazza. Ha ucciso il dottor Lorch e per questo adesso deve essere punita. Grazie a te sembra anche tornata quella di un tempo. Quindi il castigo ricadrà sulla persona giusta, e va bene così. Ma presumo che sia ancora viva, giusto? Altrimenti non ti saresti dovuto avvicinare così di nascosto, ma avresti potuto benissimo aspettare la mia chiamata.»

«È vero» disse Mark. «Non avrai creduto davvero di potermi spingere a commettere un omicidio?»

Di nuovo quel ghigno. Mark avrebbe voluto prenderlo a schiaffi.

«Be', dottore, diciamo che per un po' ci hai almeno pensato, vero? Ma sapevo che non avresti avuto la forza di farlo. E, già che siamo in argomento: dov'è quella pazza? È nascosta da qualche parte nel bosco? Oppure non è nemmeno venuta?»

«No, Ralf» ribatté asciutto Mark. «Adesso mi dirai tu dov'è Doreen.»

«Come vuoi.» Tarrach indicò con l'arma la porta del capanno. «È lì dentro. Proprio dietro di te.»

«È ancora viva?»

Mark scorse di nuovo quel lampo beffardo nel suo sguardo. «Quando sono uscito era ancora viva, sì. E adesso tocca a te: dov'è la pazza?»

«Prima voglio che tu mi dica come pensi di procedere da qui in poi.»

«Ti riferisci al nostro patto?» Tarrach guardò le loro pistole e inclinò la testa di lato. «Be', dottore, per come la vedo io abbiamo solo due possibilità. Se adesso mi dici dov'è la pazza, potremo salutarci in pace. In effetti avrei preferito che fossi tu a ristabilire l'equilibrio, perché in fin dei conti se è ancora viva è solo grazie a te, ma dopo tutto ciò che abbiamo vissuto insieme dal mio punto di vista ti meriti la grazia. È un'offerta generosa la mia, non trovi?»

«E poi? Che cosa farai una volta ottenuto ciò che vuoi?»

«Cosa farò? Mi ucciderò» ribatté Tarrach, come se parlasse con un mentecatto. «Sono l'ultimo sulla lista degli imputati. Perché non ero con la mia famiglia quando aveva bisogno di me. Avrei dovuto proteggerla dal folle.»

«No, Ralf» disse Mark. «È un'altra delle tue illusioni. Se quella sera fossi stato a casa, tuo padre avrebbe ucciso anche te.»

«Io glielo avrei impedito!» urlò Tarrach, pestando rabbiosamente i piedi per terra. «E comunque adesso non fa più differenza. Le cose stanno come stanno, e conta soltanto quello che succederà tra di noi. O mi dici dove posso trovare la pazza, o uno di noi due dovrà sparare all'altro. Ma in quel caso sarai tu ad avere la peggio, te lo garantisco.»

«Ah, sì?» ribatté Mark, ripensando a ciò che aveva appreso leggendo il fascicolo di Tarrach. Che nonostante l'età adulta continuava a essere un bambino rabbioso e insicuro. «Che cosa te ne dà la certezza?»

«Oh, è molto semplice, dottore. Non è nella tua natura uccidere qualcuno. Io invece ne sono capace, come già sai. Allora, che cosa pensi di fare?»

«Questo!»

Lara. Sbucò all'improvviso dall'oscurità e prima che Tarrach potesse reagire lo colpì in faccia con un pesante ramo che brandeggiava con entrambe le mani come una mazza da baseball.

La testa di Tarrach schizzò all'indietro spruzzando sangue e lui lanciò un grugnito di sorpresa. Fece un giro su se stesso come un goffo ballerino, prima che il ramo lo colpisse una seconda volta, al petto.

Stramazzò a terra con un gemito. Impugnava ancora la pi-

369

stola, ma prima che potesse puntarla verso Lara Mark gli fu addosso e diede un calcio violento alla mano che la stringeva.

Tarrach lanciò un grido, la pistola gli scivolò via dalle dita sparando un colpo che risuonò da qualche parte nell'oscurità. Con la mano libera cercò di afferrare il polpaccio di Mark, ma lui fu più veloce. Spostò le gambe all'indietro e gli assestò un secondo calcio al fianco.

Tarrach si rigirò nel fango ululando e cercò di strisciare via come un soldato in preda al panico, ma Mark gli si lanciò contro. Lo afferrò per i capelli, gli strattonò la testa all'indietro e gli puntò la pistola alla tempia.

Rimasero sdraiati così uno sopra l'altro, ansimando, e Tarrach rivolse lo sguardo a Mark con un sogghigno. Il sangue che gli usciva dal naso si mescolava al fango sulla faccia, e al bagliore di un altro lampo i suoi denti brillarono rossi.

«Avanti, dottore!» grugnì. «Hai vinto. Porta a termine il lavoro.»

Tutto a un tratto Mark si sentì impietrito. Fissò il volto dal ghigno odioso e gli sembrò che l'intera situazione fosse spaventosamente irreale. Come se un brutto sogno che lo aveva tormentato per anni all'improvviso fosse diventato realtà. Era come allora, quando aveva aggredito Lars Weslowski, ma stavolta tra le sue mani aveva quello giusto. Era arrivato il momento che aspettava dalla morte di Tanja.

La fronte gli si imperlò di sudore, più freddo della pioggia.

Qualcosa in lui voleva premere il grilletto, voleva *farlo* veramente.

Per Tanja. Per il rapimento di Doreen. Per Axel. Per Lara. Per tutte le sofferenze interiori che Tarrach gli aveva inflitto per così tanti anni.

Ho rischiato di morire alcolizzato per colpa di questo sacco di merda!

Sentì la pressione del polpastrello sul grilletto ed ebbe l'impressione di non aver mai percepito niente con altrettanta intensità. Gli sarebbe bastato piegare l'indice. Un breve movimento, senza il minimo sforzo, avrebbe messo fine a ogni cosa. Avrebbe potuto rimettere in traiettoria il mondo finito alla deriva e compiere un'opera di giustizia compensativa.

Nei film sembrava sempre così facile. L'eroe uccideva il cattivo, il pubblico in sala con i popcorn era contento e dopo il lieto fine scorrevano i titoli di coda.

E invece non era affatto semplice. Quello non era un film e lui non era Clint Eastwood né Charles Bronson e neppure un maledetto Liam Neeson.

Era un uomo che un tempo aveva pronunciato il giuramento di Ippocrate. Un uomo che all'epoca si era assunto la responsabilità di proteggere la vita umana.

E quella *era* una vita umana. Qui non c'era nessun attore che avrebbe chiuso gli occhi per poi riaprirli non appena il regista pronunciava il «Ciak!».

Se avesse sparato ora, avrebbe ucciso un essere umano. Un pazzo e un assassino, certo, ma pur sempre un *essere umano.* Per di più sdraiato inerme sotto di lui e in completa balia della sua decisione.

Se lo fai, che cosa ti renderà diverso da lui? gli domandò una voce interiore e lui non trovò una risposta. Pensò invece all'avvertimento di Jan Forstner. Il collega gli aveva detto di fare attenzione non solo a Ralf Tarrach, bensì anche a se stesso.

Alzò gli occhi verso Lara, che era indietreggiata di qualche passo. Al chiarore della finestra il suo viso appariva pallido come uno spettro. La pioggia le gocciolava dai vestiti fradici mentre teneva in mano la pistola di Tarrach come se fosse un corpo estraneo, spaventata e in attesa di ciò che sarebbe accaduto.

Quando i loro sguardi si incrociarono, entrambi parvero formulare lo stesso pensiero: *questa non è la cosa giusta.*

«Lo dicevo io» grugnì Tarrach sotto di lui, sputando un

grumo di sangue nel fango. «Non è nella tua natura, dottore.»

Proprio mentre Mark chinava di nuovo lo sguardo su di lui, Tarrach alzò di scatto il braccio sinistro. Nella frazione di secondo precedente alla botta, Mark si accorse che Tarrach aveva raccolto da terra una delle pietre che erano sparse nel fango.

Prima che avesse modo di schivarla, la pietra lo colpì alla tempia e una serie di luci abbaglianti gli esplosero davanti agli occhi in una nube di dolore.

Il mondo intorno a lui cominciò a girare vorticosamente, come se fosse finito dentro una centrifuga. Fece in tempo a schivare un secondo colpo mentre Tarrach si sollevava sotto di lui e se lo scrollava di dosso come un cavallo imbizzarrito.

Mark cadde su un fianco e colpì con violenza il terreno. Quando si girò, vide Tarrach balzare in piedi e allontanarsi zoppicando.

«No!» gridò Lara inseguendolo.

Gli puntò addosso la pistola, ma Tarrach intanto aveva già raggiunto il fuoristrada. Mentre lei cercava di prenderlo di mira, i fari della Subaru si accesero di colpo inondando la scena di una luce abbagliante.

Accecata, Lara si schermò gli occhi con il braccio e imprecò mentre la macchina si allontanava a pieni giri spruzzando fango dietro di sé.

Poco dopo i fari posteriori furono inghiottiti dall'oscurità del bosco.

68.

La testa gli rimbombava e Mark sentiva il sangue caldo che gli scorreva dalla tempia. Cercò goffamente di rialzarsi, riuscendoci solo con l'aiuto di Lara. A giudicare dall'occhiata che lei gli rivolse, la ferita doveva essere davvero brutta, e anche per il resto si sentiva a pezzi.

Anche lei era estremamente provata. Fradicia di pioggia, infangata e acciaccata.

«Tutto a posto?» gli chiese ansiosa.

Lui annuì, provocandosi una nuova fitta alla testa e sbatté le palpebre per mandare via le luci che gli danzavano davanti agli occhi.

«Quel bastardo pezzo di merda! Avrei dovuto sparargli quando ne ho avuto l'occasione.»

«Non prendertela» ribatté lei, scostandosi dal viso i capelli bagnati. «Non ci sono riuscita nemmeno io. Non siamo come lui.»

Si chinò a raccogliere la pistola di Mark e se la infilò nella tasca della giacca insieme a quella di Tarrach.

«Sono sicura che non mollerà adesso» continuò. «Ora sa dove mi trovo. Credo che sia il momento di coinvolgere la polizia.»

«Sì» concordò Mark indicando verso il capanno. «Ma prima devo accertarmi delle condizioni di Doreen.»

Lei seguì il suo sguardo e rabbrividì. «Pensi che l'abbia uccisa?»

«Mi ha detto che è ancora viva, ma come si fa a credere a uno come lui?»

«Aspetta» disse lei trattenendolo per una manica. «Prima di entrare devo dirti una cosa. Quello che è successo nel bosco... Mi spiace tantissimo. All'improvviso ho avuto la sensazione di perdere il senno. Tutto a un tratto sono stata assalita da ricordi vecchissimi, simili ad allucinazioni... No, non erano solo *simili*, erano proprio allucinazioni. Era come se... Oddio, non riesco nemmeno a descriverlo. E a un tratto sono tornata a essere... *lei*.»

«Intendi dire Ellen?»

«Sì.»

«E adesso come ti senti?»

«Veramente?»

«Veramente.»

«Credo... Come entrambe insieme. Lei e io. Perché in realtà è ciò che siamo, giusto? La stessa identica cosa.»

«È così. Siete sempre state insieme, solo che finora non vi eravate ritrovate. Ma, se ora è successo, se non altro questa storia ha avuto almeno un risvolto positivo.»

Lei lo guardò pensierosa. «Credo che sia questo a renderci diversi da Tarrach. Nonostante tutto il male che abbiamo superato, non abbiamo mai perso di vista il bene.»

«Lo spero» ribatté lui. «E spero anche che non mi abbia mentito riguardo a Doreen.»

Detto questo si avvicinò alla porta del capanno e stavolta non ebbe esitazioni prima di afferrare la maniglia.

69.

Quando spinse la porta, i cardini cigolarono leggermente. Seguito da Lara entrò e fu accolto da un odore ammuffito di legno, ruggine e polvere che gli fece pensare a una vecchia soffitta.

La stanza davanti a loro era più grande di quanto si sarebbe potuto pensare da fuori ed era rischiarata dalla luce fredda di una lampada da campeggio a LED appoggiata sul tavolo centrale. Tutt'intorno erano appesi palchi le cui ombre si allungavano come artigli verso il soffitto di travi, mentre sulla parete di fondo scoppiettava una stufa di ghisa.

Proprio accanto era collocata una sedia di ferro arrugginita con pezzi di scotch attaccati ai braccioli: doveva essere quello con cui Tarrach aveva legato Doreen. La sedia però era vuota.

«Mark!» esclamò Lara afferrandolo per una spalla.

Lui si voltò spaventato e allora la vide. Doreen era rannicchiata a terra accanto a un cassettone vicino alla porta. Li fissava tremante. I lunghi capelli biondi le ricadevano spettinati intorno al viso pallido e portava ancora il vestito rosso oramai sporco e strappato.

«Doreen! Grazie al cielo sei viva!»

Con due passi Mark la raggiunse, le s'inginocchiò accanto e la strinse tra le braccia. Lei non reagì e, quando lui la guardò negli occhi, ricambiò con un'espressione confusa.

«Mark?»

La sua voce era poco più di un rantolo roco. Doveva essere sfinita e sembrava ancora sotto l'effetto del narcotico.

«Sì, sono qui» rispose lui scostandole delicatamente i capelli dal viso. «Andrà tutto bene, adesso sei al sicuro.»

Si girò verso Lara che prese una bottiglia di acqua minerale da un ripiano. Accanto c'erano avanzi di würstel in barattolo e pane integrale, evidentemente le uniche provviste di Tarrach durante il suo soggiorno nel capanno.

Lara porse la bottiglia a Doreen.

«Dovresti bere qualcosa. Ti aiuterà a schiarire la mente. Io sono Lara, una vecchia amica di Mark.»

«So... chi... sei» mormorò Doreen, prendendo la bottiglia con un debole sorriso appena accennato. «Grazie... a entrambi... Temevo già...»

Non concluse la frase e abbassò gli occhi prima di iniziare a bere a piccoli sorsi.

Mark sentì qualcosa contrarsi nel suo petto. Fino a due giorni prima quella donna era ancora forte e sicura di sé. Aveva superato tutte le avversità del suo passato e aveva aiutato lui e molti altri a uscire dalla dipendenza. Un processo che lei stessa aveva faticosamente compiuto.

Adesso però non era rimasto più niente di quella persona energica. Tarrach aveva distrutto anche lei.

Eccola di nuovo, l'antica collera, che prima, mentre puntava la Glock alla tempia di Tarrach, non era più riuscito a provare. Se avesse visto Doreen in queste condizioni prima di quel momento, avrebbe premuto il grilletto. Di questo era assolutamente sicuro.

La vibrazione improvvisa del telefono lo fece sussultare, come se lo avessero morso a un polpaccio. Si affrettò a tirare fuori l'apparecchio dalla tasca dei calzoni e si accorse che nella colluttazione precedente lo schermo si era incrinato. Ma la parola sotto le crepe era ancora leggibile.

SCONOSCIUTO.

«È lui?» domandò sgomenta Doreen e Mark annuì.

«Non rispondere!» esclamò di getto Lara. «Piuttosto chiama la polizia.»

«Prima voglio conoscere le intenzioni di quel pazzo.»

Mark rispose alla chiamata, ma ci riuscì solo al terzo tentativo, a causa dello schermo danneggiato e delle dita che gli tremavano.

«Allora, come va, dottore?» gli chiese Tarrach. Nonostante il frastuono del motore in sottofondo, Mark sentì chiaramente la nota nasale nella sua voce.

Il colpo di Lara gli ha rotto il naso, pensò con cupa soddisfazione.

«Perché non dici niente, dottore? Ti sei già pentito di non avermi sparato prima?»

«La prossima volta lo farò» dichiarò Mark. «Riuscirò a prenderti, dovunque ti nasconderai, puoi contarci!»

«Tranquillo, ci credo! Ogni promessa è debito, giusto? Come sicuramente avrai visto, io ho mantenuto la mia. La tua amica è ancora viva.»

«E adesso? Che cosa hai intenzione di fare?»

«Tanto per cominciare, ho una buona notizia per te» disse Tarrach e Mark sentì che il rumore del motore accelerava.

Come per un sorpasso, pensò.

«Una buona notizia? E quale?»

«Ho appena telefonato all'ospedale e sai che cosa mi hanno detto? Il tuo amico sta meglio. Ha superato l'operazione.»

Mark si sentì scendere un brivido ghiacciato lungo la schiena. Quel bastardo stava andando da Axel!

«Penso di dovergli fare una visitina» disse Tarrach allegramente. «Purtroppo non è permesso portare fiori in terapia intensiva, ma se vuoi posso porgergli un ultimo saluto da parte tua.»

«Lascialo stare, altrimenti ti uccido!» esclamò Mark, e come risposta ottenne solo un risolino nasale.

«No, no, no, dottore! Perché tutta questa rabbia? Te l'ho

detto, solo un piano flessibile è un buon piano. Adesso purtroppo devo riattaccare. Ma ci risentiremo presto! »

«No!» gridò Mark. «Aspetta!»

Ma Tarrach aveva già interrotto la comunicazione.

70.

«Devo andare in ospedale da Axel» disse Mark, dopo aver finito di parlare con la polizia di Fahlenberg.

Gli agenti avevano reagito con lo stesso scetticismo dell'infermiera del centralino dell'ospedale; Mark non era neppure sicuro che avesse preso sul serio il suo avvertimento: si era limitata a indirizzarlo alla polizia e poi aveva riattaccato.

Mark allora aveva telefonato al numero di emergenza ed era stato messo in contatto con il commissariato di Fahlenberg. Qui gli avevano assicurato che sarebbero passati a dare un'occhiata ad Axel Pohl.

«Non mi sono sembrati proprio convinti» disse Mark e Lara lo guardò impaurita.

«Manderanno qualcuno anche qui?»

«Sì, ma ci vorrà un po' di tempo prima che trovino la strada di accesso. Sono riuscito a indicargli la posizione del capanno solo in maniera approssimativa e soltanto dalla parte del sentiero escursionistico.»

«Maledizione!» Lara sbirciò fuori dalla porta dove la pioggia continuava a cadere fitta dal cielo notturno. «E se quel tizio avesse voluto solo tenderti una trappola? Dopo tutto adesso sa che sono qui, e il suo bersaglio principale sono *io*. Se metterà le mani su di te, potrà ricattarmi. E tutta la storia ricomincerà daccapo.»

«Nemmeno io sono molto tranquillo a uscire là fuori» ammise Mark. «Ma sono l'unico in grado di identificare Tarrach. A voi non si avvicinerà, finché rimarrete nascoste nel capanno, mentre Axel è un bersaglio indifeso.»

«Credi davvero che voglia ucciderlo dentro l'ospedale? Con intorno tante persone?»

Mark si strinse nelle spalle. «Tarrach è furibondo e soprattutto è ossessionato dal suo piano di vendetta, e questo lo rende imprevedibile. Qui dentro non può raggiungerci, soprattutto perché sa che siamo armati. Ma se è riuscito a penetrare indisturbato alla casa di cura di suo padre potrebbe arrivare anche ad Axel. Quanto meno finché non sarò riuscito a convincere la polizia a sorvegliarlo in maniera permanente.»

«Mark ha ragione» mormorò Doreen stringendosi la coperta più saldamente intorno alle spalle. «Lui non la smetterà finché non avrà ammazzato tutti coloro che ritiene colpevoli. Avresti dovuto vederlo qui. Come ha reagito quando si è reso conto che Mark stava per arrivare. Voleva ucciderlo.»

L'ultima frase fu pronunciata in un sussurro e il suo viso era una maschera di terrore. Sembrava sempre sotto shock.

«Però non c'è riuscito» disse dolcemente Mark. Si mise seduto accanto a lei sul vecchio divano collocato accanto allo scaffale delle provviste e le cinse le spalle con un braccio. Lei tremava e si appoggiò a lui.

«Non devi preoccuparti, qui dentro siete al sicuro e io baderò a me stesso» promise. «Del resto mi aspetto che possa essere in agguato là fuori e la prossima volta non esiterò certo a sparare.»

Lara scrollò il capo. «Ho sempre un brutto presentimento, Mark.»

«Anch'io» rispose lui. «Ma è l'unica possibilità. Finché rimarrete dentro il capanno, non potrà farvi niente. A parte una finestra, tutte le imposte sono chiuse dall'interno e se spingete il cassettone davanti alla porta non potrà aprirla. Così gli resta solo una via d'accesso e, se dovesse tentare sul serio di entrare dalla finestra, gli sparerete.»

Lara osservò turbata le due pistole sul tavolo accanto alla

lampada da campeggio e fece un profondo sospiro. «D'accordo. Però sbrigati e, mi raccomando, stai molto attento!»

«Lo farò» promise Mark prendendo la Glock dal tavolo. Controllò che avesse il colpo in canna poi si avvicinò alla porta.

Quando si girò un'ultima volta, si trovò davanti due facce preoccupate.

«Sii prudente» gli disse Doreen. «Noi qui siamo in due, ma tu devi cavartela da solo.»

Lui annuì, poi uscì nella notte.

71.

Stavolta Mark alzò il più possibile il cellulare con la torcia accesa. Casomai Tarrach avesse bluffato e fosse ancora nei paraggi, *voleva* che lo vedesse. Doveva aver immaginato che nel frattempo avevano chiamato aiuto e che non gli restava più molto tempo per agire, perciò si sarebbe concentrato sul bersaglio più semplice e avrebbe seguito Mark. Nell'eventualità che fosse ancora lì.

Mark attraversò la radura con la pistola spianata e quando raggiunse il sentiero escursionistico tra gli alberi per tornare al percorso dei pianeti l'oscurità era ormai completa.

I lampi intanto si erano spostati – il minaccioso temporale d'autunno sembrava averci ripensato e si era spinto verso ovest – e il cielo notturno era coperto da grossi nuvoloni plumbei. La luce del telefono riusciva a rischiarare solo qualche metro davanti a lui e, mentre scendeva per il pendio a passo sostenuto, i rami degli alberi lo sferzavano come fruste bagnandolo di pioggia.

Ogni tanto sentiva fruscii nel sottobosco e a un certo punto qualcosa di grosso e pesante si allontanò nel buio. Una persona? No, probabilmente un capriolo o un cinghiale, che lui aveva disturbato nel riposo notturno al riparo sotto un albero.

Mark era stato sul punto di sparare, ma si era trattenuto in tempo quando si era reso conto che quella cosa non gli stava andando incontro, bensì fuggiva da lui.

Tarrach non si fece vedere. Né sul sentiero del bosco né sul percorso astronomico e neppure quando Mark finalmente

382

raggiunse il parcheggio del planetario. Doveva essere proprio diretto all'ospedale, dedusse Mark accelerando ulteriormente l'andatura.

Ogni promessa è debito. La voce di Tarrach gli echeggiò in testa mentre saliva in macchina ansimando e con i polmoni che gli bruciavano.

Partì sgommando dal parcheggio e pensò al localizzatore nascosto da qualche parte sulla Golf. Avrebbe potuto cercarlo ed eliminarlo, ma sarebbe stata solo una perdita di tempo. Tarrach in ogni caso sapeva che stava andando da lui.

L'importante adesso era vedere chi dei due sarebbe stato più veloce.

72.

Dopo un viaggio di venticinque minuti a folle velocità e con diversi sorpassi azzardati, Mark raggiunse l'ospedale di Fahlenberg. Superò l'accesso al complesso ospedaliero, girò a sinistra nel parcheggio destinato allo scarico e alle soste brevi e si fermò accanto all'ingresso principale, fiancheggiato da due autopattuglie.

La vista delle macchine della polizia gli fece capire che c'erano solo due possibilità: che il suo avvertimento fosse stato preso sul serio, oppure...

Oppure che arrivo troppo tardi!

Balzò fuori dalla macchina e si precipitò nell'atrio oltre la porta girevole, dove fu accolto da una corrente d'aria tiepida e un odore di antisettico.

A quell'ora l'atrio era completamente deserto. Le saracinesche del chiosco-bar per i visitatori e del piccolo parrucchiere lì accanto erano abbassate e tutto era ammantato da un silenzio spettrale.

Poco dopo gli giunse da qualche parte il suono di una voce maschile ovattata e la risata trattenuta di una donna. Superò di corsa il tabellone che indicava la disposizione dei reparti e arrivò al gabbiotto dell'accettazione. Un poliziotto in uniforme era appoggiato con disinvoltura al bancone e chiacchierava con l'infermiera di turno.

Entrambi sorridevano e sembrava una conversazione piacevole, se non addirittura un flirt. Ma quando Mark corse verso di loro con gli abiti infangati e una ferita incrostata di sangue sulla fronte il sorriso di entrambi si spense all'istante.

Il poliziotto portò la mano alla fondina come il pistolero eroico di un western e bloccò la strada a Mark.

«Alt!» intimò alzando una mano. «Lei chi è?»

Con voce trafelata Mark spiegò di essere l'autore della telefonata di avvertimento su Ralf Tarrach.

«È già arrivato?» aggiunse ansimando. «Siete riusciti a catturarlo?»

«Un momento» disse il poliziotto, scrutandolo con un misto di sbigottimento e ripugnanza. Poi prese la ricetrasmittente e avvisò i colleghi dell'arrivo di Mark. Mentre parlava indietreggiò di qualche passo, senza tuttavia mai perderlo di vista, quasi temesse di essere infettato da qualche pericolosa malattia portata da quell'uomo sporco, che puzzava di sudore e adrenalina. A giudicare dal suo sguardo forse un tipo di pazzia altamente contagiosa.

Quando ebbe finito di parlare, ci fu una specie di schiocco alla radio e una voce gracchiante disse: «Lo porti qui».

Senza avvicinarsi a Mark, il poliziotto gli rivolse un cenno.

«Venga con me!»

Mark ubbidì e seguì l'agente lungo il corridoio fino al reparto D4 dove fu ricevuto da un uomo alto in abiti civili.

«Il signor Behrendt?»

«Sì, sono io.»

«Può dimostrarlo?»

Spazientito Mark tirò fuori il portafoglio dalla tasca dei pantaloni incrostati di fango e prese con dita tremanti la carta d'identità.

L'altro le diede un'occhiata e annuì. «Grazie. Sono il capo commissario Stark» si presentò.

Con il giubbotto di pelle, i capelli rossi tagliati corti e la cicatrice che gli tagliava il sopracciglio destro, somigliava a un personaggio di *Sin City*, pensò Mark. Era uno dei film preferiti di Tanja e lo avevano visto insieme almeno tre volte, ma adesso Mark non ricordava più a quale attore somigliasse il commissario a cui strinse la mano in maniera automatica.

Mickey Rourke? Possibile. Ma adesso che importanza aveva? Perché gli veniva da pensare a certe cose?

Perché sei sul punto di crollare, gli rispose la sua voce interiore.

«Tarrach si è fatto vivo?» chiese, lo sguardo fisso sulla porta chiusa della camera dove sicuramente era ricoverato Axel. Un altro agente in divisa era di guardia lì accanto.

«No, qui non è arrivato nessuno» rispose Stark guardandolo con attenzione. «Nessuno a parte noi e ovviamente il personale ospedaliero.»

«Maledizione!» ansimò Mark. «Allora forse Lara aveva ragione. Potrebbe essere ancora su nel bosco per tentare di entrare nel capanno. Dobbiamo andarci subito!»

«Calma, calma, signor Behrendt!» Stark alzò le mani in un gesto conciliante. «Cerchi di calmarsi tanto per cominciare.»

«Calmarmi?» sbraitò Mark. «Dovrei calmarmi? Ma lei sa che cosa ho passato negli ultimi giorni?»

«A grandi linee» rispose Stark con un tono di voce sempre pacato. «Una pattuglia è già diretta al capanno, ma prima di intervenire voglio conoscere la sua versione della storia.»

«La *mia* versione? E quale ha già sentito?»

«Quella del signor Pohl.»

«Ha ripreso conoscenza?»

«Sì. Ho appena finito di parlare con lui.»

Mark fu costretto ad appoggiarsi al muro. Le ginocchia tutto a un tratto minacciavano di cedergli, come se si fosse liberato con le ultime forze di un peso micidiale che lo aveva schiacciato fino a quel momento.

«Voglio vederlo» disse esausto. «La prego! Le spiegherò tutto, ma prima mi lasci andare da lui. Se gli ha già parlato, allora sa che dico la verità.»

Stark strinse le labbra come se dovesse pensarci, poi si girò senza dire una parola e l'agente in divisa aprì la porta della camera a Mark.

Axel era sdraiato sul letto singolo. Nel viso tumefatto aveva diverse lacerazioni chiuse con i punti e sembrava indossare una maschera di Halloween blu e rossa. Gli erano stati messi una flebo e un catetere e aveva il braccio destro ingessato come pure le gambe. *Entrambe* le gambe, nessuna amputazione, constatò Mark con sollievo.

Quando Axel lo vide entrare, storse la bocca in un sorriso sofferto.

«Ehi, amico» gracchiò. «Hai un aspetto di merda.»

«E tu ti sei già guardato allo specchio oggi?» ribatté Mark con gli occhi che gli bruciavano. Aveva i nervi tesi e mancava davvero poco a che si mettesse a frignare come un bambino.

«Come stai?»

Axel alzò il braccio sinistro, l'unica parte che sembrava illesa, e indicò le gambe. «Mi hanno messo più viti e placche che Terminator. Non potrò più correre la maratona. Per il momento il mio massimo traguardo è il gabinetto. Ma se non altro mi danno della roba proprio buona qui. Rende tutto sopportabile.»

«Come se avessi mai avuto intenzione di correre la maratona» osservò Mark asciugandosi gli occhi con la manica.

«Parli già come la mia ex» protestò Axel. «Però fammi il piacere di non metterti a piagnucolare.»

«Per favore, signor Behrendt» li interruppe Stark, «adesso vorrei che mi raccontasse cosa è successo.»

Mark si lasciò cadere sulla sedia accanto al letto e cominciò a parlare. Cercò di essere molto conciso, senza tuttavia tralasciare niente. Evitò soltanto di accennare alla Glock illegale che aveva nella tasca della giacca. Voleva evitare a tutti i costi di consegnare l'arma. Per lo meno non finché Tarrach restava a piede libero.

Stark lo ascoltò impassibile e, proprio quando Mark era

arrivato alla fuga di Tarrach e alla sua minaccia di uccidere Axel, il cellulare del commissario si mise a squillare.

«Un momento» disse brusco rispondendo alla chiamata.

Ascoltò con la fronte aggrottata, annuì un paio di volte e infine disse: «Molto interessante. Grazie per le informazioni».

Poi chiuse la comunicazione e si rivolse nuovamente a Mark e Axel. «Era il commissariato. Abbiamo fatto ricerche su Tarrach. Ha cambiato nome quattro anni fa e adesso si chiama Kessler. Per questo nemmeno lei è riuscito a rintracciarlo.»

«Kessler» ripeté Mark. «Deve essere il nome da ragazza di sua madre. Fuori dal capanno di caccia era appesa una targa con scritto 'Rifugio Kessler'. Ralf ha detto che apparteneva a suo nonno e che lo aveva ereditato da sua madre. Evidentemente l'odio che prova per il padre è tale da averlo spinto a cancellarne persino il nome.»

Stark aggrottò la fronte. «Poco fa non ha forse detto che si era presentato con il suo nome precedente a quell'albergatore dove ha lavorato l'anno scorso?»

«Esatto, probabilmente perché io potessi risalire al suo passato» disse Mark. «Così non mi sarebbe mai venuto in mente di cercarlo usando il nome della madre.»

«Oh, cazzo!» esclamò Axel con voce arrochita. «Kessler era anche il nome del tizio che ha comprato la casa di Chris.»

«Come dice?» Stark alzò le sopracciglia stupito. «*Ralf* Kessler?»

«Il nome di battesimo non lo ricordo più» disse Axel e subito dopo tossì. Parlare lo affaticava molto. «All'epoca si occupò di tutto l'agente immobiliare. È stato giusto quattro anni fa. Ma, su una scala da uno a dieci, qual è la probabilità che si sia trattato di una coincidenza?»

«Francamente mi sembra troppo.» Stark si grattò la testa.

«Perché mai Ralf Tarrach – alias Kessler – avrebbe dovuto comprare la casa del dottor Lorch?»

«Perché era ossessionato» rispose Mark. «In fondo era la scena del crimine. La fonte di tutto il male, se vuole. Almeno dal suo punto di vista.»

«Ricordo ancora che ha comprato la casa per sé e la sua compagna» disse Axel. «Me lo ha detto Carmen... cioè la mia agente immobiliare.»

«La sua compagna?» domandò Mark con un sussulto.

La donna misteriosa! gli saltò in mente e la consapevolezza lo travolse come un'ondata impetuosa.

Pensò a quello che gli aveva detto il ragazzino che gli aveva consegnato il messaggio di Tarrach a Francoforte tanti anni prima. Alla domanda su chi gli avesse dato il biglietto, aveva affermato che era stata una donna.

Finora Mark aveva sempre dato per scontato che questa donna fosse solo un'altra intermediaria. Una persona non coinvolta, pagata da Tarrach per confonderlo. Per questo aveva concentrato le sue ricerche solo su un uomo, precisamente sul misterioso individuo che gli aveva gridato: «Ehi, dottore» prima di investire Tanja.

Ora invece tutto assumeva una luce diversa.

TRA DI NOI NON È ANCORA FINITA!

Era stata l'ultima frase del messaggio di Ralf.

E se con quel *noi* non si fosse riferito soltanto a lui e Mark bensì anche a una terza persona? Forse non era ancora finita tra lui *e loro due*?

«Quindi potrebbe avere una complice» dedusse Stark come se avesse seguito il ragionamento di Mark.

«Che cosa sai di questa amica?» domandò Mark ad Axel.

«Niente, del resto non li ho mai conosciuti. All'epoca Carmen disse soltanto che sembravano una coppia piuttosto singolare.»

«In che senso?» chiese Mark. Axel ricominciò a tossire. Il

blu dei lividi virò a un viola preoccupante mentre le lacrime gli rigavano le guance. L'accesso di tosse impiegò un minuto buono a calmarsi e Axel fece una smorfia di dolore.

«Cazzo, che male!»

«Va meglio?» chiese Mark preoccupato.

«Sì, sì, è passato.»

«Signor Pohl, che cosa intendeva dire l'agente immobiliare definendoli una coppia *singolare*?» chiese Stark.

«Ecco, era rimasta colpita perché la donna aveva parecchi anni più di lui.»

«Era più vecchia di lui?» gli fece eco Mark che avvertì all'improvviso uno strano senso di oppressione al petto.

«Sì, ma era ancora una bella donna» ansimò Axel. «All'epoca Carmen si lamentò che le bionde avevano sempre le chance migliori con gli uomini. Si prendevano persino quelli più giovani, anche se avrebbero potuto essere i loro figli, disse.»

«Ne sei sicuro?» lo incalzò Mark. «Era proprio bionda?»

«Sì, secondo Carmen era una donna non più giovane ma attraente.»

Il crampo al petto si trasformò in una fitta. Si appoggiò ai braccioli della sedia con l'impressione che i pensieri in testa gli vorticassero come una giostra troppo veloce.

Se Ralf è sempre rimasto vicino a me, se mi ha sempre tenuto d'occhio, allora la sua complice deve aver fatto lo stesso. Forse mi è stata addirittura più vicina di lui senza che io abbia mai sospettato di lei. Perché mi sono sempre concentrato solo su un uomo!

Gli parve allora di sentire una voce familiare, come se l'intuito volesse confermare questa riflessione. Era il ricordo di una conversazione che ora gli risultava surreale. Eppure era avvenuta per davvero. Solo due giorni prima. Nell'appartamento di Doreen.

All'epoca anch'io sono stata salvata da qualcuno... Una caris-

sima amica... Mi ha trovato nel mio appartamento poco prima
che me ne andassi a causa di un'intossicazione alcolica.

Sei ancora in contatto con questa amica?

No. *È morta.*

Morta.

MORTA.

Impossibile! Era un'idea semplicemente assurda.

Non ci credo! Non posso e non voglio crederci! Perché mai
mi viene da pensare una cosa del genere! È impossibile!

Ma, per quanto cercasse di scacciare quel pensiero, la parte lucida della sua ragione gli diceva che era plausibile.

Doreen era l'unica donna con la quale aveva avuto contatti
più ravvicinati negli ultimi anni. Si erano visti spesso, a volte
addirittura quotidianamente alle sedute del gruppo di autoaiuto. Gli era sempre stata vicina ed era entrata a far parte della sua vita. Perché lui si era fidato ciecamente di lei.

E l'amica di cui gli aveva parlato in occasione della loro
ultima serata insieme... E se quell'amica fosse stata Sonja
Tarrach?

Allora l'amicizia delle due donne sarebbe stato il motivo
del legame tra lei e Ralf. In fin dei conti dovevano conoscersi
da molto tempo, e la perdita condivisa di Sonja Tarrach come
amica e madre li aveva uniti indissolubilmente. Come pure il
desiderio di vendetta e giustizia a causa di quello che dal loro
punto di vista era un verdetto ingiusto.

Ma era davvero possibile? Doreen sarebbe stata capace di
una cosa del genere?

Sì, assolutamente. Almeno a giudicare da ciò che aveva
detto del suo ex. L'uomo che l'aveva picchiata e violentata e a
causa del quale aveva perso il suo bambino. L'uomo che era
stato condannato soltanto a un anno e un mese di detenzione
e che subito dopo era stato colpito da un ictus che lei aveva
giudicato un meritato castigo, anche se avrebbe preferito vendicarsi con le proprie mani.

Avrei preferito essere io a metterlo su quella sedia a rotelle.
Ripensando adesso alle sue parole, Mark ricordò anche l'espressione dei suoi occhi. Non era stato un semplice lampo di odio. Aveva pronunciato quelle parole con la massima serietà.
Direi che quindi esiste una specie di giustizia compensativa nella vita.
... giustizia compensativa.
GIUSTIZIA!
Gli vennero i sudori freddi. Se le cose stavano così, Doreen aveva solamente finto di essergli amica per poterlo frequentare. E per tenerlo in vita fino alle dimissioni di Lara dall'ospedale e l'esaudimento del suo desiderio di vendetta.
Allora anche lei doveva odiarlo come lo odiava Ralf Tarrach. Perché dieci anni prima aveva salvato la vita a Lara Baumann. Aveva impedito che Lara si suicidasse e in questo modo aveva privato entrambi di una «giustizia compensativa».
Come se gli servisse un'ultima conferma di questo agghiacciante sospetto, nella sua mente affiorò un'altra immagine: la sedia di metallo con i brandelli di nastro adesivo.
«Non era legata!» mormorò, guadagnandosi un'occhiata perplessa da parte del commissario.
«Come dice? Signor Behrendt, non si sente bene? È diventato pallido come un lenzuolo.»
«Quando Lara e io siamo entrati nel capanno, Doreen non era più legata alla sedia. Era libera.»
«Insomma... non riesco più a seguirla» disse Stark.
«Sul video che mi aveva inviato Tarrach, Doreen era legata a una vecchia sedia di ferro con del nastro adesivo» spiegò Mark. «E durante le sue telefonate era sembrato che le avesse dovuto togliere il nastro adesivo dalla bocca prima di farla parlare con me. Allora perché liberarla in seguito e lasciarla muoversi nel capanno se era veramente un suo ostaggio? Per di più sapendo che stavo per arrivare da lui?»
Stark lo fissò attonito. «Vuole forse dire che...»

«Lei non era un ostaggio, non lo è mai stata» concluse Mark al posto suo. «Era solo una messa in scena. La sua complice è Doreen! Oddio, non posso crederci! I due devono avermi aspettato al capanno, dopo che il localizzatore fissato sulla mia macchina aveva segnalato che ero diretto da loro. E se Lara non fosse arrivata in tempo mi avrebbero ucciso per poi darle la caccia, perché non avevo esaudito la loro richiesta.»

«Si riferisce proprio a Doreen Nader?» Stark lo guardò come se Mark avesse perso il senno. «L'amica che lei voleva salvare e che adesso è con la signora Baumann? Sarebbe *lei* la complice di Kessler?»

Che adesso è con Lara, pensò Mark e capì che cosa aveva voluto dirgli Ralf Tarrach l'ultima volta al telefono.

Solo un piano flessibile è un buon piano, dottore.

«Maledizione, quella di prima era solo una finta!» gridò balzando in piedi. «Lui non deve entrare nel capanno per arrivare a Lara. C'è già qualcuno con lei all'interno!»

73.

Svegliati! Apri gli occhi!
Era *lei*, l'altra. La familiare voce nella sua testa.
Poi un rumore cupo.
Legno trascinato su legno.
Maledizione, Lara, vedi di aprire gli occhi!
Non ci riusciva. Aveva le palpebre indicibilmente pesanti. Percepiva a stento il proprio corpo, avvertiva solo vagamente uno strano bruciore alla nuca. Come se l'avesse punta qualcosa. Forse un'ape.
Oppure una vespa?
Non ricordava più. Anche la sua testa era spaventosamente pesante. Come se ogni pensiero dovesse passare attraverso una minuscola apertura, come una... una...
... una puntura!
Sì, era così! Le avevano fatto una puntura da dietro nel collo. E l'avevano narcotizzata.
Era stata...
... Quella donna. L'amica di Mark. Si chiama...
Di nuovo quel rumore sordo.
«E sbrigati!»
La voce impaziente di un uomo, a poca distanza ma ovattata, come se parlasse oltre un muro o...
... oltre una porta! La porta del capanno! La donna si chiama Doreen e il rumore è provocato dal cassettone che avevamo spostato a sbarrare l'entrata prima che lei all'improvviso...
«Merda, è pesante!» sentì Doreen esclamare ansimando. «Avrei dovuto metterla fuori combattimento prima.»

«Ce l'hai fatta?»

«Sì, quasi!»

Un ultimo scricchiolio e poi lei disse: «Ecco! Entra!»

Ci fu un cigolio di cardini, quindi Lara sentì dei passi sul pavimento di legno e una folata d'aria fredda la colpì in viso. Sapeva di pioggia, foglie bagnate e...

Apri gli occhi una buona volta!

Fece uno sforzo, immaginò i muscoli facciali che sollevavano le palpebre come pesisti che agivano di concerto.

In effetti riuscì a socchiudere gli occhi. Quel tanto che bastava per scorgere due gambe di jeans sporchi e un paio di scarponi da uomo con la grossa suola incrostata di fango.

Poi le palpebre tornarono a farsi di piombo e si abbassarono di nuovo sugli occhi.

«Si sta riprendendo» disse la voce di Doreen.

«Forza, muoviamoci, la polizia potrebbe arrivare da un momento all'altro!» Questa era la voce di Ralf Tarrach. «Avrei dovuto far fuori il dottore, maledizione, così adesso avremmo avuto più tempo! Invece no, tu dovevi...»

«Smettila, Ralf! Non voglio ricominciare a discutere con te. Lui lo lascerai in pace, hai capito? Mark ha pagato abbastanza.»

«Non è vero, cazzo!»

«Invece sì! Sta affrontando la nostra stessa esperienza, e lo fa da anni. *Do ut des*, era questo il patto! Lui ci ha portato l'assassina e tanto basta. Il castigo deve essere equo.»

«Equo?»

Lara sentì la risata di Ralf Tarrach e, anche se non riusciva ad aprire gli occhi, lo immaginò perfettamente con la testa gettata all'indietro.

«Accidenti, Doreen! Sembra che quel tipo ti piaccia sul serio. Te lo sei già scopato?»

«Ma vai affanculo con il tuo cinismo! Se tua madre ti sentisse adesso, te ne darebbe tante!»

«Non tirare in ballo mia madre! Tu non sei... Ehi, ma che cosa stai facendo?»

«Dammi ancora un minuto.»

«Cazzo, proprio adesso?»

«Sì, ho freddo e voglio togliermi questo vestito leggero e sporco. Mi è bastato essermelo dovuta infilare di nuovo prima.»

«E va bene, ma spicciati!»

Qualcosa fu strascinato sul pavimento e i pesisti degli occhi di Lara fecero appello alle loro ultime risorse. Anche stavolta riuscirono a sollevare le palpebre solo per un istante e Lara ebbe il tempo di vedere una sacca sportiva che veniva estratta da sotto il divano.

Apri gli occhi, Lara! Svegliati, per la miseria!

Non ce la faccio. Sono così stanca.

Sì che puoi! Non puoi riaddormentarti.

Ma... non ci riesco...

Resta sveglia, hai capito? Resta sveglia, maledizione!

Gli scarponi maschili si avvicinarono e Ralf Tarrach si chinò su di lei. «Quanto gliene hai iniettato?»

«La dose più leggera, come avevamo concordato. Accidenti, dove ho messo le scarpe? Aspetta, le ho già su!»

«Cazzo, secondo me gliene hai dato troppo poco. Abbiamo ancora un viaggetto da affrontare.»

«Allora dagliene ancora. Vuoi che te lo prepari?»

«No, faccio da me.»

No! Non permettergli di avvicinarsi! Difenditi!

Fu quello che fece. Almeno ci provò. Riuscì a sollevare un braccio e a colpire intorno a sé, ma gli occhi restavano sempre chiusi e i suoi gesti erano troppo lenti. Sembrava un direttore d'orchestra che si muoveva al rallentatore.

«No, no, no» udì Ralf Tarrach rimproverarla da sopra.

Le afferrò il braccio e glielo schiacciò a terra. Non fece il minimo sforzo, lei non era in grado di opporsi. Come se fosse prigioniera nel corpo di una bambola che quel tipo poteva ripiegare a suo piacimento.

«Stai buona, altrimenti ti faccio fuori direttamente qui!»

Di nuovo quel bruciore, stavolta alla spalla. No, non era paragonabile né a un'ape né a una vespa. Piuttosto a un calabrone bello grosso.

«Sei pazzo?!» esclamò la voce di Doreen vicinissima a lei. «Così rischi di spezzare l'ago!»

«E allora? Tanto non vivrà ancora a lungo.»

Mi uccideranno! Oddio, mi uccideranno!

Sono qui con te, le bisbigliò l'altra. *Lasciami di nuovo libera, come prima nel bosco. Insieme ce... la... faremo...*

I pensieri dentro la sua testa ricominciarono ad agitarsi in disordine, si ammassarono, si frantumarono come immagini in una sala degli specchi.

«Smett'la, basta così!»

Di nuovo Doreen. La sua voce all'improvviso rimbombava, come se fossero dentro un antro cavernoso.

«Sai una cosa?» tuonò minacciosa la voce di Ralf Tarrach. «Ne ho proprio abbastanza. Finiamola subito e non pensiamoci più.»

Di nuovo l'eco.

Finiamola subito. Finiamola subito.

Finiamola. Finiamola. Finiamola!

Uno sparo e le sembrò di dissolversi. Accompagnata dal bisbiglio dell'altra – parole che non comprendeva più – Lara Baumann piombò nella tenebra.

Sempre più giù.

Più giù.

Fino a scomparire.

74.

Le macchine della polizia sollevavano spruzzi di fango sulla strada sterrata costellata di pozzanghere, finché arrivarono a destinazione.

Il Rifugio Kessler sorgeva buio e inquietante in mezzo alla radura. Davanti era parcheggiata la prima autopattuglia inviata sul luogo da Stark. Le luci intermittenti gettavano una sinistra luce azzurra sulla scena.

Mark fermò la Golf dietro le vetture della polizia e vide un agente uscire dal capanno. L'uomo fece cenno a Stark di avvicinarsi, ma quando Mark fece per seguirlo il commissario lo trattenne.

«No! Lei resti qui!»

«Perché?» chiese Mark attonito. «Che cosa è successo?»

«C'è stato un incidente all'interno. I colleghi ci hanno informato via radio. Ritengo più opportuno che lei non veda.»

«Ehi, Behrendt!» chiamò il poliziotto davanti al capanno. «Da questa parte, presto!»

Stark continuava a trattenerlo per la manica. Una presa decisa, ferrea.

«Che c'è?» chiese al collega senza muoversi.

«Lei gli vuole parlare!» fu la risposta.

Mark ne aveva abbastanza.

«Mi lasci!» gridò spingendo da parte Stark.

Corse al capanno, e subito si fermò sgomento davanti al poliziotto che gli dava le spalle chino su una figura riversa sul pavimento. I colleghi gli stavano intorno a semicerchio con le armi puntate sulla donna per terra di cui Mark vedeva solo le gambe e le scarpe sportive.

Cercando di prepararsi al peggio, ma non ancora pronto ad affrontarlo, girò intorno all'agente che si alzò con espressione addolorata e si fece da parte senza parlare.

Mark sussultò riconoscendo Doreen. Era sdraiata sulla schiena e rantolava boccheggiando. Il maglione che portava era sporco di sangue intorno al punto d'ingresso della pallottola e sotto di lei si era formata una grossa chiazza.

Era pallida e dalla bocca le usciva della saliva rossastra. Il suo corpo sussultava a tratti scosso da spasmi. Intanto ansimava e roteava gli occhi senza sosta, quasi volesse esaminare ogni centimetro del soffitto.

Solo quando riconobbe Mark chino sopra di lei, fissò lo sguardo su di lui, gli occhi quasi neri a causa delle pupille dilatate.

Si sollevò, protese le braccia verso di lui, poi stramazzò di nuovo su se stessa. Mosse le labbra producendo un gemito soffocato. Tossì e un altro fiotto di saliva rossastra le scese dall'angolo della bocca.

Anche se non fosse stato medico, Mark avrebbe capito che nessuna ambulanza avrebbe potuto soccorrerla oramai, per quanto arrivasse in fretta.

Si inginocchiò accanto a lei e vide l'espressione di terrore dei suoi occhi arrossati e quasi strabuzzati. Un velo di sudore freddo le ricopriva il viso, dove si mescolavano lacrime e saliva insanguinata.

Mosse di nuovo le labbra, cercando di parlare e lui avvicinò l'orecchio alla sua bocca.

«Mi... spiace» rantolò in un sussurro. «Volevo... solo... giustizia... Per... la... mia... migliore... amica... Ralf... è impazzito... Perdonami... Ti prego!»

Lui alzò la testa e la guardò negli occhi. La morte era molto vicina. Il gorgoglio nel petto indicava che aveva i polmoni

pieni di sangue. Ancora pochi istanti e ne sarebbe stata soffocata.

«Proprio tu» disse sottovoce, poi si alzò.

La vide fare un altro tentativo di parlare, vide il suo sguardo implorante. Ma si voltò e uscì dal capanno, raggiungendo
Stark che stava finendo di comunicare alla radio.

«Che cosa voleva da lei?» gli chiese il commissario.

«L'assoluzione» rispose Mark gelido tornando verso la
macchina.

Accese la torcia del cellulare ed esaminò i passaruota. Non
trovando niente, tastò lungo entrambi i paraurti e finalmente
scoprì quello che cercava in quello posteriore.

Afferrò l'involucro di plastica poco più grande di una scatola di fiammiferi, lo staccò e lo lanciò nella notte in un ampio
arco. Poi prese di tasca le chiavi della macchina e si mise al
volante.

Stark lo aveva seguito e afferrò la portiera dalla parte di
guida prima che Mark potesse chiuderla.

«Aspetti! Dove sta andando?»

«Le do tre possibilità per indovinare» rispose Mark con
un ghigno sinistro.

«No» ribatté Stark deciso. «Lei rimane qui, capito? D'ora
in poi ce ne occupiamo noi!»

Mark infilò la chiave nel blocchetto di accensione. D'un
tratto la sua mano era perfettamente salda, e anche lui si sentiva ammantato da una gelida calma.

«Non mi trattenga» disse indifferente. Accese il motore e
accelerò.

Stark lasciò di colpo la portiera quando Mark fece retro-
marcia. Per un attimo il commissario sembrò accarezzare il
pensiero di bloccargli la strada, ma all'ultimo secondo scansò
l'auto. Aveva capito che Mark non avrebbe frenato.

Mark chiuse di scatto la portiera e lo superò sfiorandolo.
Poi imboccò a tutta velocità la strada sterrata diretto verso la

statale. La Golf sbandò, fango e sassi colpirono il sottoscocca e il motore protestò imballato, ma lui non staccò il piede dall'acceleratore.

Nello specchietto vide Stark gridare qualcosa agli agenti dentro il capanno e poi salire su una delle autopattuglie. Ma non gli interessava. Oramai non gli interessava più niente. Aveva un solo obiettivo in mente e nessuno lo avrebbe fermato.

Cambiò marcia e sfrecciò nella notte.

75.

Intorno solo grigi muri di cemento. Tubi al neon tremolavano dietro grate fissate al soffitto. E sopra a tutto un odore pesante, umido, di muffa. Come qualcosa che marcisse in uno stagno di acqua ferma pieno di alghe.

Ma non c'era nessuno stagno. Solo le pareti di un corridoio con continue diramazioni. A volte a destra, a volte a sinistra, a volte in entrambe le direzioni.

Dove mi trovo?

Non era il mondo reale, questo era sicuro. Ma non era neppure uno dei luoghi che aveva visitato in passato nei suoi sogni lucidi. All'inizio aveva creduto di essere tornata nella galleria dove aveva dato la caccia al cane nero – che simboleggiava le sue paure più profonde, come aveva imparato – riuscendo quasi a catturarlo. Ma questi corridoi erano diversi. Qui i muri non erano ricoperti da uno strato indefinibile viscido e scivoloso, e non era nemmeno buio. Queste pareti erano chiare e spoglie, addirittura nude, quasi aspettassero di essere rivestite con qualcosa.

No, quel luogo, sebbene dovesse trovarsi anch'esso da qualche parte nel regno infinito del suo subconscio, era nuovo e sconosciuto per lei. E come le capitava tutte le volte in cui finiva in un luogo del genere sapeva che cosa doveva fare: doveva scoprirne lo scopo.

Si guardò intorno disorientata. Doveva proseguire o aspettare? E, se avesse proseguito, da che parte andare?

Se solo fosse spuntato uno dei tanti che aveva sempre avuto accanto in tali circostanze. Il professor Bormann o l'altra adesso avrebbero saputo dirle che cosa rappresentava quel posto e che cosa avrebbe dovuto *fare* per uscire da lì.

Invece era completamente sola. E c'era un gran silenzio, un silenzio insopportabile.

Giunse alla conclusione che non aveva senso aspettare qualcuno o qualcosa. Era un compito destinato a lei soltanto e qualunque cosa volesse mostrarle la galleria doveva scoprirla da sola.

In realtà sono sempre stata io stessa a mostrarmi qualcosa in questi sogni. Questi luoghi sono soltanto indicazioni dalle profondità della mia mente.

Si mise quindi in cammino (procedendo in avanti, o almeno nella direzione che riteneva tale), attraversò il labirinto interminabile di corridoi, rimpiangendo di non avere con sé qualcosa per tracciare la propria strada.

Un pezzetto di gesso, il mio regno per un pezzetto di gesso!

Ma quando si tastò il vestito turchese si accorse che non aveva tasche. E poi le stava piccolo e la stoffa ruvida le prudeva sulla pelle, proprio come allora, quando da bambina era stata nel bosco insieme a Nicole. Là dove bazzicava l'Uomo Nero e dove la gente superstiziosa aveva dipinto sui sassi le stelle per tenere lontano il male.

Ma quali stelle, sciocchina. Sono pentacoli!

Era stata Nicole a dirglielo all'epoca, ora lo ricordava, anche se adesso non aveva sentito veramente la voce della sua vecchia amica del cuore, nemmeno con l'immaginazione. Era solo un ricordo, un'eco distorta che era riaffiorata nella sua mente. Pian piano stava tornando tutto. Più si inoltrava nel labirinto, più immagini e ricordi perduti la assalivano.

Vide la propria infanzia, la giovinezza, il periodo dell'università, Chris e la sua vita a Fahlenberg. Appariva tutto limpido e nitido, come se fossero immagini proiettate sulle pareti spoglie e grigie. E, a ogni passo che compiva, altri ricordi si staccavano dall'ombra. Era come se fossero attirati da una luce chiara, e quella luce era lei stessa.

Dopo un'altra biforcazione – stavolta aveva deciso di prendere la galleria di sinistra – si accorse che c'erano delle nicchie lungo le pareti, e fatto qualche passo comprese da dove provenisse quell'odore ammuffito di decomposizione.

In uno degli anfratti c'era l'enorme cane nero di cui restava poco più della carcassa. Brandelli di carne e pelo erano ancora attaccati alle costole sbiancate e brulicavano di disgustosi e grassi vermi che se ne cibavano di gusto.

Non mi darà mai più la caccia. Non mi inseguirà mai più. L'ho sconfitto! Ho sconfitto la mia paura!

Nella nicchia successiva scorse la gamba di un pantalone nero con una scarpa da ginnastica nera e quando ci si fermò davanti vide che era l'Uomo Nero. Lo zio Harald, mentalmente ritardato, che un tempo la chiamava Piccola Lara e le aveva fatto cose di indicibile brutalità. Anche lui era morto. La faccia era quasi completamente putrefatta e da un'orbita spuntava il manico rosso squillante del cacciavite.

Nemmeno lui avrebbe potuto farle più niente. Ci avevano pensato lei e l'altra, l'altra che adesso non era più lì con lei.

Proseguì a passo svelto, per sfuggire dall'odore di putrefazione, e dopo un altro bivio – questa volta a destra – si trovò all'improvviso in una sala degli specchi.

Si fermò trattenendo il fiato quando si vide circondata da ogni parte dalla propria immagine riflessa. Facendo vagare lo sguardo intorno a sé, fu assalita dallo stupore e dallo sgomento. La donna negli specchi – l'io, il suo *vero* io, che la circondava moltiplicato all'infinito – non aveva una faccia.

Non c'erano occhi né naso né bocca. La pelle diafana si tendeva sulla parte anteriore della testa come una scultura incompiuta.

Assalita dal panico si tastò il viso e le immagini riflesse fecero la stessa cosa.

No, non c'era niente.

Solo pelle liscia, informe.

Com'è possibile? Come riesco a vedermi senza occhi?

Perché a volte si vede di più tenendo gli occhi chiusi, rispose una voce che le risultava familiare e nel contempo le era estranea. *Quando vuoi riconoscere chi sei e ciò che sei, la vista non basta. Gli occhi si lasciano ingannare facilmente, e comunque siamo più di ciò che essi potrebbero mai mostrarci. La cosa importante è comprendere. È per questo che sei qui.*

Chi sei?

Non lo sai? La voce rise divertita. *Io sono te. Noi siamo noi. E se vogliamo continuare a esistere dovresti dare un'occhiata davanti ai tuoi piedi.*

Chinò il capo e si accorse che le migliaia di immagini riflesse non si muovevano, rimanevano ferme come congelate con i loro visi vuoti.

Qualunque cosa sia davanti a me è destinata a me soltanto, comprese rivolgendo lo sguardo a terra. Davanti ai suoi piedi nudi c'era un oggetto che sembrava fatto di vetro e somigliava a...

... una maschera?

Sì e no, rispose la voce. *È da molto tempo che ti aspetta lì. L'avevi sempre avuta davanti a te, ma non te ne eri mai accorta. Finora.*

Che cosa devo farne?

Prendila, la esortò la voce.

Si accucciò e raccolse la maschera. Era trasparente come vetro e così sottile da non avere peso. La percepiva appena tra le mani.

Indossala, ordinò la voce, con dolcezza e determinazione. *Vedi che sensazione ti dà.*

Ubbidì e, non appena il materiale in apparenza incorporeo toccò la pelle del suo viso inesistente, intorno a lei calò l'oscurità.

Tastò spaventata la maschera, fece per toglierla di nuovo, ma non c'erano più bordi da afferrare. C'era solo la sua stessa pelle. Il suo viso. Come se la maschera si fosse fusa con lei e le avesse restituito occhi, naso e bocca.

Finalmente, disse la voce con un profondo sospiro di sollievo. *Finalmente hai ritrovato te stessa! E adesso apri gli occhi.*

Quest'ultima frase rimbombò dentro di lei, severa e imperiosa. Come un'eco che dall'oscurità le rimbalzava addosso.

Apri gli occhi.

... Gli occhi.

... Occhi.

... Aprili!

E lei ubbidì.

76.

L'odore di muffa c'era sempre e in un primo momento lei credette di trovarsi in un altro mondo immaginario. In fondo ciò che vedeva davanti a sé era troppo bizzarro per essere vero. Ma lo era. E sebbene non avesse ancora ripreso i sensi al cento per cento non nutriva il minimo dubbio al riguardo.

Fissò sbigottita una renna e un angelo in fil di ferro con accanto la sagoma inquietante di un Babbo Natale dello stesso materiale. Le luci lampeggianti delle tre figure le facevano male agli occhi.

Aveva la nausea e l'emicrania, sicuramente un effetto collaterale della roba che quel tizio le aveva iniettato nel collo.

E adesso che stava tornando completamente nel mondo reale si accorse con sgomento di essere legata con del nastro adesivo. Aveva le braccia bloccate dietro la schiena, probabilmente già da molto tempo, perché erano intorpidite e doloranti, come pure le gambe e i piedi.

Non aveva dubbi su *chi* l'avesse legata. Ma ben più importante era scoprire *dove* si trovasse adesso. Non era più nel capanno da caccia, questo lo capiva nonostante il fastidio di quelle luci intermittenti. Ciò che le sembrava di scorgere al di là somigliava piuttosto a una cantina.

Dove diavolo era finita? Dov'era stata portata?

Cercò di girarsi per quanto fosse possibile con braccia e gambe legate sul divano polveroso dov'era sdraiata, finché riuscì a mettersi seduta.

Quando fu in grado di esaminare meglio l'ambiente circostante, constatò sorpresa che quella cantina le risultava familiare. Le sembrava di conoscere la scala, a una decina di metri da lei, che saliva lungo il muro fino a una porta. E anche i due scaffali sulla parete di fronte. Erano dell'Ikea e...

No, esclamò tra sé, non è possibile!

Invece era così. Era stato Chris a montare gli scaffali. Dieci anni prima, quando si erano trasferiti nella casa che lui aveva ereditato dai genitori.

Sulla scala avevano sistemato i barattoli di pittura avanzata dopo aver tinteggiato di bianco i locali della casa. Si distinguevano ancora delle chiazze sbiadite di colore sui gradini. Su quella stessa scala, un po' più in basso, era stata appoggiata anche la cassetta degli attrezzi di Chris. Quella di metallo blu. Di questo era assolutamente sicura.

Dunque era tornata lì. Nella casa che sarebbe diventata la sua dimora, se non fosse stato che proprio in quella cantina...

La porta in cima alle scale fu aperta e la luce rischiarò i gradini. Poi qualcuno scese verso di lei. No, non *qualcuno*, era Ralf Tarrach.

Aveva la faccia ancora tumefatta per la bastonata che gli aveva dato lei e si era messo un grosso cerotto sul naso rotto. Di sicuro soffriva, ma non lo faceva vedere. Al contrario. il portamento e l'andatura sembravano disinvolti e spensierati.

«Toh, guarda! Si è svegliata!» disse masticando, come se stesse giusto facendo un comodo spuntino di mezzanotte. «Era ora.»

Arrivato in fondo alla scala, si mise seduto sul penultimo gradino e le sorrise. Lei allora vide che teneva in mano una mela e un coltello da frutta. Quando lui notò il suo sguardo, le mostrò la mela.

«La mamma ce la dava sempre quando andavamo in gita con la scuola» disse loquace contemplando il frutto tagliato. «Lo aveva fatto prima con me, e poi anche con la mia sorellina. In realtà le mele non mi piacciono particolarmente, ma ogni tanto ne mangio una. Sempre della stessa varietà di prima: Pink Lady. Perché il loro sapore mi ricorda un'epoca in cui avevo ancora una famiglia. Non me ne è rimasto più niente. Per colpa tua.»

Lei non rispose alla provocazione, ma indicò con il mento le decorazioni natalizie accese. «Che cos'è questa roba? Perché siamo qui?»

«Ecco, vedi» rispose Tarrach tagliando uno spicchio di mela quasi soprappensiero. «Adesso questa è casa mia. L'ho comprata apposta per te, sai? In fondo non c'è luogo migliore di questo per farti un processo. Dove è iniziato tutto. Non lo pensi anche tu?»

Si mise in bocca la mela, alzò gli occhi al cielo con esagerato piacere e lasciò cadere a terra il resto del frutto.

La mela rotolò esattamente fino al punto dove un tempo c'era lo scatolone con il libro di fiabe. Se lo ricordava perfettamente. Ma era ovvio che quel tizio non poteva saperlo. C'erano tante cose che non sapeva di lei.

«Farmi un processo» ripeté lei. «Magari ti va di ascoltare la mia difesa prima di giudicarmi?»

«Tutte chiacchiere» disse lui, ingoiando il resto del boccone. «Il verdetto l'ho già emesso da tempo. Adesso resta solo da eseguire la condanna.»

Sogghignò improvvisamente esaltato. Come un bambino felice che finalmente sia arrivato Natale per scartare i regali.

«Tu cerchi solo un capro espiatorio» disse lei piena di amarezza. «Perché in realtà non riesci ad accettare la cosa. Nessuno è responsabile di quanto accaduto a parte tuo padre.»

«Sì, sì» sospirò Tarrach con un gesto vago della mano. «Ha già cercato di convincermi il tuo amico dottore. Ma vuoi sapere una cosa? È una scemenza! L'unico modo per accettare una cosa del genere è fare i conti con i responsabili. E ovviamente la principale colpevole sei tu. Senza di te io non mi ritroverei a vivere in questa *realtà*, come la chiami. Se non avessi ucciso il medico di mio padre, lui avrebbe ottenuto aiuto quando aveva avuto una ricaduta, e allora non sarebbe successo niente. Allora mia madre e la mia sorellina sarebbero ancora vive e noi due non ci saremmo mai incontrati.»

Lei comprese che non aveva senso discutere. Non sarebbe riuscita a fargli cambiare idea, oramai era ossessivamente convinto della sua visione delle cose. L'unica speranza che le rimaneva era che l'angelo in fil di ferro davanti a lei prendesse vita e la liberasse con un battito d'ali e una forza sovrannaturale da quella drammatica situazione.

«Che cosa vuoi fare adesso?» gli chiese.

Doveva guadagnare tempo, pensare a una possibile via d'uscita. Il nastro adesivo che la immobilizzava era troppo stretto e senza un attrezzo da taglio o uno spigolo vivo non sarebbe mai riuscita a reciderlo. Cercò intorno a sé con sguardo frenetico, ma non c'era assolutamente niente che potesse esserle utile.

«Be', per prima cosa vorrei toglierti qualunque speranza di uscire viva da qui» disse Tarrach con il suo tono divertito. Sembrava quanto mai compiaciuto della sua posizione di superiorità. Probabilmente si era preparato da anni a questo momento e lo aveva atteso con trepidazione.

Appoggiò il coltello accanto a sé sul gradino, si pulì i palmi delle mani sui jeans e si alzò.

«Sai, ho pensato a lungo come fare» disse mettendosi di fronte a lei. «Il *dove* l'ho risolto in fretta, quando ho visto che questa casa era sempre in vendita. Dopo tutto avevo a disposizione il denaro sufficiente grazie alla vendita della casa dei miei genitori. Invece sul *come* ho riflettuto a lungo. Un'iniezione mortale non mi sembrava un metodo adeguato. Probabilmente non ti saresti accorta di niente e lo trovavo... ecco, *noioso*, in un certo senso. Spararti era fuori discussione. Troppo rapido. Per Doreen andava bene, ma per te volevo qualcosa di più idoneo.»

«Perché l'hai uccisa?» chiese lei fissando il coltello. Era

giusto a uno o due metri di distanza, ma avrebbe potuto benissimo essere sulla Luna.

«Perché purtroppo si rifiutava di rispettare il nostro patto» rispose Tarrach e dal suo tono non si capiva se rimpiangesse davvero il proprio gesto. «Le volevo bene, sul serio. Mi è stata accanto quando non avevo più nessuno. Sai, all'epoca sono stato davvero felice di aver trovato almeno una persona che riconoscesse la verità. Era la migliore amica di mia madre e anche lei era furiosa per quello che era successo. Avevamo deciso insieme di farvela pagare. Anche secondo lei ve l'eravate cavata troppo facilmente, tu e il dottore. E allora gli abbiamo portato via la ragazza, quando era davvero felice con lei, e poi abbiamo aspettato che tu uscissi dal manicomio.»

«Volevate convincere Mark a uccidermi» disse lei truce e Tarrach piegò la testa.

«Be', sì, in realtà. Ma è stato subito chiaro che non lo avrebbe fatto. Quello smidollato non è riuscito nemmeno a spararmi, anche se ne avrebbe avuto tutti i motivi. Il piano originario era che ti portasse da noi. Come Ellen Roth, e non come quella pazza innocua per cui ti sei spacciata in questi anni. Devo dire che ha funzionato alla perfezione.»

«Io non sono più Ellen Roth» protestò lei. «Da molto tempo!»

«Ma davvero? E allora come fai a sapere dove ci troviamo? No, assassina, *a me* non m'inganni!»

La superò, andò in un angolo e tornò con uno sgabello di legno. Era la prima volta che lei lo vedeva ed era sicura che non fosse appartenuto a Chris. Lui si sarebbe sbarazzato subito di quell'oggetto mezzo marcio.

«Peccato che Doreen non possa essere qui con noi» disse Tarrach sistemando lo sgabello accanto all'angolo luminoso. «So che un tempo anche lei aspettava soltanto questo momento. La vendetta è una motivazione eccezionale. Hai mai letto *Il conte di Montecristo*?»

411

La guardò con aria interrogativa, ma lei non rispose.

«Era un no?»

Lei continuò a rimanere zitta e lui si strinse nelle spalle.

«Ma sì, tanto non importa, non avresti comunque tempo di leggerlo ora. Quello che volevo dire era semplicemente che il protagonista della storia, Edmond Dantès, riesce a sopportare i tormenti della prigionia grazie al suo desiderio di giustizia. La stessa cosa è successa a Doreen e a me. Solo che lei purtroppo a un certo punto si è affezionata al dottore e alla fine si è dichiarata del tutto contraria a farlo finire all'inferno insieme a te. Perciò non mi è rimasta altra scelta che liberarla da questa vita un po' prima del previsto. Devi sapere infatti che dopo la tua morte volevamo andarcene insieme. Lei perché non avrebbe avuto più niente per cui meritasse vivere e io per espiare la mia colpa, perché quella sera non ho protetto mia madre e mia sorella.»

Rimase a guardarla per un attimo, quasi volesse vedere la sua reazione, poi aggiunse: «Adesso, invece, dopo di te sistemerò il dottore. Del resto mi sembra giusto. Quindi puoi essere contenta, perché presto sarà di nuovo con te. Così potrete marcire insieme all'inferno.»

Lei scosse la testa. «Mi dai della pazza, ma tu sei completamente fuori di testa, Ralf. Lo sai questo?»

Lui spostò lo sgabello in modo che fosse esattamente al centro della cantina, poi si girò lentamente verso di lei e annuì.

«Sì, lo so» disse, senza più la minima traccia di cinismo nella voce.

Era serissimo, lei se ne accorse chiaramente e per certi versi questo la spaventò più di tutto ciò che le aveva detto fino ad allora.

«Certo che so di essere pazzo» ripeté. «Per questo ho sistemato queste figure qui con te. Quella sera erano in giardino quando sono tornato a casa e ho visto mia madre morta

412

sulla neve. All'epoca è scattato qualcosa dentro di me e non sono più riuscito a rimetterlo al suo posto. Se avessi visto quello che ho visto io quella sera, capiresti che cosa voglio dire.»

«Lo capisco benissimo lo stesso» ribatté lei. «Anch'io ho vissuto un'esperienza simile alla tua e anche per me è stato terribile. Successivamente ho rimosso la cosa tanto a lungo finché è riaffiorata con violenza e mi ha travolto, causando la morte dell'uomo che amavo. Questo allora mi ha fatto perdere completamente la ragione. Ma ho...»

Lui le diede una sberla, così forte da farla ricadere all'indietro sul divano.

«Tutte scuse!» gridò. «Solo un mucchio di scuse! Tu lo hai ucciso ed è per questo che è morta la mia famiglia!»

Aveva gli occhi pieni di lacrime quando si chinò su di lei.

«Sai che cosa ho dovuto fare a causa tua?» le chiese minaccioso sottovoce. «A causa di quello che hai combinato, ho dovuto togliere la vita alla mia stessa sorella. Era ancora una bambina, e *io* ho dovuto liberarla. Perché altrimenti sarebbe soffocata lentamente e con atroci sofferenze. Solo per colpa tua, lurida assassina!»

Per qualche istante la fissò pieno di odio. Il suo sguardo d'accusa la inchiodava e lei non sapeva come replicare. Che cosa avrebbe potuto dire?

Alla fine lui si voltò e si diresse verso lo scaffale più vicino.

«Per questo ho deciso che la tua punizione sarà questa» disse, prendendo dal ripiano più alto un cappio d'acciaio. «Ti lascerò morire soffocata. Lentamente, finché implorerai di essere liberata. Proprio come lei. Solo che io non ti libererò.»

Tirò fuori la vecchia scala di alluminio che era accanto agli scaffali e che Chris aveva portato con sé nella loro nuova vita. La scala su cui erano saliti in due per tappezzare e dove si erano baciati, in quell'altro mondo che da tempo non esisteva più. Adesso, con quella stessa scala un pazzo stava fissando il

413

cappio a un gancio nel soffitto che lei non aveva mai notato prima.

Dopo aver appeso il cavo, gli diede uno strattone violento per controllare che il gancio reggesse.

«Molto bene» disse soddisfatto, poi scese dalla scala e tornò da lei. «E adesso possiamo finalmente iniziare. È arrivato il momento di pentirti dei tuoi peccati.»

«Credi seriamente che *non* sia pentita di quello che ho fatto allora?»

Tarrach si bloccò un istante e la guardò pieno di disprezzo. «Certo, ci credo che tu ne sia pentita. Però non hai mai *espiato* veramente.»

Le andò vicino e l'afferrò per le spalle.

Lei si mise a gridare e cercò di divincolarsi. Ma era sempre rannicchiata su quel maledetto divano che quel tizio doveva aver recuperato da qualche mercatino delle pulci se non addirittura dalla casa dei genitori. Legata com'era non era in grado di alzarsi. E, anche se ci fosse riuscita, scappare sarebbe stato impossibile, il nastro adesivo intorno alle caviglie era troppo saldo e le impediva di prenderlo a calci o di colpirlo in altro modo.

La fece alzare e lei si dimenò gridando, ma lui era troppo forte. La maneggiava come se fosse una bambola. Una bambola che opponeva resistenza, ma nient'altro che una bambola con cui poteva fare ciò che voleva.

Mentre la trascinava verso la scala, lei continuò a dibattersi e a urlare, cercando di liberarsi da lui con tutte le forze che aveva. Ma la sua stretta era implacabile, mentre saliva un piolo dopo l'altro. La scala cigolava sotto il loro peso, ma resistette.

Quando fu abbastanza in alto, la strinse a sé con un braccio e con l'altra mano le passò il cappio intorno al collo. Poi la lasciò, fece un salto indietro e tolse la scala.

La testa le fu strattonata verso l'alto, il cappio si tese e le

414

schiacciò la gola. Lei boccheggiò, dondolando qua e là in preda al panico, finché all'improvviso avvertì qualcosa sotto i piedi. Era lo sgabello, il vecchio sgabello marcio.

Non riusciva ad appoggiarci tutta la pianta del piede – era appesa troppo in alto – però lo toccava con la punta delle dita. Rimase lì come una ballerina sgraziata, in equilibrio sullo sgabello traballante, boccheggiando. Il cappio non le stringeva più la gola, ma in quella posizione faticava comunque a respirare.

Tarrach osservò i suoi sforzi disperati con espressione imperscrutabile e si mise seduto sul divano.

«Allora» le chiese, «come ti senti?»

«Li... be... ra... mi» ansimò lei. «Ti... prego!»

«No, no, no! È troppo presto per implorare. Mia sorella aveva solo otto anni e ha sopportato la stessa sensazione per più di due giorni.»

Indicò verso l'angolo posteriore della stanza.

«E poi ho un'altra cosa per te. Per non farti annoiare.»

Prese un cavo a cui era fissato un interruttore. Quando lo schiacciò una lampada a stelo si accese nell'angolo. La sua luce era puntata sul lungo chiodo da falegname che spuntava dal muro.

«Lo ricordi? Non è lo stesso di allora, ma la lunghezza dovrebbe corrispondere. L'ho conficcato io apposta per te. Il tuo amico era appeso lì, vero? Dicono che si fosse già gonfiato quando è stato ritrovato.»

«Tu... porco» rantolò lei chiudendo gli occhi.

«Guarda» gli ordinò lui. «Così saprai perché devi morire. Naturalmente potresti accelerare il processo se staccassi i piedi. Tanto prima o poi il vecchio sgabello non riuscirà più a sostenerti. Comunque dipende da te. Io ho tempo.»

Sorrise e annuì, impressionato dai suoi sforzi disperati per tenersi in equilibrio sulla punta delle dita. Lo sgabello dondolava pericolosamente e lei cominciava a perdere la sensibilità nei piedi. Se le fosse venuto un crampo, sarebbe stata la fine.

No, non *sarebbe*. Niente condizionale, pensò con il respiro mozzo. *Sarà* la mia fine. Sto per morire. Ma non voglio vedere quel maledetto chiodo!

Ma non era necessario. Anche con gli occhi chiusi vedeva Chris davanti a sé. L'immagine che era riuscita a rimuovere con successo per anni tornò ad affiorare come era accaduto con gli altri ricordi nel labirinto.

Lo vide lì, appeso al muro con gli occhi sbarrati, inerte e senza vita. C'era solo quel lungo e grosso chiodo a tenerlo in piedi. Cadendo all'indietro contro il muro gli si era conficcato nel cranio.

Ed era caduto perché lei lo aveva spinto. Per la paura e lo spavento, perché l'Uomo Nero era tornato da lei. Il lupo cattivo del libro di fiabe.

Erano passati dieci anni da allora, ma le sembrava che fosse appena accaduto.

Dagli occhi le sgorgarono lacrime di dolore, disperazione e tormento.

Sto per morire, pensò di nuovo.

E poi, tutt'a un tratto, un vetro andò in frantumi sopra di loro.

77.

Ralf Tarrach si alzò di scatto dal divano e impugnò una pistola. Aveva capito il significato di quel rumore, ma stentava ancora a crederci.

«Quel dannato figlio di puttana!»

Come diavolo aveva fatto il dottore a scoprire tanto in fretta dove era?

Forse aveva trovato Doreen ancora viva ed era stata lei a rivelarglielo? Possibile, anzi assai probabile.

Si maledisse per non averle sparato un colpo in testa. Avrebbe voluto farlo, ma poi non aveva avuto il coraggio. Dopo tutto era sua amica: sì, quasi una seconda madre per lui. Non aveva voluto vederla ridotta come la sua *vera* madre quando l'aveva trovata.

Una debolezza fatale, perché nella fretta non era riuscito a spararle con precisione al cuore.

«Commetti un errore dopo l'altro» gli aveva detto il dottore e se non altro questa volta aveva avuto ragione. Era stato troppo nervoso, troppo agitato perché era oramai prossimo al traguardo.

Aveva voluto veder morire quella puttana finalmente, aveva voluto fare giustizia e adesso aveva commesso un grave errore che sarebbe potuto costargli quel prezioso piacere da lungo tempo agognato.

Si leccò le labbra improvvisamente secche e osservò lo sgabello. Lo aveva manomesso, una delle gambe era già allentata e non avrebbe retto ancora a lungo prima di sfasciarsi del tutto. Lei allora sarebbe morta strangolata, lentamente e soffrendo, e lui non voleva perdersi lo spettacolo per niente al mondo.

Ma prima doveva occuparsi del dottore. Quel pezzo di merda doveva essere già dentro casa.

«Resisti ancora un pochino, hai capito?» le bisbigliò. Lei aveva la faccia paonazza e gonfia e lui sentì il rantolo del suo respiro. «Non morire prima del mio ritorno!»

Valutò se fosse il caso di rinforzare un po' lo sgabello. Per essere più sicuro. Ma poi decise controvoglia che gli avrebbe portato via troppo tempo e corse verso le scale.

Caricò la pistola, puntò la canna verso la porta aperta e salì cauto i gradini. Lentamente, uno dopo l'altro.

Di sopra regnava il silenzio. Nessun rumore sospetto. Solo il vento che ululava da qualche parte attraverso un vetro rotto. Sicuramente era la porta finestra in salotto.

Raggiunto il gradino più alto fece un profondo respiro e poi trattenne il fiato. Varcò di scatto la soglia, pronto a sparare, ma del dottore non c'era traccia.

Attraversò rapido il corridoio, si appiattì contro il muro e sbirciò in salotto.

Per la miseria, avrebbe dovuto lasciare accesa la luce di sopra! Ma non aveva voluto attirare l'attenzione dei vicini. Lì in campagna la gente era curiosa e aveva l'abitudine di spiare dalla finestra alle ore più impensabili. Avrebbe dovuto provvedere in anticipo ad abbassare le tapparelle al pianterreno, invece non lo aveva fatto. Perché non vedeva l'ora di assistere alla morte dell'assassina.

Me ne sono dimenticato perché sono troppo agitato. È stato un errore! Un altro errore. Continuo a commettere errori, maledizione!

E il dottore ne approfittava un'altra volta, almeno per il momento.

Ma non servirà a niente a quello stronzo. Lo prenderò e lo farò fuori!

Nella fioca luce che entrava in salotto dal corridoio, riconobbe una delle pesanti pietre che servivano a delimitare le aiole nel giardino posteriore. Tutt'intorno erano sparsi i frammenti di vetro della porta finestra. Il dottore doveva aver battuto almeno due volte contro il doppio vetro per romperlo, ma lui aveva sentito solo l'ultimo colpo.

Perché mi sentivo troppo sicuro e avevo troppo da fare con la puttana sotto, pensò rabbioso, mentre la fronte gli si imperlava di sudore freddo.

Continuo a sbagliare! Continuo a sbagliare! Continuo a sbagliare!

Cazzo, sì, era vero. E l'errore più grande era stato non eliminare il dottore.

Ma, come aveva sempre detto sua madre: «Le persone sagge si riconoscono perché sanno imparare dai loro errori». Di sicuro non avrebbe sbagliato di nuovo.

Sbirciò oltre lo stipite e scrutò la stanza. Niente, nessun movimento.

Sulla moquette chiara notò delle impronte bagnate e qualche foglia che doveva essere stata attaccata alle suole del dottore. Le tracce portavano in cucina. Da lì una seconda porta dava sul corridoio.

Probabilmente lo stronzo adesso è proprio lì dietro e si sta chiedendo se sia il caso di uscire in corridoio.

Guardò la porta, a meno di quattro metri da lui. Si sarebbe potuta spalancare da un momento all'altro e a quel punto avrebbe avuto il dottore proprio a portata di mira.

Viceversa, nella sua posizione doveva tenere d'occhio anche l'accesso al salotto. Il dottore avrebbe potuto attaccarlo da entrambe le direzioni.

Meglio sferrare l'offensiva per primo.

Strisciò in salotto, si nascose dietro una delle due poltrone e vedendo che non succedeva niente avanzò ancora, fino alla zona pranzo e alla porta della cucina.

Il silenzio era sempre assoluto, non si sentiva neppure un respiro trattenuto. Ma poi scoprì qualcosa che lo rallegrò. Tra le foglie sulla moquette c'era una sottile scia di gocce di sangue che arrivava fino alle mattonelle chiare in cucina. Il dottore doveva essersi ferito quando aveva sfondato il vetro.

Bene! Molto bene! In corridoio infatti non c'era sangue. Allora sei ancora in cucina, dottore. Preparati a morire.

Fece un altro profondo respiro poi trattenne il fiato, come gli aveva insegnato il nonno una volta che erano andati a caccia insieme. Si concentrò sulla sensazione familiare della Glock che stringeva in pugno, si immaginò l'interno della cucina e il punto in cui presumeva fosse il dottore.

Con una piroetta entrò in cucina e sparò tre colpi. Uno a mezza altezza e due più in basso. Ma i proiettili si conficcarono solo nella parete del corridoio.

Fissò confuso la porta aperta della cucina. Il dottore doveva essere corso da quella parte nel momento stesso in cui lui entrava.

«Cercavi me?» La voce di Mark Behrendt lo raggiunse da dietro e, prima che potesse reagire, uno sparo lo colpì alla schiena.

Cadde in avanti andando a sbattere sul pavimento. Solo allora avvertì il dolore. Così violento da impedirgli di muoversi.

Per una frazione di secondo pensò al primo cervo che aveva abbattuto tanti anni prima. Allo sguardo rabbioso del nonno quando si erano avvicinati all'animale che era solo ferito.

Sei stato troppo precipitoso! sentì le parole di rimprovero del nonno. Che poi aveva abbattuto con un colpo di grazia l'animale scalciante, i cui lamenti somigliavano in maniera spaventosa al pianto di un bambino piccolo.

Adesso sapeva che cosa doveva aver provato quel cervo. Solo che lui non aveva più nemmeno la Glock per darsi da solo il colpo di grazia. Nella caduta gli era scivolata di mano e il dottore l'aveva raccolta.

Lo vide che si chinava su di lui e gli parve di sentire il calore della canna sul collo.

«Lei dov'è?» sentì chiedere sopra di sé.

Non ebbe bisogno di rispondere, perché lo fece lei stessa. In quel momento si udì un grido strozzato dalla cantina.

Lo sgabello! pensò Tarrach. Quel maledetto aggeggio si è rotto troppo presto! E io non sono lì a godermi la scena!

78.

Mark scese di corsa la scala della cantina e vide Lara, appesa al soffitto con un cappio di metallo intorno al collo, che si divincolava freneticamente. Braccia e gambe guizzavano saldamente legate e la punta dei piedi sembrava alla ricerca affannosa di un appiglio. Ma non c'era più. Sotto di lei c'erano solo i resti di uno sgabello rotto.

Corse da lei, le afferrò le gambe ricevendo un calcio e la sollevò. La sentì boccheggiare sopra di sé. Il cappio doveva averle schiacciato la carotide e oramai era questione di secondi.

Vide la scala appoggiata alla parete accanto agli scaffali, ma era troppo lontana e non riusciva a prenderla senza staccarsi da Lara.

«Devo lasciarti un istante» disse, ottenendo per tutta risposta un rantolo isterico. «Non muoverti, contrai i muscoli del collo e rimani più immobile che puoi.»

La lasciò delicatamente, corse a prendere la scala e l'aprì.

Nel frattempo il viso tumefatto di Lara aveva assunto un colore rosso scuro. Cercava di rimanere immobile, ma non avrebbe resistito per più di un paio di secondi. Prima che Mark facesse in tempo a salire sulla scala per afferrarla di nuovo, aveva ricominciato a scalciare.

Gli arrivò un altro calcio e rischiò di cadere dalla scala, ma poi riuscì ad aguantarla e con tutte le forze che aveva la issò e le tolse il cappio dalla testa.

Lara si abbandonò contro di lui, la scala si inclinò ed entrambi caddero rovinosamente sul pavimento. L'angelo lampeggiava sopra di loro come un'apparizione.

Lara rantolava e Mark afferrò un coltello da frutta lasciato su un gradino. La sua ultima tracheotomia risaliva a molti anni prima, ma adesso non aveva tempo da perdere. Si chinò su di lei, il coltello pronto a incidere, e constatò con grande sollievo che respirava ancora. In maniera convulsa, ma questo era causato dallo shock e dai postumi dello spavento.

«Ti arriva abbastanza aria?»

Lei lo guardò ansimando e all'improvviso sgranò gli occhi. «Attento!»

Prima che Mark avesse tempo di girarsi, fu afferrato da dietro e scagliato contro la parete. Tarrach intanto lanciò un grido agghiacciante, come un animale ferito.

Mark rotolò su un fianco con l'intenzione di rialzarsi, ma un calcio poderoso lo colpì allo stomaco lasciandolo senza aria nei polmoni. Si richiuse su se stesso come un coltello a serramanico, ma fu afferrato di nuovo e lanciato per la stanza con un altro grido bestiale.

Era accaduto tutto così in fretta che non riuscì a frenare l'impatto. Andò a sbattere con la testa contro lo scaffale. Una pioggia di lattine e barattoli gli caddero addosso insieme a un tosasiepi e altri attrezzi, poi tutto lo scaffale si inclinò e lo seppellì.

Udì solo un altro grido agghiacciante, e il suo ultimo pensiero lucido fu: Ho fallito. Adesso la ucciderà!

Poi piombò nella tenebra.

79.

«Tutto qui? domandò Stark. «Non ricorda altro?»

«Sì, è tutto» confermò Mark allungando la mano per prendere il bicchiere dal comodino.

Parlare lo aveva affaticato. Aveva sete, ma non riusciva ad afferrare quel maledetto bicchiere. Non appena muoveva la testa, anche di pochi centimetri, la vista gli si annebbiava e il bicchiere gli appariva sfocato come il commissario seduto accanto al letto.

Stark prese il bicchiere e lo mise in mano a Mark. L'acqua era tiepida e a causa dei danni ai recettori del gusto sapeva di urina, ma lui la bevve lo stesso dalla cannuccia.

«Allora» disse infine, quando il bruciore in gola si fu un po' attenuato. «Adesso mi dica una buona volta che cosa è successo dopo.»

Mark aveva perso la pazienza. Nemmeno gli antidolorifici nella flebo, che ovattavano le sue percezioni, bastavano a intontirlo. Stark era con lui da un quarto d'ora buono, se non di più, e ancora non gli aveva detto che cosa fosse successo. Gli aveva solo fatto domande, una dopo l'altra.

Adesso però era ora che il commissario si decidesse a parlare.

«Va bene, signor Behrendt, ma prima voglio sapere ancora se è proprio sicuro di aver sparato a quell'uomo.»

«Certo che sono sicuro» esclamò rabbioso Mark, e lo sforzo gli provocò un'altra fitta di dolore alla testa. «Avrò anche una commozione cerebrale, ma non sono rincretinito!»

«Stia calmo» disse il commissario con un gesto conciliante. «Dobbiamo solo essere sicuri che ricordi esattamente la successione degli eventi.»

«Maledizione, sì, ne sono sicuro! E adesso mi dica che cosa è successo dopo! Come sta Lara? Lui l'ha uccisa?»

«Ecco, signor Behrendt» disse Stark corrugando le labbra, «non sappiamo che cosa le sia accaduto. Al momento la stiamo ancora cercando.»

«E questo che cosa vorrebbe dire?»

«Vorrebbe dire che la signora Baumann è scomparsa. Quando siamo arrivati sul posto, non c'era più. E, anche se sono sicuro che non voglia sentirselo dire adesso, devo ricordarle che tutto questo non sarebbe successo se lei non avesse agito in maniera tanto avventata.»

«Stronzate» esclamò Mark. «Se avessi aspettato il vostro arrivo, quel folle sarebbe riuscito a ucciderla. Quando sono arrivato io non mancava più molto.»

«Certamente» ribatté Stark. «Tuttavia il suo gesto avrà delle conseguenze, come pure l'arma illegale che ci aveva nascosto di possedere.»

«Non m'interessa. Dov'è Tarrach?»

«È morto.»

«È morto?»

«Sì.»

«Perché gli ho sparato?»

«No, probabilmente sarebbe sopravvissuto al colpo alla schiena.»

«E allora che cosa gli è successo?»

Stark fece un sospiro e lanciò un'occhiata al collega che era appoggiato con espressione impassibile al davanzale della finestra e protocollava la conversazione.

«Basta così, Wegert. Può andare.»

L'interpellato alzò le sopracciglia. «Dice sul serio?»

Stark annuì. «Credo che abbiamo scoperto tutto quello

che ci serviva sapere. Cominci ad avviarsi al parcheggio. La raggiungo subito.»

«Come vuole» disse Wegert infilandosi il taccuino in tasca. «Il capo è lei.»

Superò entrambi per andare alla porta e lanciò un'occhiata diffidente a Mark. Poi si chiuse la porta alle spalle.

«Ok, che cosa è successo?» chiese Mark una volta che furono rimasti soli.

Stark tirò fuori il cellulare dalla tasca interna del giubbotto di pelle. «Quello che sto per dirle rimarrà tra di noi, capito?»

«Capito.»

Aprì la cartella delle foto, selezionò un album e porse il cellulare a Mark. Mark lo prese e batté più volte le palpebre prima di riuscire a mettere a fuoco l'immagine.

«Non... non è possibile!» esclamò.

Ingrandì la foto con dita tremanti.

Sotto l'angelo lampeggiante, le cui luci creavano un alone chiaro sulla foto, c'era Tarrach riverso a terra con le braccia allargate.

Dall'orbita destra gli spuntava il manico rosso del coltello da frutta.

Quattro settimane più tardi

«Portami da quella parte» disse Axel. «Dovrebbe essere abbastanza lontano.»

Mark spinse la sedia a rotelle dietro una delle siepi del parco e si guardò intorno.

Per essere una giornata di fine novembre, il tempo era straordinariamente bello. Il sole splendeva nel cielo perfettamente azzurro a parte qualche nuvoletta bianca, e un vento leggero ma non troppo freddo spazzava sul prato le foglie cadute che erano sfuggite ai giardinieri. Alle loro spalle, all'estremità opposta del parco, si ergeva fiero il Pfauenhof, il cui tetto rosso scintillava al sole.

Mark pensò involontariamente all'uomo ricoverato da qualche parte sotto quel tetto in una camera singola, prigioniero del suo stesso corpo, che era l'unico membro sopravvissuto della sua famiglia, perché un macabro capriccio del destino aveva deciso così.

Si domandò se Jochen Tarrach avesse ricevuto la notizia della morte del figlio e, in quel caso, se gli fosse stato detto anche che il ragazzo aveva seguito le sue orme e si era trasformato in un folle omicida.

Probabilmente non lo aveva fatto nessuno, e forse era meglio così.

«Ehi» protestò Axel tirandogli impaziente la giacca. «Vuoi farti crescere le radici o cosa? Su, dammi la borsa!»

Mark sorrise e prese dalla retina portaoggetti dietro la sedia a rotelle un contenitore rosso. Era una borsa frigo, di quelle che si usano per le scampagnate domenicali, ma era stata modificata per fungere da scaldavivande.

Aprì il coperchio e tirò fuori due cheeseburger avvolti nella carta stagnola. Uno doppio per Axel e uno semplice per sé. Si era procurato anche due lattine di Cherry Coke, su insistenza di Axel e, dopo essersi accomodato sulla panchina accanto alla sedia a rotelle, brindò insieme all'amico.

«Aaaah!» esclamò Axel con un rutto di soddisfazione. «Mi hai proprio salvato la vita, amico! Oltre a non potermi muovere mi hanno messo pure a dieta! No, grazie. Il mio motore è abituato a funzionare con una porzione quotidiana di colesterolo e di zuccheri. Gira meglio così. Ma prova a farlo capire a quell'apostolo dell'alimentazione sana di un dottore.»

«Be', un paio di chili li hai già persi e stai proprio bene» disse Mark masticando. «Come vanno il braccio e le gambe?»

«Per un bel po' rimarrò l'incubo di tutti i metal detector all'aeroporto» disse Axel con un sorriso sornione. «Ma ho conosciuto la mia futura fisioterapista. Ti dico una cosa soltanto: sarà una gioia farmi tormentare da quella bellezza.»

Fecero un altro brindisi con una risata e dopo un altro rutto voluttuoso Axel chiese: «E a te come va?»

«La denuncia per possesso illegale di arma da fuoco è ancora aperta» disse Mark. «Ma Stark mi ha promesso che manterrà la cosa sotto tono. Si sta comportando con grande ragionevolezza in tutta la faccenda.»

Axel annuì. «Ti dissi già all'epoca che sta dalla parte dei buoni. E come va con il nuovo lavoro?»

«Ci sto ancora pensando» rispose Mark mentre riavvolgeva nella stagnola l'avanzo del panino e lo riponeva nella borsa. «Jan Forstner vorrebbe avermi come consulente medico alla Waldklinik ed è pronto a impegnarsi affinché riacquisti la mia reputazione. Ma non sono ancora sicuro che sia quello che voglio.»

«Perché no? A me sembra un'ottima notizia.»

«Sì, di per sé sarebbe più che ottima» osservò Mark pulendosi le mani con un tovagliolo di carta. «Ma, vedi, dopo tutto quello che ho passato, non sono convinto di riuscire a lavorare di nuovo in un ospedale.»

Axel si appoggiò il panino sulla coscia e si passò un tovagliolo sulla bocca, cosa che gli riuscì sorprendentemente bene sebbene al momento avesse solo un braccio funzionante.

«Vuoi un consiglio?»

«Da te sempre.»

«Ascolta la pancia. In effetti non ce l'hai, ma se continuerai a stare ancora per un po' dai Lüders ti verrà. E comunque penso che per te valga quel proverbio da psichiatri.»

«E sarebbe?»

Axel sogghignò e addentò di nuovo il panino. «Strizzacervelli una volta, strizzacervelli per sempre. Non hai mai imparato a fare altro.»

I due si scambiarono un sorriso, poi rimasero seduti in silenzio l'uno accanto all'altro, mentre Axel finiva di divorare il suo banchetto, compresa la metà che aveva lasciato Mark. Intanto osservavano il volo di una poiana in alto sopra di loro. Libera, e a quanto pareva superiore a tutto quanto.

Fu Axel che a un certo punto diede voce all'interrogativo di entrambi.

«Secondo te, dov'è andata?»

«Non ne ho la più pallida idea» rispose Mark. «Stark mi ha detto che le ricerche sono state estese a tutto il territorio federale. Ma non hanno ancora trovato tracce di lei. Neppure un minimo indizio.»

«Che cosa succederebbe se la trovassero?»

«La sua è stata legittima difesa, Axel. Questa volta il caso è inequivocabile e non possono accusarla di niente. Vogliono solo interrogarla per chiudere l'indagine.»

«Pensi che un giorno si farà viva con te?»

«Lo spero» rispose Mark. «Ma in tutta sincerità ne dubito.»

Axel appallottolò la carta stagnola unta con espressione assorta e la infilò nella borsa frigo.

«Be', sarà meglio che mi riporti dentro» disse infine. «Oggi mi aspetta l'impagabile piacere del bagno.»

«Mi auguro con l'aiuto della bellissima terapeuta?»

«Sì, continua a sognare, amico!» Axel schioccò la lingua frustrato. «I miei bagnini sono uomini e non proprio delicati.»

«Mi spiace davvero» disse Mark, alzandosi per prendere i manici della sedia a rotelle. Axel però gli bloccò la mano.

«Posso farti ancora una domanda? Così, per pura curiosità.»

«A patto che non mi chiedi di farti il bagno, sì.»

«Macché. M'interessa qualcosa che porti al polso. Non è un orologio, vero?»

Mark osservò il braccialetto che portava da così tanto tempo che ormai era diventato quasi parte di lui.

«Be', in un certo senso sì» disse. «È un orologio della vita. Un regalo del mio relatore. Dovrebbe mostrare il tempo che mi resta da vivere. Sulla base di valutazioni statistiche e mie dichiarazioni personali.»

«E perché ha il coperchio?»

«In modo che possa essere io a decidere se voglio sapere quanto tempo mi resta ancora.»

Axel annuì e osservò l'orologio con grande interesse. «Non ti è mai venuta la curiosità?»

«Certo che sì» rispose Mark. «Ma ho smarrito da tempo la chiave speciale per aprirlo. Adesso l'orologio è solo il ricordo di un caro amico e dopo tutti questi anni mi sono abituato a portarlo.»

«La chiave speciale» ripeté Axel arricciando il naso. «Sei

davvero un accademico da manuale. Per fortuna che io sono un artigiano da manuale.»

Con il braccio sano estrasse dalla tasca dei calzoni un coltellino svizzero. Mark rimase allibito.

«Ti porti dietro quell'affare qui dentro?»

«Certo» rispose Axel come se fosse la cosa più naturale del mondo. «Me lo ha insegnato il mio vecchio. Ci sono tre cose di cui un uomo non dovrebbe mai fare a meno: soldi, un fazzoletto e un coltellino svizzero. Però, mi raccomando, non fare la spia con il personale della clinica!»

«Stai tranquillo» disse Mark scuotendo la testa con un sorriso.

«Dai, dammi quell'affare, te lo apro io. Ma solo se vuoi, ovviamente.»

Mark voleva, ma ebbe un attimo di esitazione. Poi però si tolse l'orologio e lo passò ad Axel. Lui lo esaminò brevemente e si mise ad armeggiare con una delle lame. Sebbene potesse usare solo una mano e l'altra gli servisse da semplice supporto, in meno di mezzo minuto sganciò il coperchio.

«Abracadabra» disse quando lo sentì scattare, poi restituì l'orologio a Mark. «Adesso puoi togliere il coperchio.»

Mark osservò lo strumento. Il professor Otis a Londra glielo aveva consegnato come esortazione, insieme a una lettera nella quale lo incoraggiava a riprendere il controllo della propria vita e a liberarsi dalle sue sofferenze interiori. Quel memento mori doveva spingerlo a trarre il meglio dal futuro, indipendentemente da quanto gliene restava.

Tuttavia, il pensiero di essere in procinto di scoprire quanto avesse ancora da vivere sulla base di valutazioni scientifiche gli provocò un vago malessere.

Fece appello a tutto il suo coraggio, sollevò il sottile coperchio e lesse la data che apparve.

«Allora?» domandò Axel. «Basta per un LP o devi accontentarti di un 45 giri?»

«Guarda tu stesso» disse Mark meravigliato, porgendogli l'orologio.

Quando Axel gli diede un'occhiata, dapprima aggrottò la fronte, poi scoppiò a ridere.

Un'ultima scena

È una giornata soleggiata di maggio. La primavera ha oramai preso piede stabilmente a Milano. La piazza è animata, il Duomo risplende di un bianco quasi sovrannaturale e la città è piena di vita.

Letizia è sulla soglia della sua piccola boutique. Sorseggia un espresso e osserva il vivace viavai. È la sua stagione preferita, perché la gente sprizza energia e fiducia. Tutti iniziano cose nuove e sperano in un buon anno.

Questo è importante, pensa. Che cosa sarebbe la vita senza progetti e speranze?

Nota una donna che attraversa la piazza e va verso il suo negozio. È una bella donna, dall'aria giovanile pur non essendo più tale. Con la figura minuta e i corti capelli scuri le ricorda un po' la Audrey Hepburn di *Vacanze romane*, uno dei suoi film romantici preferiti.

C'è qualcosa di particolare in quella donna, anche se Letizia non saprebbe dire che cosa. Forse è il modo che ha di guardare intorno a sé. Quasi vedesse il mondo per la primissima volta.

È un'impressione decisamente assurda, ma nello stesso tempo reale. C'è qualcosa in quella donna che Letizia non riesce a definire a parole. Una specie di aura, simile a quella che circonda i suoi figli ma che finora non ha mai visto in un adulto.

Quando arriva davanti alla vetrina, Letizia le rivolge un cenno di saluto.

«Buongiorno» dice sorridendo.

«Buongiorno» risponde la donna indicando la vetrina. «Quell'abito lì, lo potrei provare?»

«Ma certo» risponde Letizia meravigliata.

L'aveva presa per una italiana, ma dal leggero accento capisce che deve essere tedesca. Non ha l'aria di una turista, bensì di qualcuno che vive stabilmente in città.

L'invita a entrare, le porge il vestito in vetrina e rimane in attesa davanti al camerino.

«È qui in vacanza?» domanda mentre la donna si cambia.

«No» è la risposta dal camerino. «Be', forse sì. Sinceramente non lo so bene. Mi andava di venire qui.»

«E che gliene pare di Milano?»

«È una bella città. Mi sembra tutto familiare. Come se fosse casa mia.»

Subito dopo scosta la tenda, esce dal camerino e si mette davanti allo specchio.

«Le sta d'incanto» dice Letizia, ed è sincera. Il colore turchese è perfettamente intonato alla carnagione leggermente abbronzata della cliente e si armonizza anche con il suo foulard blu.

Si capisce che il foulard è usato per nascondere il collo, ma ovviamente Letizia non lo farebbe mai notare. Invece aggiunge: «Sembra che questo abito aspettasse proprio lei.»

La donna accoglie questa osservazione con un cenno del capo, assorta.

«Ho già avuto un vestito così, ma è passato molto tempo» dice, con una vaga nota sognante nella voce. «Non mi piaceva, perché la stoffa era ruvida e perché mi ricordava qualcosa. Questo abito invece è diverso. Forse era davvero qui ad aspettare me.»

«Allora lo prende?»

«Sì» dice la donna. «Assolutamente. Me lo sento bene addosso.»

434

Dopo che si è cambiata e ha pagato, Letizia le porge la busta con il vestito oltre il bancone.

«Se ne ha voglia, provi a passare anche domani» le dice. «Mi devono arrivare nuovi capi. Alcuni molto belli, che potrebbero piacerle.»

«D'accordo» risponde la donna. «Magari torno.»

«Mi farebbe piacere. A proposito, io sono Letizia.»

La cliente sorride e a Letizia fa venire in mente di nuovo una ragazzina. Finalmente capisce anche perché. Dipende dalla luce particolare che le si accende negli occhi. Una luce piena di curiosità, aperta e fiduciosa.

«Lara-Ellen» risponde. «Sono Lara-Ellen.»

Postfazione e ringraziamenti

Ci sono momenti della vita il cui significato si comprende appieno solo dopo un po'. A me è successo nell'autunno 2006, mentre ero nell'ufficio del mio attuale agente letterario Roman Hocke e parlavamo insieme di una possibile collaborazione.

Roman è un'autorità in campo editoriale e il motivo del suo durevole successo non è solo la spiccata sensibilità e conoscenza delle persone e la sua leggendaria abilità di contrattazione, bensì prima di tutto il suo amore per le storie. Ha un vero sesto senso per quel che riguarda l'intreccio, i personaggi, la lingua e i mondi che ne derivano. Inoltre, grazie alla sua lunga esperienza, sa valutare con grande precisione quali storie avranno un pubblico e quali invece non lo troveranno.

Per questo all'epoca mi consigliò di mettere nel cassetto il manoscritto che gli avevo sottoposto (e che è sempre lì e ci rimarrà). Era un thriller surreale e, sebbene piacesse a entrambi, Roman riteneva che non fosse adatto come debutto. La storia era troppo bizzarra, come io stesso dovetti riconoscere.

Mi chiese invece se non avessi qualche altra idea in testa e la sua domanda avrebbe avuto conseguenze di lunga portata.

Oggi posso ammettere tranquillamente che all'epoca non avevo niente di concreto su cui lavorare, ma risposi comunque di sì e gli promisi che gli avrei fatto avere presto una proposta.

Nelle settimane successive assorbii ogni genere di informazione su cui mi riuscì di mettere le mani. Del resto le idee nascono solo se le si attira con molta carne al fuoco.

All'epoca lavoravo come terapeuta in una clinica psichiatrica e un giorno, dopo una visita, mentre percorrevo il corridoio del padiglione femminile, notai una camera vuota. Era un livido pomeriggio di novembre, fuori era già buio e la vista del letto vuoto della stanza deserta mise in moto una serie di pensieri dentro la mia testa.

L'autore in me si domandò che cosa sarebbe successo se la paziente di quella camera non fosse stata dimessa, bensì fosse sparita senza lasciare tracce. E se ci fosse stata una sola persona a conoscenza della sua esistenza. Non una persona qualunque, bensì la sua *psichiatra*, che alla fine, a furia di cercarla, avrebbe cominciato a dubitare della sua stessa salute mentale.

Ed eccola, finalmente, l'idea del mio romanzo d'esordio, *La psichiatra*. Venne alla luce nel 2009 e né la casa editrice o la mia agenzia né tanto meno io avremmo mai immaginato quale successo avrebbe riscosso la storia di Ellen Roth, Mark Behrendt e Lara Baumann. Nel giro di una settimana il romanzo era in vetta alle classifiche e dopo altri sette giorni era già in ristampa.

Ben presto la storia fu tradotta in molte altre lingue e riscosse, tra l'altro, un incredibile successo come opera prima in Italia. Tutto a un tratto ricevetti lettere di lettrici e lettori di tutto il mondo, inviai autografi in Russia, in Turchia, in Venezuela; fui invitato a conferenze e festival fino in Colombia. Venni a sapere che in Messico esisteva un fan club Ellen Roth, ottenni proposte di adattamenti cinematografici (finora purtroppo non sono andate in porto) eccetera eccetera... Fu *incredibile*!

Con il passare del tempo il bestseller si trasformò in longseller e a giudicare dai commenti dei lettori e dai post sui social *La psichiatra* gode ancora di grande notorietà.

Di conseguenza negli ultimi anni mi è stato chiesto spesso

che fine avessero fatto Lara ed Ellen. Dopo tutto la conclusione del romanzo era aperta e offriva spazio a numerose speculazioni.

Anch'io ero tormentato da questo interrogativo ma non osavo affrontare un seguito. Nutrivo troppo rispetto per le aspettative dei lettori riguardo a una seconda puntata. Inoltre mi mancava l'idea adeguata.

Scrissi invece diversi romanzi, tra i quali *Phobia*, che racconta il seguito della storia di Mark Behrendt. Il poveretto deve affrontare tantissime avversità e alla fine riceve un messaggio dall'assassino della sua compagna.

Esattamente come Mark, per molto tempo non ebbi idea di chi fosse lo sconosciuto, né per quale motivo avesse commesso quell'esecrabile delitto. Poi però sperimentai un altro di quei momenti che hanno una portata ben più vasta di quanto si immagini all'inizio.

Una mattina mi capitò di leggere in rete un articolo su un marito tradito che aveva ucciso la moglie e i due figli del rivale. Come vendetta aveva risparmiato la vita all'amante per tormentarlo con il dolore della perdita.

La notizia mi lasciò scioccato e stupito. Quanto sangue freddo doveva essere necessario per compiere un gesto del genere, quanto si doveva essere feriti e *ossessionati*?

Come essere umano ero disgustato da un gesto totalmente irrazionale, ma come autore di storie oscure ne ero affascinato. E così cominciai a comprendere quale fosse il movente del misterioso avversario di Mark. Anche lui era animato da una cieca sete di vendetta.

Ma perché? Che cosa poteva avergli fatto Mark?

Fu di nuovo un evento banale a fornirmi la risposta, sotto forma di un corriere che mi consegnò il pacco con le copie d'obbligo di un'edizione italiana speciale di *La psichiatra*.

Sulla copertina (che tra l'altro è una delle mie preferite) si vede l'immagine della misteriosa paziente, in una posa che le lettrici di Instagram amano copiare tuttora. La donna tiene la testa curva con le mani appoggiate sopra, quasi in un gesto di disperata difesa, ma nel contempo di dichiarata colpevolezza. Un unico gesto che racchiude una storia intera.

Sebbene conoscessi da tempo quest'immagine, a un tratto mi parve di osservarla da una prospettiva diversa. E all'improvviso mi resi conto che il legame tra Ellen Roth, Lara Baumann e Mark Behrendt era ben più forte di quanto avessi pensato inizialmente. Tra di loro era rimasto ancora qualcosa in sospeso e aveva a che fare con la colpa.

A partire da quel momento fui preso dalla smania di approfondire la questione. Quando finalmente giunsi alla soluzione, avevo davanti non soltanto il seguito di *La psichiatra*, bensì anche di *Phobia*.

Se avevo qualche remora a scrivere il romanzo?

Eccome! Ne ero terrorizzato. Certi giorni giravo intorno alla tastiera per ore, indeciso e circospetto, con un diavoletto sulla spalla che mi sussurrava incessantemente che dovevo scrivere un romanzo speciale. Dopo tutto lo dovevo al mio fedele pubblico.

Per questo è stato anche il manoscritto al quale ho lavorato più a lungo finora.

Che alla fine si sia trasformato in un libro finito lo devo a Roman Hocke. È stato lui a ricordarmi che una storia si lascia raccontare soltanto quando le si concede abbastanza spazio libero e si cacciano i critici nell'ultima fila.

Ringrazio Oskar Rauch e la squadra di Heyne Verlag per la loro pazienza e la fiducia in me e in un testo di cui per molto tempo hanno avuto soltanto il titolo.

Inoltre mi hanno permesso di collaborare con Michelle Landau, che ha letto il manoscritto con sguardo critico, lo ha rivisto e ha individuato i punti deboli della trama.

Un grande GRAZIE va a Cecilia Perucci e alla squadra di Corbaccio, che hanno investito tanta pazienza in me e hanno fatto tutto il possibile affinché anche questo romanzo trovasse una casa in Italia. Il merito va anche ad Alessandra Petrelli, da molto tempo la mia voce italiana. Siete eccezionali!

Ringrazio mia moglie Anita per il sostegno spirituale e la sua comprensione. Essere sposata a uno scrittore a volte rappresenta un'ardua sfida.

Sono riconoscente anche a tutti coloro che mi hanno consigliato e appoggiato durante le mie ricerche. Citarli tutti per nome esulerebbe dai limiti di questi ringraziamenti, ma possono stare sicuri che mi sdebiterò con una festa non appena questi tempi difficili saranno passati. In ogni caso, se dovesse comunque essere rimasto qualche errore, la colpa è soltanto mia.

Il ringraziamento più grande è, come sempre, per voi, mie fedeli lettrici e miei fedeli lettori. Questa volta in maniera particolare, perché senza le vostre insistenti richieste questo libro non avrebbe mai visto la luce.

Spero dunque ardentemente che il nostro comune ritorno a Fahlenberg e l'incontro con alcune vecchie conoscenze vi sia risultato gradito come lo è stato per me.

Chissà, forse un giorno ci torneremo di nuovo? Dopo tutto nessuna storia è mai raccontata fino alla fine.

Wulf Dorn
Novembre 2020

Indice

Fotocomposizione:
Nuovo Gruppo Grafico s.n.c. - Milano

Finito di stampare
nel mese di giugno 2021
dalla Elcograf S.p.A.
Stabilimento di Cles (TN)
Printed in Italy